Love Your Enemies

원수를 사랑하라!

초판 1쇄 찍은 날 | 2013년 6월 7일
초판 1쇄 펴낸 날 | 2013년 6월 14일

지은이 | 이승연
펴낸이 | 서경석

편집장 | 권태완
편 집 | 장미연
디자인 | 신현아

펴낸곳 | 도서출판 청어람
등록번호 | 제1081-1-89호
등록일자 | 1999. 5. 31
어람번호 | 제5-0337호

주소 | 경기도 부천시 원미구 심곡2동 163-2 서경B/D 3F (우) 420-822
전화 | 032-656-4452 팩스 | 032-656-4453
http://www.chungeoram.com
E-mail | chungeorambook@daum.net

ISBN 978-89-251-3317-1 03810

Chungeoram romance novel

Love Your Enemies

이승연 장편 소설

원수를 사랑하라!

CONTENTs

프롤로그

그 여자의 기도

여자가 무릎을 꿇고 침대 위에 손을 모으고 기도를 올리고 있다. 흡사 그 모습이 경건해 얼핏 보면 독실한 신자라고 믿을 정도였으나 여자의 작은 입에서 나온 말은 처절한 외침에 가까웠다.

"이 세상에서는 만나지 말아야 할 사람이 있다는 것을 스물아홉이 되어서야 깨달았습니다. 진짜 이 남자만 눈앞에서 보이지 않는다면 세상 살맛나는 인생이 될 거라 믿어 의심치 않습니다. 저는 좋은 회사에서 좋은 남편감을 골라 시집을 가고 싶어 하는 소박한 아가씨일 뿐인 걸 하느님도 잘 알고 계시지 않습니까? 그런데 왜 제게 이런 시련을 주시나이까? 저는 적지만 유니세프에 매달 기부도 하고 있으며, 회사에서 강제 명령으로 내려온 봉사활동도 빠짐없이 나가고 있습니다. 회사를 그만두기에는 제가 갚아야 할 대출금과 매달 날아오는 카드 할부가 많이 남았단 말입니다!"

여자는 격해진 감정을 진정시키려는 듯 크게 숨을 내쉬었다.

"일용한 양식은 하느님이 주시지만 그걸 살 수 있게 돈을 주는 곳은 회사란 말입니다. 그런 회사를 지금 저보고 나가라고 계시를 보내시는 것인가요? 그도 아니면 무엇입니까? 우매한 어린 양, 하느님의 뜻을 이해하지 못하겠나이다. 아무리 원수는 외나무다리에서 만난다고 하지만 이건 아니지 않습니까? TFT팀원이라니요! 전 월급을 배로 준다고 해도 가기 싫단 말입니다. 그러니 제발 그 사람을 해외 발령을 내던지 아니면 어디 중동으로 장기 출장을 보내 버리든지 해주시면 안 될까요? 저는 일개 대리라 곧 죽어도 TFT팀으로 갈 것이 자명하지만 그는 아니지 않습니까? 이 정도 소박한 소원은 들어주실 수 있지 않나요, 하느님? 네? 오늘은 꼭 답변해 주실 수 있으시지요? 묵언수행은 부처님만 하시는 거잖아요? 아멘."

*

그의 남자의 기도

그는 유리창 너머의 깜깜한 밤하늘을 올려다보았다. 오늘도 그녀는 그를 위한 기도를 올리고 있을 것이다. 그리고 그런 그녀의 기도 때문에 하느님은 귀찮아 못 살겠다 짜증을 내고 있을지도 모른다. 아마 하느님이 앞에 계셨다면 그녀의 맹랑한 기도에 그녀의 머리를 한 대 쥐어박아 주고도 남았을 것이다.

자신의 생각이 우스운 듯 그의 입가에 작은 미소가 만들어졌다. 갑자기 그는 종교를 가지고 있지 않음에도 불구하고 기도가 하고 싶어졌다. 이것도 그녀의 영향이라면 영향이다.

'하느님, 쓸데없는 그녀의 기도까지 다 들어주시려면 피곤하실 테니 시답잖은 그녀의 기도는 앞으로 제 선에서 알아서 반려시키도록 하겠습니다. 이건 제 전문이니 안심하셔도 됩니다. 깔끔하게 확실히 제 선에서 차단하겠습니다. 기대하셔도 좋습니다.'

1장

아스팔트가 엿가락 휘듯 휘어질 것처럼 더운 오후, 연수는 근처 공원에 산책 나갔다 돌아오는 길이었다. 본격적인 여름에 발을 걸친 6월은 아침부터 30도를 넘는다는 방송에 그녀는 울상을 지으며 내년에는 기필코 시원한 아파트로 이사를 가리라 다짐했다.

하지만 그건 어디까지나 희망사항. 대한민국 국민이 누구나 공감하겠지만 서울에 집을 산다는 것은 이구아나에게 탭댄스를 가르치는 것보다 어려우며, 펭귄에게 사막에서 살라고 설득하는 것보다 힘든 일이다. 그러나 그녀는 악착같이 돈을 모아 비록 좁은 평수에 여름과 겨울을 온몸으로 느끼고 있는 집이며 은행 대출 오천만 원이 있지만 서른이 되기 전 집을 장만했다. 대신 통장 잔고는 텅 비어 그녀는 앞으로 몇 년간 아프지도 다치지도 말아야 하는 의무감이 동반되어야 했다. 그래도 좋았다. 문제라면 오로지 샀다는 데 너무나 큰 의의를 둔 것이 문제라면 문제였다.

그녀의 집은 연립주택으로, 그것도 맨 꼭대기 층이라 계절의 변화를 온몸으로 느낄 수 있는 천연 찜통과 냉동을 구비한 다기능 집이다. 왜 이런 집을 사야만 했냐고 물으신다면 일단 수중에 있는 돈이 딱 그 정도였고, 두 번째는 집 사는 기쁨에 이것저것 꼼꼼히 체크하지 못한 자신의 성격 탓이었다. 이사 온 그해 덥다는 이유로 정신 놓고 여름 내내 에어컨을 틀고 지냈다가 요금 핵폭탄을 맞은 뒤로 에어컨은 그저 장식용으로 전락할 수밖에 없었다. 그래서 고육지책으로 생각해 낸 것이 약속 없는 토요일은 동네 도서관이나 근처 공원으로 피신 아닌 피신을 가는 것이었다. 그러나 오늘은 도서관에서 에어컨 바람을 너무 많이 쐬었는지 머리가 아파 아직 해가 떨어지지도 않았음에도 집으로 돌아가야만 했다.

연수는 아이스크림을 한가득 사 그중 하나를 길가에서 와작와작 씹으며 걸어갔다. 시선은 그저 집을 향하기 위해 앞으로 고정되어 있다. 그녀는 옆에 누가 지나가는지도 모를 정도로 앞만 보고 걷는 습관이 있어 가끔 아는 사람을 만나도 인사를 안 하고 지나간다는 오해도 받아 재수 없다는 말까지 들은 전적이 있기도 하다. 그런 그녀의 시선이 무언가에 끌리듯 두 시 방향으로 돌려졌다. 그녀의 집을 가려면 꼭 공용 놀이터를 지나야 하는데, 그 앞에 가만히 서 있는 아이가 그녀의 눈길을 잡아끈 것이다. 오늘 같은 더운 날엔 놀이터에 나와 노는 아이는 한 명도 없었다. 우렁차게

우는 매미도 폭염에 지쳐 널브러져 있는 날씨가 아니던가.

잠시 고민하던 연수는 아이에게 다가갔다. 아이가 시무룩한 표정으로 고개를 떨어뜨리고 있는 것을 보니 놀러 나온 것은 아닌 모양이다. 혹시 엄마에게 혼나고 밖으로 뛰쳐나온 건가?

"안녕, 꼬마야. 엄마 기다리니?"

"아니요."

"그럼 여기서 뭐 해? 길 잃은 거야?"

그때서야 아이는 고개를 들어 그녀를 올려다보았다.

연수는 주위를 둘러보았다. 보호자는커녕 개미 새끼 하나 보이지 않았다. 이 아이, 길을 잃은 것 같은데?

"더운데 여기서 기다리면 아파서 쓰러져. 저기 그늘로 갈까? 누나가 아이스크림도 줄게."

나쁜 사람 따라가면 안 된다는 교육을 철저히 받았는지 아이는 눈에 의심을 한가득 드러낸 채 그녀를 바라보고 있었다. 나쁜 사람이 아니라는 것을 증명해 보이듯 연수는 그녀가 할 수 있는 최선의 미소를 지어 보였다. 혹시 모르니 보호자가 올 때까지 그녀는 여기서 기다리기로 했다. 눈대중으로 아이는 다섯 살이나 여섯 살 정도로 보였다. 이런 경우 분명 집 전화번호가 적혀 있는 목걸이나 팔찌를 착용하는데 그런 것도 없었다.

"너 이 동네 사니? 이름이 뭐야? 혹시 집 전화번호는 알고 있어? 엄마가 걱정하실 텐데."

그늘 진 나무 의자에 앉아 그녀는 아이스크림을 한입 베어 물었다. 가만히 있어도 이마에 땀이 송골송골 맺혔다.

"……."

참 과묵하기도 하여라. 그래도 더운지 아이스크림은 덥석 받아 먹고 있다.

"길 잃어버린 것 아니에요."

"그래? 그럼 엄마 기다리는 거야?"

"……."

뉘 집 자식인지 참 대답 한번 듣기 힘들다.

"누구나 길은 잃어버릴 수 있어. 워낙 복잡해야지. 누나도 가끔 길을 잃어."

"나는 길을 잃어버린 적이 없어요."

"그래? 근데 길을 잃어버린 게 아니면 왜 여기 있는데?"

"엄마, 아빠하고 살기 싫어요. 나는 삼촌하고 살고 싶어요."

"아, 그래? 이상하다. 나는 엄마가 좋은데……."

"엄마는 TV도 마음대로 못 보게 하고 유치원도 가기 싫은데 매일 가라고 하고……."

요즘 아이들은 조숙해도 너무나 조숙하다. 학교도 들어가지 않았는데 벌써부터 가출을 한 모양이다. 그러고 보니 옆에 가방 하나도 있다. 어디서 본 건 있어서 제 딴엔 준비라고 한 모양이다. 뭐, 기껏해야 그 안에 로봇 장난감과 옷 몇 벌이 전부일 것이다. 연수는 남아 있는 하드를 한입에 다 털어 넣고 벌떡 일어났다.

"얘야, 가자꾸나, 경.찰.서."

딱 한마디로 그녀는 상황을 정리했다. 그리고는 도망 못 가게 아이의 손을 움켜잡았다.

"싫어요. 가기 싫어요."

아, 더워 죽겠는데 땡볕에 아이와 실랑이를 하게 생겼다.

야, 이 누나가 유치원 선생님처럼 그리 친절할 줄 알아? 조그마한 게 어디서 가출이야, 가출은.

속마음과 달리 그녀의 얼굴은 아직 미소를 유지하고 있었다. 아스팔트에 귀를 대고 있으면 지글거리는 소리가 들릴 것 같은 살인적인 더위지만 아직 그녀의 이성은 살아 있었다. 그러니 마음속에 '친절한 연수 씨'가 남아 있을 때 아이를 후딱 경찰서에 데려다 주고 와야 했다.

"엄마, 아빠가 많이 걱정하고 있을 거야. 집 주소나 엄마 휴대전화번호 모르니? 경찰서 아저씨들이 금방 찾아줄 거야."

"싫어. 엄마, 아빠, 미워. 안 가."

아이가 엉덩이를 빼며 그녀와 대치 자세에 들어갔다. 힘으로 안 되겠다 싶었는지 아이는 울음을 터뜨리며 주저앉았다. 강력한 의지를 보여주기라도 하듯 발을 동동거리고 있다. 누가 보면 그녀가 아이를 유괴라도 하려는 줄 알 것이다.

"얘야, 바닥 안 뜨겁니? 엄청 뜨거울 텐데?"

시위라도 하듯 아이는 더욱 크게 울어댔다. 울다 지쳐 배고프면 울음을 그치겠지. 원래 어른이나 아이나 본능에는 무릎 꿇게 되어 있다. 그나저나 아이가 가출한 사실을 안 마당이니 아이를 두고 혼자 갈 수도 없게 되었다.

"삼촌에게 간다며? 어디 있는 줄 알아야 가지. 경찰서에 가서 삼촌 집 찾아달라고 하자."

곧바로 아이의 울음이 거짓말처럼 멈췄다.

"정말이지?"

아이는 자리에서 벌떡 일어나 언제 서럽게 울었냐는 듯 해맑게 웃기까지 했다. 깜찍한 아이의 행동에 연수는 어이가 없어 웃음이 새어 나왔다. 영악한 건지 순진한 건지 갈피를 잡을 수가 없다. 아무튼 속이 타는 아이 부모를 생각해서라도 빨리 경찰서로 데려가야 했다.

아이와 같이 경찰서에 온 연수는 착한 일 하는 것이 쉽지 않음을 느꼈다. 그녀의 착한 일은 아이를 경찰서로 데려가는 것으로 끝이었다. 그런데 아이가 그녀의 다리를 붙잡고 울기 시작하더니 집에 안 간다고 고집을 부리기 시작한 것이다.

"거짓말, 누나 거짓말쟁이. 삼촌 집 찾아준다고 했잖아!"

얘야, 말은 똑바로 하자. 내가 찾아준다고는 안 했다.

연수는 울고 있는 아이를 내버려 두고 돌아서려니 마음이 찜찜했다. 아이는 무슨 고집인지 이름도 얘기하지 않아 아이의 정보도 없을뿐더러 오늘 미아 접수 신고 건도 없어 애를 먹고 있는 중이었다.

"삼촌 이름이 뭐니?"

여경이 예쁜 미소를 지으며 아이의 눈물을 닦아주었다.

"삼촌."

아이는 그 이름이면 충분하다는 듯 계속 삼촌이라고만 했다. 삼촌이 아이의 우상인 것 같았다. 삼촌 얘기에 아이의 눈은 반짝거리다 못해 빛이 났다.

"TV에 나오는 회사 다녀요. 검정색 자동차도 있고요. 키도 커요."

지금 이 더운 날에 서울에서 김 서방 한번 찾아보라는 말이니, 아님 우리나라의 정보력을 과신하고 있니? 차마 아이의 말을 중단할 수 없어 연수는 아이의 말에 맞춰 고개를 열심히 끄덕이는 척을 했다. 물론 아이는 이제 신이 나 손짓까지 해가며 부연 설명에 나서고 있다. 추임새까지 넣어주자 아이는 만족한 듯 고개를 끄덕였다.

"정보가 없다 보니 기다리는 수밖에 없겠습니다. 부모님을 찾을 때까지 아동보호소로 보내야 할 것 같아요. 아이가 자신의 이름도 안 밝히고 가방이나 옷가지에도 이름이 없네요."

여경이 안타까운 시선으로 아이를 한 번 보더니 연수를 향해 생끗 웃어주었다. 아이가 치밀한 건지 아니면 부모님이 자식 보호에 도통 관심이 없는 건지, 참.

"쪽지나 다른 물건도 없는 것을 보면 정말 아이 말대로 집을 나온 것 같아요."

"이 누나가 삼촌 집 찾아준다고 했단 말이야. 이 누나랑 찾을 거야. 이 누나 따라갈 거라고."

뭐라? 너 지금 뭐라 했니? 연수는 고개를 홱 돌려 아이를 바라보았다.

"경찰은 싫어. 싫어, 싫다고!"

"경찰 아저씨들이 삼촌 집 찾아줄 거야. 꼭."

연수는 아이에게 믿음을 주기 위해 확신에 찬 말투로 말했다.

"못 믿어. 저번에도 거짓말했단 말이야."

아, 이 말인즉 아이의 가출이 처음이 아니란 소리다. 연수는 머리가 띵했다. 무슨 이런 꼬마가 다 있단 말인가. 아이가 밖으로 뛰쳐나가자 그와 동시에 연수가 빛의 속도로 손을 뻗어 아이의 가방을 잡아당겼다. 그러나 힘 조절에 실패해 아이는 뒤로 바닥에 패대기쳐진 꼴이 되고 말았다.

"엉엉엉! 삼촌한테 다 일러줄 거야!"

"미안. 누나가 힘이 너무 셌나 봐. 안 다쳤지?"

그녀의 말이 끝나기가 무섭게 아이는 다시 벌떡 일어나 경찰서 입구를 향해 돌진할 자세를 취하고 있다. 연수는 할 수 없이 아이의 몸을 뒤에서 꽉 끌어안았다. 그와 동시에 아이의 몸부림과 고함 소리가 곧 경찰서를 흔들어놓았다. 예상했던 반응이지만 그녀는 고막이 떨어져 나갈 것만 같았다. 보는 눈이 많으니 쥐어박을 수도 없다. 너 혹시 '우리 아이가 달라졌어요' 라는 프로그램 본 적 있니? 내가 추천해 주랴? 네가 아니라 네 부모님이 가출해야 하는 거 아니니?

아이가 힘이 빠지는지 울음이 잦아들었다.

"누나, 우리 삼촌 집 찾아준다고 했잖아. 엉엉. 경찰서는 거짓말만 해서 싫어. 누나랑 갈래."

좋은 말로 해선 포기를 모르는 아이였다. 무슨 아이가 조그마한 게 고집도 세고, 아버지가 도둑님이신지 경찰은 엄청 싫어하고, 학교도 아직 들어가지 않는 놈이 조숙하기까지 해 가출까지 감행

했다. 그런 아이와 함께 있어야 한다고? 오, 노우. 무슨 이 여름 혈압 약 먹을 소리를.

"여기 누나가 삼촌 집 찾아줄 거야. 그러니 경찰서에서 울거나 소리 지르면 안 되는 거야. 아, 사람을 찾으려면 이름을 알아야 하는데, 네 이름이라도 알아야 찾지. 네가 이름만 말하면 삼촌이 지금 어디 있는지 당장 알 수 있다니까."

연수는 최대한 부드러운 말투로 아이를 꼬드겼다. 그래, 네 이름이라도 말을 해보란 말이다. 경찰의 정보력이 얼마나 위대한지 이 누나 좀 구경하고 싶단 말이다!

"거짓말. 저번에도 내 이름 말해주니까 엄마하고 아빠가 왔단 말이야. 누나, 난 삼촌하고 살 거야."

아이가 그녀의 목에 매달리며 울자 연수는 마음이 약해졌다. 밉상처럼 보여도 저리 우니 안돼 보이긴 했다. 여경도 난처한 듯 옆에서 지켜보고 있었다.

"혹시 괜찮다면 아이가 안정을 찾을 때까지 여기서 잠시 기다려 주실 수 있으세요?"

여경이 죄송하다는 말과 더불어 미아 접수 신고 건을 다시 확인해 보겠다는 말과 함께 자리로 돌아갔다. 그리고는 한참의 시간이 흘렀지만 아무런 소식이 없다. 아이와 끝말잇기도 하고, 제로 게임도 하고, 나중에는 종이에 낙서까지 하고 놀았건만 아무런 소식이 없다. 이쯤 되면 부모가 문제가 있는 게 아닌가 싶다. 그러니 아이가 가출을 했겠지. 아이의 부재를 지금껏 발견 못했다면 부모로서 자격 미달이다. 그러니 삼촌을 찾아간다고 했겠지. 그러자 갑자기 아이가 불쌍해 보이기 시작했다.

"저기요. 거의 저녁이 다 되어가는데 아무런 소식이 없나요?"

"죄송해요, 아직 없네요. 이런 경우는 거의 없는데. 아동보호센터에 연락을 해야 할까 봐요."

이 말을 알아들은 아이는 연수를 꼭 끌어안고 떨어지지 않으려 했다. 그냥 아까 맡기고 가야 했는데. 이놈의 정이 금세 철썩 하고 붙어서 사람 마음을 무겁게 했다.

"혹시 될지 모르겠는데요, 제가 하루만이라도 아이를 맡고 있을까요? 아이가 불안해할 것도 같고 그래야 제 마음도 편할 것 같고요. 주민등록번호랑 휴대전화번호랑 집 주소 적어놓고 갈게요. 조회를 해보면 아시겠지만 저 세금도 잘 내고 있고 경범죄도 저지른 적 없는 선량한 시민입니다."

"마음은 고맙지만 일단 잃어버린 아이는 경찰서에서 보호하는 게 규칙이라서요. 죄송하지만 규정상 안 됩니다."

만에 하나 아이가 그사이 사고라도 당한다면 책임 소재가 복잡해진다는 이유에서였다. 그러나 그럴 수밖에 없는 상황이 벌어지고 말았다. 사고는 갑작스레 일어났다. 굉음과 함께 경찰서 입구 문이 완전히 박살 나더니 은색 중형차의 반 이상이 경찰서 안까지 들어온 것이다. 경찰 두 명이 차에 치여 쓰러졌고 경찰서 안은 전쟁터나 다름없이 되었다.

당황한 연수는 아이를 끌어안은 채 멍하니 상황을 지켜만 보고 있었다. 만약 그녀와 아이가 문 앞에서 놀고 있었다면 곧바로 사고로 이어질 수도 있었다. 아이가 놀라 울음을 터뜨리자 연수는 아이를 진정시키기 위해 일단 경찰서 밖으로 나왔다.

"죄송하지만 소란이 진정될 때까지 잠시 아이와 함께 있어주시겠어요?"

여경이 따라 나오며 그녀에게 부탁하자 연수는 흔쾌히 고개를 끄덕였다. 말하면서도 여경의 신경은 다친 경찰 쪽을 흘낏거리고 있었다.

"아까 제 정보는 다 기재했으니 소란이 마무리되면 연락 주세요. 근처가 제 집이니 제가 아이와 잠시 있을게요."

"싫어! 다시는 경찰서 안 가!"

"알았어, 알았어. 그러니 소리 지르지 않아도 돼."

연수는 귀가 떨어져 나갈 것 같았다. 착한 일 하기 쉽지 않구나. 나중의 복을 위한 투자라고 생각하자. 그녀는 착하면 복을 받는다는 동화의 교훈을 믿는 사람이니까. 그러나 현실에선 착한 일 하면 복을 받는다는 말은 다 거짓이었다. 그녀는 착한 일을 한 후 자신의 집 문짝이 뜯길 것을 알았다면 결코 착한 일을 하지 않았을 것이다.

아이를 씻기고 나온 연수는 그대로 뻗을 지경이었다. 아이와 함께한 시간은 고작 반나절이었지만 그녀의 하루는 어느 때보다 길고 힘들었다. 몸 안의 에너지는 모두 방전되어 손가락 하나 들 힘도 없었다. 밥도 먹었겠다, 샤워도 했겠다, TV도 봤으면 이제 꿈나라로 가줘야 하는 게 예의 아니니?

"우와, 밖은 컴컴하네. 밤에는 고양이도 자고 멍멍이도 자고 송아지도 자네."

그녀의 목소리는 마치 연극 대사 읊조리듯 평소보다 몇 옥타브 위에서 노닐고 있었다. 그녀의 친구가 봤으면 더위 먹었다고 할 모습이다.

"밤인데 왜 삼촌이 안 와?"

"밤이라서 그래. 삼촌도 잠을 자고 내일 올 거야."

창문을 바라보던 아이의 표정이 불안했다. 그러나 연수는 그저 궁색한 변명 말고는 아이에게 해줄 말이 없었다. 경찰서에 가자고 해도 안 가고, 집이 어디냐고 데려다 준다고 해도 싫다고 하는 아이에게 그녀가 더 이상 뭘 해줄 수 있을지 알 수 없었다. 그러니까 왜 이런 오지랖을 떨어서는……. 눈 딱 감고 그냥 아이를 경찰서에 두고 왔어야 하는 건데.

"아니야. 삼촌은 언제나 약속을 지킨단 말이야. 얌전히 있으면 선물 사가지고 온다고 했어."

"그럼 선물 사느라고 늦나 보다. 그러니까 자고 일어나면 삼촌도 있고 선물도 있을 거야."

거짓말이어도 할 수 없다. 오늘을 무사히 넘기는 게 그녀에겐 더욱 중요했다.

"아니야, 삼촌 온다고 했는데……."

아이의 목소리는 벌써 실망감에 울먹이고 있었다.

안 돼. 제발 울지 마. 아이가 울먹이자 연수는 당황하기 시작했다. 눈을 감고 칭얼대는 것이 잠투정 같기도 했다. 늦게라도 전화가 올까 몇 번이나 보고 확인했지만 아직까지 경찰서에서 연락이 없는 것을 보면 진짜 부모에게 문제가 있는 것이다. 이 아이의 부모가 내일까지 나타나지 않는다면 이 아인 보호소에 갈 수밖에 없다.

"삼촌……."

"내일 온다니까. 정말이야. 그러니까 뚝 해야지?"

결국 아이의 울음이 터졌다. 그리고 연수의 머리는 공황상태에 빠졌다. 일단 거실의 소파 옆 스탠드 불을 제외하고는 모든 불을 껐다. 아이를 업고 30분 동안 방 안을 돌아다니며 어르고 달랬다. 허리도 아프고 이마에는 땀방울이 방울방울 맺혔다. 왜, 무슨 정신으로 그녀가 아이를 하루 정도 맡겠다고 했을까? 그녀에게 뛰어난 희생정신이 있는 것도 아닌데 말이다.

아이야, 자거라. 이 누나, 허리 끊어진다. 너를 위해 에어컨도 틀었다. 설마 옛날이야기도 해주어야 하니?

"누나가 옛날이야기 해줄까?"

갑자기 아이의 울음이 뚝 멈췄다. 일단 시선 끌기는 성공했다. 문제는 그녀가 처음부터 끝까지 제대로 된 전래동화를 기억하지 못한다는 것이다. 입시 교육의 폐단이다. 할 수 없다. 그녀의 상상력을 발휘해야 할 때였다.

"옛날 옛날에, 호랑이 담배 피우던 시절, 무서운 호랑이가 산속에 살고 있었습니다."

"어디 호랑이야? 시베리아 호랑이야, 뱅갈 호랑이야?"

"뱅갈 호랑이."

알고는 있었지만 제 나이에 비해 아이는 똑똑해 보였다. 그녀는 저 나이 때 그저 놀기만 했는데 말이다. 설마 너, 공부하기 싫어서 가출했니? 그런 생각이 미치자 아이가 더 딱해 보였다.

"그 호랑이는 담배 피우는 것을 좋아했는데, 마침 담배가 떨어져 마을에 내려가야 했습니다. 하지만 호랑이한테는 담배를 팔 수 없다는 법이 있어서 호랑이는 사람 분장을 해야 했어요. 얼굴을 보면 들통이 나니까 담배를 파는 집에 가서 문지방 사이로 발을 내밀고 '담배 한 갑 주세요' 라고 외쳤지요."

"그런데 호랑이가 담배를 피울 줄 알아요?"

"너 동화책에서 호랑이가 곰방대 물고 담배 피우는 거 못 봤어?"

"아, 본 적 있어요. 그런데 왜 동물원에서는 호랑이가 담배를 안 피우지?"

아이답게 호기심도 질문도 많다. 지금부터는 질문 사절이다. 이러다가는 재우기는커녕 질문받다가 날이 샐 것 같았다. 아니, 울지만 않는다면 그 방법도 괜찮을 것 같았다.

"아무튼, 담배 파는 할아버지는 호랑이 발을 보고 깜짝 놀랐습니다. 털과 날카로운 발톱을 가진 손은 호랑이 발이 틀림없었거든요. 할아버지는 겁이 났어요. 법대로 담배를 안 팔자니 호랑이한테 물려갈 것 같고 팔자니 법이 무섭고. 할아버지는 고민하다가 호랑이 발에 살며시 무언가를 쥐어주었습니다."

"돈?"

"바로 마늘! 호랑이는 100일 동안 마늘을 먹어 사람이 되어서 자유로이 마을로 내려가 담배를 살 수 있게 되었습니다."

그녀의 노력에 보답이라도 하듯 잠시 후 등에서 새근새근 숨소리가 들려왔다. 아이가 겨우 잠이 들자 절로 안도의 한숨이 나왔다. 그녀는 조심스럽게 방에다 아이를 눕히고 거실로 나왔다.

"정신이 없어서 아이스크림을 냉장고에 넣을 생각도 못했네."

그녀는 거의 물이 되다시피 한 아이스크림을 그대로 냉동실에 넣었다. 모양이 일그러진다고 맛이 변하는 것은 아니니까. 넋 나간 듯 중얼거린 그녀는 거실 한복판에 대자로 뻗어 누웠다.

그 순간 밖에서 발자국 소리가 어지럽게 나더니 철커덩 소리가 현관문 앞에서 들려왔다. 연수는 숨을 죽인 채 현관문을 뚫어지게 쳐다보았다. 도둑이 이렇게 시끄럽게 광고하고 들어오지는 않을 것이다. 혹 술 먹고 층수를 잘못 알고 제집으로 착각하고 들어오려는 사람일 수도 있었다. 하지만 이 미친 듯이 뛰는 심장은 불안감을 증폭시켰다. 침을 꿀꺽 삼킨 연수는 주위에서 무기가 될 만한 것을 찾았으나 아무것도 없었다. 주방에서 칼을 가지고 올까 생각했으나 그건 위험했다. 연수는 휴대폰을 집어 들었다. 아까운 세금 낼 때마다 나라에서 나한테 해준 게 뭐가 있냐고 불만을 터뜨린 그녀이지만 지금 경찰이 총알처럼 자신의 집으로 튀어와 주기만 한다면 앞으로 세금 폭탄을 때려도 불평하지 않을 것이다.

"뜯어내."

그녀는 분명 그렇게 들었다. 낮지만 명료하게, 그러나 얼려 버릴 것 같은 분노의 목소리를.

그녀는 벌떡 일어나 현관문을 뚫어지게 응시하였다. 정말 순간이었다. 가뜩이나 오래돼 삐거덕거리는 문짝이 몇 번 덜그럭거리더니 뜯겨져 나갔다. 무슨 상황인지 파악도 하기 전에 사람들이 그녀의 집 안으로 들이닥쳤다. 집단으로 정신병원에서 탈출이라도 했나? 아니면 우리 집에 간첩이라도 숨어든 거야? 구두 발자국 소리에 정신이 번쩍 든 연수가 놀라 소리쳤다.

"가택 침입죄로 경찰에 신고할 거예요! 당장 나가요!"

그녀는 동시에 경찰서로 전화를 걸었다. 그들과 간격을 유지하면서 소리치며 도움을 요청했다. 무서움에 울음이 터져 나오려 했다. 왜 하필 오늘 이런 일이! 아이도 있는데!

"경찰서죠? 여기 도둑이 들었어요! 빨리 와주세요. 어서요!"

남자는 성큼성큼 다가와 그녀를 비웃듯 내려다보았다. 그리고는 간단히 그녀의 손에서 휴대폰을 빼앗아 오히려 떳떳하게 경찰과 통화를 하고 있다. 너무도 당당하니 오히려 당황스러운 것은 그녀였다.

"이재하입니다. 김정철 총장님께 도움 감사하다 전해주십시오."

그러면서 그의 시선은 그녀를 향해 있었다. 남자의 턱짓에 두 명의 사내가 그녀의 양팔을 붙잡고 나머지는 집 안을 샅샅이 뒤지기 위해 투입되었다. 정말 영화에서만 일어나는 범인 체포 현장에 그녀가 주인공이 되어 있는 것 같았다. 그녀가 반항하며 몸부림을 치고 싶어도 꼼짝할 수가 없었다.

"지금 뭐 하는 짓이에요? 당신들 뭐냐고!"

"그 입 다무는 게 좋을 거야."

소리를 지른 것도, 폭력을 행사한 것도 아닌데 그의 싸늘한 눈빛 속에 드러난 분노가 마치 숨통을 조이는 것 같았다. 경찰이 올

동안 시간을 끌어야 했다. 무슨 일인지는 모르나 분명 오해로 잘못 집을 찾아온 것이리라. 이 현실을 받아들이고 싶지 않은지 연수는 잠시 두 눈을 질끈 감았다.

"이보세요, 지금 뭐 하는 짓이에요?"

"하고 싶은 이야기는 경찰서로 가서 하지. 끌어내."

"아이, 찾았습니다. 무사합니다."

한 사내가 잠든 아이를 안고 나오자 그녀는 심장이 덜컥 내려앉았다. 그러나 곧 사태 파악이 되었다. 아이를 찾고 있었다는 말은 혹시 가족? 그녀는 분명 경찰서에서 아이를 보호하고 있겠다고 했는데, 마치 그녀를 유괴범 취급하고 있다. 도대체 경찰서에서 무슨 말을 듣고 온 거냐고!

그런데 이 남자, 옆모습이 이상하게 낯이 익다. 남자의 인상이 강렬해 쉽게 잊힐 얼굴이 아닌데 도무지 어디서 봤는지 기억이 나지 않았다.

'박연수, 지금 이 상황에서 무슨 엉뚱한 생각이야!'

아이를 안은 남자는 현관을 나가려 하고 있었다.

"잠, 잠시만요. 누구인지 말을 해야 할 것 아니에요. 보호자 맞아요? 전 잠시 아이를 보호하고 있던 사람이라고요, 납치가 아니라. 경찰이 확인해 주기 전에 못 데려가요!"

아이에게 문제가 생기면 그녀 책임이다. 그녀는 가슴이 덜컹했다. 무조건 저 남자를 막아야 했다. 그러나 그녀의 애원 아닌 애원에도 어느 누구 하나 귀 기울여 주는 사람이 없었다.

"누구냐고! 누군데 아이를 데려가느냔 말이야! 이 팔 놓고 얘기해!"

그 말에 남자가 천천히 몸을 틀어 그녀에게 시선을 꽂았다. 그러나 그게 다였다. 귀는 폼으로 달고 다니는지 그녀의 말은 들은 척도 하지 않았다. 아이를 잃어 놀란 부모 마음은 이해하지만 저리 나오니 착한 일 하다 봉변당한 그녀의 기분이 좋을 리 없었다. 액션 영화도 아닌데, 그것도 오밤중에 자신의 현관문이 뜯기는 것을 보게 될 줄은 몰랐다.

"좋아, 경찰서 간다고요, 가! 대신 당신들도 경찰서 가서 신분 확인하고 아이 데려가라고!"

남자의 눈매가 가늘어지더니 거실의 형광등을 켰다. 그러자 놀란 연수의 동그란 눈과 고집스러운 입매의 윤곽이 보다 정확히 드러났다. 남자의 느릿한 걸음걸음은 그녀를 향해 있었다. 갑자기 남자의 태도가 변하자 그녀는 뒷걸음질치며 마른침을 삼켰다. 혹시 폭력 행사를 하는 것은 아니겠지? 남의 집 문짝도 아무렇지 않게 뜯어내는 사람인데. 충분히 그럴 가능성이 보이자 그의 모습이 스릴러의 한 장면처럼 보여 바짝 얼었다.

"내가 여기 어떻게 왔다고 생각하지?"

"그야 내가 경찰서에……."

성격이 급한지 남자는 그녀의 말을 잘라먹고 자신의 말을 다시 이었다.

"내 조카가 나에게 전화를 했지. 집에 가고 싶다고 울면서 말이야."

아! 아무래도 그녀가 샤워할 때 아이가 집 전화로 그에게 전화를 한 모양이다. 그런 전화를 받으면 오해를 할만도 하지. 아까 아이의 삼촌이 선물을 사가지고 올 거라는 말을 잠투정으로 들었는데 아닌 모양이다.

"알겠어요, 알겠다고요. 처음부터 제가 설명할게요."

"지금부터 한마디 입 벙끗할 때마다 생각하고 말하는 게 좋을 거야. 모두 재판 증거로 쓰일 테니까."

남자의 싸늘한 분노에 연수는 숨을 들이켰다. 순간 연수의 머릿속은 어떤 기억의 끝자락을 붙잡은 것 같았다. 이와 똑같은 눈빛을 본 적이 있다. 잡아 올린 기억의 실체가 무엇인지 번쩍이자 연수는 믿기지 않는 사실에 눈을 질끈 감았다.

헉! 젠장! 이 남자, 누구인지 기억났다!

연수는 친구의 자취집을 찾아가는 중이었다. 고등학교 친구인 주희는 그녀와 달리 내성적이며 겁이 많아 여자가 보기에도 보호본능을 일으키게 하는 친구였다. 그런 내성적인 주희가 먼저 친구하자 했으니 지금 생각해 봐도 신기한 일이었다.

대학은 서로 다른 곳을 지원해 예전만큼 연락은 자주 못하지만 방학 때면 그녀의 외할머니 댁에 종종 놀러 가곤 했었다. 그런데 얼마 전 주희 친구 말로는 벌써 일주일째 학교도 나오지 않고 전화도 받지 않는다고 연락이 왔다. 걱정이 된 연수는 과외 알바 시간을 조정해 토요일 아침 일찍부터 주희의 자취집으로 향했다. 이

범생이가 학교까지 빼먹어가며 연락 두절인 이유가 도대체 뭐냔 말이냐고! 어디 아프기라도 한 건가? 여행을 간 것이면 좋겠지만 주희 성격에 달랑 배낭 하나 메고 집을 나서는 애도 아니라 딱히 다른 이유가 생각나지 않는 연수였다.

"주희야, 나야. 안에 있어?"

주희의 집 비밀번호를 알고 있지만 웬만하면 그녀는 벨을 눌렀다. 아홉 시이니 그리 빠른 시간은 아니다. 부스럭거리는 소리가 나고 현관문이 찰칵 하고 열리자 일단 연수는 안도의 한숨을 내쉬었다. 그러나 곧 집에 있으면서도 연락을 하지 않는 친구에 대해 화가 나 눈을 치켜뜰 자세를 취했다.

"집에 있으면서도 연락도 씹고, 너 손가락이 부러……."

속사포처럼 말을 쏘아주려던 연수는 창백하다 못해 쓰러지기 일보 직전인 친구의 모습에 멍하니 그대로 서 있어야 했다. 단박에 보아도 주희는 아파 보였다.

"너 어디 아파? 아니, 병원은 가봤어?"

"어. 연락 못해 미안해. 들어와."

연수는 가방을 한쪽으로 던져 놓고 일단 주방으로 향했다.

"어디가 아픈 거야? 독감이야? 아니다. 얘기는 나중에 하고 일단 넌 누워 있어."

수사 나온 형사처럼 연수가 주방을 날카롭게 훑었다. 행주는 말라 비틀어져 있고 그릇에 물기 하나 묻은 자국이 없다. 급한 마음에 쌀을 씻어 죽을 만들기 시작했다. 아프면 전화라도 하지. 부모님도 다 지방에 내려가 계셔서 돌봐줄 사람도 없는데…….

급하게 쑨 죽이라 잘 불지도 않았다. 그래도 뭘 먹어야 힘이 날 것 아닌가. 연수의 다급한 마음이 죽을 젓는 주걱에 묻어났다.

"어디가 아픈 거야? 병원 다시 안 가봐도 되겠어?"

연수가 두리번거렸지만 약봉지는 보이지 않았다. 친구의 핏기 없는 안색에 연수는 아무래도 병원을 다시 데려가야 할 것 같았다. 아픈데 혼자 이렇게 미련을 떨고 있었다니. 화가 나면서도 속이 상했다. 상을 주희 앞으로 들이밀며 연수가 숟가락을 주희의 손에 쥐어주었다.

"왜 이리 힘이 없어? 죽 팍팍 먹고 힘내."

"……."

"정말 괜찮은 거 맞아? 약 어디 있어? 조금 나았다고 중도에 안 먹으면 안 된다고 하더라."

두어 번 죽을 떠먹던 주희가 이내 울음을 터뜨리자 연수는 주희의 등을 토닥거렸다.

"혼자 끙끙 앓으니까 서럽지? 그러니까 왜 연락을 안 해. 울지 마. 가뜩이나 없는 기운 다 빠져나간다. 일단 죽 마저 먹어, 식는다."

이 정도면 아무리 주희라도 웃으며 다시 숟가락을 들 만도 한데 어찌 친구의 울음은 거의 통곡 수준으로 변하고 있다. 연수 또한 표정이 굳어질 수밖에 없었다.

"너…… 왜 그래? 무슨 일 있었어? 야, 김주희!"

아무리 힘들어도 티 내지 않던 친구가 이렇게 오열하는 모습은 처음이다. 단순히 아파 드러누운 것이 아니다. 무슨 일이 분명 있었다.

"너, 큰 병 걸린 거야?"

입이 방정이라지만 친구가 고개를 숙이고 눈물을 후드득 떨어뜨리는 모습에 저도 모르게 말이 튀어나왔다.

"나 앞으로 아이를 못 가지게 될지도 몰라."

친구가 갑자기 던진 말치고는 꽤 무거운 것이다. 그래서 무슨 말을 해야 할지 몰라 연수는 잠시 친구를 바라보는 것밖에 할 수 없었다.

"무슨 말이야?"

주희의 울음은 곧 흐느낌으로 변했다.

연수는 다그치는 것을 애써 누르고 친구가 입을 열 때까지 기다렸다. 흥분이든 위로든 일단 자초지종을 들어본 뒤 취할 일이다.

"자궁이 약해 자연유산 되었어. 내가 홀렸었나 봐. 그저 즐기다 손 흔들면 그만인 여자였는데……."

너무나 무덤덤하게 얘기를 해 연수는 자신이 잘못 들은 줄 알았다. 그러나 눈에 비친 친구의 고통이 너무도 시리고 아파 보였다. 충격에 연수는 무슨 말을 먼저 해야 할지 난감했다. 남자친구가 있는지도 몰랐는데, 거기다 임신까지 했었다니. 어쩌다 그런 못된 놈에게 걸려서.

연수가 주희를 끌어안았다. 이럴 땐 무슨 위로의 말을 해야 할지 몰랐다.

"확실한 거 아니잖아. 요즘은 의학 기술이 좋아 암도 고치는 세상인데. 너무 앞서서 걱정하지 말자. 일단 몸부터 추스르자."

"연수야, 그 사람, 어차피 나와 어울리지도 않는 사람이고, 그걸 알고도 좋아했는데……."

"네 말대로 홀린 거지. 미친개한테 물려서 잠시 정신이 나간 거야. 잊어. 너도 그놈이 나쁜 놈이라는 거 안다며?"

"알고 있으면서도 만났어, 바뀔 줄 알았으니까. 그 사람이 먼저 사귀자고 했으니까. 그랬어도 그 사람은 어차피 집안에서 소개한 여자랑 선보고 결혼할 건데 말이지. 아까 마지막으로 할 말이 있어 재아 씨에게 전화했더니 선보러 나가는 중이라더라. 그러면서 앞으로 전화하지도 말래. 난 이렇게 아프고 힘든데!"

갑자기 격해진 듯 주희의 언성이 높아졌다. 감정을 주체할 수 없는 듯 꽉 깨문 주희의 입술이 가늘게 떨렸다.

"그런 새끼가 시궁창에 박히든 어떤 년과 붙어먹든 앞으로 신경 끄고 넌 네 몸만 추스르라고."

"알아, 안다고! 그런데 누가 내 머릿속을 조종하고 있는 것처럼 마음대로 안 돼. 지금 이 순간에도 난 내가 돈 많은 부잣집 애였다면 재아 씨도 날 쉽게 생각하지 않았을 거란 생각밖에 못해."

무릎 안에 고개를 파묻은 채 주희가 서럽게 울었다. 연수는 그런 주희를 가만히 바라보았다. 마음이 아파 울고 싶을 때는 실컷 울게 내버려 둬야 한다. 그러지 못하면 습기가 찬 마음은 나중엔 곰팡이가 피어버린다.

"연수야, 나 미쳤나 봐. 네가 안 왔다면 나 지금쯤 H호텔로 달려가고 있었을 거야. 가서 아마 행패를 부렸을 거야. 나도 내가 왜 이러는지 모르겠어."

아무것도 먹지도 못한 상태에서 자연유산까지 된 주희는 결국 울다 탈진해 쓰러졌다. 구급차에 실려 가는 친구를 보면서 연수는 처음으로 알지 못하는 남자한테 살인 충동을 느꼈다.

병실은 가습기에서 뿜어내는 소리와 시계 초침 소리밖에 들리지 않았다. 링거를 맞고 잠이 든 주희의 얼굴은 죽은 사람처럼 창백해 겁이 날 지경이다. 자리를 지키던 연수는 벌떡 일어났다. 자기 친구는 아파 누워 있는데 그 애인이라는 놈은 시시덕거리며 선을 본다고? 연수의 주먹이 분노로 꽉 쥐어졌다. 그놈 인생에서 최악의 선자리가 되게 해줄 테다. 그녀가 그놈의 인생을 망칠 대단한 힘은 없지만 그렇다고 앉아서 당하고 있기에는 너무나 화가 나고 열이 뻗치는 일이었다. 결심한 연수의 눈에 불꽃이 튀었다.

택시가 정차하기도 전에 호텔 정문에 내린 연수는 전투 준비를 끝낸 사람처럼 비장한 모습이다. 거스름돈을 받을 여유도, 호텔 직원에게 안내를 받을 여유도 없었다. 그녀의 머릿속에는 오로지 'H호텔' 커피숍에 앉아 있는 재아라는 자식에게 똥물을 끼얹을 생각밖에 들어 있지 않았다.

"찾으시는 분이 계신가요?"

그녀가 주변을 이리저리 둘러보자 눈치 빠른 매니저가 그녀에게 다가왔다.

"성은 모르겠고, 이름이 재아예요. 선보러 온 남자 찾아요."

매니저는 신속하게 예약 명단을 보더니 그녀를 '그놈'이 앉아 있는 테이블로 안내하고 사라졌다.

연수는 대놓고 남자를 노려보았다. 물론 어떤 낯판을 가지고 있는지 위아래로 훑어보는 것도 잊지 않았다. 다부진 체격에 나 잘 먹고 잘살았다는 티는 물론이고, 얼굴에 거만이 위험 수위를 넘었다. 그녀가 상상한 느물거리고 반질반질한 카사노바 얼굴과는 너무나 달랐다.

'딱 봐도 사랑의 사 자도 모르는 놈인데, 주희 년, 눈이 삐어도 단단히 삐었지. 고작 달달한 말 몇 마디에 넘어간 바보 같은 년.'

연수는 머리를 거칠게 넘기며 전투 준비를 완료했다. 선보는 여자 앞에서 망신 주려 했는데 아직 오지 않은 모양이다. 좋아, 여자가 올 때까지 어디 똥물 맛 좀 보라고. 억울해하지는 마. 기꺼이 나 또한 그 똥통에 빠져줄 테니까.

"재아 씨? 여기 앉아 있었네?"

남자의 미간이 잠시 모아졌지만 그뿐이다.

"어린 여자만 골라서 단물 다 빼먹고, 유산은 유산대로 시키고, 더 이상 애도 못 낳게 만들어놓고 넌 여기서 선을 본다?"

남자의 얼굴이 확실히 아까보다 굳었다. 주위의 시선을 생각하는지 그는 그녀에게 맞대응하지 않았다.

"왜, 쪽팔려? 그럼 쪽팔릴 짓을 하지 말았어야지."

남자가 천천히 일어나 연수를 쳐다보았다. 경고성이 가득 담긴 서늘한 눈빛만으로도 그녀는 솔직히 겁이 났다. 이 기세라면 남자가 그녀를 한 대 쳐도 이상할 게 없을 것 같았다.

"뱉은 말에 책임은 질 나이겠지?"

남자는 연수의 옷차림을 보며 싸늘히 내뱉었다.

“네놈이야말로 뱉은 말에 책임질 나이잖아? 때리고 싶어? 때려, 안 말릴 테니까. 이참에 같이 경찰서 가자고. 여기서 네 맞선 훼방 놓은 거 고소하라고. 대신 네놈을 혼인빙자간음죄로 처넣어버릴 테니까 알아서 해, 이 변태 같은 자식아!”

그녀의 쩌렁쩌렁한 목소리는 주위의 이목을 집중시켰다. 흥미로운 장면에 관객은 자기들끼리 이야기를 끼워 맞추고 있었다.

“너 뭐야?”

“왜, 끼고 놀던 여자가 하도 많아서 내 얼굴은 기억이 안 나? 아니면 쪽팔려서 그래? 잘 생각해 봐. 네놈이 지금 누구에게 무릎 꿇고 빌어야 하는지.”

아무리 이 남자에게 똥물을 들이붓고 싶다고 여기서 친구의 이름을 올릴 수는 없었다.

“뭐 하는 거예요? 당장 끌어내세요!”

너무나 흥분해 뒤에서 누가 다가오는지도 몰랐다. 연수는 부지불식간에 건장한 사내한테 두 팔이 붙들린 채 질질 끌려 나가야 했다. 아직 자신이 하고 싶은 말의 반도 다 하지 못했는데, 그녀의 힘으로는 버틸 수가 없었다. 젖 먹던 힘까지 다해 바동댔지만 그녀가 할 수 있는 것이라고는 고작……

“성병에 걸려 죽어버려라, 이 나쁜 새끼야!”

하고 악담을 내뱉는 게 전부였다.

사내가 진짜 화가 난 듯 연수를 향해 위협적인 발걸음을 뗐다.

“내일 3류 신문 일면에 장식하고 싶지 않으면 그만하시죠?”

길고 손질이 잘된 여자 손이 그의 팔을 잡았다.

"뭐야?"

불쾌한 그의 시선에도 여자의 입술은 생끗 올라갔다.

"이런, 사진도 안 보고 선 자리에 나왔나 보죠?"

그러면서 혜리는 연수를 위아래 천천히 훑어보았다.

"당신 취향이 좀 특이해서 놀랍긴 한데 저 여자는 나중에 해결해요. 선을 보러 왔으면 이쪽 체면도 생각해 주셔야죠."

"이 손 치우지?"

"설마 이대로 가겠다고요? 날짜도 당신 마음대로 변경했으면서?"

"날짜 변경에 동의한 것으로 아는데? 그리고 선은 얼굴 본 것으로 여기서 끝내지."

사내는 혜리의 손을 쳐내며 연수를 당장에라도 죽일 듯한 눈빛으로 커피숍을 나섰다.

호텔 뒷문으로 던져지다시피 한 연수는 패잔병처럼 근처 버스 정류장까지 걸어가야 했다. 그 나쁜 놈에게 악담을 퍼부어도 달라지는 건 없었다. 오히려 자신의 바보 같은 짓에 씁쓸함만 남았다. 친구에게 가자. 분명 지금쯤이면 정신이 돌아왔을 것이다. 아무것도 못 먹었으니 죽이라도 사가야겠다. 애써 감정을 추스른 연수는 병원으로 다시 향했다.

병원에 도착한 연수는 입 끝을 억지로 잡아당겨 얼굴에 남아 있는 우울한 표정을 지우려 노력했다. 혹 주희가 아직까지 자고 있을

지 몰라 연수는 병실 문을 조용히 열었다. 그러나 언제 깼는지 주희는 침대 헤드에 기댄 채 흐릿한 미소로 연수를 반기고 있었다.

"깨어났으면 전화를 하……."

그러나 말을 다 끝내기도 전에 연수는 주희 옆에 앉아 있는 한 사내의 모습에 순간 의아했다. 그녀가 병실을 비운 시간은 고작해야 세 시간 정도이다. 아무리 친한 지인이라고 해도 주희 성격에 자신이 병원에 있는 것을 가르쳐 줄 리 없었다, 그것도 사내한테. 그리고 무엇보다 주희가 행복해하고 있었다. 뭔가 잘못되었다는 생각이 본능적으로 부르짖었다. 연수는 그들에게 가까이 가지도 못한 채 병실 문손잡이를 꼭 잡고 잠시 동안 그들을 지켜보았다.

"거기 서 있지 말고 들어와. 그런데 어디 갔다 왔어?"

'그렇게 웃지 마! 그렇게 그 남자 보고 금의환향한 낭군 맞듯 웃어주지 말라고!'

주희의 창백한 얼굴 위로 유난히 눈이 반짝거리고 있었다.

"잠시 좀 일이 생겨서……. 그런데 이분은?"

그러면서 연수는 사내에게 고개를 돌렸다. 서글서글한 눈매에 부드러운 인상, 하지만 조금은 못 미더워 보이는 실없는 미소. 답 듣기가 겁이 난다. 거기다 지금 보니 남자는 주희의 손을 꼭 잡고 있었다. 그것도 깍지를 낀 채 말이다. 이 의미를 어떻게 받아들여야 하지?

"주희 남자친구입니다."

"누구요?"

자신도 모르게 목소리가 높아졌다. 연수는 주희에게 좀 더 설명을 해달라는 눈빛을 강렬히 보냈다. 방금 전까지 네 빌어먹을 남자친구는 선을 보고 있었는데! 남자가 페이스오프를 한 것이 아니라면 너 양다리니? 아니면 아는 선배가 오늘 프러포즈라도 한 거야? 그녀의 머리는 온갖 답을 갈구하며 와글대었다.

"거기 서 있지 말고 여기 앉아. 알아, 네가 무슨 생각 하고 있는지."

'아니, 넌 절대 몰라!'

놀라 근육이 말을 듣지 않는지 연수는 삐거덕대는 걸음을 간신히 옮겨 주희 곁으로 다가갔다. 묻기가 겁이 났다. 눈앞에 누가 빤히 보이는 답안지를 흔들어대고 있는 것 같았다. 남자가 의자를 내줬지만 지금 연수는 느긋하게 앉을 기분이 아니었다.

연수의 반감 가득한 표정에 남자가 당황한 듯 머리를 긁적였다.

언제 환자였냐는 듯 주희는 또다시 웃음을 남발하며 남자에 대한 오해를 풀어주려 입을 열었다.

"오빠가 나 버리고 딴 여자랑 선보러 갔다고 내가 말했거든. 그래서 그래."

연수의 머릿속에 종이 울렸다. 너무나 크게 울려 머리가 띵할 정도로 아무런 생각도 할 수 없었다. 그럼 내가 온갖 추태를 부리며 악담을 퍼붓고 온 그 남정네는 누구란 말인가. 난 분명 호텔에 가서 그 남자 이름까지 똑바로 말했다고! 이름이 틀렸다면 그 남자가 가만히 앉아서 그 엄청난 욕을 듣고 있었을 리가 없잖아?

"그 부분에 대해서는 설명하겠습니다. 주희가 전화를 했을 때는 부모님이 옆에 계셔서 그렇게밖에 얘기할 수 없는 상황이었습니다. 저는 주희를 포기할 생각이 없습니다. 졸업하자마자 결혼할 생각입니다. 진심입니다."

축하해 줘야 마땅하지만 축하의 말이 나오지 않았다. 그 남자, 아직 호텔에 있을까? 분명 난 이름을 종업원에게 말했고, 예약 명단에 분명 있었다고! 자기 방어에 급급한 그녀는 속으로 변명거리를 쏟아냈다.

"그럼 오늘 선본다는 것은……."

마지막까지 썩은 동아줄에라도 매달려 보자는 심정으로 다시 연수가 질문을 던졌다.

"상대편에 양해를 구해 없는 일로 해달라고 했습니다. 이제 오해는 풀리셨지요? 그럼 정식으로 인사드립니다. 주희의 남자친구 박재아입니다. 말씀은 주희한테 많이 들었습니다. 주희한테 연수 씨 같은 친구가 있어 정말 다행입니다."

남자가 손을 뻗어오자 연수는 울 듯한 미소를 보이며 주희의 남자친구와 악수를 했다.

이제 어떻게 해야 하지? 누가 좀 알려주었으면 좋겠다. 그 남자가 그녀를 찾아내서 명예훼손 및 인격모독죄로 고발해도 그녀는 할 말이 없었다. 얼마나 그녀가 최악의 사고를 쳤는지 자각되자 절로 신음이 터져 나왔다. 아니, 울고 싶은 심정이었다. 그 남자, 선보러 나온 자리인데 그녀가 망쳐 놓고 말았다. 연수는 두 눈을 꾹 감았다. 그러게 남의 연애사는 함부로 간섭하는 게 아니라는 어르신들의 말을 새겨들었어야 했다.

*

“미안합니다.”

경찰서 앞에서 재하는 다시 한 번 정중히 인사했다. 움찔한 연수는 최대한 그에게 얼굴을 보이지 않기 위해 고개를 반대 방향으로 돌렸다. 이런 악연이 어디 있단 말인가! ‘미안하다’ 는 말은 그녀가 해야 했다, 적어도 육 년 전에.

“오해가 풀렸다니 다행이네요. 아이가 유괴되었다고 생각하면 그럴…… 수도 있죠. 신경 쓰지 마세요.”

혹시 육 년 전 그녀의 목소리를 기억할까 봐 연수는 되도록 가늘면서도 부드럽게 목소리를 깔았다. 이래서 죄짓고는 못 사는 것이다. 대한민국 땅이 웬만큼 좁아야지.

‘우리 집 문짝 뜯고 내 가슴 놀라게 한 것으로 육 년 전 일과 퉁쳐요, 아저씨.’

“그럼 하실 말씀 더 없으면 이만 가보겠습니다.”

“잠시만.”

두 발도 내딛기 전에 남자가 연수를 부르자 그녀의 심장은 미친 듯이 뛰기 시작했다. 기억난 건가? 저 사람, 기억력도 상당히 좋을 것 같은 느낌은 괜한 상상이겠지? 거기다 그때는 단발머리에 학생 신분이었고 볼 살도 통통했다. 지금의 그녀와 연관시키기는 어려울 것이다. 육 년이 흘렀는데 쉽게 그녀를 기억할 리 없다. 그녀는 내일 당장 미용실에 가서 뽀글뽀글 파마라도 할 생각이었다.

“현관문도 수리해야 할 테고 밤늦게 아이를 보호해 준 성의 표시를…….”

“아니요! 현관문은 낡아서 어차피 바꿀까 생각했던 참이라 신경 안 쓰셔도 돼요. 그리고 아이를 잠깐 보호한 건 답례를 바라고 했던 일도 아니고……. 그럼 안녕히 가세요.”

연수는 남자가 더 이상 그녀를 붙잡지 못하도록 후다닥 달아났다.

재하는 서둘러 떠나는 여자를 보며 미간을 찡그렸다. 자신이 여자를 놀라게 한 것에 미안한 마음이 들었다. 한밤중에 문짝이 뜯겨져 나가고 경찰서까지 와야 했으니 겁이 날 만도 한 일이다. 거기다 그가 위협 아닌 위협을 가했으니 보기 싫어할 만도 하다. 뒤도 안 돌아보고 총총거리며 사라져 가는 여자의 모습에 재하는 잠시 생각하다 전화를 걸었다.

“이재합니다. 뜯어진 대문, 지금 당장 복구 부탁드립니다.”

휴대폰을 닫으며 그는 차에 올라탔다. 조만간 시간을 내 정중히 사과를 하러 가야겠다고 생각하는 재하였다.

*

“모두 착석하신 것 같으니 시작하겠습니다.”

제일 상석에 앉은 한 남자가 입을 열자 모두 자세를 가다듬으며 서류에 시선을 주었다.

영업본부장이라 함은 그 아래 총괄팀장이 있으며, 그 밑으로 수많은 팀장이 잘게 쪼개어진 부서에 자리하고 있다. 공사 프로젝트이다 보니 그와 연결된 해외 지사 및 협력 부서가 또 갈라져 나뉜다. 그러므로 그 직급에 맞는 나이라면 적어도 머리가 희끗희끗하고 얼굴에 주름이 잡히고 연륜 있어야 했음에도 불구하고, 그에 맞지 않게 새파랗게 젊은 사내가 회의를 진두지휘하고 있었다.

"브라질 제철소의 진척 현황에 대해서 먼저 보고 듣겠습니다."

재하의 가차 없는 말투에 참석한 팀장들은 다들 넥타이를 연신 만지작거려야 했다. 오늘의 첫 주제가 심상치 않음은 물론이요, 특히 재하의 이마에 붙여 있는 밴드가 분위기를 더욱 싸하게 만들었다.

원래 ㈜한동은 1960년대에 아파트 건설로 시작해 80년대는 철강 쪽으로 사업을 급선회하였고, 90년대로 넘어서면서부터는 플랜트 사업에 뛰어들어 명실상부 플랜트 세계 2위를 차지하고 있는 회사이다. 대부분 해외 수주이며 도로, 항만, 발전소를 가리지 않는다.

"부지 매입을 일시 중단하라는 브라질 정부 쪽의 공문이 도착했으며, 현장 실사가 다음 주부터 시작될 예정이라고 합니다."

㈜한동의 최대 주력 분야로 꼽히는 제철소 건설 공사는 최소 3년에서 길게는 10년까지 계획을 잡는다. 그런데 현재 브라질에서 추진되고 있는 제철소가 2년이 지나도록 부지 조성조차 이루어지지 않고 있었다. 거기다 산림용지가 산업용지로 바뀌는 것에 대해 산림법 위반 혐의가 추가되어 브라질 정부의 고소 준비로 악재가 겹쳤다.

재하가 몸을 앞으로 숙여 기획부장을 노려보았다.

"톤당 $280로 공사비용이 책정되어 있는 것으로 알고 있습니다. 이대로라면 4기 때 접어들면 톤당 $400은 넘을 것 같군요."

감정을 확인할 수 없는 낮지만 명료한 목소리. 이 말에 모든 뜻이 압축되어 있다. 뻔히 보이는 이 적자 공사를 밀고 나가야 하느냐는 의미이다.

재하는 앉아 있는 팀장들을 날카롭게 노려보았다. 5년 계획으로 잡은 공사가 반 이상이 넘도록 진척이 보이지 않고 있다. 기업간에 계약이 체결된다 해도 정부에서 지원을 받지 못하면 플랜트 공사는 진행 자체가 어려워진다. 거기에 정치적 성향이 더해지면 이 계약은 엎어진 것이나 다름없다. 그렇다고 발을 뺄 수도, 앞으로 나갈 수도 없는 상황. 누구를 탓할 수도 없다. 정치 문제를 고려하지 않은 채 덥석 계약을 한 ㈜한동의 책임이다.

재하는 입을 열기 전 회의에 참석한 각 팀장들을 쭉 훑어보았다.

"최수한 부장님, 이번 달까지 하이언과의 계약 파기를 법무팀에 전면 검토하라 요청하십시오. 김익원 부장님, 브라질 상황을 주시하면서 다음 달부터 해외 파견 인력 철수를 동시에 진행합니다. 서영훈 부장님, 세계 각국의 부실 제철업소의 정보와 사들일 수 있는 자금 확보 계획을 부탁드립니다."

회의석상에 앉은 모든 사람이 패닉에 빠진 듯하다.

"다음은 말레이시아 부두 건설 상황 보고 부탁드립니다."

"지금 그 말은 계약을 파기하겠다는 말씀이십니까?"

너무나 놀라 말이 제대로 나오지 않는 서 부장은 본부장의 진의를 물었다.

"그럼 이 적자가 빤히 예상되는 브라질 제철 공사가 왜 진행되어야 하는지 누가 절 이해시켜 보시겠습니까?"

"1조 원 공사입니다. 이렇게 쉽게 단독적으로 결정할 수 없는 일입니다. 회사의 명예와 자존심이 걸린 문제입니다. 다음 수주에도 분명 영향을 끼칠 겁니다. 브라질 정부의 도움이 해결된다면 물고가 트이는 작업입니다."

모두 공황상태에 빠져 입이 떡 벌어져 있을 때 그중 한 명이 용기를 내 재하의 의견에 반박하고 나섰다. 본부장의 의견에 면전에서 반박하지 못한 몇몇 간부는 웅성거림으로 자신의 의견을 피력했다.

그도 그럴 것이, 간단한 결재 건도 아니고 이런 어마어마한 폭탄을 터뜨리고도 재하는 추가적인 설명 없이 다음 안건으로 넘어가려 하고 있었다.

"이미 회장님께 보고한 건입니다. 그리고 최영혁 팀장님, 회사 자존심은 망한 뒤에는 소용없습니다. 다른 프로젝트 수익을 밑 빠진 브라질 사업에 쏟아부을 수는 없습니다. 또한 앞으로 업무보고 시 만약의 가정법은 사용하지 말아주셨으면 좋겠습니다. 불확실한 정보는 기업의 실패와 직결되는 걸 잘 아실 텐데요."

통신이나 IT 회사와 다르게 건설 및 플랜트 사업을 하는 대기업의 분위기는 좀 더 보수적이다. 체계 오더가 흔들리면 업무 진행 사고 발생률이 커지기도 하고, 워낙 거친 일을 하다 보니 생산 쪽

기강은 웬만한 군인 정신과 맞먹었다. 거기다 회장님은 다혈질이면서도 자신의 의견에 반기를 드는 자를 별로 좋아하지 않았다. 한두 푼도 아니고 1조 원 공사이며 대외적으로 입지를 굳힐 수 있는 계약을 파기하겠다고 했으니 회장님의 진노가 하늘을 찔렀을 것이 분명했다. 그렇다고 저 본부장이 조곤조곤하게 설명하는 성격도 아니고 하나하나 상황을 지적해 가며 계약을 엎어야 한다 했을 테니 안 봐도 훤했다. 재떨이 하나는 날아왔을 것이다. 그리고 저 이마의 밴드는 영광의 상처일 테고.

"말레이시아 부두 건설은 마무리되는 단계입니다. 총 75만 개 컨테이너를 하역할 수 있는 공간 확보 및 크레인 장치도 완료된 상태입니다."

"추가적인 공간 확보를 요청해 온 것으로 아는데요?"

고요 속에 서류 넘어가는 소리는 어느 때보다 날카로웠다.

"아직 몇 가지 더 확인해 봐야 할 것이 있어서…… 확답이 나지 않은 상태입니다."

재하가 싫어하는 것 중 하나가 부정확함, 그리고 확인 중이라는 두루뭉술한 답이다. 그의 회의 시간에 이런 단어는 일체 엄금이라고 봐야 했다.

그걸 잘 아는 김 부장이기에 진땀이 흘렀다. 지난 회의 시간에도 보고서가 잘못 올라가는 바람에 재하의 싸늘한 눈빛을 받아내야 했던 그다. 너무 똑똑한 상사를 모시는 것도 피곤한 일이다. 저 머릿속에 뭐 하나 누락되는 것이 있을까? 이건 아마 모든 보고자의 생각일 것이다. 하루에 보고받는 메일 양이 수백 통이다. 그것도 세계 각국에서 날아오는 메일이고, 그에 맞게 오더가 나가야 하는 본부장의 입장은 밤낮 구분이 무의미했다. 그런데 자신의 본부장은 빠짐없이 확인하고 진행시키고 마무리한다.

그래, 모든 게 완벽하지. 단 하나 그를 따라다니는 추문을 제외하고는 말이지. 저 얼굴에 저 머리에, 저 든든한 배경을 가진 본부장이 혼기를 꽉 채우다 못해 넘침에도 장가를 못 가는 바로 그 이유! 그것이 지극히 개인적인 성적 성향이라는 건 사내에서 모르는 사람이 없었다.

*

동료의 승진 턱으로 연수는 스파게티에 마무리로 커피까지 얻어 마시면서 아쉬운 점심시간의 끝을 보내고 있었다. 살랑살랑 불어오는 봄바람에 옥상의 직원 휴게실에 엉덩이를 딱 붙이고 한 시간만 더 눈을 감고 쉬었으면 바랄 게 없지만 벌써부터 여기저기 내려가려고 일어서는 직원들이 보였다.

"밖에서 밥 먹고 오면 정말 딱 한 시간이 날아간다고. 그러니 곧바로 앉아서 일해야 하니 소화도 안 되고 뱃살도 나오는 거야. 그러니까 점심시간은 최소 1시간 30분은 줘야 해."

이루어지지 않는 소원을 입 아프게 매번 말하는 것은 아마도 슬픈 현실을 받아들이기 싫은 자기 방어적 세뇌일 것이다. 연수는 입을 내밀며 자리에서 일어났다. 오늘도 그녀는 대출을 갚기 위해 부지런히 일해야 했다.

기지개를 켜며 일어난 연수는 휴대폰이 울리자 휴대폰 액정을 바라보았다. 모르는 번호라 살짝 미간이 찡그려진다.

"여보세요?"

〈박연수 씨 휴대폰이지요?〉

"맞는데 누구시지요?"

〈지호 엄마예요. 며칠 전 말썽 많은 제 아들을 보호해 주셨지요? 이렇게 늦게 전화 드려 죄송합니다. 그리고 감사합니다.〉

"아, 네. 안녕하세요."

〈원래는 찾아뵙고 인사를 드려야 하는데 그이가 식사 대접이 어떻겠냐고 하더라고요. 괜찮으시면 이번 주말에 시간 되시나요?〉

별로 가고 싶지 않았다. 그 남자와 마주칠 일은 없겠지만 그래도 그와 관련된 식구들이 아닌가. 되도록 피하고 멀찌감치 떨어져 지내는 게 상책이다. 또 이런 자리는 분명 어색하고 불편한 자리가 될 텐데 그녀가 그 자리에 왜 가야 한단 말인가? 진심으로 노땡큐다.

"괜찮습니다. 아이가 무사하다면 되었지요."

〈다음 주가 안 된다면 다다음주는 어떠세요?〉

"아무래도 요즘 일이 바빠서 시간이 안 될 것 같아요. 죄송하지만 마음만 받겠습니다."

〈그럼, 편한 시간을 알려주시면 저희가 그 날짜에 맞추기로 할게요. 아, 아니면 저희가 연수 씨 회사 근처로 가도 될 것 같은데요.〉

"……."

포기를 모르는 여자였다. 당사자가 괜찮다는데 굳이 왜 이러시나. 아줌마, 나의 이 주저하는 목소리와 두 번씩이나 간곡하게 사양하는 것은 진심이라는 것을 알아주세요.

〈평일도 괜찮고요.〉

이 아줌마, '거절'과 관련된 모든 답을 차단시킬 예정인가 보다.

"……생각해 보니 이번 주에 시간이 될 것 같네요."

〈잘됐네요. 저희도 연수 씨를 빨리 뵙고 싶은데. 혹시 좋아하는 음식이나 못 먹는 음식 있으신가요?〉

연수는 대답하기 전 한숨을 크게 내쉬어야 했다. 대충 이 아줌마 성격의 밑그림이 그려졌다. 장담컨대, 만족하는 답을 다 쟁취할 때까지 이 여자는 전화를 끊을 생각이 없는 것이다. 아줌마, 좀!

"특별히 가리는 건 없어요."

대화 내용이 궁금한지 동료들이 연수를 대놓고 바라보고 있었다. 결국 여자는 본인의 의지대로 모든 약속을 정하고 음식의 취향까지 확인한 다음 전화를 끊었다. 이 식구들을 만나기 전에 소화제는 필히 준비하고 가야 할 듯싶었다.

"뭔데? 뭔 전화를 그리 쩔쩔매며 받아?"

같은 동기 녀석인 석준이 뺀질거리는 낯짝을 들이밀며 물었다.

"별거 아니야. 길 잃은 아이 잠시 보호해 줬는데 고맙다며 식사 대접하겠대."

"그런데 반응이 왜 그리 시큰둥해? 그거 좋은 거잖아. 누가 알아? 사례라도 할지."

연수가 째려보자 석준은 미안한 웃음을 보이며 자신의 실수를 인정했다.

"아니, 나라도 내 자식 찾아준 사람에게 고마워서 그러겠다고."

그녀도 순수하게 그 상황만이라면 마음 편히 인사를 받았을지 모른다. 하지만 이 불길함은 마치 거짓말을 하고 언제 들킬지 모르는 아이와 같은 심정이라고나 할까?

하느님, 육 년 전의 일이라면 저도 할 말 많아요. 혹시 몰라 호텔도 다시 찾아가 봤고요. 그 남자와 비슷한 체격의 남자를 거리에서 보기라도 하면 깜짝 놀라 죄책감에 한동안 괴로워도 했어요. 그런데 아무리 우리나라 땅이 좁아도 그렇지, 마음의 준비도 없이 제 앞에 그 남자를 턱 하니 던져 놓으면 전 어떡하라고요. 보니 그 남자, 한 성격 해 보이던데 그 육 년 전 일을 알아봐요. 문짝 뜯기는 것으로 끝날 것 같아요? 하느님이 보기에도 아니죠? 시간도 많이 흘렀는데 그냥 하나의 해프닝으로 모른 척 살아가도 되는 거죠? 네, 하느님? 살다 보면 본의 아닌 실수도 할 수 있는 거잖아요. 대답이 없으시네요. 침묵은 긍정이라 생각할게요. 오늘도 일용할 양식을 벌기 위해 새끼 양은 열심히 일하러 일터로 가나이다. 아멘.

"야, 박연수, 거기서 뭐 해. 엘리베이터 왔어. 빨리 뛰어."

연수는 오늘도 이기적인 기도를 올리며 일터를 향해 뛰어갔다.

*

식사 대접도 불편한데 거기에 집으로의 초대라 연수는 더욱 가기가 싫었다. 라면을 끓여 먹어도 속 편히 다리 뻗고 먹는 게 낫지, 이런 정장 차림에는 물도 조심스럽게 씹어 삼켜야 한다. 초대라 빈손으로 갈 수도 없어 연수는 근처 꽃가게에서 실용적인 작은 화분을 사가기로 했다.

연수는 초대한 집 대문 앞에 도착하자 조금 전까지의 생각을 대폭 정정하기로 했다. 불편이 아니라 부담 백배가 될 듯했다. 불러준 주소로 찾아간 집 대문 앞에 서니 이건 딱 봐도 '우리 좀 살아요' 가 아니라 '우리 겁나게 잘살아요' 라는 호화 주택이 그녀 앞에 버티고 있었다. 이 정도 되니까 그녀의 집 문짝을 과감하게 뜯어내고도 순식간에 복구해 줬겠지.

사실 뜯어진 문짝을 어떻게 처리하고 자야 하는지 잠시 고민했었다. 그러나 그녀의 고민이 무색하게 돌아와 보니 문은 원래대로 복구되어 있었다. 마치 스티커를 뗐다 붙였다 해놓은 것처럼 아주 간단히 말이다. 역시 돈은 못하는 게 없는 만능 마술봉이었다.

연수는 돌계단을 올라가면서 양옆으로 심어놓은 이름 모를 꽃들을 찬찬히 구경했다. 그리고 예상했듯 계단을 다 올라가니 축구는 못해도 족구는 할 정도의 잔디가 펼쳐져 있었다. 이런 집을 놔두고 가출을 한 그 꼬맹이는 고생을 덜해봐서 그런 게 틀림없었다.

"어서 오세요. 오는 데 힘들지는 않으셨죠?"

연수가 소리 나는 방향으로 몸을 틀자 그녀보다 모든 것이 작아 보이나 눈만은 동그랗게 반짝거리는 여자가 연수를 반겼다. 목소리를 보면 분명 그녀에게 전화를 한 주인공인데 생각했던 모습과 완전 딴판이다. 고집 센 아줌마의 모습은 어디 가고 이 작은 키, 하얀 얼굴, 가느다란 목덜미, 나긋한 미소까지 이 모든 게 그녀의 취향이다. 그녀가 얼마나 이상적으로 꿈꾸던 여성 스타일이던가. 그리고 그녀는 이런 스타일의 여자에게 약했다. 왜냐하면 그녀의 어머니는 그녀에게 큰 키와 튼튼한 골격 구조, 그리고 조심성 없는 성격을 그대로 물려주었다. 원래 인간은 자신에게 부족한 부분을 가지고 있는 사람에게 끌리게 마련이다, 남녀 불문하고.

"들어가세요. 지호도 옛날이야기 해준 누나 온다고 어제 신나 했는데 오늘 자연학습을 갔다 오더니 피곤한지 잠들었어요."

"네……."

천적의 소굴로 발을 디뎌야 하는 그녀의 심정은 아무도 모르리라. 긴장한 웃음은 벌써부터 입가 근육의 통증을 호소하고 있었다. 그녀의 쾌활한 성격도, 적극적인 사회생활의 내공 실력도 지금은 발휘할 수 없었다.

"제가 연수 씨 온다고 맛있는 거 많이 만들어놓았어요."

이왕 여기까지 왔으니 어쩔 수 없다. 누가 그랬던가, 피할 수 없으면 즐기라고. 평소 못 먹어본 음식이나 실컷 먹고 가야지. 애써 좋게 생각하며 연수는 자신보다 작은 여자에게 끌려 집 안으로 들어갔다.

그녀는 지금 뉴스에서나 볼 수 있는 사람을 눈앞에서 마주하니 신기하기도 하고 어색하기도 했다. 연예계 쪽이라면 사인이라도 받으며 이야깃거리라도 있으련만 하필 경제면을 장식하고 있는 통신사의 부사장을 앞에 두고 밥을 먹자니 이야깃거리가 참 빈약해진다. 그렇다고 그녀가 경제 이야기를 꺼내는 것도 웃기지 않은가. 숨을 쉬면서 호흡 곤란을 느끼는 것은 그녀만의 착각이겠지?

"냉채는 조금 새콤하게 했는데, 입에는 맞아요?"

거기다 반찬 하나가 입으로 들어갈 때마다 지호 엄마라는 여자는 맛 평가를 기다리고 있었다. 감탄사 남발도 한두 번이지 무서워서 다른 반찬 집기가 겁이 났다. 여자의 남편이 보기에도 너무 했는지 입을 열었다.

"단희야, 손님 불편해하시잖아."

"내가 오랜만에 요리를 해서 입맛에 맞는지 궁금해서 그래요."

"모두 맛있어요. 저는 사실 요리를 잘 못해서 요리 잘하는 사람 보면 부럽거든요."

무슨 맛인지 하나도 모르겠다. 그녀의 미각은 시간이 갈수록 무뎌져 가는 것 같았다. 밥이나 반찬이나 그냥 물에 젖은 종이를 씹고 있는 느낌이다. 그래도 성의를 생각해 맛있게 먹어야 한다는 강박관념에 연수는 반찬도 그득, 밥도 그득 한입에 넣어 꼭꼭 씹었다.

그때 누군가 들어오는 발자국 소리에 무심코 그녀는 고개를 들었다. 누가 들어오든 그녀와 상관없지만 이 부부의 부담스러운 시선에서 잠시라도 벗어날 수 있다면 도리도리라도 할 판이다. 그러나 들어오는 사람이 누구인지 확인하자마자 그녀는 기겁하며 기침을 토해내야 했다.

"콜록콜록!"

'이런 젠장!'

입안의 음식물이 밖으로 튀어나오지 않게 최대한 노력하며 씹지도 않고 떡갈비를 삼켜 버렸다. 보아뱀이 소를 삼키는 기분이랄까? 식도가 찢어지는 느낌이다. 연수는 본능적으로 고통스러운 목을 움켜쥐었다.

"어머, 어떡해. 여기 물이오."

단희가 다가와 연수의 등을 두드리며 걱정스레 바라보았다. 그러곤 이내 재하를 째려보았다.

"오빠는 발자국 소리 좀 내고 들어오지. 손님이 놀랐잖아."

재하가 연수의 곁으로 다가오자 그녀는 바짝 긴장했다. 이래서 내가 초대를 거절하고 싶었던 거라고! 내 본능은 알고 있었다고! 이 남자와 부딪칠 거라는 것을. 이제 믿을 구석은 제발 그가 그녀의 얼굴을 기억하지 못하길 바라는 수밖에 없었다. 우연이 세 번이면 인연이라고 하는데 그녀의 경우는 우연이 세 번이면 악연이 될 처지에 놓여 있었다. 물론 그가 그녀의 얼굴을 기억한다는 조건하에서. 하지만 사람이 자꾸 마주치다 보면 어느 순간 기억이 톡 하고 튀어나올 때가 있을 것이다. 뇌는 가끔 그런 친절을 베풀기도 하니까.

"연락이 없어서 못 오는 줄 알았는데 용케 왔네?"

재하는 동생의 질문을 무시한 채 처남에게 고개로 인사를 한 후 곧바로 식탁에 앉았다.

“제가 오빠도 같이 불렀어요. 연수 씨 문짝 뜯어낸 것도 그렇고, 분명 마피아 보스 같았을 거예요. 안 봐도 뻔하지. 무서웠죠?”

“뭐…… 조금이오.”

본능적으로 연수의 고개는 자꾸 숙여져만 갔다. 그녀의 머릿속은 무슨 핑계로 이 집을 최대한 빨리 신속하게 빠져나갈 수 있을지 오직 그 생각만으로 가득 찼다. 10분 안으로 탈출하리라!

“거 봐, 무서웠다잖아.”

재하는 연수를 보다 미간을 찡그렸다. 그가 무서웠다면 미안한 일이지만 그렇다고 대놓고 그를 피하는 모습을 보니 별로 기분이 좋지 않았다. 이 여자, 처음 인상과는 사뭇 다르다. 문을 뜯어냈을 당시 그에게 같이 경찰서에 가자며 소리를 지르는 그녀는 대차기까지 했는데 그 모습, 순전히 허세였나? 왠지 모를 실망감에 재하는 실없이 피식 웃음이 새어 나왔다.

연수는 속으로 숨을 삼켰다.

‘왜 비웃는 거지? 눈치챘나? 아니면 왜 저리 섬뜩한 미소를 날리는 거야?’

그의 손짓 하나하나, 표정 하나하나에 연수의 신경이 곤두섰다. 연수는 결심을 한 듯 두 손을 힘주어 맞잡았다. 무례하다고 생각해도 할 수 없다. 10분도 길다. 그녀는 후식이고 뭐고 밥숟가락 놓자마자 이 집을 탈출할 것이다.

연수가 밥을 다 먹자마자 급한 일이 있어 가야겠다는 의지를 피력하자 단희는 섭섭함에 시무룩해졌다. 그럼에도 더 있다 가라고 말하지 못한 것은 그녀가 보기에도 연수의 표정은 많이 어색하고 불편해 보였다.

그녀의 퇴장에 귀빈 배웅하듯 우르르 다들 나오자 연수는 최대한 재하가 서 있는 반대쪽으로 몸을 틀어 인사를 했다. 단희는 연수의 손을 꼭 붙잡으며 다시 한 번 감사의 인사를 전했다.

"다음에 시간 나면 꼭 놀러 오세요. 이야기도 많이 못해 많이 아쉬워요."

이 무슨 끔찍한 소리를. 연수는 최대한 입가에 미소를 지으려 노력했다. 대답하기 궁할 때는 그저 웃음으로 때우는 것이 최고였다. 다시는 이쪽 근처로는 얼씬도 할 생각이 없다.

"우리 그이가 출장이 많아서 언제든지 마음 편하게 오셔도 돼요."

"네. 그럼 다른 약속이 있어서 정말 가봐야 할 것 같아요. 점심 맛있게 먹었습니다. 그럼 안녕히 계세요."

정말로 바이바이였다. 연수는 더 이상의 배웅을 사양하고 등을 돌렸다.

"참, 차 가지고 오셨나요?"

단희는 이 집에서 탈출하려는 연수를 쉽게 보낼 생각이 없는 모양이다. 택시 타고 가면 된다고 하면 분명 누군가 태워줄 분위기다. 물론 저 단희라는 아줌마가 진두지휘하겠지, 자신의 의지를 관철시키며.

"오빠, 급한 일 없지?"

"그럴 필요 없어요. 소화도 시킬 겸 좀 걷는 게 나을 것 같네요. 그럼 진짜 안녕히 계세요."

뒤에서 뭐라고 하든 말든 연수는 걸음을 빨리 놀려 그 자리를 떴다.

재하가 성큼성큼 연수 뒤를 따라갔다. 어차피 단둘이 이야기할 시간이 필요했다.

뒤에서 들려오는 발걸음 소리에 연수의 걸음은 더욱 빨라졌다.

"거기, 좀 서봐요."

돌계단을 내려가는 연수 뒤로 가장 듣고 싶지 않는 목소리가 들려왔다. 그래서 무시했다. 그런데,

"우리 얘기할 게 남은 것 같은데……."

순간 연수는 얼음이 되었다. 뒤돌아보는 게 무서웠다. 남자가 무시무시한 얼굴로 그녀의 목을 조르는 모습이 머릿속에서 날뛰고 있었다. 연수는 침을 꿀꺽 삼키며 천천히 뒤돌아보았다. 집도 알고 있는 마당에 그녀가 도망갈 곳은 없었다.

"저기요, 그게 일단 제 말부터……."

재하가 천천히 계단을 내려오자 연수는 본능적으로 뒷걸음질쳤다. 문제는 그녀가 지금 서 있는 곳이 계단이라는 것을 깜빡했다는 것이다. 계단 네 개를 남겨두고 그녀는 굴러 떨어졌다. 악 소리도 나오지 않았다. 그녀의 머릿속은 온통 이 남자와의 대면을 어찌 풀어갈지에 대한 생각으로 터지기 일보 직전이었다. 팔과 얼굴에 생채기가 났음에도 그녀는 벌떡 일어나 재하를 바라보았다. 정확히는 그의 표정을 살피고 있었다.

재하는 앞으로 뻗은 자신의 팔을 거두었다. 운동신경이 빠른 재하도 뒤로 넘어가는 연수를 잡아주지 못했다. 아무리 그가 무섭다지만 뒷걸음질치다 굴러 떨어지는 여자를 보니 황당하다 못해 어이없기까지 했다. 물론 여직원들이 자신을 이렇게 바라보는 시선은 익숙하다지만 생판 모르는 여자까지 그를 경계하며 피하는 행동에 기분이 좋을 리 없었다.

"일단 상처 치료부터 하지."

팔이 화끈거려 살펴보니 핏방울이 방울방울 맺혀 있다.

"아니, 그것보다요."

연수는 결심한 듯 숨을 크게 들이쉬었다.

"내가 잘못했어요! 미안해요! 이런 말로 화가 풀리지 않겠지만 그냥 내 대문 뜯은 거랑 나 여기서 굴러 떨어진 것으로 퉁 쳐줘요! 남자답게 쿨하게 좀 넘어가 주시면 안 될까요? 그리고 나 좋은 일도 했잖아요! 그러니 봐주세요!"

이 말까지는 안 하려고 했지만 치사해도 할 수 없었다. 그녀가 살고 봐야 하기 때문에. 그러면서 연수는 슬슬 뒷걸음질을 치며 문 쪽을 향해 걸음을 옮겼다.

재하는 그녀가 하는 말을 하나도 알아들을 수가 없었다. 계단 조금 굴렀다고 뇌진탕이 올 리는 없고, 그렇다고 저리 진지하게 버럭 소리 지르는 것을 보면 헛소리하는 것도 아닌데…….

그녀에게 성의 표시를 하려다 이게 무슨 일인지.

"박연수 씨."

그를 슬금슬금 피하는 그녀의 행동이 그의 신경을 거슬리게 하고 있었다.

"진짜 미안해요. 고의가 아니었어요."

연수는 고개를 90도 각도로 꾸벅 숙여 인사한 후 도망치듯 그 집에서 나왔다.

재하는 도망치듯 나가는 여자의 뒷모습을 짜증스럽게 바라보았다. 꼭 자신이 병균을 옮기는 바이러스가 된 기분이다. 저렇게 도망친다 해도 어차피 한 번은 만나게 되어 있으니 그가 안달 날 필요는 없었다. 그러다 문득 뭔가가 생각이 나는지 그의 미간이 모아졌다. 그러고 보니 저 여인의 목소리가 왠지 익숙하다. 그렇다고 단박에 뭔가가 생각나는 건 아니었다. 별일 아닌 것에 고심하는 자신이 우스워 재하는 어깨를 으쓱이며 애써 떠올린 기억의 단서를 털어버렸다.

*

회장실에서 갑자기 호출이 온 재하는 보좌관에게 오후의 스케줄을 조정해 달라고 요청했다. 바로 30분 뒤의 미팅부터 조정해야 하는 보좌관 최 대리는 죽을 맛이었다. 워낙 일도 많고 갑작스러운 사건도 많아 이제는 엉킨 스케줄 조정은 눈 감고도 해결하고 있지만 그래도 재차 노트를 펼치고 스케줄을 확인하는 최 대리였다.

"회장님 미팅이 길어지는 걸 감안해 서영의 박 부장님과의 미팅은 한 시간 뒤로 미루겠습니다."

복도를 빠르게 걸어가며 재하가 고개를 끄덕이자 최 대리는 노트에 받아쓰며 최대한 시간 조정을 위해 애를 썼다.

그때 앞에서 마주 오던 여직원이 재하를 보고 급제동을 건 자동차처럼 멈춰 서며 꾸벅 인사를 했다. 그 때문에 품 안에 든 서류가 바닥으로 쏟아져 재하가 주우려 허리를 굽혔다. 당황한 여직원도 바닥에 떨어진 서류에 손을 뻗자 서로의 손이 잠시 공중에 부딪쳤다. 깜짝 놀란 여직원이 뒤로 물러났다.

재하는 그런 여직원을 잠시 바라보다 서류를 주워 돌려준 뒤 다시 걸어갔다.

최 대리는 여직원을 살짝 째려본 뒤 서둘러 재하의 뒤를 따라갔다. 물론 본부장님에 대한 소문은 익히 알고 있다. 변태적인 성적 성향이라 한동안 그 소문을 잠재우기 위해 해외 지사에서 근무했다는 말도 있고, 여자들이 두려워할 만큼 사디스트적인 성향이 있어 어울리는 여자가 거의 없을 거라는 둥 별 해괴한 소문이 다 도는데 본인이라고 못 들을 리 없다. 소문은 소문을 낳다 보니 나중에는 어느 것이 진실인지 구분이 안 갈 정도였다. 그래도 본사 발령받고 1년 정도 되었지만 한 번도 흐트러진 모습을 보인 적이 없는 본부장이다. 그는 그 모습을 믿기로 했다.

재하는 당장 올라오라는 아버지의 부름에 뭔가 다급한 사안이 있는지 머릿속으로 다시 한 번 점검해 보았다. 아버지의 성격이 급한 것이야 전 사원이 다 알고 있지만 그렇다고 상대방의 말을 들어보지도 않고 아무 이유 없이 전화를 끊는 분은 아니다.

그는 회장실로 들어가기 전 혹시 아는 게 있느냐는 듯 아버지의 비서를 바라봤지만 그도 모르겠다는 눈빛으로 고개를 저었다. 회장님의 오른팔인 한 비서의 별명은 기상캐스터였다. 회장님의 그날그날의 컨디션을 누구보다 빠르게 감지해 회장님의 심기가 조금이라도 사나울 때면 미팅이 잡혀 있는 각 임원들에게 발 빠르게 대처할 수 있는 정보를 제공하는 아주 중요한 위치에 있었다. 그런 그도 모르는 일이라?

재하는 재떨이만 날아오지 않았으면 하는 바람과 함께 문을 열었다.

"부르셨습니까?"

"불렀으니까 왔겠지. 아니면 네가 여기까지 올 놈이냐? 앉아."

앉으라는 말은 업무와 거리가 멀다는 소리다. 사건이 터졌다면 이렇게 앉아서 얘기를 나눌 분이 아니었다. 재하는 대충 감을 잡았다.

"너, 무조건 내일 시간 빼."

"바이어 접댑니까?"

이 회장의 눈썹이 꿈틀거렸다. 그에게는 바이어 접대가 아니면 시간을 못 빼겠다는 말로 들렸다. 재하가 한국에 귀국하자마자 선자리를 마련하려고 애쓰는 아내의 성의를 이놈은 이 핑계 저 핑계로 번번이 빠져나갔다. 결국 참다못한 홍 여사는 어제부터 자리에 누워 농성에 들어갔다. 그 불똥이 이 회장에게 떨어져 이번 주 토요일 그가 아들의 고삐를 잡아서라도 선 자리에 내보지 않는다면 집을 나가겠다고 엄포를 놓은 것이다.

"선봐라."

"싫습니다. 관심 없습니다."

"네 나이가 몇이야? 서른일곱이다! 결혼 안 하겠다는 거냐?"

누구하고라도 사귀면 걱정이라도 않지. 아들놈이 변태라는 소문까지 있다. 변태 취향의 여자들이 꼬이는 건지 여자들이 변태 취향의 그를 좋아하는 건지 그건 중요하지 않았다. 그 꼬리표를 핑계로 재하가 아예 여자 쪽으로 관심을 딱 끊은 게 문제였다. 수절을 하는 과부도 아니고 수도승도 아닌 놈이 무슨 생각으로 그러는지 저 머리를 확 열어보고 싶다. 아무리 그의 성격이 거침이 없다지만 다 큰 아들놈 앉혀다 놓고 너의 성적 취향의 수위가 어디까지냐 물어볼 수도 없고 환장할 노릇이다. 모든 것을 갖춘 아들놈이 이쪽 바닥에서 선 자리 기피 대상 0순위. 선 자리가 있다 해도 뭔가 바라고 딸을 들이밀려는 조건부 선 자리가 다였다. 이러다가는 외국에서 며느리를 데려와야 할 판이다.

"제가 알아서 합니다."

"스물셋이다."

마치 중요한 정보라도 되는 듯 이 회장이 재하를 바라보는 눈빛은 진지했다. 어린 아가씨를 좋아한다는 아들의 취향을 십분 고려해 찾은 아가씨이다.

감정 표현이 잘 드러나지 않던 재하는 못 들을 것을 들었다는 듯 얼굴이 일그러졌다. 어이가 없어 웃음도 나오지 않았다.

"띠가 한 바퀴를 돌고도 둘이 남는 어린애와 선을 보라고요? 제정신이십니까?"

"무조건 싫다면 어쩌자는 게야?"

그물을 쳐야 고기를 잡고 활을 쏴야 새가 떨어질 것 아닌가! 가만히 앉아 있으면 누가 다가와 결혼해 주기라도 해? 네 고집이 어디서 나왔는지 잠시 잊었나 본데, 이참에 올해 안으로 네놈 결혼시킨다. 무슨 수를 써서라도!

"중매쟁이가 필히 너의 건강검진 결과를 내놓으라고 하는 소리에 네 엄마 우셨다! 너, 성병 걸렸냐?"

"아버지!"

"아니면 선봐! 이미지 관리하는 것도 하나의 비즈니스야!"

재하는 퍼뜩 머리에 스치는 기억에 눈매가 가늘어졌다.

"성병에 걸려 죽어버려라, 이 나쁜 새끼야!"

육 년이 지난 지금도 그 생각을 하면 화가 치밀어 오르는 그였다. 그런데 그 목소리가 얼마 전 여자의 목소리와 번갯불 맞은 듯 번쩍 겹쳐졌다.

"좋아, 경찰서 간다고요, 가! 대신 당신들도 경찰서 가서 신분 확인하고 아이 데려가라고!"

자신의 기억이 오류를 범해 순간 착각을 일으킨 게 아닌가 싶었던 의구심은 점점 확신으로 변하고 있었다. 분명 그 여자다! 실소가 터져 나왔다. 아무리 육 년이 지났다지만 어떻게 그 여자를 못 알아볼 수 있지? 꿈에서라도 치를 떨던 그 여자를! 재하의 입술이 비틀어졌다. 모든 소문의 씨앗이 되었던 여자. 당장 눈앞에 나타난다면 평생 태어난 것을 후회하게 해주겠다고 다짐했던 여자. 그런 여자가 지금 자신의 손바닥 안에 있다. 먹잇감을 발견한 듯 재하의 눈빛이 서늘하게 반짝거렸다. 여동생 집에서 그녀가 그에게 했던 그 말이 무슨 의미인지 이제야 이해가 갔다. 미안하겠지. 죄송하겠지. 남의 인생을 이렇게 망쳐 놨는데. 그런 양심도 없다면 사람도 아니겠지. 퉁을 치자? 쿨하게 넘어가시라? 그건 그를 몰라서 하는 소리. 확실하게 셈해서 이자까지 받아낼 것이다.

재하가 자리에서 벌떡 일어났다.

"급히 처리해야 할 일이 있어 나가보겠습니다. 그리고 그 선, 안 나갑니다."

"너도 모르게 유부남 되어 있기 싫으면 나가는 게 좋을 거다."

저렇게 말하면 진짜 하실 분이다.

"이번 주는 안 됩니다. 만나야 할 여자가 있습니다."

여자? 이 회장은 아들의 말이 참인지 거짓인지 구분이 안 돼 빤히 바라보았다. 그가 알기로 아들놈은 사귀는 여자는커녕 요즘 말로 엔조이하는 여자도 없는 것으로 아는데, 저 입에서 만나야 할 여자가 있다는 말이 나오니 의외일 수밖에. 일단은 아들놈을 믿어주기로 했다. 이런 일로 거짓말할 녀석은 아니었다.

"업체 사람이면 다른 사람 내보내."

"그럴 수 없습니다. 꼭 만나야 할 사람입니다."

"미뤄!"

"안 됩니다."

너무나도 단호한 아들의 대답에 이 회장의 한쪽 눈썹이 치켜 올라갔다. 여자라……. 이 말을 어떻게 받아들여야 할지 판단이 서지 않았다. 제발 아들 녀석이 더 이상 이상한 추문을 달고 다니지 않았으면 하는 바람, 오직 그 하나뿐이었다.

"개인적으로?"

"지극히 개인적입니다. 다른 하실 말씀 없으면 나가보겠습니다."

재하가 인사를 하고 나가자 이 회장은 아들의 뒷모습을 한참 동안 바라보았다. 저놈, 대답하면서 분명 스치듯 웃었다. 정말 개인적으로 만나는 여자인가? 이 회장은 전화기의 단축 번호를 눌렀다.

"한 비서, 이번 주 토요일 본부장 회사 밖 스케줄 확인해 봐."

〈네, 알겠습니다, 회장님.〉

이 회장은 아들을 잘 알았다. 누구보다 본인의 판박이 아닌가. 그렇게 쉽게 웃을 놈이 아니었다. 그런 아들놈 눈이 반짝거렸다면 분명 뭔가가 있다. 그게 여자에 대한 관심이면 더 바랄 게 없겠지만, 일단은 한번 지켜봐야겠다고 생각하는 이 회장이었다.

2장

주희는 난감한 표정으로 앞에 앉아 있는 연수를 보고 있었다. 정확히는 혼자서 맥주를 연신 들이켜는 연수를. 갑자기 말도 없이 들이닥치더니 냉장고로 가 맥주를 꺼내 마시며 아까부터 안주로 그녀를 노려보기를 반복하고 있었다.

"할 말 있으면 말로 해, 그렇게 째려보지 말고. 그나저나 저녁은 먹었어? 차려줘?"

주말도 아니고 평일에 친구 집을 불시에 들이닥쳤다면 뭔가 이유가 있을 것이다. 아이는 일찍 잠들었고 남편은 야근이라 밤새워서라도 친구의 이야기를 들어줄 시간은 있었다.

"다 너 때문이야!"

"내가 뭘?"

아무것도 모른다는 순진한 얼굴을 들이대며 눈을 깜빡이는 친구의 얼굴이 오늘따라 가증스럽게 보이는 건 그녀가 술에 취했기 때문이라 믿고 싶었다. 설명하기 귀찮은 연수는 비밀번호를 해제한 후 자신의 휴대전화를 주희에게 던져 주었다.

"거기 들어온 문자 확인해 봐."

주희는 도통 자신의 친구가 왜 이러는지 몰라 일단은 시키는 대로 연수의 문자메시지를 확인했다.

"토요일 두 시 회사 앞 진&진 카페?"

주희는 문자를 읽으며 연수의 표정을 살폈다. 여전히 우거지상이다.

〈누구세요?〉

〈할 얘기가 아직 남아 있는 사람.〉

더 이상 문자를 보낼 가치가 없다고 생각했는지, 아니면 당황했는지 연수의 문자는 여기서 끝나 있었다.

"봤어. 이 문자가 왜? 혹시 누가 너 좋아한대?"

주희는 혹시나 하는 기대감으로 물었다. 연수는 몇 년간 남자에게 관심이 없었다. 재아 씨가 몇 번 소개팅을 해주었으나 언제나 시큰둥한 반응이었다. 혹시 한눈에 반하는 사랑을 기다리고 있는 것이라면 이해라도 할 텐데 이유가 참 어이없고도 황당했다. 키스가 더러워서 남자를 못 사귀겠단다. 키스를 할 때, 이 남자 이는 닦았을까, 충치의 균이 옮지는 않을까 하는 생각이 드는 순간 키스하고 싶은 마음이 사라진다는 말에 주희는 친구에게 상담실 치료를 권해주고 싶었다. 장담컨대 친구의 방을 보아 결벽증은 아니었다.

"그렇게 술만 마시지 말고 말해봐. 무슨 일인데?"

연수는 다 마신 맥주 캔을 일그러뜨리며 탁자 위에 메다꽂듯이 내려놓았다.

"육 년 전 그 남자야!"

그 한마디에 주희의 눈이 동그래졌다.

"설마 재아 씨 대신 망신당한 그 남자? 세상에! 그 남자가 널 찾은 거야? 신고하겠대? 내가 가서 사정 얘기해 줄까? 고의가 아니었다고."

주희의 야단법석에 연수는 손사래를 치며 친구를 조용히 시켰다. 주희가 결혼하고 얼마 뒤 연수는 그때의 일을 최대한 덤덤하게 털어놓았다. 물론 남자에게 뱉은 악담은 친구의 정신건강을 위해서 간략하게 축소한 다음 넘어갔다.

"친구야, 나 집 산다고 돈 한 푼도 없는 거 알지? 그냥 나 감옥 갈란다. 나중에 출옥하면 따끈한 두부나 사와."

농담 반, 진담 반인데 웃음이 나오지 않았다.

"그 남자도 대단하다, 널 찾아내다니. 가서 사정 얘기하면 이해해 줄 거야."

주희는 애써 연수를 위로했다. 그러나 지금 그녀에게는 어떠한 위로도 들리지 않았다.

"이해해 줄 성격의 남자가 아니야. 그건 내가 알아."

그녀는 얼굴에 사람의 성격이 어느 정도 묻어난다고 믿는 사람이었다. 그 근거로 보면 남자는 찔러도 피 한 방울 안 나오게 생겼다. 사람 기죽이는 데 탁월한 능력이 있는 남자 같단 말이지. 연수는 머리를 쥐어뜯었다. 그녀는 지금 죄수가 판사의 판결을 기다리는 심정이었다. 필시 무기징역이나 사형 둘 중 하나이다.

"내가 어떻게 사과를 해야 그 사람의 마음이 조금이라도 풀릴까? 너도 알다시피 내가 말을 청산유수로 잘하는 스타일은 아니잖아. 일단 웃어야 할까? 웃는 낯에 침 못 뱉는다고 하잖아."

그렇다. 그녀가 주희의 집에 온 것은 토요일 그 남자를 만나서 육하원칙에 따라 충분히 남자가 그 상황에 대해 이해할 수 있는 말을 만들어야 하기 때문이었다. 주희는 국문학과를 나왔다. 그 하나를 믿고 여기 온 것이다.

"연수야……."

"말해. 네 의견을 적극 수렴할 자세가 되어 있다고."

연수는 자세를 바로잡으며 경청할 준비를 끝냈다.

"사과를 하는데 다른 말은 필요치 않을 것 같아. 그냥……."

"그냥? 그냥 뭐? 왜 말을 자꾸 끌어!"

성격 급한 연수가 답답함에 버럭 소리를 질렀다.

"넙죽 잘못했다고 빌어. 무릎 꿇으라면 꿇고 정 안 되면 좀 울어. 설마 우는 여자한테 매정하게 경찰서로 가자고 하겠니."

차분한 주희의 목소리는 그게 만고의 진리라고 힘주어 얘기하고 있다.

"그리고 널 보자마자 경찰서에 신고하지 않는 것을 보면 최악의 상황은 아닐 거야."

"그렇지?"

죽상이던 연수의 얼굴에 간절함이 묻어났다. 그래, 난 이 말이 듣고 싶었다. 육 년이 지났는데 아무리 그녀가 심한 욕설을 퍼부었다 해도 그 감정이 아직도 생생히 남아 있을라고. 육 년이란 시간 속에 희석되어 앙금이 조금 남아 있는 정도일 것이리라. 그녀는 이번 주 토요일, 최대한 불쌍하고 죄송스러운 마음으로 나가 이 불편하고 죄스러운 마음까지 확실하게 날려 버리겠다고 생각했다. 불안한 마음을 애써 장까지 소화시킨 그녀는 벌떡 일어났다.

"갈게."

"늦었는데 자고 가."

"출근이 고달파져. 나 간다."

"괜찮을 거야. 너무 걱정하지 마."

친구의 어깨가 처져 있자 주희가 연수의 등을 두드려 주었다.

"암, 괜찮아야지. 그래야 하고말고."

지금 그녀가 절실하게 필요한 말은 '내가 네 죄를 사하노라', 이 말이 아닐까? 연수는 두 손을 꼭 모은 채 하늘을 올려다보았다. 하느님, 어린 양, 많이 반성하고 있나이다. 저도 그때 제가 왜 그랬는지 모르겠습니다. 아무튼 이번 주 토요일, 그 남자가 저에게 선행을 베풀 수 있도록 도와주세요. 아멘. 딸꾹.

*

연수는 핸드백을 낚아채듯 움켜잡고 현관문을 향해 후다닥 뛰쳐나갔다. 어젯밤 오늘의 약속에 무엇을 입고 나갈 건지, 무슨 이야기부터 할 건지 생각에 생각이 꼬리를 물다 새벽에 잠이 들었다. 쓰레기 청소차가 지나가는 소리를 들으며 잠들었으니 아마 새벽 다섯 시쯤일 것이다. 그러다 보니 침대에서 일어난 시각은 약속 시간 두 시간 전. 머리 말릴 시간도 없이 나와야 했다.

'신입 면접 때도 이렇게 떨리지는 않았는데…….'

연수는 큰 숨을 들이쉬며 밀려오는 걱정을 다시 꾸역꾸역 내리눌렀다.

카페에 들어서자마자 연수는 천천히, 그러나 주의 깊게 주위를 둘러보았다. 아직 그 남자는 오지 않은 듯했다. 하필 약속을 잡아도 그녀의 회사 앞 커피숍이라니. 이건 네 직장까지 알고 있으니 딴생각하지 않는 게 좋을 거라는 경고일까? 하긴 돈 많은 집안인데 그녀 신상명세 털기쯤은 우습겠지. 만약 최악의 상황이 와 그 남자가 그녀를 협박한다면 남자의 여동생 되는 분의 도움을 받아 이 난국을 타개해 나갈 것이다. 일단 그녀도 살고 봐야 될 것 아닌가.

"손님, 주문하시겠습니까?"

"아이스커피 한 잔이오."

그녀는 벌써부터 목이 탔다. 눈물은 차마 안 나올 것 같아 그녀는 이 더운 날에 조금이라도 불쌍히 보이려고 머리도 묶지 않고 최대한 아파 보이기 위해 립스틱도 바르지 않았다. 그런데 십 분이 지나도 삼십 분이 지나도 남자는 나타나지 않았다. 뭐야? 전화해 봐야 하는 건가? 마음 한구석에서는 그 남자가 안 왔으면 하는 바람까지 생겨났다. 그 정도로 이 약속이 싫었다.

그때 그녀의 문자 알림 소리가 들렸다.

〈안 나오시겠다?〉

이 무슨 소리! 그녀는 벌떡 일어나 주위를 둘러보았다. 아무리 봐도 그 남자는커녕 비슷한 남자도 없었다. 성격 급한 연수는 곧바로 통화버튼을 눌렀다.

"저기요, 저 지금 30분째 기다리고 있는데요?"

자신이 약자의 입장인 것을 살짝 망각한 채 연수는 30분을 강조했다.

〈구석에서 두 번째 자리인데.〉

"여기 남녀 커플만 앉아 있는데 어디 있다는……. 혹시 이 층에 있어요?"

깜빡했다. 여기 커피숍은 이 층도 있는데 말이다. 연수는 대답을 듣기도 전에 가방을 들고 일어났다. 사람이 만나자고 했으면 잘 보이는 데 있어야지 몰상식한 사람 같으니라고! 싫어하는 사람은 하는 짓도 밉상이라더니.

"앉아 계세요. 제가 올라갈게요."

대답도 듣지 않고 휴대전화를 끊은 연수는 부랴부랴 아이스커피 한 잔을 더 주문한 뒤 위층으로 올라갔다. 분명 그녀는 목이 바짝바짝 탈 것임으로 필히 아이스커피가 필요했다.

재하는 잠시 아무 말도 하지 않은 채 연수의 얼굴을 바라보고 있었다. 그러나 느긋한 재하와 달리 연수는 죽을 맛이었다. 무슨 말을 먼저 꺼내야 할지, 어제 밤새워 짜낸 말도 머리에서 엉켜 나오지 않았다. 일단은 '나 죄인이네' 하는 표정으로 고개를 숙이고 앉아 있어야 선처도 빨리 이루어질 것 같았다.

"팔은 괜찮습니까?"

연수는 고개를 끄덕이며 그에게 얼마나 많이 긁혔는지 보여주기 위해 팔을 들어 슬쩍 보여주는 것도 잊지 않았다. 동정심이 조금이라도 생기길 바라면서.

"사례금을 받지 않겠다고 했지만 이쪽에서도 마음이 편하지 않아서 말이지."

"네?"

밤새 준비한 예상 질문지에는 이런 질문은 들어가 있지 않았다. 따라서 당황한 그녀가 곧바로 답을 내기까지 시간이 걸렸다.

"사례금은 필요 없다고 말씀 드렸는데요. 그럼 그 일로 저를 만나자고 하셨나요?"

"내가 오해할 만한 문자를 보냈나?"

재하의 입술이 재미나다는 듯 살짝 치켜 올라갔다.

"아니요, 아니에요. 그쪽을 몇 번이나 봤다고 제가 오해를 하겠어요. 전혀요."

손사래를 치며 연수는 남자의 말을 강력히 부정했다. 이 남자, 그녀를 기억하지 못한다. 이 남자는 그저 사례금 때문에 만나자는 것뿐이었어! 앞으로 이 남자와 우연히라도 절대 마주치지 말자. 연수는 지금까지의 우울한 얼굴을 날려 버리고 남자를 향해 진심에서 우러난 미소를 보였다.

남자분, 과거는 잊어버리고 미래를 보며 살아요. 과거에 연연해서 잘되는 사람 못 봤어요. 갑자기 체한 속이 뚫린 것처럼 연수는 시원스럽게 커피를 들이켰다.

"이재하."

연수가 그를 바라보자 재하가 말을 덧붙였다.

"그쪽이 아니라 이재하."

그러면서 그는 그녀의 반응을 살펴보았다. 그러나 그녀는 그저 일반적인 호응으로 고개를 끄덕일 뿐 그 이상의 관심은 보이지 않았다.

'이재하라고?'

주희 남편의 이름이 권재아이다. 그녀가 육 년 전 주희 남편의 성을 알았다면 그런 대실수는 하지 않았을 것이다. 발음을 확실히 익히지 못한 것이 그렇게 원통한 일이 될 줄 몰랐다. 그런데 '이재하?' 어디서 많이 들어본 이름이다. 주희의 남편 이름과 비슷해서 그런지 친숙하기까지 했다.

"얘기 끝났으면 먼저 일어날게요. 정 마음이 무거우시면 커피 값 내주세요."

'그리고 우리 다시는 보지 말아요.'

"사례금을 받지 않는다면 할 수 없지. 그래도 혹시 모르니 필요하면 이쪽으로 연락하지."

앞으로 영원히 연락할 일이 없겠지만 예의상 연수는 그가 건네준 명함을 받았다. 그러나 곧 그녀의 눈이 휘둥그레졌다. 가장 눈에 먼저 들어온 것은 익숙한 회사 로고였다. 그녀는 재빨리 앞뒤로 명함을 살펴보았다. 이 명함은 그녀가 다니는 회사 ㈜한동의 명함이다. 그녀의 눈은 재빨리 그의 직책과 계열회사가 어디인지를 찾았다. 그룹 해외 총괄 영업본부장! 임원급이다. 그녀의 얼굴이 사색이 되고 말았다.

'이재하? 이재하! 일 년 전에 들어왔다는 그 회장님의 변태 아들?'

연수는 고개를 번쩍 들어 그의 얼굴을 다시 한 번 뚫어지게 보았다. 회장님을 닮은 것 같기도 하고 아닌 것 같기도 하고. 회사가 크다 보니 같은 이름이 여럿 있을 수 있다. 그러나 임원급이면 분명 회장 아들이 맞을 것이다. 이렇게 되면 영원히 빠이빠이는 물 건너간 것이다.

재하는 소파에 느긋이 기대 그녀의 얼굴색이 시시각각으로 변하는 모습을 지켜보았다.

"자, 그럼 여기까지는 조카를 돌봐준 것에 대한 외삼촌의 감사 입장이었고, 지금부터 육 년 전 어떤 여자한테 피해를 본 이재하의 입장을 얘기해 볼까?"

헉! 그녀가 정신을 수습하기도 전에 남자가 다시 강 스매싱을 날렸다. 연수는 긴장으로 침을 꼴깍 삼켰다. 귀가 윙윙거리는 것도 같았다. 그녀가 육 년 전 일에 신경이 곤두서 있어 환청을 들은 것일까? 그랬으면 참 좋겠는데 남자의 표정은 그게 아니라고 말해

주고 있다.

'이 남자, 다 알고 있으면서!'

치밀어 올라오는 화를 누르며 그녀는 자신이 해야 할 행동강령을 머릿속에 주입시켰다. 이 남자의 의도가 무엇이든 사과가 먼저였다. 연수가 넙죽 고개를 숙였다.

"죄송합니다. 정말 고의가 아니었어요."

그러나 충격받은 뇌는 다음 말을 준비하지 못하고 있었다.

재하는 그녀의 사과를 가뿐히 무시하고 창밖으로 시선을 돌렸다. 그리고 익숙한 차 한 대를 발견했다. 우연이든 아니든 이 근처에 회장님 비서가 있다는 건 기분 좋은 일이 아니다. 아무래도 아버지가 아들 사생활이 꽤 궁금했던 모양이다.

"자리를 옮기지."

재하가 일어나는데도 연수는 엉덩이를 아직 소파에 붙인 채 그를 쳐다만 보고 있다. 그녀의 속죄는 아직 1막도 안 끝났는데 그가 듣지도 않고 일어나자 불안할 수밖에 없었다.

"어디로요?"

'설마 경찰서는 아니죠? 우리 같은 회사 다니잖아요!'

"남들 앞에서 크게 떠들 일은 아니니 근처 내 오피스텔로 가지."

경찰서로 직행하지 않는 게 다행이지만 지금 이 남자, 무슨 소리를……. 아무리 명함을 받고 얼굴을 몇 번 본 사이지만 외간 남자 집에 스스럼없이 갈 사이는 아니잖아요, 우리.

"조용한 곳이면 룸이 있는 레스토랑도 있고, 아, 회사 옥상 휴게실로 가도 되고요."

해외 총괄 영업본부장. 나와 별세계 사람이라 관심을 두지 않았지만 소문은 익히 들어 알고 있었다. 여사원 기피 1호 남자, 멀쩡하게 생겨 가지고 변태적인 성적 욕구로 아직까지 장가도 못 간 남자, 채찍을 휘둘러 여자가 병원에 실려 갔다는 이야기부터 어린 여자라면 사족을 못 쓴다는 둥 해괴한 소문이 한두 가지가 아니었다. 그런데 그런 남자의 집을 가자고? 미치지 않고서야. 그녀는 채찍 맞기도 싫고 어리지도 않았다.

"회사 앞 커피숍이라……. 소문나면 귀찮아질 텐데? 밖보다는 안이 훨씬 안전할 테고."

청와대에 전화 걸어 차라리 임시로 벙커 좀 열어달라고 말해볼까요? 무슨 안전을 따져요!

"나야 괜찮지만 박연수 대리 입장이 곤란해질까 해서 말입니다."

"그럼 우, 우리 집으로 가요! 뜯어놓은 문 수리도 잘됐는지 확인도 할 겸."

"……."

말도 안 되는 소리지만 일단 우기고 봤다. 우리 집이 경찰서에서도 가깝고 또 채찍이나 수갑도 없으니 훨씬 안전할 것이다. 그런데 이 남자가 그녀에게 원하는게 뭐지? 대놓고 물어봐? 한없이 작아지는 마음이 이런 것일까. 김수희의 '애모'가 이렇게 마음에 와 닿을 수가 없다. 일단 이 남자가 육 년 전 일을 어떻게 해결하고 싶어 하는지 들어나 보자. 어차피 그녀가 할 수 있는 일은 없었다. 그의 처분을 기다리는 것 말고는.

그와 함께 자동차로 이동하는 동안 연수는 온갖 병이 생긴 것 같았다. 일단은 폐쇄공포증이 나타났다. 그와 단둘이 차 안에 있으니 그녀는 그 안의 산소가 모두 어디로 빨려간 것처럼 숨을 쉴 수가 없었다. 거기다 그의 행동 하나하나에 그녀의 모든 촉각이 긴장하고 있으니 이제는 그가 핸들을 꺾기만 해도 신경이 팔딱거리며 과민반응을 일으켰다. 혹시 카페인 과다 복용 부작용인가? 신경성인지 배도 아파오는 것 같기도 하다.

"음악이 싫다면 라디오라도 틀면서 가면 안 될까요?"

대답이 없다. 그 말은 틀지 말라는 소리다. 이럴 때 누구라도 좋으니 전화라도 왔으면 싶다. 연수는 휴대전화를 만지작거리면서 그녀의 간절한 이 바람을 누군가 알아들었으면 했다. 친구에게 안부 문자라도 보내야겠다고 생각할 때였다. 전화 벨소리가 울리자 연수는 누군지도 확인하지 않고 더 이상 기쁠 수 없는 목소리로 받았다.

"네, 박연수입니다."

〈안녕하세요, 박연수님. 하나로대출의 김미영 과장입니다.〉

스팸 전화가 반가워 보기는 머리털 나고 처음이다.

"아, 네, 안녕하세요. 잘 지내시죠?"

연수는 재하를 흘낏 보며 대화를 이어나갔다. 이 압사당할 것 같은 침묵보다는 그래도 이게 나았다. 천만 배.

〈박연수 고객님의 경우 소액 대출은 최대 3천만 원까지 곧바로

가능하시고요, 연이자 29.9%로 중도 상환도 가능하십니다.〉

"아, 그래요? 몰랐어요. 이럴 줄 알았으면 진작 전화 드리는 건데. 참, 저번 문자에 답장 못 보내 미안해요. 정신이 없어서."

〈…….〉

"이번에 과장으로 진급하셨다면서요? 시간 되면 제가 점심 살게요. 언제가 괜찮아요?"

그녀가 말을 끝내기도 전에 전화가 끊겼다. 끊으면서 알아듣지 못하는 욕설을 한 것 같기도 하다. 아직도 그녀 집까지는 10분을 더 가야 하는데. 연수는 끊어진 전화를 잠시 아쉬워하며 바라보았다.

재하가 그녀를 뚫어지게 바라보자 연수는 어색하게 웃어 보였다.

"다른 급한 일이 있나 봐요. 좀 바쁜 사람이라……."

"회사 면접 때 인성 검사하는 것으로 알고 있는데……."

연수는 애써 태연한 척 앞을 바라보았다. 저 말뜻은 육 년 전 이야기를 끄집어내는 것일까, 아님 지금 내 휴대폰 통화 소리를 들었다는 것일까? 후자라면 그녀는 달리는 차 밖으로 뛰어내리고 말리라.

"아니면 다시는 스팸 전화 안 오게 하는 방법인가? 진상을 떨어서?"

그녀는 눈을 감은 채 차창에 머리를 박았다. 그녀를 비웃는 그의 모습을 볼 자신이 없었다. 그녀의 정신은 지금도 충분히 괴롭고 힘들었다. 아, 진짜 내가 왜 그런 오지랖을 떨어서 이 고생을 하고 있단 말인가.

재하는 구석에 콕 박혀 있는 그녀를 흘낏 바라보았다. 아직 육년 전 이야기는 꺼내지도 않았는데 아까부터 그녀는 지레 겁먹고 주눅이 들어 있다. 그런데 이상하게도 그녀가 안됐다기보다는 쌤통이라는 생각이 드는 것은 왜인지 모르겠다. 그건 그가 그만큼 맺힌 게 많아서일 것이다. 그것도 아주 많이.

그는 건조하게 웃으며 액셀러레이터를 힘껏 밟았다.

가뜩이나 심기 사나운 남자에게 짜증까지 보태고 싶지 않아 그녀는 집에 오자마자 에어컨도 빵빵하게 틀고 평소 귀찮아 마시지도 않는 물 건너온 차도 즉각 끓여냈다. 집으로 오면서 무수한 생각이 오고 갔지만 분명한 건 하나였다. 만약 그가 정말로 앙심을 품었다면 그녀를 보자마자 무조건 경찰서로 데려갔을 것이다. 그러니 일단은 그가 그런 마음이 없다는 데 살짝 안도감이 든 그녀였다.

"나름 괜찮은 기억력을 가졌다고 생각했는데 말이야."

이제야 그녀를 기억해 낸 것이 원통하다는 듯 그녀의 집에 와서 한 그의 첫마디가 기억력 자랑이다. 연수는 그의 다음 말을 기다리고 있었다. 어차피 그녀가 할 말이라고는 도돌이표 식의 사과밖에 남아 있지 않았고, 그에 반해 그는 그녀에게 무궁무진한 말을 준비하고 있는 듯했다. 그러니 저리 뜸을 들이고 있는 것이겠지. 그러나 뜸을 들이는 시간이 길어질수록 그녀의 속은 타들어가고 있었다.

"회사에서 우연히라도 한 번쯤 부딪쳤을 텐데?"

그랬다면 그날로 당장 이직을 고려해 봤겠지요. 원래 죄를 지으면 본능적으로 도망가게 되어 있습니다. 아시는지 모르겠지만.

"경찰서 가실 건가요?"

연수는 용기를 내 입을 열었다. 일단 이것부터 확답을 받아야 했다.

"아니."

"그럼…… 용서해 주실 건가요?"

"그것도 아니."

피어오르는 희망에 물 한 바가지를 부어주는 대답이다. 거기다 똥줄이 타는 그녀에 비해 그는 차를 마시며 평온함을 즐기는 이웃집 남자 같았다.

"……그럼요?"

연수는 그의 눈치를 보며 슬그머니 운을 떼었다. 이것도 아니다, 저것도 아니다, 도대체 그녀에게 바라는 게 뭐란 말인가! 설마 사람 피 말리려고 정신적 고문이라도 할 생각은 아니겠죠?

"생각 중."

정말 그의 마음은 생각 중이었다. 용서? 당연히 해줄 생각이 없다. 누구 마음 편하라고? 그저 이 여자에게 죗값을 물어 그의 인생이 꼬인 것만큼 그녀 또한 정신적 괴롭힘을 당해봤으면 하는 심정이었다. 웃고 넘어갈 사건이었다면 그도 이렇게까지 나오지 않았다. 그러나 이 여자의 저주 같은 폭언은 주위 아는 사람들에게 순식간에 소문이 났고, 그때 선을 보러 온 주혜리라는 여자 또한 그에 대한 안 좋은 소문을 뿌리는 데 일조했다. 소문은 기정사실화가 되었으며, 그가 참다못해 아니라고 부정할 때에는 이미 수습 불가능이란 진단이 떨어진 후였다.

"그 일로 혹시 선본 여자랑 잘 안 되셨나요?"

"그걸 말이라고 하나보지?"

"혹시 그분이 본부장님이 마음에 두고 계셨던 분이라면…… 정말 죄송합니다. 죄송하단 말로 될 일은 아니지만……."

아무리 생각해도 정말 죄송하다는 말 이외 어떠한 말도 꺼낼 말이 없었다.

"무슨 그런 끔찍한 농담을. 당신이 내 인생을 구렁텅이에 넣은 도화선이라면 그 여자는 촉매제였을 뿐 그 이상도 이하도 아니야. 문제는 그 구렁텅이가 꽤 깊어 문제지."

연수는 그의 말에 동의하지 않는다는 걸 보여주기라도 하듯 입을 살짝 내밀었다. 겉보기에는 잘 먹고 잘살고 있는 것 같은데 인생의 구렁텅이라니 비약이 심해도 너무 심했다. 그래도 일단 지금의 상황에서는 그가 갑이니 그의 말에 토를 달지 않기 위해 그녀는 입을 꾹 다물었다.

"이런 말 하면 뭣하지만…… 본부장님 조카도 제가 찾아줬는데……."

말하고도 민망한지 연수는 말끝을 흐렸다. 그녀는 차마 그를 보지 못하고 손가락을 꼼지락거렸다. 상황이 사람을 참 구차하게 만들었다.

"그래서 이제 와 생색이라도 낼 셈이다?"

저리 말하니 참 할 말 없네. 연수는 입을 꾹 다문 채 차를 들이켰다. 그녀는 그녀 나름대로 마음의 준비를 끝낸 상태였다. 딱 봐도 성격이 그리 착해 보이지 않으니 그녀를 지방으로 좌천시킬지도 모른다는 우울한 가능성을 열어두었다. 사실 그것 말고는 그가 그녀의 인생에 타격을 줄 만한 큰 방법은 없는 것 같았다. 설마 어느 드라마에서 한 번쯤 나오는 어느 기업이든 취직을 못하게 만들어 버리겠다는 둥 질근질근 밟아 싹도 못 나오게 해주겠다는 그런 협박은 하지 않을 것이라 믿는다. 그러나 부정적인 뇌는 상상의 나래가 저 멀리 태평양까지 뻗쳐져 있었다.

"내 개인적인 평판에 그대가 상당히 일조한 것으로 아는데?"

"그야…… 육 년 전 일이니 사람들의 기억도 흐릿해졌을 것이고, 어느 미친 여자가 행패를 부렸다고 웃으며 넘기지 않았을까요?"

어색하게 웃으며 연수는 최대한 선처를 바라는 표정을 지어 보였다. 그러면서 속으로는 억울함을 감출 수 없었다. 그의 개인적인 평판에 그녀가 얼마나 영향을 미쳤다고! 그리고 아니 땐 굴뚝에 연기 나겠냐고. 그녀가 그에게 악담을 퍼부은 시간은 5분도 되지 않았다. 그것도 육 년 전의 일이다. 소문의 영업본부장은 어린 여자를 밝히면서도 성적 취향이 변태로 암암리에 모르는 사람이 없다. 프린트할 때 여직원 손을 은근히 잡았다는 둥, 걸어갈 때 여자 엉덩이만 본다는 둥, 하물며 섹스를 할 때에는 여자가 노란 가발을 써야 흥분한다는 둥. 이것도 모두 그녀 탓이란 말인가? 그건 아니잖아요. 본부장님의 어긋난 성적 취향과 바람직하지 못한 행동을 제 탓으로 돌리는 건 너무하잖아요!

그러나 이 말은 그녀의 안녕과 평화를 위해 마음속의 외침으로 남겨두었다.

그녀는 이렇게 비굴한 성격이 아니었는데 그 앞에서는 그게 되지 않았다. 이게 바로 죄지은 자의 비애였다.

"하루에 한 가지씩 나의 좋은 점을 동료들에게 말하고 나에게 결과를 보고할 것."

이런 미친! 본능적으로 튀어나온 말을 입안에서 간발의 차이로 차단시켰다. 영업본부장의 성격 이상한 것이야 일찍이 소문을 들어 알고 있었지만 상종하면 정말 큰일 날 사람 같았다.

"저기 본부장님, 제가 본부장님을 잘 아는 것도 아니고, 그렇게 한다고 해도 동료들이 믿어줄 것 같지도 않은데……."

연수는 나약하게나마 자신의 주장을 피력했다.

"잘 알게 될 거야. 문제도 없이 답을 맞혀오라는 비상식적인 사람은 아니니까. 생각해 보니, 먼저 무슨 내용인지 보고하고 동료에게 말하는 것으로 하지. 그게 더 낫겠군. 당신이 무슨 말을 할지 겁도 나니까."

사람이 말이야, 측은지심을 안다면 묵은 일은 털고 가는 게 그의 이미지도 좋아지고 현생에 덕도 쌓고 미래에 복도 받을 텐데 그는 전혀 그럴 마음이 없어 보였다.

결국 연수는 자신의 현재 입장을 망각하고 도전적으로 고개를 치켜 올렸다. 할 말은 그래도 하고 살아야겠다. 단, 부드럽게!

"제가 미우시지요? 경찰서로 데려가자니 사람들 이목이 있어서 그러지는 못하겠고 그냥 용서하자니 심사가 뒤틀리고 그러신 거잖아요. 저라도 입장 바꿔놓고 보면 본부장님이 참 미울 거예요. 반성문 100장 써오라고 해도 할 말이 없습니다. 그런데요, 본부장님. 본부장님이 요청하는 건 누가 봐도 아니에요. 동료들이 저를 미쳤다고 할 거예요. 뜬금없이 본부장님 칭찬이라니요, 그것도 동료들에게. 그리고 '칭찬합시다' 방송 프로그램 끝난 지가 언젠데 그걸 해요."

그녀는 분위기를 누그러뜨려 보고자 마지막에는 농담을 시도했지만 반응은 싸하게 돌아왔다.

"그래서 못하겠다?"

"네."

의외의 대답에 재하의 눈이 가늘어졌다.

"싫으면 할 수 없지. 대신 당신이 한 말, 책임질 준비는 되어 있겠지?"

싸늘한 그의 눈매에 연수는 마른침을 꼴깍 삼켰다. 가끔 부장님이 본회의를 하고 돌아온 모습이 안쓰러울 때가 몇 번 있었는데 그 기분이 어떤지 어렴풋이 알 수 있을 것 같았다. 순간 그녀의 등골을 따라 뭔가 서늘함이 훑고 지나간 느낌이 들었다.

"앞으로 내 소문에 어린 여자만 골라 단물 빼먹는다는 소리, 아이를 유산시켰다는 소리, 혼인빙자간음으로 여자를 꼬였다는 얘기가 나올 때마다 사실이 아니라는 것을 당신이 직접 그 자리에서 설명해야 할 거야. 다 당신이 뱉은 말로 알고 있는데."

뒤끝이 있는 건지 기억력이 좋은 건지 알 순 없지만 이 남자, 장난이 아닌 것만은 확실하다. 물론 그녀도 인정한다. 그 당시 그에게 악담을 퍼부을 때는 몰랐는데 그걸 직접 듣고 보니 그녀가 너무하긴 했다. 그것도 심히.

"아, 성병 걸렸다는 말도 추가."

마치 이제야 기억난다는 듯한 시간차 협박은 그녀를 더욱 위축시켰다.

"본부장님……."

"답은?"

표정 하나 변하지 않고 물어보는 그의 질문은 여느 협박보다 탁월했다. 마치 그녀가 거절의 말이라도 하면 잡아먹을 것 같은 압박감은 그녀의 착각일까?

"……다시 생각해 보니 '칭찬합시다' 숙제, 괜찮은 생각 같아요."

이 일로 육 년 전 일이 무마된다면 심오한 그의 뜻을 알려고 하지 않겠다. 알 필요도 없다. 조건은 정해졌고, 그에 결과물만 제출하면 되는 것이다. 혹시 그가 마음이라도 변할까 연수는 고개까지 끄덕이며 동의를 표했다.

"그럼 숙제는 오늘부터 하는 것으로 하지."

"그럼요. 빨리 해야 빨리 끝나죠. 이따 메일로 보내드리도록 하겠습니다."

그는 그녀를 잠시 바라보다 볼일 다 본 사람답게 그녀의 집에서 깔끔히 퇴장해 주었다. 허리를 꺾어 인사를 한 후 그를 배웅한 연수는 현관문을 닫자마자 물을 벌컥벌컥 들이마셨다. 그녀가 잘못했다는 것은 잘 알지만 뭔가 억울하고 화딱지가 나는 건 어쩔 수가 없었다. 직급만으로 따져도 하늘과 같은 영업본부장이다. 같이 있는 것 자체만으로 불편하고 어려운 존재인데 저 사람과 회사에서 마주칠 생각을 하니 눈앞이 깜깜했다. 아니지. 1년 동안 본부장을 사내에서 만난 적이 없었으니 운 좋으면 앞으로도 저 남자와 마주칠 일은 없을 것이다.

"이메일로 숙제만 잘하면 볼 일 없을 거야. 그리고 워낙 바쁜 사람이잖아?"

그녀는 그렇게 스스로를 다독였다. 저 사람을 다시 마주한다는 것 자체가 정신적 건강에 매우 좋지 않았다. 그러니 숙제를 미적거려 다시 본부장의 얼굴을 보기 전에 빨리 해치워야 했다.

연수는 한숨을 크게 내쉬고 컴퓨터를 켰다. 키보드에 손가락을 올려놓은 그녀의 표정은 막막 그 자체였다. 하지만 그녀가 누구던가. 그녀는 한다면 했다. 연수는 각오를 다지듯 엉덩이에 힘을 주고 입술을 꽉 다문 채 문장을 만들어내기 시작했다. 중학교 때 교내 글짓기 상도 탔었는데 이왕 하는 것 감동의 물결에 빠지게 만들어주겠다. 그 수위가 넘으면 아부가 되겠지만 윗분치고 아부 싫어하는 사람 못 봤다. 어쩌면 그 부분만 음미하며 밑줄 긋고 읽을지도 몰랐다.

하느님, 언제까지일지는 모르겠지만, 되도록 빠른 시일 내에 끝내보도록 노력하겠지만, 한동안은 부득이하게 제가 거짓말을 좀 해야 할 것 같습니다. 초등학교 일기 숙제를 몰아치기로 열흘 만에 글짓기로 끝낸 그 실력을 최대한 쥐어짜 빨리 끝내도록 하겠습니다. 이 상황을 보고 계시다면 이해해 주시리라 믿습니다. 그럼 눈감아주시는 것으로 알고 이 어린 양, 양심은 잠시 냉장고에 넣어두고 거리낌 없이 숙제를 마치도록 노력하겠나이다. 아멘.

그날 밤 연수는 잠이 들기 직전 문자메시지 하나에 벌떡 일어나야 했다. 그에게서 온 문자는 단 한 마디, '반려'였다. 숙제가 반려당한 것이다. 이게 무슨 서류 결재도 아니고! 연수는 믿을 수 없는 이 현실에 한동안 휴대폰 문자메시지만 노려보고 있었다.

키가 크다고 칭찬한 게 뭐가 어때서? 옷발이 잘 받아 양복 모델해도 되겠다는 오글거리는 추가 문장까지 썼는데 반려라니! 그런 것을 빼면 그럼 동료들한테 칭찬할 건더기가 뭐가 있단 말인가.

연수는 망설이다 그에게 문자를 보냈다. 뭐가 문제인지 알아야 시정을 하든 갈아엎고 새로 쓰든 할 것이 아닌가.

〈본부장님, 박연수입니다. 반려 이유가 무엇인지요?〉

〈성의 부족.〉

마음에 안 들면 무조건 성의 부족이지. 연수는 침대에서 몸부림치면서 베개에 얼굴을 파묻었다. 그녀가 뭘 알아야 그에 대해 칭찬을 하더라도 하지. 연수는 호흡을 가다듬고 다시 컴퓨터 앞에 앉았다. 키 크다는 것도 반려당했는데 머리 숱 많다고 하면 당연히 반려당하겠지? 외관상 칭찬은 일단 제외였다. 손 운동을 몇 번 한 연수는 다시 빠르게 타이핑을 하기 시작했다.

본부장님은 육 년 전 사건을 잊지 않은 뛰어난 기억력의 소유자이며, 제 실수를 작은 숙제로 마무리 지어주는 너그러움을 지니셨습니다.

쓰고 보니 이건 꼭 북한 김정은 수령에게 충성 맹세하는 공산당원 느낌이 물씬 풍겼다. 그래도 이게 그녀가 뽑아낼 수 있는 최선이었다. 오늘이라는 시간도 얼마 남지 않았다. 그녀는 발신을 누른 후 컴퓨터를 껐다. 아니나 다를까, 문자 알림 소리가 울렸다. 왜 문자 확인하는 데 마음의 준비를 해야 하는 것일까? 숨을 크게 들이쉰 후 연수는 문자함 버튼을 눌렀다.

〈반려. 사유: 진실성 결여.〉

결국 연수는 휴대폰을 침대에 던지며 분노의 함성을 질렀다.

“뭐 이런 게 다 있어! 성격이 이 모양이니 지금껏 장가를 못 갔지! 누구 탓을 해!”

오늘 그녀의 머리에서 짜낼 칭찬은 다 나왔다. 더 이상 컴퓨터 앞에 앉으라고 해도 못 앉는다. 차라리 마른 수건에서 물을 짜내라고 해! 그녀는 앞으로 해야 할 ‘칭찬’ 숙제를 생각하니 깜깜했다. 내일 서점에 가서 꼭 책 한 권을 사야겠다. 그것도 상대방 칭찬하는 법, 또는 기분 좋아지게 글 쓰는 법 등 이런 것으로 말이다. 일단 오늘은 자자. 그로 인해 오늘 하루는 피곤하다 못해 정신이 혼미할 지경이다. 그녀는 지금 절대적인 휴식이 필요했다.

"자자. 일단 자고 내일 생각하자."

그녀는 이불을 머리끝까지 뒤집어쓰다 잠시 후 신경질적으로 다시 일어났다. 확실한 휴식을 위해 휴대폰에서 배터리를 완전 분리해 버려야 했다.

월요일 아침은 언제나처럼 머리가 무겁고 잘 돌아가지 않아 카페인에 의존해 정신을 깨워야 했다. 거기다 그녀는 주말을 재충전의 시간이 아닌 스트레스 압박으로 시간을 보내야 했기 때문에 어느 때보다 카페인에 목말라 있었다. 본부장이 제안한 '칭찬' 보고는 하기 싫어하는 것을 머리 쥐어뜯어 가면서 억지로 해야 하는 숙제에다, 똥 누다 힘 조절에 실패해 끊긴 똥만큼이나 찝찝함이 함께 버무려져 있다. 그러니 그녀의 마음이 편할 리가 있겠는가.

회의에 필요한 자료를 프린트하면서 연수는 모니터만 멀거니 바라보고 있었다.

"잘한다, 잘해. 생선가게에 한 사흘 널브러져 있는 동태눈 같네. 밤에 잠 안 자고 뭐 했어? 정신 안 차려?"

그런 그녀를 한심하게 본 하 과장이 서류철로 그녀의 머리통을 때리고 지나갔다. 반박도 못한 채 연수는 속으로 구시렁거리며 식은 커피를 한입에 다 털어 넣고 자리에서 일어났다.

"오늘 주간회의는 좀 빨리 끝내주지. 회의가 줄줄이 잡혔는데……."

연수는 오늘 미팅만 네 건이 잡혀져 있었다. 이러면 오늘 야근은 예약된 것이나 다름없었다.

"글쎄. 분위기상 오늘 회의는 길어질 것 같은데?"

"아, 왜? 회의 길어지든 말든 나 먼저 보고하고 빠질 거야. 아니면 오늘 밥 먹을 시간도 없어."

석준은 주위를 둘러본 뒤 마치 비밀 얘기를 하듯 연수에게 속삭였다.

"브라질 제철소 사업 엎었잖아, 그것도 영업본부장님이. 그래서 플랜트 다시 짠다고 아마 위에서는 지금 비상일걸? 곧 우리에게도 부스러기 하달 업무가 떨어지겠지."

이제는 영업본부장이라는 말만 나와도 경기가 일어날 것 같다. 연수는 한숨을 푹 내쉬었다.

"간이 큰 건지 눈에 뵈는 게 없는 건지 1조 원 공사를 엎었다니까. 오죽하면 청와대 쪽에서 연락이 왔단다. 정부 간의 관계도 있으니 고려해 보라고. 그런데 단칼에 거절했대."

지금까지는 몰랐던, 아니, 무심했던 영업본부장의 얘기가 속속들이 들어오자 연수는 더욱 마음이 무거워졌다.

'아, 내가 이런 분을 건드렸구나. 그때 내가 확실히 눈에 뵈는 게 없었구나.'

그녀는 한숨을 푹 내쉬면서 회의실로 들어갔다.

회의가 길어지고, 했던 얘기 또 하고, 업무상 관계없는 얘기까지 나오자 그녀의 집중력은 현저하게 떨어지고 있었다. 그녀는 얘기를 듣는 척하면서 노트북으로 다른 작업을 하고 있었다. 그러던 중 갑자기 그녀 이름이 불리자 연수는 고개를 들어 팀장님을 보았다. 앞부분을 하나도 듣지 못했다. 그러니 대답을 할 수 있을 리 없다. 이런 난감한 일이…….

'팀장님, 평소 잘하는 구간 반복 말씀 지금 다시 해주시면 안 될까요?'

"그렇게 울상 지을 것 없어. 그만큼 특별수당 지급될 테니까. TFT팀 하는 동안 지금 하는 업무 과부하 걸리면 권 대리나 이 대리 쪽으로 분담하고. 자네 제2외국어가 러시아어잖아. 유력한 제철 인수 회사 중 한 곳이 러시아 쪽이라 인력이 필요할 테니 많이 도와주라고."

"러시아어는 졸업과 동시에 책 한 장 안 봤는데……."

연수는 특별수당이 아니라 연봉을 배로 올려준다고 해도 싫었다. 다 필요 없었다.

"그럼 이참에 공부 다시 하고."

"다른 팀에서 지원받으면 안 될까요?"

그녀는 정말 안 봐도 눈에 훤히 그림이 그려졌다. 죽어라 야근만 하다 쓰러져 잠만 자는 미라 같은 생활은 하고 싶지 않았다. 지금도 일은 차고 넘쳤다. 그러나 결정해서 통지가 내려졌다면 그녀가 어찌해 볼 수 있는 일이 아니었다. 올해 그녀의 나이 스물아홉. 지금부터 부랴부랴 애인 만들어 올해 안에 결혼하기도 힘든데 그 가능성까지 잘라먹는 회사가 야속했다.

"박 대리, TFT팀 마무리되면 보름 휴가야. 구미 당기지 않아? 거기다 벌써 위에서 결정 난 사항이라 박 대리의 의사결정권이 없다고. 자, 다른 할 말 없으면 회의 끝내지. 아, 박 대리는 메일 확인하고 네 시에 TFT팀으로 가보라고."

"이야, 특별수당에 보름 휴가라니. 복 터졌네, 박연수."

누구 놀리는 것도 아니고, 석준은 그녀의 어깨를 두드리며 자리를 떴다. TFT팀에 일개 대리가 합류되었다는 것은 보조 업무에 각종 자잘한 서류 작업은 물론이요, 잘난 팀장들 사이에 끼어 눈칫밥을 얻어먹으며 일해야 한다는 말이다. 터지라는 재물 복은 안 터지고 일복만 터지는구나.

연수는 체념하며 그 자리에서 메일을 열어보았다. 아침임에도 불구하고 아직 읽지 못한 메일이 서른 통이 넘게 쌓여 있다. 그중 맨 아래 오늘 아침 팀장님이 보낸 메일을 클릭했다. 내용을 보니 아무래도 아까 권 대리가 말한 브라질 제철소 계약 파기 대체로 기존 제철소를 확장할 수 있는 회사를 찾는 것 같았다. 대대적인 작업이 될 것 같았다. 그녀는 무심히 TFT 구성 인원 파일을 열었다. 그리고는 눈이 튀어나갈 만큼 헉 하고 숨을 들이켰다. TFT팀 총괄팀장이 이재하? 아무리 눈을 부릅떠 다시 봐도 이재하 영업본부장이었다.

"말도 안 돼! 장난도 아니고!"

이거 아무리 봐도 고의적이지? 그렇지? 연수는 벌떡 일어나다 다시 자리에 앉았다. 오후 네 시면 밝혀질 것이다. 그때까지 참자. 지금 그녀가 할 수 있는 일은 없었다. 그러나 연수는 벌써부터 끓어오르는 화에 씩씩대고 있었다.

본부장님, 우리 계급장 잠시 내려놓고 허심탄회하게 대화 좀 나눠볼까요? 이번에는 제가 참 할 말이 많을 것 같은데.

연수의 입이 어느 때보다 단호하게 다물어졌다.

*

긴급 TFT팀이라 그런지 서로 들어오는 순서대로 자리에 착석하고는 아는 얼굴이라 할지라도 짧은 목례만 주고받은 회의실 분위기는 바짝 잡아 맨 군화 끈만큼 팽팽했다. 이 자리에서 그녀는 손을 번쩍 들고 본부장님에게 잠깐 시간을 내달라는 말을 할 수 있을까? 대답은 어림 반 푼도 없는 소리다. 그녀가 아무리 강단 좋고 뻔뻔함으로 얼굴에 도배를 했다 하더라도 이 많은 사람들 앞에서는 불가능했다. 그녀는 긴 테이블 맨 끝 귀퉁이에 앉아 자신의 존재조차 알리지 못하는 일개 대리일 뿐이다. 이 근질거리는 입은 쉬는 시간을 노려야 했다. 그것도 본부장님이 혼자 있는 시간을. 그런데 그 시간이 그녀에게 주어질지도 미지수이다.

"다들 모인 것 같으니 회의 시작합시다. 이 일에 착수하기에 앞서 우리가 지켜야 하는 것은 시간과 정확성입니다. 기한은 보름! 그 안에 브라질 하이언에 대한 차선책을 준비합니다."

연수는 고개를 갸웃거렸다. 분명 오늘 아침 석준에게 듣기로는 그 계약은 엎어진 것으로 들었는데 다시 진행되고 있는 모양이다. 이런 기본적인 정보도 모르는 그녀인데 TFT팀에서 일하라고? 생각할수록 이건 분명 음모에 가까웠다. 그녀를 괴롭히기 위한 영업 본부장의 얄팍한 음모.

"본부장님, 하이언이라면 작업 중단이 아닌 철수 작업이 진행 중인 것으로 알고 있습니다. 어떤 것에 대한 차선책입니까?"

그녀뿐만 아니라 머리 비상하기로 유명한 여러 부장의 표정이 어째 머리 위로 물음표 표시가 둥둥 떠 있는 모습 같았다. 우리는 먹이를 가져다주는 어미 새를 바라보듯 영업본부장님의 입만 바라봐야 했고, 그런 우리를 잠시 인내심 있게 바라보는 영업본부장의 시선을 묵묵히 견뎌내야 하는 3초간의 시간이 잠시 존재했다.

"1조 원 공사를 발로 뻥 찼으면 차선책이 있어야 할 것 아닙니까? 하이언은 분명 설비 투자가 시급한 회사입니다. 지금 다시 입찰을 시켜 일을 진행하기에는 시간이 많이 걸립니다. 우리는 지금부터 해외 부실 제철소 중 가능성 있는 하나를 찾습니다. 쉬운 말로 리모델링해서 하이언이 살 수 있도록 재포장해야 한다는 말입니다. 그 조건에 부합되려면 가격과 지리적 용이, 생산 능력 모두 갖춰야 합니다. 한 달입니다. 하이언에게 프러포즈할 최대의 매력적인 제철소를 찾는 게 여러분의 임무입니다."

이건 가볍게 '열심히 해봅시다. 파이팅!' 이런 차원이 아니었다. 역시 아무런 대책 없이 저 사람이 1조 원 공사를 엎을 리 없지. 왜 그의 말이 앞으로 그녀에게 개고생을 펼쳐 줄 설계도로 들리는지 알 수 없다. 지금이라도 동정심을 유발해 이 일에서 빼달라고 하면 빼줄까? 천만의 말씀, 만만의 콩떡이다. 거기다 그의 치밀한 성격이 분명 그녀를 괴롭히는 데도 적극 활용될 거라는 건 안 봐도 뻔했다. 그 생각까지 미치자 그녀의 회사 생활에 우울한 잿빛이 사전 예약이 되어 있는 것 같아 신음 소리가 절로 터져 나올 것 같았다.

재하가 서류를 넘기다 말고 고개를 들어 연수 쪽을 바라보았다.

그뿐 아니라 모든 참석자가 그녀를 보고 있다.

왜? 당황함을 감추고 일단 연수는 입술만 살짝 올린 미소로 대응했다. 왜 그녀가 무슨 말이라도 하기를 기다리는 사람들의 태도지?

"무슨 일입니까?"

그녀가 대답하지 않자 재하가 입을 열었다. 질문 자체를 이해 못하고 있으므로 그녀는 다시 한 번 어색하게 웃어 보였다. 어째 그의 눈이 더욱 가늘어졌다.

"자네 어디 아픈가?"

그녀가 답을 못하고 있자 옆의 풍채 좋은 팀장 한 분이 낮게 물었다.

그 한마디에 지금의 상황 파악을 단번에 접수한 그녀였다. 그녀가 실제로 신음 소리를 내지른 것이다. 마음속은 우울한 현실에 비관해 처절한 절규를 외치는 동안 이놈의 무심한 뇌는 노트에 필기할 생각은 않고 생각 없이 신음을 흘려버린 것이다. 그녀는 결코 이런 사람이 아니었다.

"두통이 있어서……. 괜찮습니다. 참을 만합니다."

재하가 시계를 보더니 미간을 찡그리자 연수의 마음은 묵직해졌다.

그러나 도움을 못 줘서 안달이 나는 사람은 어디나 있게 마련이다. 괜찮다고 사양의 말을 몇 번이나 했지만 그녀의 말은 묵살되었다.

"두통 그거 참는다고 되는 것도 아니고, 몇 시간은 갈 텐데. 내가 편두통이 심해서 잘 알지. 여기 두통약."

연수는 두통약을 대각선으로 밀어 그녀 앞까지 착지시켜 주시는 기획팀장의 손목 스냅을 멀거니 바라보았다.

"……."

사람의 성의가 난감해 보긴 처음이다. 그녀가 주저하자 기획팀장이 재촉했다.

"뭐 해? 어서 먹어. 괜찮은 거야. 부작용도 없고."

"설마 숙취는 아니지? 그거에는 먹으면 안 되는데."

옆에서 한두 마디씩 거들자 결국 그녀는 두통약을 집어 들었다. 그녀가 약을 먹기 전까지는 회의를 재개하지 않을 작정인 듯했다. 이래서 거짓말하면 안 되는 것이다. 그녀는 울상을 지으며 물과 함께 두통약을 삼켰다.

괜찮겠지? 괜찮을 거야. 어릴 때 중이염약을 먹어야 하는 것을 약 봉투가 헷갈려 오빠 감기약을 삼 일 동안 먹은 적도 있는데 이 정도쯤이야. 그래도 중이염은 나았잖아? 그게 바로 인체의 신비지, 암. 하물며 이쯤이야.

"그럼 다시 하이언의 예측 요구 사항을 정리해 보면……."

연수는 심호흡을 하고 회의에 집중하기 시작했다. 그러나 모든 상황을 주지하고 미팅에 참석하는 팀장과 달리 그녀는 이해하기도 급급한 미팅이다 보니 자동적으로 미간은 모아져 있었다. 가끔 중간에 이해가 되지 않는 부분이 나올 때는 특히 그녀의 인상은 한껏 찡그려졌다. 미팅이 끝나면 관련 서류를 다 찾아봐야 할 것 같았다. 진짜 이 내용을 단숨에 머리에 집어넣으려면 없던 두통까지 생길 것 같았다. 연수는 낮게 한숨을 내쉬었다.

재하가 잠시 연수 쪽을 바라보다 입을 열었다.

"15분 휴식합니다."

이 말에 대부분의 팀장들이 기다렸다는 듯 벌떡 일어나 회의실을 빠져나갔다. 워낙 긴급 프로젝트라 본부장이 몰아치기로 회의를 해서 다들 세 시간 넘게 피우고 싶은 담배를 참느라 고생했을 것이다. 정말 그 마음 그대로 반영하듯 하나도 남김없이 모두 회의실에서 나가 버렸다. 그러나 정작 좀 나가서 한 시간 정도 안 돌아와 줬으면 하는 저 본부장은 자리를 지키고 자료를 검토하고 있다. 연수는 고개를 절레절레 흔들었다.

"박 대리님, 휴게소 안 가실래요?"

"미팅 내용 좀 정리하고. 지금 안 해놓으면 나중에 자료 취합 때 더 헤맬 것 같네."

"저도 사실은 무슨 소린지 모르겠어요. 정리한 것 좀 보여주세요, 대리님. 저 사실은 모르면서 본부장님 말씀하실 때마다 장단 맞춰 고개 끄덕이느라고 진땀 뺐어요."

윤아가 귓속말로 연수에게 하소연을 하자 연수가 피식 웃었다.

"아, 그러면 제가 커피 뽑아가지고 올게요. 아니다. 두통 있으신데 다른 거 드실래요?"

윤아가 자리에서 일어나며 연수에게 물었다.

"아니, 커피로 부탁해."

그리고 잠시 후 윤아는 시원한 아이스 캔 커피를 들고 와 연수 앞에 내려놓았다. 역시 여름에는 시원하고 차가운 게 장땡이다.

"고마워. 잘 먹을게."

그러나 연수가 캔 커피에 손을 뻗으려는 동시에 캔 커피를 눈앞에서 강탈당했다. 이게 무슨 일인가 싶어 고개를 들어보니 언제 왔는지 그녀 앞에 이재하 본부장이 서 있었다.

"그거 제 건데요, 본부장님."

그러나 그는 반응이 없었다.

"윤아 씨가 저 사준 거예요."

다시 한 번 연수는 '이래도 가져갈래?' 라는 눈빛으로 그를 힘주어 바라보았다.

"제가 하나 더 뽑아오겠습니다."

"아니, 됐습니다."

재하와 연수의 눈싸움을 옆에서 지켜본 윤아가 벌떡 일어나 나가려 하자 재하가 말렸다.

이 사람은 원래 남의 것을 잘 뜯어먹는 성격인가? 먹고 싶으면 직접 가서 사 마시라고요. 1년 이자가 그녀의 연봉 몇 배나 되는 사람이 단돈 몇백 원에 이러니 참 치사해 보인다.

"이자로 칩시다."

윤아는 무슨 말인지 몰라 갸우뚱하며 연수와 본부장을 한 번씩 쳐다보았지만 연수는 입을 꾹 다물었다.

윤아는 슬그머니 일어나 다시 커피를 뽑으러 나갔다. 아까 나갈 때 눈치껏 본부장님 커피도 뽑아오는 건데 그랬다. 가뜩이나 먹는 것에 욕심 많은 박 대리님이 커피를 본부장님에게 뺏겨 얼굴이 붉어지자 더욱 그런 생각이 들었다.

연수와 재하가 단둘이 남자 재하가 그녀가 정리하는 서류를 훑어보며 입을 열었다.

"숙제 건성으로 하면 재미없을 겁니다."

뭐라? 연수의 고개가 번쩍 치켜들어졌다. 재하가 그녀와 눈을 마주친 후 다시 자리로 돌아갔다.

건성이라니? 칭찬이야 어쩌다 한 번이지, 어떻게 매일 밥 먹듯이 칭찬할 건수를 찾는단 말인가? 그리고 대부분 칭찬이 인성 아니면 외모인 것을 감안하면 멘트도 다 거기서 거기이다. 거기다 그녀는 잘 알지도 못하는 사람을 칭찬해야 하는 핸디캡에다 칭찬 소재의 재탕도 불가능했다. 제약이 너무나 많았다. 이러다 나중에는 칭찬하다 할 게 없으면 그의 다리털까지 칭찬하게 생겼는데 건성이라니! 창작의 고통을 무시하는 발언이었다.

"거짓말은 했을지언정 건성으로 숙제한 적은 없는데요."

그녀는 억울함에 나약하게 항변했다.

"그럼 이제부터 거짓말도 제외합시다."

아, 대들었다가 본전도 못 건진 혈투였다.

이걸로 확실해졌다. 그가 그녀를 TFT팀으로 차출한 것은 대놓고 괴롭히겠다는 심보였다. 그 예로 그녀의 캔 커피를 가져가 놓고는 그는 회의 내내 캔 커피에 손도 대지 않았다. 캔 커피가 송골송골 물방울이 맺혀 눈물을 흘리고 있는데 그는 거들떠 보지 않고 있다. 연수는 팀장들의 말을 수렴하고 고개를 끄덕이는 재하를 눈치껏 째려보았다.

앞으로 프로젝트 기한이 2주라고 했던가? 그래, 눈 꾹 감고 나

죽었구나 생각하고 야근을 해주마. 이것으로 그의 앙금이 털어진다면 해주겠다고! 2주면 14일이고, 14일이면 336시간밖에 안 되는걸. 그녀는 애써 웃으며 초긍정적으로 생각하고 앞으로의 TFT에 열의와 성의를 다하기로 결심했다. 그의 마음을 움직이기 위해서는 과로로 한 번 쓰러지는 것도 고려해 보기로 했다. 이번 참에 다이어트 오달지게 한다고 생각하면 그만이다.

*

홍 여사는 일 때문에 밤낮으로 바쁜 아들을 위해 간만에 10년 동안 집안일을 돌보고 있는 천안댁과 수산물 시장을 나왔다. 육류는 별로 좋아하지 않아도 생선이나 회는 그나마 먹는 식성이고, 그중에서도 추어탕은 곧잘 먹어 간만에 솜씨를 발휘해 보려고 나온 것이다. 예나 지금이나 부모에겐 자식 입에 먹는 것만 들어가도 흐뭇하다는 것은 변함이 없다. 채소 하나까지 손수 장을 보며 아들이 먹을 모습만 생각해도 홍 여사의 입가에 미소가 번졌다.

"아침 일찍 나가고 밤늦게 들어오니 이건 아들하고 사는 건지 아들에게 하숙을 놓은 건지……."

홍 여사는 미꾸라지를 고르면서도 일만 하는 아들이 안쓰러운지 푸념을 늘어놓았다.

"저희 집도 그래요. 주말이나 되어야 밥상을 같이할까 자기 볼일 본다고 매일 늦어요."

"어찌 갈수록 남편하고 똑같아지는지, 가끔 뒷모습만 보고는 너무 닮아서 깜짝깜짝 놀란다네."

불평스러운 말투에는 은근한 자랑도 포함되어 있었다.

"이게 좋겠네. 원래 가을에 먹어야 더 좋겠지만 조금 이르긴 해도 실한 놈들이네."

"그럼 이것으로 할게요."

홍 여사가 고개를 끄덕이려는 그때 전화가 왔다.

천안댁은 홍 여사의 표정을 슬쩍 살폈다. 원래 천성이 느긋한 분이라 행동도 급하지 않았지만 지금은 전화를 받을지 말지에 대해 잠시 고민하는 듯했다. 천안댁은 언제나 그렇듯 봐도 못 본 듯, 들어도 못 들은 듯 아무렇지 않게 지갑을 꺼내 미꾸라지 값을 계산했다. 잘사는 사람이나 못사는 사람이나 그 나름대로 다 고민을 안고 사는 모양이다.

"말하세요."

천안댁은 저도 모르게 홍 여사 쪽으로 고개를 돌렸다. 평소와 다르게 목소리가 많이 냉랭했다.

"저번에 꺼낸 말이라면 없던 일로 하세. 더 이상 전화하지도 말고."

〈사모님, 죄송해요. 그때는 여자 쪽에서 어쩔 수 없이 요구한 상황이라……. 그리고 요즘은 건강검진 받아 서로 주고받기도 많이 해요. 정말 제가 잘 조율을 했어야 하는데 죄송합니다.〉

"……."

사과를 받아줄 마음이 없었다. 아들 선 자리를 알아보기 위해 그래도 이 바닥에서 유명한 마담에게 일을 맡겨놨더니 고작 한다는 소리가 여자 쪽에서 그전에 선볼 남자의 건강검진 내역을 봤으면 한다는 것이다. 아무리 그녀의 아들이 추문에 휩싸이고 또 성적 취향이 무난하다고는 장담하지 못하지만 그래도 대놓고 요구하니 홍 여사는 울컥 화가 솟았다.

〈그래서 제가 정말 사모님에게 죄송하고 중간에서 일을 제대로 하지 못한 미안함에 이번에 발 벗고 나서서 선 자리를 알아봤습니다.〉

"일없네."

〈진양그룹 둘째 딸 주혜리입니다.〉

홍 여사의 미간이 찡그려졌다.

"진양 그룹 둘째 딸이면 예전에 한 번 재하와 선을 본 적이 있지 않나?"

〈네, 대기업 중에서도 중위권 순위에 드는 회사니까 그렇게 처지지도 않을 것 같고요. 여자 나이 서른세 살이고 디자인을 전공해 지금은 진양패션 쪽에 팀장으로 일하고 있지요.〉

마담은 자신이 잡아온 선 자리 아가씨에 대한 흡족함이 담겨 있었다. 그리고 진양 쪽에서도 싫어하지 않는 눈치였다. 잘하면 양쪽에서 큰 몫으로 그녀에게 떨어질 것 같았다.

〈에이, 사모님, 그때는 선을 본 게 아니라 이재하 본부장님이 주혜리 씨를 보자마자 나가서 성사가 안 되었지요. 그리고 오래된 일이라 또 느낌이 다를 수도 있고요.〉

"한 번 만나 안 된 사람인데 두 번 만난다고 되겠나?"

마담은 결국 홍 여사가 솔깃할 만한 비장의 카드를 꺼냈다.

〈주혜리 씨가 이재하 본부장님한테 관심이 있다고 말했으니 느낌이 좋을 것 같아요, 사모님.〉

"그럼 언제 시간이 되는지 알아보고 알려주겠네."

천안댁은 그제야 사모님이 왜 전화 받기를 주저했는지 알 것 같았다. 들어보니 선 자리가 들어온 모양인데 전화 통화를 끊고도 썩 좋은 표정이 아닌 것을 보니 큰 기대는 안 하시는 눈치다.

"아들 하나 있는 게 이리 속을 썩이네. 다 샀으면 가세나."

홍 여사는 나직하게 한탄하며 주차장 쪽으로 걸어갔다. 재하의 나이 서른일곱, 결혼했다면 벌써 했을 나이. 손자를 안겨줘도 벌써 안겨줬을 나이인데 무슨 생각인지 재하 녀석은 결혼의 결 자만 꺼내도 질색을 하니 답답할 뿐이다. 어려서부터 속 한 번 안 썩히고 자라 커서도 남부럽지 않게 잘 커줄 줄 알았는데 엉뚱한 곳에서 속을 썩일 줄이야. 짚신도 짝이 있고 기러기도 다 짝이 있는데 도대체 이 다 큰 아들 녀석의 짝은 어디에 숨었는지 답답할 따름이다. 다시 한 번 홍 여사의 집에서 장탄식이 흘러나왔다.

*

왁자지껄한 회식 자리에서 연수는 옆의 유일한 TFT팀 여직원과 술잔을 부딪치며 술을 들이켜고 있었다. 그녀는 요즘 심각하게 자신의 성격에 대해서 고민 중이었다. 스물아홉을 살면서 그녀의 성격은 사교적이고 명랑하며, 그리고 뭐가 있더라? 그래, 다정하다는 단어와도 친숙했다. 대찬 성격은 아니지만 친구가 슬퍼하면

같이 씩씩대기도 하다가 아주 가끔이지만 앞뒤 생각 안 하고 일을 저지르기도 한 그냥 평범한 회사 생활을 하는 여자였다. 그런데 이놈의 TFT팀에 들어오면서 그녀는 눈치 보기, 혼자서 끙끙대기, 그리고 글짓기 실력이 눈부시게 늘어났다. 그녀는 본부장님을 만나면 정말 말하고 싶었다.

'고의적이죠? 개인적인 감정을 회사의 권력으로 휘두르신 거죠? 맞죠?'

이 말이 맴돌고 맴돌아 입안에서 똬리를 틀었으나 그녀는 한마디도, 아니, 마주쳐도 인사 한마디 건네지 못했다.

'너 바보야? 입 없어? 왜 나를 TFT팀에서 빠지게 해달라, 나는 TFT팀에서 일하기 싫다 이 한마디를 못하냐고!'

그러나 드라마에서 본 그 멋진 대사는 현실에서는 엄청난 용기가 필요하다는 사실을 그녀는 잘 알고 있었다. 까라면 까야 하는 것이 직장 생활이 아니던가.

"서글픈 월급봉투, 이게 뭐라고."

"그렇죠? 보너스고 뭐고 일주일 내내 야근에 눈 빠지겠어요. 남자친구가 이제는 의심해요. 어떻게 매일 야근을 할 수 있냐고요."

본부장님이 주신 보름 안에 모든 자료를 준비하려면 정말 화장실 가는 시간과 밥 먹는 시간 빼고는 모든 시간을 하이언 프로젝트에 올인해야 하는 상황이었다. 겨우 일주일인데 같이 일한 팀원들과는 한 일 년은 동고동락한 분위기이다.

"그래도 오늘은 금요일이고, 고기까지 실컷 먹어 배도 부르고, 내일 늦게까지 잘 수 있다는 자체만으로도 벌써 행복해요."

"윤아 씨는 참 긍정적이구나. 그래, 나도 그랬지. 얼마 전까지만 해도."

이재하라는 사람을 모르기 전까지는 나도 이 정도 야근은 긍정적으로 거뜬히 헤쳐 나갈 수 있었지.

"그런데 본부장님은 아직 안 오셨나 봐요?"

연수는 술을 들이켜다 사레가 들려 콜록거렸다. 윤아가 옆에서 그녀의 등을 두드려 주었지만 좀체 가라앉지 않았다.

"너 같으면 회식 자리에 윗분이 끼면 즐겁겠니? 안 오는 게 도와주는 거야. 콜록콜록!"

누구 급체해서 병원에 실려 가는 꼴을 보려고. 연수는 급히 물을 들이켰다.

"아니에요. 아까 손님과 저녁 약속 있다고 하시면서 끝내고 늦게라도 참석하신다고 했어요."

"빈말이겠지."

윤아의 말에 그녀는 술이 확 깨는 기분이었다. 연수는 주위를 둘러보았다. 대부분 만취로 얼굴이 불그스레했고, 식은 불판과 식탁 위에 빽빽하게 놓여 있는 술병을 보면 회식도 거의 파장 분위기였다. 그와 부딪치기 전에 냉큼 일어나 이 좋은 기분을 주말까지 쭉 만끽해야 한다. 비싼 고기 먹고 체할 순 없었다. 그녀는 엉덩이를 바닥에서 떼려다 다시 주저앉았다. 지금까지 그녀는 위축돼 그만 보면 입 한 번을 열지 못했다. 더 이상 이런 못난 모습을 스스로에게 보이고 싶지 않았다. 본부장이면 다인가? 물론 그녀가 조금은 잘못한 점이 없지 않아 있지만 할 말은 하고 살아야지. 부덮치는 것도 나쁘지 않았다. 술 먹은 김에 없는 용기를 주걱으로 박박 긁어 일주일 동안 하지 못했던 말을 하는 거야!

이렇게 생각을 굳히자 오히려 그가 안 올까 봐 초조해지기 시작했다.

"벌써 끝났습니까?"

계산할 때를 맞춰 나타나 주신 본부장의 모습에 모두들 다시 정신 무장을 하고 일어났다. 상사는 역시 밖에서나 안에서나 불편한 자였다.

"아닙니다. 아직 열 시도 안 됐습니다. 이제 2차 가야죠."

다들 일어서 다음 장소로 나가려 하자 그녀는 최대한 굼뜬 동작으로 신발을 신었다. 본부장님이 계산하고 있으니 그 타이밍을 노려 옆에서 말을 걸 심산이었다. 카드 계산 시 전산 장애로 한두 번 단말기가 먹통이 되어주면 금상첨화일 텐데.

"손님, 여기 영수증입니다."

"본부장님, 할 말이 있습니다."

가게 종업원과 그녀가 동시에 재하를 부르자 연수는 센스 없는 종업원을 한 번 노려봐 주고는 다시 힘주어 말했다.

"할 말이 있습니다."

재하는 영수증을 챙기며 뭔가 불만에 가득 찬 눈으로 자신을 바라보는 연수를 향해 고개를 돌렸다. 광대뼈 부분이 연지를 찍은 것처럼 붉다. 거기다 두 손은 잘하면 한 대 칠 기세로 불끈 쥐어져 있다. 그녀에게 내준 '칭찬합시다' 숙제를 매일 반려하다 보니 감정이 쌓인 건가? 하지만 반려할 만하니 반려했을 뿐이다. 그 예로 어제 숙제를 든다면 '집중력이 무서울 정도로 좋으십니다'. 그러나 이건 그가 사내 식당에서 TFT팀과 같이 밥 먹다 딴생각에 골몰해 있을 때였다.

"뭡니까?"

"그러니까, 제가……."

"본부장님, 왜 이리 안 나오십니까? 2차 가야죠, 2차! 이쪽으로 오세요!"

그녀가 한 문장을 다 내뱉기도 전에 기획팀장과 재무팀장이 범인 검거하듯 재하의 양옆에서 팔짱을 끼고 끌고 나가 버렸다. 어떻게 낸 용긴데!

이제는 오기가 생긴다. 기필코 오늘 밤이 가기 전에 말하고 만다. 설마 화장실은 가겠지. 죽치고 그 앞에서 기다린다. 나 박연수, 한다면 한다고! 그녀는 의지를 보여주듯 문을 힘차게 열고 나갔다.

술에 취해 노래를 부르니 음정, 박자 무시는 기본이요, 광분은 옵션이었다. 머리에 넥타이까지 둘러맸으니 칼만 들면 백정이 덩실덩실 춤판 벌인 모습 딱 그것이다. 이 중에서도 어울리지 않는 한 분이 있었으니 바로 이재하 영업본부장이다. 회식 자리에 늦게 왔으니 술은 입에도 대지 않았고, 옆자리에서 같이 얘기하며 마신 술이래야 고작 몇 잔 정도? 술 마시고 노래 부르는 것도 힘들지만 제정신으로 고래고래 직원들의 소음을 듣는 것도 아마 곤혹스러운 일일 것이다. 그녀는 그가 화장실 가는 타이밍을 좀 더 앞당기기 위해 과일 중 특히 수박을 그 앞으로 계속 내밀었다. 그런데 먹으라는 본부장은 먹지 않고 그 옆에 앉아 있는 재무팀장이 잘도 입안으로 집어넣고 있다. 그래도 계속 주다 보면 그중 하나는 영업본부장의 입으로 들어가겠지 하는 마음으로 그녀는 과일 안주를 계속 그 앞으로 내밀었다.

재무팀장과 얘기를 하면서 재하가 그녀를 몇 번 바라보았으나 그의 시선을 모른 체하며 그녀는 할 일만 묵묵히 수행했다.

"박연수 대리, 고맙지만 이제 됐습니다. 다들 손 있으니 알아서 먹을 수 있을 겁니다. 무슨 말인지 알겠습니까?"

그가 연수를 보며 진지하게 말하자 그녀는 그만 할 말을 잃고 고개를 끄덕였다. 그 모습이 마음에 든 듯 그가 고개를 끄덕인 후 다시 옆 팀장과 이야기를 주고받았다.

그녀가 왜 그의 앞으로 수박을 날랐는지 하느님만 아시리라. 그러나 그녀의 노력에도 그는 술 마실 때 안주를 먹지 않았다. 저 독한 양주를 안주 없이 스트레이트로 들이켜다니. 역시 독해. 연수는 그가 스트레이트로 마시는 모습만 봐도 입이 쓴 것 같아 인상을 찡그렸다.

이것을 오늘의 '칭찬합시다'에 올릴 수는 없겠지. 벌써 그녀는 그에게 올릴 소재도 떨어져 나가는 중이었다. 무조건 반려라 동료들에게 그를 칭찬할 기회도 없었다. 어쩌면 다행이리라. 뜬금없이 동료를 붙잡고 본부장 칭찬을 하는 그녀를 이상하게 볼 게 뻔했다.

최신곡에서부터 트로트까지 나오다 이제는 블루스로 변경되자 그나마 좀 조용하겠다 싶은 연수는 물을 마시며 언제 영업본부장님의 방광이 터질까 고민했다. 그러나 물을 다 마시기도 전에 그녀의 몸이 스테이지로 끌려갔다. 얼떨결에 끌려 나와 그녀는 곧바로 담배 냄새와 술 냄새가 진동하는 기획팀장의 가슴에 꽉 안기는 꼴이 되고 말았다. 정확히는 헤드록에 걸린 상황이라고 말하고 싶다. 그녀가 엉덩이를 빼고 두 손으로 밀어도 기획팀장은 완력으로 블루스에 한이 맺힌 것처럼 빙글빙글 돌며 노래에 심취했다.

회식을 하다 보면 아주 가끔 이런 일이 일어난다. 아무리 회사의 회식 문화가 올바르게 정착되어 간다고 하지만 개념이 몸에 빙의가 되어 개의 명예를 더럽히는 일들이 말이다. 하긴 본능과 이성의 한계선이 무너져 진상을 부리는데 그깟 회사의 사규가 머리에 남아 있겠는가.

순간 버럭 소리를 지르며 신고해 버리겠다고 할까 생각해 보았으나 그녀는 곧 바르작거림을 포기하고, 2분을 그냥 시체놀이를 하자 생각하며 눈을 질끈 감았다. 이분은 지금 그녀의 머리만 움켜잡고 빙빙 돌고 있으니까 이번은 참는다.

눈 질끈 감고 참아보자 마음먹은 동시에 갑자기 우당탕 소리가 나면서 그녀의 몸이 해방되었다. 두리번거리며 뭔 일인가 싶어 봤더니 풍채 좋은 기획팀장님이 한구석에 유연하게도 딱 반으로 접혀 있다. 당한 사람도 무슨 일인지 잘 몰라 씩씩대며 일어나다 영업본부장과 눈이 마주치자 곧바로 차렷 자세로 들어갔다. 역시 개는 술에 취해도 주인은 알아보는 법이다.

"술 웬만큼 취한 것 같은데 이만 파하지."

본부장이 나가자 모두들 잠시 얼음 상태에서 금방 주술이 풀린 것처럼 허둥대며 옷을 챙겨 나가기 시작했다. 그 와중에도 연수는 얼떨떨해 그 자리에 가만히 서 있었다. 그런 와중에 윤아가 그녀에게 다가와 호들갑을 떨며 조금 전 상황을 늘어놓았다.

"대리님 못 봤죠? 저는 본부장님이 노래 한 곡 부르려 나오시나 했어요. 그런데 갑자기 기획팀장을 그냥 차버리던데요? 저 완전 감동이에요. 사실은 본부장님 소문이 이상해서 가까이 앉기가 좀 그랬거든요. 아무튼 기획팀장님도 한 덩치 하시잖아요. 그런데 그걸 가뿐히……."

윤아는 직접 발차기 행동까지 보여주며 흥분을 감추지 못했다.

"본부장님, 은근히 멋있는 것 같아요."

연수는 옆에서 침이 마르도록 이재하 본부장을 칭찬하는 윤아의 수다에 맞춰 성의 없이 고개를 끄덕여 주었다. 어쨌든 도와줘서 고맙긴 한데 왜 마음이 편치 않은지 모르겠다.

앞으로 영업본부장과 누가 과연 편안히 웃으며 술잔을 기울일 수 있을까? 다들 술이 단박에 깬 얼굴들이다. 회식의 마무리가 어색했던 것만큼 헤어지는 것도 그만큼 신속 정확했다.

갑자기 재하가 몸을 돌려 연수를 바라보았다. 설마 아까 그 일에 대해 뭐라고 할 작정인가? 잔뜩 긴장한 그녀는 그의 눈치를 보았다. 요즘 그녀는 이 눈치가 참 아니꼽고 치사하고 짜증 나는 것이라는 걸 새삼 느끼고 있는 중이다. 그녀는 남의 눈치를 보며 말하거나 기죽어 우물거리는 성격이 절대 아니었다. 하지만 어쩌겠는가? 지은 죄가 있는데.

"아까 할 말 있다고 하지 않았습니까?"

'할 말? 있었죠. 그런데 굳이 지금은 해서 좋을 게 없을 것 같네요.'

연수는 고개를 절레절레 흔들었다. 그의 심기가 사나운 지금 그녀가 부채질할 필요는 없었다.

"까먹었습니다. 생각나면 다시 말씀드리겠습니다."

경직된 그녀의 마음만큼 대답도 경직될 수밖에 없었다. 그렇게 빤히 바라보지 마세요. 지금 거짓말 탐지기를 들이밀고 사실을 말하라고 해도 절대 말할 수 없어요.

택시가 그들 앞에 서자 재하는 문을 열어 그녀가 몸을 숙이기도 전에 그녀의 머리를 택시에 구겨 넣었다. 아니, 진짜 이 사람이!

"저는 버스를 타고……."

문이 탕 하고 닫혔다. 자칫 그녀가 나가겠다고 몸을 내밀었다면 문하고 얼굴하고 부딪치는 참사가 일어날 뻔했다. 창문을 두고 연수는 재하를 힘껏 노려보았다. 회의하는 모습을 보면 남의 의견에 곧잘 귀를 기울이더구먼. 새까만 대리라고 무시하는 건가? 정말 과거의 일에 대해 미안한 마음이 생겼다가도 사라지곤 한다. 그녀가 째려보는 것을 알기라도 하는지 그의 눈이 가늘어졌다. 연수는 슬쩍 고개를 돌렸다.

그런데 오늘은 또 무슨 '칭찬합시다'의 얘깃거리를 지어 보내야 한단 말인가. 연수는 차창에 머리를 기대며 한숨을 내쉬었다. 회사 생활이 고단해도 너무나 고단했다.

*

담배 두 개비를 다 피울 정도의 시간이 지나서야 그녀가 탄 택시가 도착했다. 재하는 눈을 가늘게 뜨고 빌라 앞에 정차해 있는 택시를 지켜보고 있었다. 대충 그녀를 택시에 집어넣고 보니 택시 번호가 두 자리밖에 기억나지 않았다. 사실 어느 정도 화가 난 상태라 택시 번호를 볼 생각조차 하지 못했다. 그가 억지로 태운 택시이고 늦은 시각이라 귀찮아도 그녀가 집에 잘 도착했는지 확인하고 가는 게 마음이 편할 것 같았다. 그런데 그녀의 집 앞에 도착한 지 5분이 넘었건만 그녀가 택시에서 나올 생각을 하지 않고 있다.

재하는 팔짱을 낀 채 택시를 노려보다시피 보고 있었다. 처음 수박을 내밀던 모습부터 그녀의 처신은 분명 잘못된 것이었다. 신경에 거슬리는 짓만 계속하더니 결국 한 팀장에게 붙들려 나간 그녀의 모습에 그의 인내심은 끊어지고 말았다. 바르작거리는 몸짓을 봤음에도 더 정확히 의사 표현을 하지 못하는 그녀가 짜증이 났다. 평소에는 그의 눈치를 보면서도 은근히 할 말 다 하는 그녀가 말이다.

"도대체 저 안에서 뭘 하기에 안 내리는 거야?"

결국 재하는 차에서 내려 앞에 정차되어 있는 택시 쪽을 향해 성큼성큼 걸어갔다.

"아저씨, 그러니까 집에 갔다가 가지고 내려온다고요. 현금이 없어요. 카드도 안 된다면서요?"

"아, 그러니까 근처 은행에 같이 가서 빼오면 될 거 아니오?"

같은 말을 도대체 몇 번을 하는 건지. 이제는 언성이 슬슬 높아지고 있었다.

"속고만 사셨어요? 저 그런 여자 아니에요. 그리고 미터기는 꺼 주셔야죠. 왜 계속 돌아가요?"

요금이 계속 올라가고 있었다. 하필 잡아도 카드 안 되는 택시를 잡아서. 고의적으로 미터기를 안 끄는 택시 아저씨에 대한 불만도 높아져 갔다. 이게 다 영업본부장 그 사람 때문이다. 아무래도 그는 그녀의 인생에 도움이 안 되려고 작정한 사람 같았다.

"제 휴대폰 번호 알려드릴게요. 안 나오면 전화하시면 되잖아요."

순간 문이 벌컥 열리자 그녀는 정말 심장이 덜컥 내려앉을 뻔했다. 전혀 예상치 못한 사람을 예상하지 못한 장소에서, 그것도 그 사람 욕을 하고 있을 때 보다니.

"안 내리고 뭐 합니까?"

"본부장님?"

보면서도 앞에 나타난 그를 못 믿는 그녀의 눈은 더욱 동그래졌다.

"이 아가씨가 돈이 없다잖수. 집에 갔다 와서 준다는데 그걸 어떻게 믿어? 근처 은행 데려다 준다고 해도 안 간다고 버티고. 내가 이런 수법에 한두 번 속아?"

"돈을 드리겠다는데 제가 왜 은행까지 가야 하냐고요."

다시 도돌이표 대화가 이어졌다.

결국 이들의 싸움을 지켜보던 재하가 대신 요금을 내주고는 택시를 보냈다.

단둘이 남자 연수는 이 남자가 여기까지 온 이유가 궁금해졌다.

"그런데 본부장님이 여기까지 웬일이세요? 술 먹고 운전하신 거예요?"

그녀가 그의 뒤에 세워져 있는 그의 차를 보았지만 대리기사는 없었다.

"대리기사 안 보이는데, 음주운전은 안 돼요."

"계속 기다리라고 하기 뭐해서 먼저 보냈습니다. 술도 깰 겸."

그런데 왜 두 개 중 한 가지만 답하지? 여기 왜 온 거야? 답하기 싫은 건가? 부하직원이 그딴 식으로 대답했어 봐, 그의 성격상 집요하게 추궁했을 거야. 아니, 저 서늘한 눈빛 한 번에 다른 대답까지 술술 불지도 모른다. 그녀는 새삼 그런 상사와 일한다는 것에 우울해졌다.

"아무튼 고맙습니다. 내일 꼭 갚겠습니다."

그녀는 인사와 함께 냉큼 빌라 입구 쪽으로 뛰어 들어갔다. 그가 그녀의 뒷모습을 지켜보고 서 있든 말든 그것은 그녀가 알 바 아니었다.

얼마나 시간이 지났을까, 그가 대리운전 기사를 부르고 갈 만큼 충분한 시간이 지났다고 생각될 즈음 그녀는 편안한 옷차림을 하고 집에서 나왔다. 설마 하는 심정으로 입구로 다시 나온 연수는 고개를 빼 그가 갔는지 이리저리 확인한 후 입구에서 나왔다. 죄 지은 것도 아닌데 그녀가 왜 이런 행동을 해야 하는지 그가 정말 싫었다.

그런데 물을 사 들고 오는 익숙한 형체에 그녀는 걸음을 뚝 멈췄다.

영업본부장님? 오늘 그 이름 오지게 닳도록 불러보는구나.

"여기서 또 뵙네요. 아직 안 가셨나 봐요?"

입 근처 근육이 과잉 친절 웃음으로 고통받고 있다. 이 동네에 무슨 금덩어리를 묻어놨나? 아니면 이 밤중에 땅 보러 다니는 것도 아니고, 왜 이 동네를 어슬렁거리시나요.

"술 좀 깨고 전화하려고 했지. 이 밤에 어디 가나?"

"뭐 좀 살 게 있어서요. 그럼 안녕히 가세요."

이번에도 그녀는 먼저 인사를 하고 그를 지나쳤다. 뒤통수에 눈이 달리지 않아도 그가 지금 그녀를 뚫어지게 바라보고 있다고 느끼는 건 그녀의 착각일까? 돌아보면 안 돼. 그러다 진짜 눈이라도 마주치면 그땐 뭐라고 할 거야.

그러나 저렇게 혼자 덩그러니 남겨두는 게 왠지 마음에 걸린 연수는 몇 걸음을 떼다 뒤를 돌아 그를 바라보았다. 왜 저기 서서 물 마시는 모습이 처량해 보이느냐고. 그녀의 시선을 느꼈는지 그가 그녀를 바라보았다.

"저 해장하러 라면 먹으러 가는데 같이 가실래요?"

순간 그가 웃는 듯했다. 물론 술이 덜 깬 그녀의 눈이 착시현상을 일으킨 게 분명하겠지만 가슴이 철렁했다. 아무튼 화낼 때나 웃을 때나 사람 심장 가지고 노는 건 특허감이었다.

편의점에 본부장님과 나란히 서서 라면을 먹을 거라고는 꿈에서도 생각 못한 일이다. 거기다 밤이라 손님은 그들이 전부여서 조용하기까지 하다. 말을 스스럼없이 붙이기에는 너무나 어려운 상사이다.

"라면 좋아하세요?"

"아니."

아니, 안 좋아하는 라면을 그럼 왜 먹고 있어요? 그냥 아까 가버리지. 사주고도 기분 나쁜 건 처음이다. 라면을 먹는 연수의 입이 오물거리다 씰룩거렸다.

"내가 무섭나?"

하필 입안에 라면을 가득 씹고 있을 때 그가 질문하자 그녀는 빨리 대답해야 하는 강박관념에 라면을 대충 씹어 목구멍으로 넘긴 후 그를 바라보았다.

그런데 잠깐, 갑자기 저 말의 의미는 뭐지? 우리 동네에 온 것도 그렇고 설마 나를?

갑자기 생각이 이상한 데로 뻗치자 연수는 은근히 기분이 좋아졌다. 개인의 취향을 떠나 누군가 그녀를 좋아해 주는 건 기분 좋은 일이 아닌가. 그런데 그런 감정을 느낄 건더기가 있었나? 연수는 체질상 잘 발휘되지 않는 내숭을 쥐어짜 보기로 했다.

"무슨 말씀인지……."

'난 아무것도 몰라요'의 순진한 눈빛으로 그를 바라봐 주었다. 눈도 댕그라니 뜨면 좋겠지만 절제의 미를 추구하므로 그건 패스하기로 했다.

그러나 그의 표정은 곧 그녀가 한국말을 못 알아먹는 것에 대한 약간의 짜증이 가미가 된 얼굴이었다. 잘못 짚었구나! 그러니까 왜 사람 오해 살 만한 질문을 해서는. 그냥 라면 먹을 때는 삼각김밥 드실래요, 국물이 시원해요 등 이런 무난한 대사를 던져 줄 수는 없는 걸까?

"아까 일로 겁먹은 것 같아서 말이지."

아, 윤아가 감탄을 마지않은 발차기를 말하는 것이다. 그녀의 조금 전 상상, 아니, 망상은 터무니없는 것이었다. 그렇지. 그가 그녀를 좋아할 리가 없지. 아직 술이 덜 깬 거구나. 순간이라도 그렇게 상상한 자신이 웃겼다. 아무래도 공주병이 그녀에게도 있는 모양이다.

"절대 아니에요. 오히려 난감했는데 도와주셔서 감사합니다."

아까 도움을 받긴 받았으니 인사는 해야 했다. 싫은 건 싫은 거고 고마운 건 고마운 거니까.

그리고는 서로가 다시 침묵에 빠져들었다. 그녀는 술만 마시면 먹는 라면의 시원한 맛도 느낄 수가 없었다. 그 또한 별말 없이 라면만을 후루룩 먹고 있다.

본부장님, 오늘 무슨 일로 저희 집 앞까지 오셨는지 모르지만 다음부터는 우리 동네 놀러 오지 마세요. 회사에서 보는 것만으로 우리 차고 넘치는 사이잖아요. 그녀는 마지막 국물을 마시며 그렇게 빌고 또 빌었다.

연수는 집 안의 창문이라는 창문은 모두 열어놓았다. 그리고는 지금 10분째 거실을 왔다 갔다 하며 달밤에 체조 아닌 체조를 하고 있다. 잠자기 전에 라면을 소화시켜야 내일 팅팅 부은 두 눈을 마주하지 않을 거라는 이유도 있지만, 그보다 더 큰 이유는 들끓는 씩씩거림을 가라앉히기 위해서였다. 연수는 걸음을 뚝 멈춰 최대한 근엄한 표정을 지었다.

"……그리고 '칭찬합시다' 는 앞으로 문자로 보내도록 하지. 어차피 길지도 않을 테니."

그녀는 재하의 말투를 따라 하며 콧방귀를 뀌었다. 그가 떠나가면서 칭찬 숙제를 꺼낼 때는 이제 안 해도 되는구나, 역시 칭찬도 매일 받다 보면 물리게 마련이구나 하는 생각이 스치면서 그의 너그러운 마음에 덥석 안아주고픈 마음이 들었다. 그런데 메일이 아닌 문자로 하라니. 그것도 선심 쓰듯 말하고 사라진 그였다.

"제 할 말만 하고 쏙 가는 인정머리 없는 놈. 영업본부장만 아니면 진짜……."

불끈 쥔 두 주먹은 뻗을 상대를 찾지 못해 부들부들 떨고 있었다. 지금까지 그녀는 머리를 쥐어짜서 '숙제' 에 조금의 아부를 가미한 내용을 보냈었다. 어떻게든 숙제를 하고자 하는 의지를 보이겠다는 자세, 그게 중요했으니까. 그리고 그가 이것으로 분이 풀린다면 까짓것 맞춰줄 용의도 있다는 생각도 어느 정도 깔려 있었다. 그러나 이제는 그것도 못해 먹겠다. 어차피 앞으로도 쭉 '반려' 해 사람 부아만 돋울 텐데 굳이 이런 일에 스트레스 받아 수명을 단축시키고 싶지 않았다.

그녀는 휴대폰을 열고 거침없이 문자를 보내기 시작했다.

〈본부장님은 술친구를 하기에는 부담 없는 사람 같습니다.〉

이제 앞으로 그 '칭찬' 숙제는 성의와 아부를 뺀 건성과 직언만으로 채워질 것이다. 그래도 그의 반응이 약간은 걱정된 연수는 잔뜩 긴장한 채 휴대폰을 노려보았다. 지금까지 대부분 답장은 1분 안에 날아왔다.

"이제는 반려를 해도 다시 안 보내. 칭찬할 게 없다는데 어쩔 거야?"

그러나 그녀의 허세는 1분을 넘기지 못했다. 그에게 지금껏 오지 않던 단어가 문자에 박혀 있자 그녀는 마치 처음 보는 단어처럼 한참을 멍하니 보고 있어야 했다. 그리고 어느 정도 정신을 차리자 당황함이 그 자리를 차지했다. 오늘 그는 여러모로 그녀의 심장에 안 좋은 영향을 끼치고 있었다.

〈왜지?〉

반려보다 더 나쁜 답장이다. 이러면 다시 답변을 보내야 한다. 그녀는 '뭉크'의 절규처럼 두 손으로 얼굴을 일그러뜨렸다. 차라리 속편한 반려가 나았다. '반려'는 기분은 나쁘지만 불안하지는 않았다. 그녀가 이유를 만들기 위해 고심하는 동안 문자 한 통이 또 날아왔다. 한여름의 공포물보다 더 스산하고 긴장감이 드는 이유는 무엇일까?

연수는 마른침을 꼴깍 삼켰다.

본부장님, 우리 이러지 말아요. 우리 이렇게 밤늦도록 문자할 만큼 친한 사이 아니잖아요?

〈솔직하게 얘기해 주면 그 숙제, 주말은 면제해 주도록 하지.〉

연수는 마치 문자가 본부장인 듯 째려보았다. 아이한테 사탕을 쥐어주고 대답 잘하면 먹게 해줄게 하는 것과 뭐가 달라? 차라리 기다릴 테니 반려하라고. 숙제는 어차피 또 하면 된다.

그러나 한쪽에서는 슬그머니 그의 제안에 귀가 파닥거릴 준비를 마쳤다. 주말만이라도 편하게 쉴 수 있는 기회라? 한입 가지고 두말할 성격은 아닌 것 같은데, 그래도 그 답이 그의 기대에 못 미쳤을 경우 무슨 불이익을 감수하게 될지 몰랐다. 이쪽저쪽 넘나들이가 계속되는 마음에 이러다 거실 바닥이 그녀의 고뇌로 다 닳을 것 같았다.

"안 돼, 박연수! 이 말에 낚이면 넌 끝이야. 솔직하게 얘기해 보라고? 그건 그것대로 뒤끝 작렬일 것이 분명하다고. 육 년 전 일을 잊지 않고 곱절로 괴롭히는 것만 봐도 알 수 있잖아?"

손톱을 물어뜯는 만큼 그녀의 결정은 미뤄지고 있었다. 이러다

가는 손톱 하나가 뽑혀야 결정이 날 것 같았다. 그러나 유혹에 약한 자여, 그대 이름은 박연수이니 그녀는 편안히 쉴 수 있는 주말의 자유를 쟁취하기 위해 솔직함을 택하기로 했다. 그리고 순간 그녀는 전생에 독립투사로 태어나지 않은 게 조국을 위해서 얼마나 다행인지 모르겠다고 생각했다.

〈본부장님은 술 드실 때 안주를 안 먹잖아요.〉

이 문자를 보내고 그녀는 침대 위에 가부좌를 틀고 앉아 30분 동안 휴대폰을 바라보았다. 그런데 그 뒤로 그에게선 어떠한 문자도 오지 않았다. 혹시 휴대폰이 꺼졌는가 싶어 확인도 해보고 무음모드 설정을 해놓았는지도 확인해 보았다. 자신의 휴대폰에 아무런 문제가 없다는 게 확인되자 연수는 벌러덩 누우며 몸부림쳤다.

"차라리 반려를 때리라고! 삐친 게 분명해! 어떡해! 그 사람, 한 뒤끝 하는데……. 아, 진짜! 진짜 왜 가타부타 말이 없냐고!"

연수는 몸을 파전처럼 앞뒤로 뒤집었다 이리저리 데굴데굴 굴리며 침대에서 고뇌의 행위 예술을 펼쳤다. 그러다 결국은 머리를 베개에 파묻은 채 후회의 마지막 몸부림을 치다 잠이 들었다.

*

샤워를 막 끝내고 나온 재하는 습관적으로 휴대폰을 확인했다. 이 시간에도 메일은 차곡차곡 들어올 때를 보면 가끔 자신은 휴대폰의 노예가 된 기분이었다. 그녀에게서 문자가 하나 들어오자 재하는 턱을 긁적였다. 오늘도 아부성 짙은 문자를 예상했던 그는 무심히 문자를 확인하다 한쪽 눈썹이 부드럽게 올라갔다. 지금까지와는 확실히 다른 내용이다.

'무슨 의미지?'

휴대폰 화면을 손가락으로 톡톡 건드려 보는 그의 손끝에는 궁금증이 묻어나고 있었다. 분명 이유를 말하라고 하면 이 겁 없는 박연수 대리는 잔머리 굴려가며 아부성 멘트를 보낼 게 뻔했다. 아무리 생각해 봐도 이런 문자를 보낼 만한 이유를 찾지 못했다. TFT팀이라 해도 서로 직접 보고받는 사이도 아니거니와 마주쳐도 인사하고 스쳐 지나가는 게 다였으니, 그에 대해 모르는 그녀가 이런 문자를 보낼 리가 없다. 결국 그는 미끼를 이용해 그녀에게 답을 요구하기로 했다. 애인이 있을 때도 이렇게 휴대폰을 바라보며 문자를 기다린 적이 없던 것 같다. 재하는 의자에 기댄 채 느긋하게 탁자 위에 놓인 휴대폰을 바라보았다. 문자 진동과 함께 그가 벽시계를 바라보았다.

"10분이라. 고민한 시간만큼 진실하기를……."

그는 자신의 눈빛이 기대감으로 가득 차 희미하게 미소 짓고 있다는 것도 몰랐다. 그리고 답변을 확인하는 순간 피식 웃음이 터져 나왔다. 문득 이 문자를 보내기 위해 고뇌했을 박연수 대리의 얼굴이 떠올랐던 것이다.

그가 술친구하기 부담 없는 이유가 고작 안주를 안 먹기 때문에? 완전히 예상에 빗나간 답이다. 하긴 안주를 안 먹으니 술값 부담은 없겠지. 재하는 쿡쿡 웃으며 창문을 활짝 열었다. 한동안 열대야로 덥기만 하던 밤공기가 시원한 바람을 몰고 왔다. 앞으로 '칭찬' 숙제가 꽤 재미있어질 것 같았다.

3장

별도로 마련된 TFT팀 사무실에서 일하다 서 팀장의 안 바쁘면 당장 내려오라는 한마디에 그녀는 총알같이 뛰어가야 했다. 도착하니 하 과장은 벌써 팀장님 앞에 불려가 고개를 숙이고 있었다. 불길한 팀장님의 목소리만으로도 확실히 뭔가가 터진 게 분명했다. 연수가 인사를 하며 하 과장 옆에 나란히 섰다.

"이거 박 대리 담당이지?"

책상에 두툼한 서류를 내던지듯 내려놓는 팀장의 심기가 한층 사나워졌다.

4분기 원재료 가격 상승 분석 및 조정안이었다. 그녀는 대답을 하면서도 무슨 일로 팀장이 화를 내는지 감을 잡지 못하고 있었다.

"가격 측정이 잘못된 것 같다고 구매팀장이 던지고 간 건이야. 그것도 업체와 조율이 다 끝난 가격을 뒤집어야 하는 건이야. 무슨 말인지 알아?"

TFT팀 일을 병행하다 보니 연수의 일부 업무가 분담이 되었다. 그중 그녀의 아이템 몇몇 원재료 가격 분석을 하 과장에게 넘겼는데 그게 잘못되어 구매팀에서 수량 조절 및 원재료 가격 협상 계약서를 다시 만들어야 하는 사태가 벌어진 것이다. 하 과장의 입은 굳게 다물어져 있었다. 연수도 그 즉시 고개를 바닥으로 향했다.

서 팀장은 구매팀장에게 당한 만큼 그 화를 풀어내고 있었다. 목에 굵은 핏대가 올라온 것을 보면 쉽게 가라앉을 것 같지 않았다. 물론 잘못했으니 꾸중을 듣는 건 당연하지만 문제는 그녀와 하 과장을 같이 불러놓고 팀장의 시선은 붙박이처럼 그녀에게 고정시키고 있었다. 거기다 감정은 갈수록 격해져서 얼굴이 붉으락푸르락한 팀장을 보니 저러다 뒷목 잡고 쓰러질 것만 같았다. 사실 그녀도 억울하다면 억울한 입장이었다. 그렇다고 이 시점에서 어린아이처럼 '하 과장님이 잘못해서 그런 건데요?' 라고 고자질할 수도 없는 입장이다. 어찌 되었든 그녀는 담당자이고 같이 하 과장님이 첨부로 보내온 메일 자료를 훑어보았어야 옳다.

"정신이 있는 거야, 없는 거야? 원자재 4분기 가격을 이대로 오더 진행해 생산 들어갔으면 어쩔 뻔했어? 박 대리가 그 손실 다 책임질 거야?"

"죄송합니다. 다시 올리겠습니다."

여기서 변명은 화만 더 불러올 뿐이다. 그리고 이 데이터를 다시 만들려면 이번 주 주말 반납은 당연한 일이었다. 아주 하늘이 나를 야근 못 시켜 안달이 났다.

“일 한두 번 한 것도 아니고, 진짜. Order Confirmation까지 떨어졌으면 어쩔 뻔했냐고!”

서 팀장의 목소리가 사무실 천장을 다시 들썩여 놓았다.

“죄송합니다.”

그러나 모든 것은 정점을 찍으면 내려오게 마련이다. 혼내는 것도 지쳤는지 서 팀장이 결국 손짓으로 연수와 한 과장을 자리에서 내쫓았다. 꾸벅 인사를 하고 돌아오는 내내 모든 직원의 눈이 그들을 향했다. 기획 1팀 분위기는 오후 내내 싸해지리라. 미안해요, 모두들. 눈빛으로 모두에게 미안함을 전하며 연수를 자리에 돌아와 앉았다.

“저…… 박 대리.”

그녀가 자리에 돌아와서야 하 과장이 입을 열었다. 약간의 원망이 없었다면 거짓말이다. 그녀도 사람인데 왜 감정이 없겠는가. 그래도 엎어진 물, 책임 소재를 가리기 위해 목소리 높이는 건 서로에게 득 될 것이 없다며 열을 식히기 위해 노력했다. 그러나 욕을 하도 얻어먹어서 그런지 쉽게 식혀지지가 않았다. 하 과장님도 그녀의 일을 도와주다 이렇게 된 일인데 하며 애써 마음을 추슬러 보려고 해도 마음은 보글보글 소리를 냈다.

“수정 자료, 내가 마무리할게. 박 대리는 이거 말고도 TFT팀 일로 매일 야근이잖아.”

연수는 최대한 이성적으로 말하기 위해 뇌에 부족한 산소를 크게 들이마셨다.

"아니에요, 제가 할게요. 팀장님한테 제가 한다고 했으니 제가 해야죠. 틀은 과장님이 다 만들어주셔서 많이 안 걸릴 것 같아요."

하 과장은 그래도 미안한지 미적거리다 자신의 자리로 돌아갔다.

연수는 이마를 짚었다. 욕을 한 바가지 들었더니 열이 머리까지 끓어올라 핑 도는 느낌까지 들었다. 목도 타고 얼굴도 화끈거린다. 지갑을 챙겨 들고 나가려 하자 옆에서 지켜보던 석준이 벌떡 일어난다.

"따라오지 마."

저 권석준의 호기심 가득한 눈빛을 보니 수다 떨 거리를 찾았다는 표정이다.

"뭘? 난 화장실 가려는 것뿐이라고."

어깨를 으쓱이는 석준을 연수는 한 번 째려보고는 나갔다. 지금은 누구와도 이야기하고 싶지 않았다. 필요한 것은 오직 이 열을 식힐 수 있는 얼음 동동 띄운 커피 한 잔! 그것이면 충분했다. 기다려라, 커피야. 이 누님이 간다. 그녀는 입술로 앞머리를 넘기며 사무실을 빠져나갔다.

그러나 하늘은 그녀에게 커피 한 잔의 여유조차 허락하지 않았다. 그녀가 출입 카드를 찍자마자 하필 로비에서 회장님과 영업본부장이 수행 비서를 대동하고 걸어 들어오고 있었다. 연수는 나가려던 걸음을 180도 틀어 다시 엘리베이터 앞으로 갔다. 최대한 마주치지 않기 위해 멀찌감치 안으로 들어가 시선은 오로지 엘리베이터 층수 표시에 고정시켰다. 언제부터인가 이재하 본부장 및 그의 가족들은 될 수 있는 한 피하라는 문구가 뇌에 새겨진 것 같았다. 그러나 그녀는 임원급 고층 엘리베이터 구간이 맨 구석에 위치했다는 것을 잠시 잊었다.

이 회장 일행은 아니나 다를까 임원급 전용 엘리베이터 앞에 멈춰 섰다. 이러면 인사를 안 하고 싶어도 안 할 수가 없다. 그녀는 마치 지금 회장님을 알아본 듯 고개를 돌려 최대한 자연스럽게 인사를 했다. 그러면서 영업본부장과는 눈도 마주치지 않게 눈을 내리깔았다.

이 회장은 고개를 끄덕이고 지나가려던 순간 걸음을 멈춰 엘리베이터 앞의 아가씨를 유심히 보았다.

"잠깐, 지호 잃어버렸을 때 찾아준 아가씨가 저 아가씨 아니냐?"

"맞습니다."

재하는 일부러 고개 한 번 돌리지 않는 그녀를 계속해서 주시하고 있었다. 문자 보낸 게 후회막급이라고 얼굴에 쓰여 있다. 그의 입가가 느슨해졌다.

이 회장은 잠시 생각하더니 연수 앞으로 다가왔다.

"안 바쁘면 차 한잔하지. 시간 많이 안 뺏을 걸세."

연수는 예의상 어른에게 짓는 미소를 살짝 보였다. 그녀가 회장님을 반갑게, 거리낌 없이 환하게 웃으며 맞이하는 날은 그녀의 머리에 꽃 꽂는 날밖에는 없을 것이다.

"내가 누군지는 알지?"

지금 그걸 농담이라고 하는 건가? 그 회사 사원이 사장이나 회장을 모르면 간첩이지. 더욱이 심심치 않게 뉴스에서도 안부를 전해주는 회장님이니 말이다. 더욱이 필살기가 이사들 조인트 까기, 재떨이 던져 이마 맞히기로 잘 알려져 있는 유명한 분을 모를 리 없지요.

"네……."

회장님의 명이니 없는 시간도 빼야 할 판이다. 그녀는 결국 억지춘향으로 회장님과 같은 엘리베이터에 올라탔다. 그녀 옆으로 재하가 섰다. 연수는 눈만 굴려 슬쩍 그를 바라보았다. 왜 숙제에 대해 가타부타 얘기가 없지? 반려 통보가 오지 않는 걸 보니 그 숙제는 동료들에게 얘기해도 좋다는 건가? 우리 본부장님은 안주발을 안 세워서 함께 술 마시기에 부담이 없다고? 그녀는 약속은 지키는 사람이었다. 오늘 제일 만만한 권석준 대리한테 미친 척하고 영업본부장님에 대한 찬양을 한번 해보리라.

그런데 무슨 일로 그녀를 보자는 거지? 외손자 찾아줘서 고맙다는 인사치레는 차고 넘치게 했는데? 엘리베이터 층수가 올라가는 모습을 보며 그녀는 속으로 작은 한숨을 내쉬었다.

이렇게 회장님한테 잡힐 걸 알았으면 아까 석준에게 잡혀 수다 고문을 당하는 게 나을 뻔했는데. 아니면 로비 화장실로 달려가 숨어버리던가 해야 했다. 그런데 영업본부장도 같이 회장실에 가는 건가? 층수가 유일하게 회장실 버튼만 눌러져 있다. 그녀가 이런저런 생각으로 머리가 와글거리는 사이 꼭대기 층에 도착한 엘리베이터가 땡 하고 열렸다.

뜨거운 차 두 잔이 탁자 위에 놓였다. 커피는 몸에 안 좋다는 이유로 차를 마셔보라며 권하는 회장님 앞에서 '저는 그래도 아이스커피를 마시고 싶습니다' 라고 말할 수는 없었다.

끓는 속에 뜨거운 차 마시다 혈압 터지는 일은 없겠지?

연수는 조심스레 찻잔을 들어 올렸다.

"하나밖에 없는 외손자라 정말 눈에 넣어도 안 아파. 그런 외손자를 찾아줘서 누구인가 궁금하기도 했고, 한번 마주치면 차 한잔 해야겠다는 생각은 했지. 사례금도 거절했다고 하던데?"

"바라고 한 일이 아닙니다."

난 그저 나중에 복 받으려고 한 것이다. 그런데 그 오라는 복은 안 오고 애먼 영업본부장이라는 혹이 왔다.

"뭐 그것 말고 다른 것 필요한 거 없나?"

돈 많은 집안인 건 아는데 왜 여기저기서 돈을 못 줘서 안달하는지 모르겠다. 그것 말고 영업본부장님 장기 출장이나 해외 발령 내주시면 안 될까요? 이 말이 연수의 목구멍에서 맴돌다 다시 삼켜졌다. 그러나 이건 어디까지나 그녀의 이뤄질 수 없는 바람인 걸 누구보다 잘 알고 있었다.

"사실은 말이야, 내가 하나 물어보고 싶은 것이 있어서 말이야."

역시 그냥 차 한잔하려고 그녀를 부른 건 아니었다. 연수의 몸이 바짝 긴장했다. 설마 영업본부장이 실수로라도 그녀의 잘못을 흘렸을 리는 없겠지? 마른침이 목구멍으로 넘어갔다. 그런데 이 영업본부장은 같이 올라와 놓고 어디 간 거야? 만약 과거 일을 묻는다면 그래도 미우나 고우나 영업본부장의 도움을 받아야 할 것 같았다.

"내가 궁금한 것은 못 참는 성미라서 말이야."

"네, 말씀하세요."

그러면서 그녀는 두 손을 맞잡은 채 회장님을 똑바로 바라보았다. 여기서 조금이라도 눈동자를 다른 방향으로 옮긴다면 쓸데없는 의심까지 받게 될지도 몰랐다.

"손자 녀석이 말이야, 얼마 전에 몰래 내 담뱃갑에서 담배를 가져가더군. 처음에는 호기심으로 그럴 수 있겠다 싶어 아이에게 그건 네 것이 아니니 할아버지에게 돌려주지 않겠느냐고 했더니 호랑이에게 가져다준다는 거야. 그러고 보니 마늘도 한가득 모아둔 게야."

그녀의 입안에 차가 있었다면 당황해 내뿜었을 것이다. 하지만 그만큼 그녀의 당황함이 얼굴에 고스란히 드러났다. 설마 그 이야기를 회장님에게 그대로 해준 건 아니겠지?

"내가 아무리 그 이야기는 거짓말이라고 해도 내 말은 안 믿더군. 우리 외손자가 누굴 닮았는지 꽤 고집이 세거든. 다른 방법으로 또다시 담배를 모으기 전에 기회가 되면 내 손자 마음이 다치지 않는 선에서 그 이야기를 정정해 주지 않겠나? 아직 순진해서 호랑이가 마늘을 먹으면 사람이 된다고 믿고 있으니 말이야. 그렇다고 당장 어쩌라는 건 아니고 젊은 사람은 젊은 사람대로 스케줄이 있으니…….”

저 말이 당장 찾아가라는 말보다 더 무섭게 들렸다.

“조만간 만나서 꼭 정정해 놓도록 하겠습니다.”

“혼내려고 부른 건 아니니까 너무 긴장하지 말라고. 솔직히 혹하는 얘기이긴 했어. 그리고 그거 정정 안 해놓으면 내 사위가 전화할지도 몰라.”

이건 또 무슨 말인가? 열성적인 교육열을 가지고 있는 부모라서 그런 건가? 정말 이 집안과는 엮이고 싶지 않은데 하늘도 무심하시지.

“내 외손자가 아빠에게 호랑이를 사달라고 떼쓰고 있는 중이거든.”

누가 듣기라도 하듯 몸을 숙여 낮게 속삭이듯 말하는 회장님의 말에 연수는 바보처럼 회장님의 얼굴만 바라봤다. 아, 그녀를 얼마나 이상한 여자로 봤을까.

이 회장은 연수의 반응이 재미있는지 너털웃음을 지으며 차를 마셨다.

아까 원하는 거 말해보라고 할 때 본부장 대신 그녀를 해외 발령을 내달라고 해보는 건데 그랬다. 이 집 식구들하고 연관돼서 좋을 게 있으면 나와 보라고 해! 착한 일 한 번 해보겠다고 시작한 일이 육 년 전 일을 끄집어내고, 본부장님의 기억을 되돌리고, 그녀의 평화로운 일상이 분쇄기에 넣은 것처럼 갈려졌다.

육 년 전, 단 오 분도 안 되는 그 시간이 현재 그녀의 삶에 지대한 영향을 끼치게 되자 조금은 억울하고 유감스러웠다. 그녀는 아직 식지도 않은 차를 벌컥 들이마셨다.

그런데 그 꼬인 얘기를 어떻게 아이가 상처받지 않게 잘 얘기하라는 거냐고! 그녀에게서 창작문학상을 탈 만한 재능이 갑자기 튀어나오지 않는 이상 그 이야기를 그럴듯하게 다시 되돌린다는 것은 불가능했다. 차라리 호랑이를 사주고 실험해 이것이 거짓이라 판명되고 아이를 포기하게 하는 길이 더 빠르지 않을까? 그래, 호랑이를 사준다고 하자. 까짓것, 그거 얼마 하겠어? 그 방법밖에 없어 보였다. 그녀의 정상적인 뇌는 오늘 이런저런 충격으로 이상적인 사고를 포기하기에 이르렀다.

연수는 회장실에서 나오자마자 당장 옥상으로 올라갔다. 점심시간이 끝났는지 직원들은 보이지 않았다. 소리라도 치고 싶지만 누군가 뛰어 올라올까 봐 참기로 했다.

난간을 잡고 크게 심호흡을 한 그녀는 하늘을 바라보았다. 구름 한 점, 바람 한 점 없이 파랗다. 그녀는 두 손을 꽉 맞잡고 눈은 도전적으로 하늘을 향했다. 목소리 또한 비장했다.

"일복 터진 것? 겸허히 받들겠습니다. 착한 일? 많이 하겠습니다. 유니세프 기부금도 배로 내겠습니다. 그러니 제발 더 이상 제 이성이 마비되는 일, 아니, 심장이 놀라는 일만 없었으면 좋겠습니다. 이 정도면 최근 기도 중 가장 소박하지 않나요, 하느님? 아멘."

그녀는 오늘도 답이 없는 하늘을 쳐다보며 묵묵히 기도를 마쳤다. 이렇게 한탄해도 달라지지 않는다. 다시 수정해야 할 서류며,

TFT팀 기획안 정리며, 개인적인 '칭찬' 숙제도 해야 한다. 그녀는 일에 치여 햇빛 보는 것도 이제는 사치가 될 것 같은 기분이었다.

연수는 돌아서 나가려다 뭔가가 생각이 난 듯 다시 두 손을 맞잡고 하늘을 올려다보았다.

"아, 그리고 우리 본부장님 그렇게 기도를 드렸는데 해외 장기 출장이나 발령, 정말 안 되나요? 그럼 제가 조금 양보해서, 그분을 다른 계열사로 발령하는 것은 고려해 주실 수 있죠? 그분의 능력을 본사에서 썩히기에는 너무 아깝잖아요. 그리고 '칭찬' 숙제도 빨리 끝날 수 있도록 해주면 정말 감사하겠습니다. 하느님도 제가 거짓말하는 거 싫어하시잖아요. 아멘."

연수는 하늘을 보며 하느님께 아부하듯 씩 웃었다. 그리고는 아까보다는 후련한 기분으로 옥상을 후다닥 빠져나왔다. 이제 그녀의 본 목적인 얼음 동동 커피를 마시러 갈 차례였다. 그러나 그녀가 모르고 있는 것이 있었으니 바로 반대편에서 이 모든 기도를 그녀가 아까부터 찾고 있던 영업본부장, 그 기도의 주인공이 듣고 있었다.

"앞으로는 자주 옥상에 올라올 필요가 있을 것 같군."

재하는 다 마신 캔 음료를 쓰레기통에 던지며 옥상을 유유히 빠져나왔다.

*

TFT팀의 하이언 중간보고가 이어졌다. 모든 팀이 대회의실에 모여 자료 수정 및 보완을 위해 한자리에 모인 것이다. 원래는 각 팀별로 파일을 보내 일일이 검토해야 하지만 지금은 시간이 없는 관계로 모두 한자리에서 자료 보고 및 의견서까지 오가다 보니 분위기는 가열될 수밖에 없었다. 대부분 남자들은 넥타이를 던져 버리고, 와이셔츠 단추 한두 개는 푼 채 팔을 걷어붙이고 개인 노트북으로 자신의 팀 자료를 조정하고 있었다. 앞에는 데이터를 띄운 스크린과 설명할 수 있도록 화이트보드가 배치되어 있고, 회의의 실상을 보여주기라도 하듯 검은색 보드 펜으로 빼곡히 숫자와 글씨로 채워져 있었다. 물론 그녀는 팀 내 막내라는 이유로 다른 팀장들이 열심히 침을 튀겨가며 논쟁을 하고 있을 때 각 팀별의 수정안 및 변경 사항을 실시간으로 타이핑하는 역할을 해야 했다.

"눈 돌아가겠구먼. 에구, 삭신이야."

회의가 거의 마무리되어 가자 그녀는 꼈던 안경을 내려놓으며 눈을 감았다. 웬만하면 안 끼는 안경을 요즘 들어 계속 끼고 있는 중이었다. 그나마 예쁜 동그란 눈이 안경에 가려지다니 아까운 일이다.

"어차피 내일도 일을 해야 하니 끝난 부서는 먼저 퇴근하셔도 좋습니다."

'이만 끝냅시다' 도 아니고 끝난 부서만 퇴근하라니 우리 본부장님, 인심도 야박하셔라. 저리 매일 야근하고 아침 일찍 출근하는데 지치지도 않나? 하긴 자기 손으로 1조를 뻥 찼는데 잠이 오면 이상한 거지. 알고 보면 허세 작렬일지도 모른다.

"그럼 수고하십시오. 내일 봅시다."

대부분 제 일이 끝났는지, 아니면 눈치껏 그냥 퇴근하는 건지 속속들이 빠져나갔다. 그녀는 부러운 눈으로 그들을 보며 인사를 건넸다. 그녀도 눈 질끈 감고 모른 척 퇴근하고 싶었지만 그랬다가는 저 영업본부장이 '한 번 봅시다' 라고 할까 봐 자리를 지키고 있는 중이었다. 그녀는 큰 숨을 들이쉬며 모니터 안에 빼곡히 나열되어 있는 숫자들을 다시 들여다보았다.

양심이 있으면 12시 전까지는 보내주겠지. 월요일부터 이렇게 달리면 금요일엔 가서 쓰러져 죽으라는 소리하고 같은데, 아무렴. 마음의 불평은 초 단위로 쌓여가고 있다.

"박연수 대리, 아까 재무팀에서 이 부분은 뺀다고 한 것 같은데 다시 확인해 지금 메일로 보내세요."

아이, 깜짝이야! 소리 좀 내고 다니지. 그녀 앞으로 서류를 쓱 내민 재하는 벌써 뒤돌아가고 없었다. 이 영업본부장은 시간이 갈수록 일의 양을 늘리고 있다. 왜? 혼자 야근하려니 동무가 필요했나? 꼭 작심하고 일을 시키는 것 같다는 건 그녀의 착각인가?

단것이 당긴 연수는 주머니에서 초콜릿을 꺼내 오물거렸다. 스트레스에는 초콜릿만 한 게 없다. 웬만하면 먹는 것은 나눠 먹고 쪼개 먹고 같이 먹자는 주의지만 그는 주기 싫었다. 그녀의 소심한 복수였다. 원래 먹고 싶지 않아도 옆에서 먹으면 먹고 싶고, 예의상이라도 하나 안 주면 살짝 삐치는 마음이 드는 게 사람 아닌가. 연수는 생각만으로 기분이 좋은 듯 옅은 미소로 볼우물이 살짝 생겼다.

재하의 시선이 연수에게 머물렀다. 일복을 겸허히 받아들인다고 했으니 하느님이 수고스럽지 않게 그가 다이렉트로 그녀의 기도를 들어줄 생각이었다. 물론 인간적으로 조금 안쓰러운 마음이 들긴 했지만 그녀의 얼굴을 보니 괜한 걱정인 것 같았다.

'혼자 초콜릿을 오물거리며 씩 웃는 것을 보면 아직은 할 만하다는 소리지.'

재하가 서류 한 뭉텅이를 그녀 앞에 내려놓았다.

"이것까지 하고 갑시다."

"네?"

그녀는 지금 이 자료만 마무리되면 집에 갈 수 있다는 희망에 머리에 과부하가 걸릴 정도로 온 집중력을 동원하고 있었다. 그리고 다 끝나가고 있었다. 그런데 갑자기 튀어나온 이 서류는 또 뭐냐고! 순간 혈압이 150을 찍는 기분이다. 물론 여자라서 빼고 싶거나 무슨 이득을 볼 생각은 없다. 그러나 남들보다 더 많이 하고 싶은 생각도 없었다. 지금도 일은 차고 넘쳐 발에 차일 지경이다. 거기다 오늘은 윤아 씨가 동료 부친상으로 빠져 그녀는 더욱 정신이 없었다.

"이것만 하면 됩니까?"

"오늘은."

비록 입안에 열매를 가득 넣은 다람쥐가 된 표정으로 작업했지만 그녀는 군말 없이 일을 마쳤다. 11시! 그녀는 말 그대로 후다닥 자리에서 일어났다. 본부장이 잡을세라 컴퓨터 전원 오프가 진행 중임에도 과감히 노트북을 닫아버릴 정도로 그녀는 어서 빨리 회의실을 벗어나고 싶었다. 그의 서늘하면서도 뭔가를 다 알고 있다는 눈빛에서 벗어나 심신을 달래고 싶었다. 사실 그는 일을 하면서도 그녀에게 화를 내거나 목소리를 높인 적은 없었다. 그녀에게 화를 낼 만큼 그는 그녀에게 관심을 갖고 있지 않았다. 단지 마음에 들지 않을 경우는 미간을 찡그린 그의 시선이 그녀에게 따갑게 꽂힐 뿐이었다. 그리고 눈빛으로는 '똑바로 못해?' 라는 의미를 부여하면서 말이다. 차라리 그럴 때는 버럭 소리를 지르고 돌아서선 허허 웃어버리는 서 팀장이 나았다.

"그럼 먼저 퇴근하겠습니다."

'제가 팀장급이라면 인사고과 때문에라도 본부장님을 기다리겠지만 어차피 우리는 서로 영향을 미치기엔 가깝고도 먼 사이 아닌가요? 그러니 가벼운 마음으로 대답도 듣지 않고 퇴근하는 게 당연하겠지요?'

"지금 보내온 자료, 수정안 사항 보낼 테니 내일 오전 아홉 시까지 자료 취합해 메일로 보내십시오."

그녀가 회의실을 나가는 것과 동시에 재하의 청천벽력 같은 말이 떨어졌다. 환청인가 싶어 돌아서 그를 바라보니 그 또한 대답을 기다리는 표정이다.

'지금 나보고 하는 말이니, 본부장아?'

일복 터진 것에 대해 겸허히 받아들인다고 했으니 불평하면 안 되지. 그녀가 뱉은 말이 작심삼일이 아닌 하루도 안 돼서 그러면 안 되는 거니까. 여아일언중천금인데. 하지만 그건 회의실에서 강제 노동 징역살이를 하겠다는 말은 아니었다.

당신 지금 나 괴롭히려고 작심한 것 맞지? 아니면 이럴 수는 없다, 인.간.적.으.로!

"내일 오전 중이 아니라 정확히 오전 아홉 시까지요?"

믿기 힘든 말이라 다시 되묻지 않을 수가 없었다. 지금 퇴근하는 그녀에게 저 말은 내일 일찍 나와 하든지 지금 여기서 마무리를 하고 퇴근하든지 둘 중 택하라는 말이다. 도대체 그러면 그녀는 언제 퇴근하고 언제 자냐고! 모두 당신같이 철근 씹어 먹으면서 일한다는 편견은 좀 버리라고! 웬만해선 직장생활에서 '예스맨'을 하고 싶으나 이건 해도 너무했다.

"본부장님, 지금 열한 시가 넘었는데 여기 저 혼자 남아 데이터를 다 정리하고 가라는 말씀은 아니시죠?"

흥분한 나머지 그녀는 '조금만 더 시간적 여유를 주시면 안 될까요?'라는 둘러치기 발언을 놓치고 말았다. 목소리, 그래, 올라갔다. 몸 안에서는 아드레날린이 콸콸 솟아 머리로 영업본부장을 들이받았으면 하는 심정이다. 허리가 결리고 눈이 빡빡한데 마음이라고 너그러울쏘냐. 이렇게 보름만 더 앉아서 일했다가는 그녀의 엉덩이는 의자에 눌려 납작한 호떡 두 개를 얹어놓은 모양처럼 될 것 같았다.

"그런 말은 안 했습니다. 내일 아홉 시까지만 받으면 됩니다."

그 말이 그 말이잖아. 엉덩이나 궁둥짝이나, 똥이나 응아나, 방귀나 뽕이나 그게 그거지!

적어도 대화를 할 때는, 그리고 부탁이라면 상대방의 얼굴을 보고 얘기하는 게 기본 아닌가. 그러나 그의 신경은 오로지 서류에 집중해 있었다.

'내가 그 서류보다 하찮아 보인다 이거지?'

그녀의 눈빛은 반항의 눈빛으로 일렁거렸다. 남보다 한두 시간 일을 더 한다는 것에 대해 분한 것이 아니다. 그 이유가 그의 개인적인 작은 복수라는 생각이 든다는 게 문제였다. 그 육 년 전 일이 대체 뭐라고! 그녀의 미약하게 씩씩거리는 숨소리를 들었는지, 아니면 그녀가 노려보는 걸 본능적으로 알아챘는지 그가 천천히 고개를 들었다.

"더 할 말 남았습니까?"

연수는 주위에 아무도 없는 것을 확인하고 하늘과 같은 영업본부장을 대놓고 째려보았다.

"회사 일에 개인적인 감정은 배제해 주셨으면 좋겠습니다, 본부장님."

드디어 말했다, 마음속에서 끙끙 앓으면서 하지 못했던 말. 어렵다 못해 냉정하고 가끔은 서늘한 냉기까지 몰고 다니는 본부장에게 그녀가 말한 것이다.

그녀의 반항적인 표정에 그의 눈빛이 묘하게 반짝거렸다. 거기다 그 금붙이보다 더 귀하게 끼고 돌던 중한 서류를 한쪽으로 밀어내고 느긋한 자세로 그녀를 바라보았다.

"박연수 대리."

본능적으로 연수는 움찔거렸다. 저 낮게 깔리는 말투가 심히 불안했다. 마치 엄마가 아이를 꾸짖을 때 미리 '자, 네가 잘못했으니 이제 혼낼 거야' 라며 아이를 부르는 엄마의 목소리 그것과 다름없었다. 사실 육 년 전 일로 사사건건 그녀에게 작은 복수를 한다고 부르짖어도 저쪽에서 아니라고 발뺌하면 그만이다. 왜 그녀는 본전도 못 건지는 싸움에 뛰어든 것일까? 그건 아마 하등 도움도 되지 않는 그녀의 성급한 성격 때문이리라.

"나 또한 공사를 분명히 하는 것을 좋아합니다. 이 일이 얼마나 중요하고 긴급하게 진행되어야 하는지 박 대리도 잘 알 거라고 생각하는데 아닙니까?"

아니, 그렇다고 정색을 하며 말할 것까지야…….

그가 답을 기다리고 있다는 것을 알고 있지만 그녀는 침묵을 지켰다. 그가 한 말이 모두 맞는 말이긴 하나 그걸 핑계로 살짝 그 위에 그의 사심을 집어넣어도 아무도 모르는 일 아닌가. 김치찌개에 소금 좀 넣었다고 티가 나냐고! 하지만 그놈의 증거불충분 때문에 반박 한마디 하지 못했다! 처음부터 승산 없는 싸움이었다. 치사하고 아니꼽지만 내일 오전 아홉 시까지 제출한다. 한다고, 해! 그러니 일 분이라도 더 잘 수 있게 지금이라도 보내달란 말이야! 이 본부장아!

이놈의 계급장 때문에 할 말을 못하고 사니 가슴에 속병이 생길 것 같다.

"그리고 전 분명 박 대리가 일복 많은 것은 겸허히 받아들인다고 한 것으로 아는데 제가 잘못 들었습니까?"

"물론 그렇게 말은……."

무심코 대답하던 그녀의 눈이 더 이상 커질 수 없을 만큼 커졌다. 너무나 놀라 말도 못한 채 입만 벙긋거리다 닫았다.

잠깐, 내가 언제 이 남자에게 일복을 겸허히 받아들이겠다고 말했지? '칭찬' 숙제로 아부성 문자는 날려도 대놓고 아부한 적은 없는데? 그러기는커녕 그와 멀리 못 떨어져서 안달인 그녀이다.

그녀가 기억상실증에 걸리지 않은 이상 그런 기억은 없다. 그러니 저 말은 오늘 오후 그녀가 옥상에서 한 말을 그가 엿들었다는 말이다. 그녀의 얼굴색이 순간 탈색되듯 하얗게 질렸다. 아직 회장님의 다른 건 필요 없냐는 친절한 질문이 유효하다면 그녀는 해외 발령을 지금이라도 신청하고 싶었다.

분명 그땐 아무도 없었단 말이야! 그것보다 그 뒤에 내가 또 무슨 말을 했더라? 당황을 넘은 공황상태는 그녀의 기억을 싹둑싹둑 끊어놓았다.

"본부장님……."

침이 꼴깍 넘어가고 누가 목을 졸라맨 것처럼 말이 잘 나오지 않았다. 아니야. 분명 그녀가 그에게 그런 말을 했는데 기억을 못하고 있을 뿐이야. 그래야 했다. 아니면 그녀는 대형 사고를 친 것이다. 그것도 수습할 수 없는.

피식 웃으며 재하가 서류를 챙겨 나가려 하자 연수의 얼굴은 새빨갛게 물들었다. 그녀는 본능적으로 달려가 그 앞을 막았다. 오늘 반드시 이 일은 짚고 넘어가야 했다. 아니면 그녀는 집에 가서도 마음 편히 잠들지 못할 것이다.

"제가 정말 본부장님한테 일복을 겸허히 받아들인다는 말을 했다고요?"

연수는 그가 회의실에서 나가지 못하게 그의 팔을 붙잡고 있었지만 그녀는 그걸 인지할 만큼 이성적이지 못했다. 그녀는 그를 뚫어지게 쳐다보았다. 여전히 그의 표정만으로는 감이 잡히지 않는다. 젠장! 이 포커페이스!

"아닌가? 지난주에 지나가면서 그런 말을 한 것 같은데?"

"지, 지난주요?"

당황하니 말까지 더듬는다. 연수는 그의 말이 진실인지 아닌지 판독이라도 하듯 그의 눈을 뚫어지게 바라보았다. 내가 저런 말을 지난주에 한 적이 있다고?

"아니면 말고. 내가 잘못 들었나 보지."

그녀에게는 피 말리는 순간인데 그는 어깨를 으쓱일 뿐이다. 정말 그녀가 그런 말을 한 건지 아니면 그가 거짓말을 하고 있는 건지 알 길이 없다. 진실은 진짜 저 너머에 있었다.

"늦었는데 태워줄 테니 같이 나가지."

그녀는 그의 말이 들리지 않았다. 지금 그녀의 머릿속은 저번 주부터 그와 마주친 순간순간을 더듬으며 치열하게 기억을 훑고 있었다. 이걸 확인하지 않는 이상 그녀에게 내일의 행복은 없었다. 그래서 거절 또한 한 박자 늦게 튀어나갔다.

"아니요, 아직 대중교통도 다니니 괜찮습니다."

그녀는 오해하지 않도록 힘주어 거절이라는 표시를 분명히 했다. 부서의 팀장님이 데려다 준다고 해도 부담 백배인데 영업본부장이 데려다 준다는 생각만으로도 피로가 몰려왔다. 그리고 그녀는 아직 정신적인 충격에서 벗어나지 못하고 있었다.

"내일 일찍 나오려면 일 분이라도 더 자둬야지. 갑시다."

"정말 괜찮……."

"얼굴도 창백해 보이는데."

'당신이 그렇게 만들었잖아!'

"방향도 다른데 그냥 택시……."

그녀의 처절한 거절은 그가 먼저 회의실을 빠져나감으로써 완전히 묵살되었다.

하느님, 죄는 미워하되 사람은 미워하지 말라고 하셨는데 저 영업본부장은 왜 허구한 날 저를 미워할까요? 제가 사람으로 안 보이는 걸까요? 이 어린 양, 너무 괴롭습니다. 메~

*

그녀가 차창에 머리를 기대고 없는 기억을 여전히 짜내고 있는 동안 재하는 운전하면서 그런 그녀의 모습을 관찰하고 있었다. 뭔가 더 확인을 해보고 싶은지 그녀는 그를 보다 체념하고 차창으로 고개를 돌리기를 두어 번, 이제는 멀쩡한 목까지 가다듬고 있다. 질문 준비 동작치곤 참 요란스럽다.

"그렇게 한숨 쉬어도 내일 아홉 시까지 보고서는 내 책상에 올라와야 합니다."

"알고 있습니다."

저 와중에도 챙길 건 다 챙기는 본부장이다. 저런 피곤한 성격과 함께 살 미래의 아내분은 아마 저 칼 같은 성격 때문에 스트레스받아 피골이 상접해 말라 죽을 것이다. 흥!

"저기 본부장님, 본부장님은 휴식 시간에 담배 피우거나 커피

마실 때 어디로 가시나요?"

재하는 피식 웃었다. 그녀의 잔머리가 안쓰러우면서도 귀여웠다. 그러니까 나에게 옥상에 잘 가는지 물어보고 싶었다?

"담배는 안 피웁니다. 커피는 사무실에 비치되어 있으니 그때그때 마시면 되는 거고."

"그래도 바람을 가끔 쐐줘야지 몸에도 좋은데?"

"옥상은 잘 안 갑니다, 직원들이 불편해하니까."

결국 연수는 원하는 답을 얻었다. 그리고 오만상을 쓰며 전전긍긍하던 그녀의 얼굴에 화색이 돌았다. 됐어! 그래, 그 말이 듣고 싶었다고!

재하는 쓱 한 번 그녀를 보며 피식 웃었다. 저렇게 얼굴에 티를 내다니, 업무 볼 때랑 너무나 달라 같은 사람인지 의심스럽기까지 하다.

그러나 가끔 머리가 아플 때는 옥상에 잠시 올라가곤 한다. 사람들이 잘 이용하지 않는 시간 때를 틈 타. 그리고 앞으로는 종종 이용해 볼 참이다.

"그런데 그건 왜 묻습니까?"

"그냥 아무 말 없이 가자니 어색해서……."

"아까부터 한숨을 내쉬던데 무슨 걱정 있습니까?"

그가 부드럽게 핸들을 돌리면서 연수를 바라보았다.

"아니요. 걱정이라기보다는 요즘 기억력이 떨어지는 것 같아서요."

아무래도 스트레스를 너무 많이 받은 모양이다. 자신이 했던 말이 기억이 잘 안 나는 것을 보면. 집에 가서 당장 견과류 한 움큼을 먹어야겠다고 생각한 연수였다. 아까보다 좀 더 밝아진 그녀의 목소리에서 이제 고뇌의 흔적은 자취를 감추고 없었다. 그리고 혼자 결론을 내렸다. 습관적으로 중얼거리는 말을 그가 들었는지도 모른다고. 그녀는 정신건강을 위해 그렇게 다급히 결론을 내려 버렸다. 그가 정말 그녀의 기도를 들었다면 그의 성격상 저리 점잖게 나올 리 없었다. 아무렴. 으르렁거려도 벌써 으르렁거렸고 그녀를 꾹꾹 밟아도 벌써 몇 번은 밟았을 것이다.

"지난주 수요일 점심에 뭐 먹었는지 기억납니까?"

"아니요."

어제 먹은 것도 머리를 쥐어짜야 나오는 판인데 지난주 수요일 점심은 벌써 기억의 폐기처분 장소에서 활활 연소되고도 남았다. 기억이 난다고 해도 그게 수요일에 먹었던 건지 목요일인지 확신이 서지 않는다.

"스트레스 많이 받으면 기억력이 떨어진다고 하니 너무 우울해하지 말지?"

"본부장님은 지난주 수요일 점심에 뭐 먹었는지 기억하세요?"

연수는 그가 뭘 먹었는지, 뭘 좋아하는지는 관심 없다. 다만 지금 이 어색한 침묵에서 탈출만 할 수 있다면 차 안에서 헤드뱅잉도 할 수 있었다.

"무국, 시금치, 김치, 고등어조림, 뭐 이 정도?"

재하는 운전을 하면서 그녀를 흘낏 바라보았다. 그의 대답이 마음에 들지 않는지 그녀가 고개를 차창 쪽으로 홱 돌렸다. 그러나 잠시 후 다시 연수는 고개를 돌려 불만 가득한 얼굴로 그를 바라보았다.

“저보다 나이도 많고 업무량도 많은데 기억력이 참 좋으시네요. 부럽네요. 진심으로.”

이상한 걸 다 부러워하는 그녀의 행동에 재하는 그저 피식 웃었다. 그러나 그 웃음은 그녀의 다음 질문으로 싹 지워졌다.

“그렇잖아요. 본부장님 나이 사십은 넘었을 텐데 고작 삼십도 안 된 저보다 기억력이 더 좋다니. 이런 것까지 좌절감 느껴야 하나? 유전인자 문젠가?”

연수는 말을 끝낸 순간 싸한 바람이 자신의 목덜미로 지나간 느낌이 들었다. 에어컨 바람이 아니었다. 말로 표현할 수 없는 분위기라는 게 있다. 똑같은 침묵이지만, 누구도 알려주지 않지만 본능적으로 싸한 침묵을 감지해 내는 촉이. 그녀는 분명 말실수를 한 것이다.

아직 사십이 안 됐나? 혹시 서른아홉? 한 살이라도 앞자리 수의 차이는 크게 느껴질뿐더러 대부분 사람의 심리가 제 나이보다 어리게 보이는 것을 좋아하는 걸 감안하면 그녀는 실수를 저지른 것이 맞았다. 그녀는 마른기침을 하며 천천히 입을 열었다.

“그게 영업본부장님 직책 정도면 사십이 넘을 거라고 생각해서……. 그렇다고 본부장님 얼굴이 사십대처럼 보인다는 건 아니고요.”

영업본부장 직책이면 오륙십 대가 대부분이다. 사실 아무리 능력이 좋아도 회장님 아들이 아니고서야 젊은 나이에 본부장 자리에 오르는 건 북한산 오르는 옆집 아저씨가 내친김에 에베레스트산 정복하러 가겠다는 것만큼 말도 안 되고 확률적으로 개미 똥구멍 같은 일 아닌가. 그렇다고 여기서 그에게 회장님 아들이었다는 걸 깜빡했다고 말할 수도 없었다.

"화난 거 아니죠? 제가 가끔 생각 없이 입이 먼저 움직이는 경향이 있어서요."

사람은 일단 실수를 하면 수습하고 싶어 하는 게 본능이다. 그녀라고 다르지 않았다. 다르다면 조금 말이 많아지고 빨라지는 정도.

"……."

거기다 반응이 없으면 더 조급해지는 정도랄까? 그녀는 자세를 바로잡으며 믿음을 주는 목소리를 내려 애썼다.

"본부장님이 늙어 보인다는 게 아니라 직급에 맞게 옷차림이 성숙해 보인다는 거죠."

"……"

이 정도 했으면 웃으며 받아쳐 줄 만도 한데 그는 그녀 쪽은 바라보지도 않은 채 운전에만 열중했다. 연수는 그 몰래 슬쩍 휴대폰으로 그의 이름을 검색했다. 그의 기사가 경제면에 심심치 않게 뜨는 것을 보면 인물 정보도 분명 있을 것이다. 최대한 그 모르게 휴대폰 액정의 불빛을 숨긴 채 검색한 그녀는 그의 나이 정보에 끙 하고 신음을 삼켰다.

'서른일곱?'

그녀는 흘낏 그의 옆모습을 훔쳐보았다. 지금 보니 그렇게 보이는 것 같기도 하다.

"……지금 보니 우리 팀장님보다 젊으신 것 같네요."

그녀는 정말 어떻게든 수습해 보려고 각고의 노력을 아끼지 않았다. 참고로 그녀의 팀장님은 서른아홉이었다.

더 이상 구차한 그녀의 변명이 듣기 싫었는지 그가 갑자기 라디오를 틀었다.

연수는 마음속으로 절규를 외치며 집에 도착하기까지 죄인처럼 앉아 있어야 했다. 가뜩이나 그녀에 대해 감정 찌꺼기가 남다른 사람에게 무슨 짓을 했단 말인가. 연수는 차창에 머리를 쿵 하고 박으며 눈을 감았다.

뒤끝이 꽤 심하신 분인데……. 아, 어떡해. 완전 망했다.

"다 왔습니다. 내리세요."

얼마나 고뇌에 차 있으면 그녀는 자신의 집에 도착한 줄도 모르고 있었다. 그녀는 더 이상 그의 심기를 상하게 할 수 없었다. 저번 주말부터 오늘 회의실에서 있었던 일, 거기다 마지막으로 그의 나이까지 스트레이트로 그의 심기를 아주 제대로 긁어놓지 않았는가. 반드시 수습해야 했다.

"잠시만, 잠시만 기다려 주세요. 절대 가시면 안 돼요!"

연수는 차에서 내리자마자 빌라 안으로 달음박질치며 올라갔다. 야근으로 녹초가 된 몸임에도 불구하고 그녀는 젖 먹던 힘까지 짜내 맨 꼭대기 층까지 단숨에 올라갔다. 평소 뼈에 척 달라붙어 근근이 살아가고 있던 다리 근육이 주인의 기습 행동에 경련이나려 했다. 그러나 그녀는 그런 고통을 느낄 여유가 없었다.

고통보다 더 무서운 건 그가 그녀를 기다리지 않고 그대로 가는 것이었다. 만약 그렇다면 이 어색하고도 껄끄러운 관계는 기적이 일어나지 않는 한 계속될 거라는 이야기다.

연수는 현관문을 닫지도 않은 채 숨을 헐떡이며 집 안을 뒤지기 시작했다. 분명 책 안에 비상금을 숨겨놨는데 급하니까 그 책이 어떤 책인지 기억이 나지 않는다. 결국 우당탕 책들을 거실 바닥에 쏟아내자 비상금이 삐쭉 고개를 내밀었다. 찾았다! 그리고는 그녀는 다시 신발에 발을 집어넣음과 동시에 서너 계단씩 껑충껑충 뛰어 내려갔다. 사람이 급박하면 운동신경이 최대로 끌어올려진다는 말이 사실임을 증명하는 순간이다.

뛰어오는 가속도를 주체하지 못한 연수는 재하의 차에 거의 돌진하다시피 해 차 문을 벌컥 열었다. 말을 해야 하는데 무리한 뜀뛰기와 달리기로 그녀의 신체는 오로지 숨쉬기 기능을 최우선적으로 이행하고 있었다. 조금 더 사실적으로 말하면 헐떡거리는 것 빼고는 아무것도 할 수 없었다.

그런 그녀를 이상하게 바라보는 영업본부장을 탓할 순 없었다. 그녀가 들어도 심하게 헉헉거리고 있었다. 설마 성희롱이라고 생각하진 않겠지? 간만에 운동한 폐는 경기를 일으킬 지경이었다.

“저기…… 헉헉…… 저번에 빌린…… 택시비요.”

그녀도 자신의 체력이 이 정도 바닥인 줄은 몰랐다. 내일부터 운동을, 아니, 이 더위가 한풀 꺾이고 시원한 바람이 불면 꼭 운동을 하리라.

그녀는 상체를 좀 더 숙여 돈을 내밀었다.

"……?"

남자 체면에 이런 돈 받기가 좀 거시기해 보일 수 있을지도 모른다. 특히 그녀와 비교해 그는 돈이 주제할 수 없을 정도로 많으니 이런 푼돈은 안 받을 수도 있었다. 그래서 그녀는 용기를 쥐어짜 감히 그의 손에 돈을 꼭 쥐어주었다. 그는 이 돈을 꼭 받아야 했다.

"그럼…… 안녕히…… 헉헉…… 가세요. 아, 태워다 주셔서…… 감사합니다."

연수는 할 말을 끝낸 후 비척거리며 빌라 안으로 들어갔다. 이게 스물아홉의 체력이라니. 노루처럼 뛰던 그녀의 다리는 지금 발목에 커다란 쇠공을 매단 것처럼 무거웠다. 가만히 앉아 있어도 더운 찜통 같은 한여름 밤에 팔딱거리고 뛰어다녔으니 땀은 어느새 주르륵 목까지 타고 내려왔다. 그래도 임무를 완수했으니 그녀는 가벼운 마음으로 자신의 집으로 돌아갈 수 있었다.

재하는 아무리 생각해도 이해할 수 없는 그녀의 행동에 고개를 저으며 그녀에게 받은 돈을 재킷에 넣으려고 했다. 그러나 곧 지폐와는 다른 느낌의 재질에 그는 다시 주머니에서 돈을 꺼냈다. 반으로 접혀 있는 지폐 사이에 메모지 한 장이 끼어 있다. 그는 전등을 켜며 불빛에 메모지를 비춰보았다. 그녀의 급박한 마음을 알려주듯 글씨는 반흘림체로 쓰여 있었다.

—이름:이재하. 나이:서른일곱.

그리고 바로 밑에 '정말 죄송합니다'라는 문구와 서른일곱에 별표와 밑줄까지 그어져 있었다.

재하는 명화를 감상하듯 메모지를 한참 바라보았다. 그리고 슬그머니 웃음이 새어 나왔다. 엉뚱해 가끔 종잡을 수 없는 여자 박연수. 그래서 예상치 못했던 곳에서 웃음을 터뜨리게 만드는 여자다. 이렇게 되면 다음은 무슨 엉뚱한 일로 그를 웃게 할지 내심 기대하게 된다. 그러나 곧 이런 결론 자체가 마음에 들지 않은지 재하는 순간 미간을 찡그렸다.

그가 그녀에 대해 처음 내린 결정은 단 하나, 그녀의 실수가 얼마나 남의 인생에 큰 피해를 입혔는지 그 책임을 한번 몸소 느껴보라는 것이었다. 그런데 어찌 목표의 방향키가 자꾸 다른 곳으로 향하고 있는 느낌이다. 재하는 턱을 쓰다듬으며 다시 메모지를 바라보았다.

"악필이군."

그는 피식 웃으며 차를 출발시켰다.

*

오랜만에 집에서 저녁 식사를 하는 아들 때문에 홍 여사의 입가에 미소가 가득했다. 아들들이 대부분 다 그렇겠지만 재하는 어릴 때부터 그다지 말을 많이 하는 아이도, 잔정이 많은 아이도 아니었다. 그러다 보니 애교는 초등학교 들어가기 전에 졸업해 할 말이 없을 때는 입을 하루 종일 다물고 있어도 이상하지 않는 아이였다. 좋고 싫음도 뚜렷해서 누가 옆에서 말을 해도 요지부동이었다. 누가 제 아버지 안 닮았다 할까 봐 그런 것만 죄다 닮았는지. 한편으로는 아들이 점점 일에만 파묻혀 아무런 재미를 못 느끼고 살까 봐 걱정이었다.

'하긴 불같은 성미까지 안 닮은 것을 다행이라고 여겨야 할 판이니.'

그나마 재잘거리고 애교를 떨던 딸아이조차 시집가고 없으니 식사 시간이 더욱 휑해졌다. 가끔 놀러 오기야 하지만 그래도 가끔 오는 것이랑 매일 옆에 끼고 사는 것은 천지 차이다. 이럴 때 살가운 며느리라도 있어 화기애애한 분위기가 되면 얼마나 좋누. 거기다 손자 재롱까지 보며 산다면 더할 나위 없을 것 같았다.

"버섯전골 좀 더 떠주랴?"

"많이 먹었습니다."

"너 이번 프로젝트만 끝나면 선봐!"

"여보……."

갑작스러운 이 회장의 선전포고에 홍 여사는 마음에 들지 않는 듯 불만을 표시했다. 물론 그녀도 아들의 결혼을 간절히 바라서 남편에게 압력을 좀 행사해 달라고 반 농담 식으로 말한 적은 있지만 그렇다고 밥 먹고 있는 애한테 그러면 어쩌자는 건지. 어르고 달래도 선 시장에 안 나가는 아들을 아주 눈에 힘까지 잔뜩 줘가며 이 회장은 노려보고 있었다. 잘 먹은 밥도 체할 이야기를 꼭 이런 자리에서 하는 남편이 야속할 지경이었다.

"결혼은 제가 알아서 하겠습니다. 그러니 신경 안 쓰셔도 됩니다."

고분고분하게 대답해도 시원찮을 마당에 아들놈의 '관심 사절'이라는 당당한 말투가 이 회장의 신경을 건드렸다. 그의 짙은 눈썹이 아들의 대답이 마음에 안 들었는지 잠시 꿈틀댔다.

"알아서 하는 놈이 나이가 서른일곱이 넘었는데 장가를 못 가? 너 솔직히 말해봐. 갈 생각은 있는 거냐?"

"……네."

잠시 뜸을 들였지만 분명 아들놈이 '네'라고 대답했다. 저놈이 무슨 뜻으로 저리 대답하는지 몰라 이 회장의 눈이 가늘어졌다. 상황을 모면해 보자고 덥석 거짓말을 할 놈은 아니나 그렇다고 저 말이 그다지 미덥지도 않았다. 결혼은 하되 자신의 취향에 맞는 이상한 여자를 데려오겠다는 건가? 그건 그것대로 골치 아픈 일이다.

"결혼할 생각 있다잖아요. 그러니 그렇게 노려보지 마시고 마저 식사하세요. 너도 어서 먹어라."

홍 여사가 중간에 나서며 이 회장을 말렸다. 그녀는 아들이 결혼 생각이 있다는 자체만으로도 고마울 지경이었다.

재하는 부모님 말씀 때문이 아니라 딱히 혼자 살고 싶은 생각은 없었다. 그는 독신주의자도 아니고 동성애자도 아니니 마음 맞는 사람만 나타나면 언제든지 갈 생각이 있는 평범한 사람인데, 왜 모두들 그의 결혼에 발을 동동 구르는지 모르겠다.

"좋다. 그 마음에 맞는 사람이라는 기준이 뭐냐? 취향? 성격?

학식?"

이 회장은 코웃음을 치며 재하의 두루뭉술한 결혼 조건을 비웃었다. 저놈의 성적 취향으로 아직까지 결혼을 못하는 걸 보면 자다가도 벌떡 일어나 냉수를 들이켜고 심정이다.

"살다 보면 정 들고, 정들다 보면 이 사람이 내 천생 배필이었구나 생각하는 거지 무슨 마음 맞는 사람을 찾아? 쌍둥이도 제 마음이 각각인데 하물며 남이야."

"그만해요. 재하 밥 먹다 체하겠어요."

잠잠해지는가 싶더니 이 회장이 다시 얘기를 꺼내자 홍 여자는 고개를 저었다.

"잘 먹었습니다. 먼저 일어나겠습니다."

결국 재하가 일어나자 홍 여사는 이 회장에게 원망 어린 눈빛을 보냈다. 그럼에도 이 회장의 표정은 변함없이 재하를 향해 있었다.

"미친놈처럼 너를 히쭉히쭉 웃게 하는 여자 없으면 당장 선봐!"

재하가 나가려다 멈칫하며 이 회장을 바라보자 이 회장 또한 눈에 힘주며 재하를 보았다. 홍 여사는 이러다 혹시 언성이라도 높아질까 조마조마한 마음으로 부자를 지켜봐야 했다. 어찌 아버지나 아들이나 한 치의 양보가 없는지 한숨만 나올 뿐이다.

"……그런 여자 있습니다."

웬만한 일에도 놀라지 않던 이 회장의 눈이 놀라 동그래졌다. 그건 홍 여사도 마찬가지였다.

"그런 여자 있습니다. 그러니 선 안 보겠습니다."

조용히, 그러나 강력히 폭탄 투하를 한 재하는 부모가 충격을 받든 말든 이 층으로 조용히 사라졌다.

홍 여사는 아들에게 애인이 있는지조차 알지 못했다. 얼마 전까지 선 자리에 나가라 해도 아무 말 없던 아들 녀석이다. 그런 재하 녀석이 부모에게 말할 정도라면 가볍게 사귀는 건 아니라는 뜻이다.

홍 여사는 아들을 다시 불러와 도대체 그 처자가 누구인지 꼬치꼬치 묻고 싶었지만 다음으로 미루기로 했다. 그런 홍 여사와 달리 이 회장은 기쁨도 잠시, 걱정이 앞서기 시작했다. 전생에 미친 듯이 웃다 억울하게 죽기라도 했는지 이 아들놈은 어릴 때부터 기뻐도 기쁜 티조차 잘 내지 않는 녀석이다. 그런 아들을 웃게 했다는 것 자체가 상상이 되지 않을뿐더러 웬만한 일에도 끄떡 안 하는 재하가 웃음을 터뜨릴 만한 일이라면 필시 정상적인 일은 아닐 거라는 게 이 회장의 생각이었다.

심각한 이 회장의 입이 잠시 꾹 다물어졌다.

"저놈, TV 보면서 웃은 적 있나?"

"뉴스나 시사, 다큐 쪽만 보는 아이라서……."

"그럼 저놈 이십대에 여자 친구 사귈 때 어땠지? 그때는 좀 나사 풀어져서 다녔나?"

그럴 리 없겠지만 이 회장이 아내에게 확인차 물었다.

"아무도 눈치 못 챘죠. 봐요, 지금도 재하 녀석이 말해주니 알지 눈치나 챘나요? 예전에 사귀었던 여자 친구도 나중에 헤어지고 나서 여자 쪽에서 잘못했다고 울고불고 찾아와서야 알게 된 거잖아요. 원체 재하 녀석이 감정 표현을 잘 안 하니까."

"그런데 그런 아들놈을 실실 웃게 만드는 여자가 있다? 재하 그 놈이 여자의 애교 때문에 나사 빠질 성격이야?"

남편의 말을 듣고 보니 딴엔 그래 보였다. 홍 여자의 눈에 근심이 어렸다.

이 회장의 눈이 가늘어지더니 순간 안색이 굳어졌다.

"저놈 당장 선 자리에 내보내 올해 안으로 결혼시켜!"

아들놈을 실실거리게 하는 게 무엇인지 생각하기도 싫고 하고 싶지도 않았다. 적어도 결혼하면 책임감 때문이라도 딴 짓은 못하고 돌아다닐 것이다.

"여보, 올해라면 6개월도 안 남았는데……."

"6개월씩이나 남았어!"

홍 여사의 조심스러운 염려에도 이 회장의 눈빛은 어느 때보다 단호했다.

✻

연수는 머리를 쥐어뜯으며 한숨을 밥과 함께 목구멍으로 삼켰다. 이렇게라도 아이디어가 나와 준다면 머리털이라도 한 움큼 뽑힐 각오도 되어 있다. 그녀는 회장님을 만난 뒤로는 먹어도 먹는 게 아니요, 자도 잔 게 아닌 나날의 연속이었다.

손자가 상처받지 않게 '호랑이 이야기'를 돌려놓으라는 회장님의 하명이 떨어진 지 얼마 되지 않아 단희라는 아줌마한테서까지 전화가 오자 연수는 말 그대로 미칠 지경이었다. 물론 단희라는 아줌마는 그런 것 신경 쓰지 말고 간단히 점심이나 함께하자고 했지만 그게 어디 액면 그대로 받아들여지는 문제여야지. 회장님의 어명까지 계셨는데 말이다.

내일이 주말인데 그녀는 이야기를 돌릴 방도도, 해결 방법도 찾지 못했다. 국문과를 나온 주희에게도 전화를 해봤지만 돌아오는 건 침묵이었다.

"박연수 대리, 밥 먹지 않고 무슨 생각해?"

퍼뜩 현실로 돌아온 연수는 고개를 들어 박 팀장을 바라보았다.

"궁금해요? 궁금하면 이천만 원."

"오백 원 아닌가?"

모두들 본부장 쪽으로 시선이 쏠렸다. 농담 자체를 모르는 사람인데 말을 받아쳐 주다니 그야말로 신기한 일이 아닌가. 다들 그런 눈빛이다. 그녀의 생각엔 그의 성격상 정정하고 싶어 하는 못된 버릇에서 나온 한마디였을 뿐, 대화에 참여하고 싶거나 농담을 하고 싶어서 그런 건 아니었을 것이다. 연수는 다시 밥을 먹기 시작했다.

"아니면 이천만 원이 급히 필요한 일이 있거나."

밥 먹을 거 다 먹으면서 무심하게 남의 마음을 콕콕 건드리는 그 성격. 참 정 안 가는 본부장님이다. 그리고 대답을 바라는, 아니, 강요하는 그 말없는 시선 처리까지도.

연수는 고개를 들고 재하를 도전적으로 바라보았다.

"호랑이 사게요."

다들 엉뚱한 대답에 갸웃거리는데 유일하게 이재하 본부장이 국을 떠먹으면서 콜록거리고 있다. 순간, 그녀와 그의 눈이 마주쳤다.

아! 이 남자, 알고 있구나. 연수는 끙 소리를 조용히 집어삼켰다. 그 집 식구는 어찌도 그리 소통이 잘되는지. 그녀는 체념의 한숨을 쉬었다. 이제 이런 일은 놀랄 일도 아니다.

"호랑이는 함부로 못 살 텐데. 갑자기 그런 생각은 왜 한 건데?"

대화를 이어보려는 건지 정말 궁금한 건지 박 팀장이 다시 물었다.

"호랑이가 몸에 좋다는 말을 들어서. 하.하.하."

연수는 어색하게 웃으며 자신에게 집중된 관심이 거둬지기를 진심으로 바랐다. 윤아는 다이어트 한다는 이유로 매일 풀 쪼가리 도시락을 가지고 와 점심시간이면 어디론가 사라지곤 했다. 이런 분위기라면 그녀도 도시락을 싸가지고 혼자 밥 먹는 것을 생각해봐야겠다. 팀장님하고의 점심시간은 일단 속도부터가 남달랐다. 같이 보조를 맞추자니 밥알을 씹지도 않고 삼키는 경우가 허다했다. 거기다 그 불편함 또한 이루 말할 수 없었다. 조금만 참자! 끝이 보이잖아? 그리고 휴가와 보너스를 생각하자. 그러면 조금은 기분이 좋아질 거야!

"생각보다 박 대리 효녀네?"

박 팀장은 그녀를 기특하다는 듯 보며 고개까지 주억거렸다.

이 소녀, 빨리 팀으로 복귀하길 간절히 빌고 비나이다. 오늘처럼 가끔 말없이 바라보는 영업본부장의 시선에도 가슴이 덜컥하고, 혼나면 혼나는 대로 덜컥하고 이러다 제명에 못 죽을 것 같단 말입니다.

"부모님이 많이 어디 안 좋으신가? 있을 때 잘해 드려. 돌아가시고 후회하면 아무 소용 없는 거야. 나중에는 옥수수 하나 안 사준 것까지 한이 돼."

연수는 가만있을 뿐인데 알아서 이야기가 산으로 올라가고 있다. 그러다 그녀는 번뜩이는 단어에 순간 광명이라도 찾은 듯 얼굴이 환해졌다. 그래, 효심! 호랑이는 효심도 강했다!

연수는 묵은 숙변을 해결한 표정으로 박 팀장을 바라보며 존경의 표시를 했다. 이천만 원! 없어도 될 것 같았다. 역시 쥐어짜면 나오는구나. 마음 같아서는 박 팀장을 힘껏 안아주고 싶지만 오해할까 봐 그녀는 인사말로 대신하기로 했다.

"팀장님 덕분에 깨달음을 얻었습니다. 팀장님, 고등어조림 좋아하시죠? 저 이거 손도 안 댔거든요. 드세요."

그녀는 젓가락으로 박 팀장의 식판에 고등어조림을 옮겨주었다.

"허허, 뭐 그런 말 가지고."

그녀의 기쁜 표정이 너무나 티가 났는지 대각선의 영업본부장 재하가 그녀를 뚫어지게 보고 있었다. 그래, 이상하겠지. 조금 전까지 머리 쥐어뜯던 애가 갑자기 머리에 꽃 꽂은 것처럼 히쭉히쭉 웃는 게 이성적인 본부장 입장에서는 전혀 이해가 되지 않겠지.

그러나 그의 째림도 그녀의 기쁨을 방해할 수는 없었다. 마음 편히 다리 쭉 뻗고 잘 수 있는데 그의 따가운 시선쯤이야 가뿐히 무시해 줘도 되었다. 아니, 답례로 방긋 한 번 웃어줄 여유도 있었다. 그녀는 점심식사 후 그녀의 이천만 원짜리 고민을 한 방에 해결해 준 박 팀장님을 위해 커피 한 잔을 사드려야겠다고 생각했다.

"다시!"
"수정하십시오."
"그래서 결론이 뭡니까?"
한동안 잠잠하더니 병이 또 도지셨구나. 연수는 앞머리를 입으로 후 하고 불어 넘겼다. 오후 내내 영업본부장한테 위의 세 대사를 돌아가면서 배 터지게 듣고 있는 중이었다. 갑자기 기획팀장이 정리하던 자료를 그녀보고 정리해 올리라고 하자 그녀는 바짝 긴장할 수밖에 없었다. 그도 그럴 것이, 기획 자료는 모든 팀의 총집합 자료이다. 각 팀에서 넘겨받은 기초 자료를 제대로 이해하지 못하거나 누락되면 곧바로 참사로 이어질 수 있는 일이다. 나중에 팀장님과 다른 분들이 검수를 하시겠지만 그녀보고 그걸 하라는 명이 떨어지자 그녀는 아무래도 저 영업본부장이 그녀를 과대평가하고 있다는 생각밖에 들지 않았다. 아무리 생각해도 그녀의 깜냥이 아니었다. 지금까지는 그가 업무량을 늘렸다면 지금은 업무의 수위를 갑자기 높인 경우다. 왜? 한동안 인사도 잘 받아주고 봄바람이 살짝 부는 듯 피식피식 잘 웃기도 하더니만 갑자기 이러는 이유가 뭐냐고!
"정말 멸치 볶듯이 간장에 졸여가며 아주 달달 볶는구나, 볶아."

그녀의 이를 사리물며 구시렁댔다. 깜냥이 팬티 고무줄마냥 쭉 쭉 늘어나면 그녀도 좋겠지만 현실은 코르셋마냥 꽉 조여 있기에 결과는 그의 싸늘한 눈초리와 무언의 힐난이었다.

솔직히 속에서는 '그럼 네가 작성하던지!' 라는 말까지 나온 상태였다. 그와 일하다 보면 없던 고혈압도 생길 판이었다. 아니, 점심 먹고 기분 좋게 그녀가 돌린 커피까지 받아 마셨으면 사람이 좀 유해질 줄도 알아야지. 칭찬은 고래도 춤을 추게 한다는 말은 들어보지도 못했나. 그렇게 구박을 주니 될 기획안도 안 되지.

그녀는 입술을 씰룩거리지 않기 위해 얼마나 노력했는지 모른다. 이 프로젝트가 중요한 건 그녀도 안다. 아니까 군말 없이 하는 거지. 그냥 상사의 히스테리에 희생양으로 당첨되어 이 짓을 하고 있다고 생각했으면 벌써 그의 머리를 들이박았을 것이다.

저 영업본부장이 성격은 나쁘지만 일만큼은 찍소리 하지 못하게 처리하니까 그녀가 봐주는 것이다. 암. 그녀는 이렇게 위로를 하며 다시 수정 작업에 몰두했다. 왜 하필 기획팀장님은 다른 회의에 참석해서는!

"본부장님, 수정안입니다."

재하는 내려오는 안경을 올리며 얼굴은 빨갛게 상기된 채 서류를 내미는 그녀를 바라보았다. 생각했던 것보다는 총체적 이해력도 기획안도 잘 만드는 편이다. 약간의 심술이 들어가 있긴 했지만 기대 밖의 성과에 내심 만족했다.

재하가 서류를 검토하는 동안 그녀에게 자리로 돌아가라는 말을 하지 않아 연수는 그 앞에서 벌 아닌 벌을 서고 있는 중이었다. 그가 서류를 넘길 때마다 연수는 바짝 긴장되었다. 두 번째 퇴자를 맞은 수정안을 이번에도 반려시키면 그녀는 진짜 울어버릴지도 몰랐다.

재하가 검토한 서류를 책상 위에 놓고 그녀를 올려다보았다.

'뭐야? 또 다시야?'

그녀는 속으로 벌써 비명을 지르고 있었다.

"박연수 대리, 잠깐 봅시다."

그가 일어서서 나가자 다른 팀장들은 그녀를 측은하게 바라보았다. 지금껏 그 구박에도 열심히 작성해 서류를 올렸는데 드디어 영업본부장의 참을성이 바닥이 난 모양이다. 윤아가 나가는 그녀의 손을 꼭 한 번 잡아주었다. 연수는 이제 죽었다는 심정으로 고개를 푹 숙인 채 그를 따라나섰다.

늦은 시각이라 옥상 휴게실은 텅텅 비어 있었다. 휴게실까지 올라가면서 그녀는 마치 교도관에 끌려가는 수감자가 된 기분이었다. 오늘따라 밤하늘은 그녀의 기분과는 별개로 참 예뻤다. 물론 그녀의 기분과 별개인 사람이 앞에 또 있지만 말이다. 그는 음료수까지 뽑아 먹는 느긋함을 보였다.

"받아요."

재하가 시원한 음료수 하나를 그녀에게 내밀었다. 이 상황을 어찌 받아들여야 할지 모르는 그녀는 말없이 음료수를 받았다. 혹시 직원 혼낼 때 그는 조곤조곤 타이르는 성격인가?

"수고했습니다."

연수의 고개가 번쩍 들렸다. 잘못 들은 게 아니다. 분명 희미하지만 그의 눈가는 웃고 있었다. 그녀는 '수고했습니다' 라는 말이 저렇게 달콤한 말인지 처음 알았다. 아무튼 그의 부드러운 말에 눈물이 날 뻔했으니 분명 미친 게 분명했다. 칭찬도 아니고 그저 애썼다는 말 한마디에 입이 벌어지다니. 아무리 아홉 번의 구박에 한 번의 칭찬이 더 달콤한 법이라지만 그의 한마디에 그녀의 마음은 벌써 뿌듯함과 기쁨이 자리 잡고 있었다. 긴장이 풀리자 이제야 시원한 바람이 뺨을 스치는 것을 알 수 있었다. 그리고 자신이 얼마나 목말랐는지 자각되었다. 연수는 음료수를 벌컥 들이켰다.

"다음 TFT팀에 그대로 참여해도 될 만큼 능력이 돼서 다행이군."

그는 그녀를 흘낏 보다 하늘을 올려다보았다. 힘든 야근임에도 묵묵히 잘 따라오는 것을 보면 솔직히 그 끈기만큼은 인정해 주고 싶었다. 그리고 다음 TFT팀에 그녀를 무조건 집어넣을 생각이다. 그랬기에 오늘은 하나의 개인적인 테스트였다.

그러나 그녀는 벼락이라도 맞은 듯 그 자리에 멈췄다. 그녀의 눈동자는 설마라는 의혹과 이 현실을 거부하고 싶은 마음을 또렷이 드러내고 있었다.

분명 그녀에게 한 말이 아니야. 혼잣말이라고. 그녀를 보고 한 말이 아니잖아? 저런 악담을 야근에 지친 그녀에게 할 리 없다. 사람이면 양심이 있어야지. 안 그래요?

그녀를 보던 그의 한쪽 눈썹이 살짝 휘어졌다.

"어째 충격 받은 모양이군."

"지금 저에게 하신 말씀인가요?"

"여기 박연수 대리 말고 또 다른 사람 있나?"

"보름이면 끝날 거라고……."

그러니 더 이상 우리는 볼 일 없을 거라는 말을 삼키며 연수는 그를 빤히 바라보았다. 그녀는 이 남자가 이러는 이유가 궁금했다.

"1차 밑바탕 작업은 그렇겠지. 선별 업체를 찾아낸 다음 그 선별 업체를 매각하는 TFT팀이 다시 만들어질 테니까. 그런데 왜 미리 박연수 대리에게 알려주는지 궁금하겠지?"

연수는 빠르게 고개를 끄덕였다. 그녀의 눈동자는 그의 입만 뚫어지게 보고 있었다.

"얼마나 잘 따라올지 내가 궁금해졌으니까."

그의 지시를 받을 때 그를 바라보며 집중하는 그녀의 얼굴이, 내용이 이해 안 될 때 살짝 미간을 찡그린 모습을 계속 보고 싶으니까.

"기획안의 분석에서 소견까지 기대 이상이었거든. 그리고 러시아어까지 하니 금상첨화지."

연수는 눈을 깜빡였다. 그녀의 얼굴은 그의 말을 전혀 이해하지 못했다는 것을 그대로 보여주고 있었다. 분명 칭찬인데 울고 싶어지게 하는 것도 저 사람의 능력이라면 능력이다. 도저히 '감사합니다' 라는 말이 목에서 나오지 않았다.

'나 그냥 이직할까?'

"그 커피 좋아하나?"

갑자기 대화가 다른 방향으로 튀자 연수는 자신이 들고 있는 캔 음료를 보며 미간을 찡그렸다.

"네……."

"그럴 것 같더군."

"네……."

그녀는 이 말 말고는 다른 말을 준비할 여유가 없었다. 나보고 또 이 야근을 저 남자랑 하라고? 내 몸에게는 참으로 미안한 말이지만 다리 하나 똑 부러져 깁스라도 해서 이놈의 TFT팀에서 빠졌으면 했다.

"달달한 것은 자신 없는데 말이야."

사람을 절망의 구렁텅이로 밀어 넣고 뭐라고 중얼거리는 거야. 달달한 것을 먹고 이가 썩든 살이 찌든 무슨 상관이라고. 어떻게 조금 전에 칭찬받은 그 기쁨을 음미도 하기 전에 그녀를 암흑 속으로 퐁당 밀어 넣을 수 있단 말인가. 억울하고 또 억울했다.

그녀는 볼을 잔뜩 부풀린 채 원망의 눈빛을 담고 하늘을 올려다보았다.

하느님, 이러시면 안 되잖아요. 제 기도는 뽑기인가요? 왜 다른 기도는 들어주는 척도 안 하시더니 일복 겸허히 받아들이겠다는 기도는 곧바로 접수시키시나요? 네? 네? 네? 혹시 잊으셨다면 다시 한 번 말씀드리겠습니다. 제 옆에 서 있는 이재하 본부장님, 제발 어디 멀리 보내주세요. 얼굴까지 확인시켜 줬으니 착오 없으리라 믿겠습니다. 아멘.

재하는 하늘을 쳐다보는 연수를 피식거리며 바라보았다. 저렇게 두 손 꼭 쥐고 있는 모습을 보니 아마도 억울함이 가득 찬 기도를 올리고 있는 모양이다.

"박연수 대리."

"네, 본부장님."

연수는 고개를 돌려 재하를 바라보았다.

"앞으로 일주일간 숙제 안 하셔도 됩니다."

"정말요?"

좋아서 입이 벌어지려다 연수는 급히 표정 관리를 했다. 대놓고 좋아했다가 심사가 뒤틀려 다시 숙제를 하라고 할지도 모르는 일이다. 그는 충분히 그러고도 남을 사람이었다. 좋은 일과 나쁜 일은 항상 단짝 친구라더니. 그래도 일주일이 어디야. 벌써부터 그녀의 마음은 앞으로 다가올 '강 같은 평화'에 환호성을 지르고 있었다.

"일주일간 브라질 출장이라 한국에 없을 겁니다."

그녀는 갑자기 웃음이 터져 나오는 걸 급히 수습했다. 소원 타이밍이 참으로 기가 막혔다. 다만 멀리는 가되 일주일이라는 것이 문제지만. 다음부터는 하느님에게 육하원칙에 입각해 기도를 올려야겠다고 생각한 연수였다. 그래야 착오가 생기지 않지. 암. 하느님, 착하게 살겠습니다!

"숙제 안 하는 게 그렇게 좋습니까? 입이 벌어질 정도로?"

그녀의 웃음이 기분 나쁜지 그의 미간이 좁혀졌다.

"그게 아니라 제 기……."

환하게 웃는 연수의 정신이 잠시 무장해제 되었다. 그리고 동시에 입을 '합' 하고 다물었다. 모를 것이다. 그녀는 '기' 밖에 꺼내지 않았다. 도를 하려고 입모양을 오므리긴 했어도 '기' 로 시작하는 단어는 얼마든지 많다. 정 묻는다면 '요즘 기가 허해서 가끔 실없이 웃음이 나올 때가 있어요' 라고 말하면 된다.

순간 재하의 눈빛이 예리하게 스쳤다. 아까 분명 기도하는 표정이던데 설마 그가 생각하는 그 '기도' 는 아니겠지. 그의 입가에 묘한 미소가 걸렸다.

연수는 갑자기 웃는 그의 모습에 불안해졌다. 설마 아닐 거야. 에이, 아무렴. 아닐 거야. 그가 아무리 눈치 백 단의 여우라도 그녀의 기도는 눈치채지 못할 것이다. 이건 오로지 하느님과 그녀만 아는 커뮤니케이션이므로.

"……친합니까?"

그녀를 잠시 바라본 뒤 재하가 입을 열었다. 그의 뜬금없는 말에 연수가 대답을 못하자 그가 다시 질문했다.

"하느님하고 친하냔 말입니다."

"그게 무슨 말씀이신지……."

연수가 어색한 웃음을 지으며 모른 척하자 그의 미소가 짙어졌다.

"나 멀리 출장이나 가라고 기도한 게 딱 맞아떨어져 기뻐한 것 같은 얼굴이라서."

"……!"

정곡을 찔려 그녀는 순간 아무 말도 못한 채 얼굴이 빨개졌다. 얼굴뿐 아니라 이제는 귀까지 빨개진 모양인지 그쪽까지 화끈거렸다. 그리고 그런 그녀의 얼굴을 그가 하나도 놓치지 않고 보고 있었다.

"설마 했는데 진짜군."

"아니, 저 본부장님."

연수가 자신의 입방정을 탓하며 황급히 그의 팔을 잡았다. 요즘 왜 이리 그를 잡고 매달리는 일이 생기는지 모르겠다. 왜 그만 보면 최악의 상황이 연출되는 건지 울고 싶을 뿐이다. 표정 관리가 되지 않은 상태에서 변명을 하면 그가 믿어줄까? 어림 반 푼 어치도 없는 소리다. 변명해 봤자 구차해질 뿐이다. 그래도 이렇게 보낼 수는 없는데.

"일주일간 숙제 보류, 취소합니다. 이의 있습니까?"

연수는 그를 잡았던 손을 스르르 놓았다.

"……없습니다."

대답을 들은 그는 그녀를 남겨두고 먼저 가버렸다.

그녀는 그 자리에 주저앉아 머리가 아닌 자신의 입을 쥐어뜯고 싶었다. 머리가 좋으면 눈치도 백 단인가? 어떻게 단박에 눈치를 채냔 말이야! 그녀의 얼굴이 그렇게 이재하를 멀리 보내고 싶다고 드러냈나? 이제 저 사람 얼굴을 어떻게 보냐고!

그녀의 마음속 절규를 듣기라도 한 듯 뒤돌아선 재하의 입가에 미소가 잡혔다.

4장

처음으로 주말이 오지 않았으면 하는 날, 호랑이 살 돈만 있다면 하나 던져 주고 그 집에 가고 싶지 않은 날, 그 집에 다른 다급한 일이 있어 약속이 취소되기를 바란 그날이 왔다. 연수는 벨을 누르기 전에 다시 한 번 자신의 옷차림을 훑어보았다. 그래도 명색이 초대라 그녀는 이 쪄 죽을 날씨에 남색 시폰드레스에 스타킹은 물론 잘 신지도 않는 하이힐까지 신었다. 다행히 점심 약속이 저녁 바비큐 파티로 바뀐다는 말에 더위는 누그러져 가지만 그녀의 기분을 끌어올리지는 못했다.

연수는 대문이 열리자 돌계단을 하나씩 오르며 예전에 지레 겁먹어 자신이 넘어졌던 현장을 둘러보았다. 그때 입을 꾹 다물고 있었어야 했는데, 그렇지 않았다면 그가 기억 못했을 수도 있는데 말이다. 그러나 후회는 언제나 때는 늦으리였다.

계단을 다 오른 그녀는 큰 숨을 들이켜며 씩씩한 얼굴로 그들을 마주할 준비를 마쳤다. 그런데, 어라?

'더위 먹기에는 아직 이른데?'

그녀는 자신의 눈을 몇 번 깜박거려 보았다. 초대라 해서 기껏해야 단희라는 아줌마와 남편과 먹는 저녁 식사를 생각했는데 왜 여기에 회사 회장님과 영업본부장까지 있는 걸까요? 아이의 손을 잡고 있는 할머니는 분명 사모님이겠지? 오늘 혹시 가족회의와 약속이 겹친 날이에요? 그래요?

당황함이 역력한 연수를 보자 단희가 재빨리 다가왔다.

"조금 당황스럽죠?"

이게 조금이야? 당황이라는 말 몰라? 이럴 때는 경악이라 하는 거라고! 회장님, 설마 손자의 일로 제가 잘하나 못하나 감시하러 온 건 아니겠죠? 거기다 영업본부장까지 왜 있냐고. 어제 얼마나 싸하게 헤어졌는데!

"아버지가 지호를 보러 오신다고 하더라고요. 겸사겸사 저녁 식사도 할 겸 다 오시라고 했어요. 지호를 찾아준 연수 씨하고 같이 자리한다고 양해를 구하니까 다들 흔쾌히 좋다고 하셨어요."

왜 가장 중요한 당사자인 저한테는 안 물어봐 주셨나요? 고의성이 다분하잖아요.

마치 그녀가 도망갈 거라고 생각하는지, 물론 그런 마음이 한가득이지만 단희는 연수에게 팔짱을 가장한 결박을 두른 채 본부장 쪽으로 연수를 끌고 갔다.

"일단 들어가서 시원한 것 좀 마셔요. 바비큐는 남자들이 다 알아서 할 테니까 저희는 그저 먹기만 하면 돼요."

연수는 재하와 시선이 마주치자 어색하게 인사를 건넸다. 회사 밖이나 안이나 그는 그녀의 상사임으로 인사는 해야 했다. 그러나 그녀의 인사를 받는 둥 마는 둥 작게 고개를 끄덕인 그는 음식 재료를 살피고 있었다.

그의 이런 반응을 예상 못한 건 아니나 그래도 기분이 나쁜 건 어쩔 수 없었다. 안 보는 데서는 나라님 욕도 한다는데 상사 욕하는 건 부하직원 특권 아닌가? 멀리 보내달라고 한 건 욕 축에도 안 끼는 건데 넓은 아량으로 넘어가지 저렇게 꼭 티를 내야겠어? 그렇다고 사과하기도 애매한 일이다.

"누나!"

뒤에서 들려오는 또랑또랑한 목소리에 연수의 입꼬리가 살짝 치켜 올라갔다. 이 신경 거슬리는 목소리! 그래, 이 모든 일의 원흉. 너만 안 만났으면 영업본부장을 안 만났을 테고, 여기 초대되어 터무니없는 옛날이야기 따위 하는 그런 상황도 안 만들어졌을 거란 말이다, 이 꼬마야!

"정말 호랑이가 사람이 되는지 알고 싶은데 아빠가 누나 올 때까지 기다리래요. 저 그거 동화책으로도 읽었단 말이에요. 곰은 인간이 됐는데 호랑이는 인간이 못 됐단 말이에요."

여섯 살밖에 안 됐는데 단군신화를 읽은 모양이다. 나는 그 나이 때는 무조건 나가 놀았는데. 연수는 목을 가다듬으며 아이와 시선을 맞추기 위해 무릎을 꿇었다.

"그때 지호가 중간에 자서 이야기를 끝까지 다 안 들어서 그러는데, 나머지 부분을 누나가 지금 해줄게."

이 말과 동시에 모두의 시선이 그녀에게 집중되었다. 그녀를 무시하던 영업본부장까지 기대에 찬 눈빛으로 그녀를 보고 있다면 그녀의 착각이겠지?

"인간이 되기 위해 호랑이가 산으로 가다 할머니를 만났지. 호랑이를 만난 할머니는 깜짝 놀랐어."

"잡아먹힐까 봐요?"

지호의 눈이 동그래졌다. 아이는 아이였다. 이 정도 반응이면 분명 그녀의 이야기에 넘어오리라.

"아니, 20년 전에 잃어버린 아들을 만난 거지."

막장이라고 해도 상관없다. 속아만 넘어가 준다면 더한 이야기도 엮을 수 있었다.

"어떻게 사람인데 호랑이를 낳을 수 있어요?"

"그 할머니도 원래는 호랑이였거든. 마늘 먹고 사람이 된 거야. 원판불변의 법칙 알아? 아무리 성형을 해도 낳은 자식은 원판 유전을 그대로 가져간다는 뜻이야. 아무튼 호랑이는 처음으로 엄마를 만나 행복했어요."

단희는 남편을 잡고 벌써부터 큭큭거리기 시작했다. 저 아가씨, 꽤 마음에 든다. 이 회장 또한 엉뚱하게 이야기를 엮는 연수에게 재미난 반응을 보이고 있었다.

"호랑이는 어머니를 만나서 엄청 기뻤어요. 그런데 고민이 생긴 거야. 마늘 먹고 인간이 되면 어머니는 자신을 못 알아보잖아.

그래서 호랑이는 호랑이 모습으로 살면서 어머니한테 효도하고 살기로 한 거지. 마늘을 먹어 절대 사람으로 변하지 않겠다고 다짐하면서. 그래서 지금도 호랑이한테 마늘 주면 안 먹을걸."

"그럼 곰은요? 곰은 마늘 먹으면 사람 돼요?"

순간 허를 찔리는 질문에 연수는 당황했다. 그녀는 호랑이 얘기만 만들어 왔지 곰에 대해서는 일절 대비책을 준비하지 못했다. 요즘 아이는 똑똑해도 너무 똑똑했다. 에라, 모르겠다.

"곰도 옛날에 전쟁이 나서 잃어버린 어머니가 있었거든. 모습이 똑같아야 찾기 쉽겠지? 그래서 곰도 이제는 마늘 먹어도 사람으로 안 변해."

그녀의 답변에 지호가 눈을 몇 번 깜빡이더니 울음을 터뜨렸다. 당황한 연수는 주위의 눈치를 보며 어색한 웃음만 지은 채 자리를 지키고 있었다.

왜 그래? 난 최선을 다했다고. 정작 울고 싶은 건 나라고!

"호랑이가 불쌍해. 사람으로 변하면 맛있는 것도 많이 먹고 담배도 피울 수 있는데……."

민혁은 웃으며 아이를 안아 올리며 다독였다.

"아빠가 호랑이한테 물어봤는데 호랑이는 산에서 뛰어다니는 게 행복하대."

눈물을 닦은 지호는 곰곰이 생각해 보더니 고개를 끄덕였다. 연수는 속으로 안도의 한숨을 내쉬었다. 이것으로 피 말리는 옛날이야기는 끝이 났다.

샴페인 때문인지 호랑이 이야기를 끝낸 덕분인지 정원에서 바비큐 파티가 시작되자 연수는 긴장이 많이 풀려 있었다. 그래서 대화를 하면 옆에서 웃어줄 여유까지 생겼다.

"연수 씨, 난 연수 씨가 좋아질 것 같아요."

'전 아줌마가 무서워요.'

연수는 쌈을 싸 먹으면서 고개를 끄덕이는 것으로 답을 대신했다.

"난 여동생이 한 명 있었으면 참 좋겠다고 생각했거든요. 같이 하고 싶은 것도 할 수 있고 수다도 밤새 떨 수 있고요. 아, 연수 씨는 언니나 동생 있어요?"

"오빠 한 명 있는데 독일로 환경공학 연구원으로 나간 지 5년 돼서 지금은 외동딸이나 다름없어요."

독종 오라버니다. 무일푼으로 유학 가서 한 번도 학비나 생활비 도움을 받지 않고 지금껏 잘 버티고 있는 중이다. 하긴 부모님이 과수원을 하시기 때문에 딱히 돈을 대줄 형편도 안 되었다. 받을 오빠도 아니지만.

"어머, 그럼 연수 씨도 엄청 외롭겠다. 이참에 정말 언니, 동생 하면 되겠네."

그녀는 연수의 동의와 상관없이 벌써 그렇게 확정을 지은 것 같았다. 달달한 샴페인을 목으로 넘기면서 연수는 집에 갈 때 샴페인 이름이 무엇인지 꼭 물어봐야겠다고 생각했다.

"아, 이참에 우리 밤에 1박 2일로 캠핑카 가지고 가서 수다도 떨고 음식도 해먹고 그럴까요? 저는 바다보다는 강가 쪽이 좋던데?"

"저야 좋지만 요즘은 프로젝트 때문에 바빠서 시간이……. 거기다 다음 프로젝트도 참여하게 될지 몰라요."

바쁜 스케줄이 이럴 때 쓰이게 될 줄이랴.

"박연수 대리, 한동안 주말 반납해 가며 바쁠 거야. 그러니 다른 사람 알아봐."

지금까지 가만있던 영업본부장이 이야기를 비집고 들어오자 상황이 묘해졌다. 하지만 그것보다 그녀는 한동안 주말 반납이라는 말에 급 우울해졌다.

"매일 그러는 건 아닐 거 아냐."

"그래도 너한테 뺄 시간 없을 거야."

그러면서 재하는 연수를 보며 확신에 찬 대답을 내뱉었다. 그리고는 잘 익은 스테이크를 그녀에게 가져다주었다. 연수는 자신의 앞에 있는 고기를 보며 이게 바로 병 주고 약 주고의 표본이라는 걸 깨달았다. 본부장님이 직접 구워와 황송하기는 하다만 어째 공짜는 아니라는 느낌이 물씬 풍겼다.

"박연수 씨, 회사 생활 어떻습니까?"

엥? 이게 무슨 말이야? 지금껏 눈을 피하던 연수가 고개를 들어 재하를 올려다보았다.

"부려먹지 못해 안달 난 본부장을 만나 고생 많이 한다고 하던데?"

본부장님, 취하셨어요? 아니면 이 핑계로 저에게 또 무슨 대답을 듣고 싶어서 그러신가요? 왜 남 얘기 하듯 그렇게 얘기하시냐고요! 연수는 그를 보며 무언의 설명을 요구했다. 설마 어제 일로 절 구박할 건수를 찾고 계시는 건 아니지요?

"제 직원 중에 박연수 대리가 있는데 일을 똑 부러지게 잘합니다."

본부장님, 왜 그러세요. 제가 잘못했어요. 그냥 혼내세요.

"단점이라면 생각이 너무 잘 드러난다는 겁니다. 그리고 작은 일에 전전긍긍한다는 점?"

연수는 빤히 재하를 바라보았다. 지금 이 말은 그녀를 용서해준다는 말인가? 이분 이러다 물 한 바가지 끼얹지는 않겠지? 말을 건네는 것 자체가 많이 화가 나지 않았다는 증거다.

재하는 씩 웃으며 조카가 뛰어노는 모습을 바라보았다. 이대로 곧바로 출장을 가면 그녀는 그가 돌아오는 날까지 끙끙대며 편하게 못 지낼 게 뻔했다.

"가뜩이나 야근 때문에 힘든데 나까지 보태면 박연수 대리 쓰러질 것 같아서 말입니다. 내가 아끼는 직원인데 그러면 좀 속상할 것 같군."

그리고 그의 시선이 다시 그녀에게 향했다.

"거기다 이렇게 좋아한다는 고기도 안 먹고 말이지."

연수의 얼굴이 불판처럼 달아올랐다. 그에게 전혀 예상치 못한 말을 들어서 그런지, 좀 전에 마신 포도주가 지금에서야 온몸으로 퍼져서 그런지 그녀의 심장이 말 그대로 펌프질을 해대고 있었다. 단지 상사로서 직원을 걱정한다는 말인데 그녀의 듣는 귀는 제가 듣고 싶은 대로 달달하게 해석해 머리에 접수시켜 버린 것이다.

네가 연애를 안 한 지 오래되니 미쳤구나, 박연수! 저 말이 어떻게 한없이 부드럽게 들리느냔 말이야! 그냥 일 잘한다고 칭찬한 거잖아!

연수는 자신의 당황함을 감추기 위해 물컵을 들었으나 물이 없었다. 그래서 손을 뻗을 수 있는 범위 내 가장 가까이 있는 고추를 한입 덥석 씹어 먹었다. 그가 그녀의 이런 헛된 망상을 알아채지 못하게 무엇이든 해야 했다. 그는 눈치가 아주 빠르므로.

그러나 그녀는 곧 너무 매워 더 이상 씹지도 못하고 그대로 삼켜 버렸다. 원래 매운 것을 잘 못 먹지만 지금처럼 머리가 어지럽고 목이 따가울 정도로 매운 고추는 평생 처음이다. 눈물이 알아서 비집고 나왔다. 결국 벌떡 일어나 한쪽에 마련된 물을 벌컥벌컥 마셔야 했다. 그러고도 똥강아지 엉덩이 불난 듯 몸을 어쩌지 못해 들썩거렸다. 밥 한 덩이가 필요했다, 밥이!

"어머, 매웠나 보네. 많이 매워요?"

단희가 다가와 연수가 먹었던 고추를 집어 냄새를 맡아보더니 미간을 찡그렸다.

"얼음이라도 입에 물고 있을래요?"

혀가 마비돼 말도 잘 나오지 않는 연수는 고개를 끄덕였다. 그때 그녀 앞으로 우유 한 잔이 놓였다.

"마셔요. 물보다 우유가 나을 테니까."

연수는 따끔한 목과 얼얼한 혀, 거기다 어질한 머리를 어떻게 진정시켜야 할지 몰랐다. 단숨에 우유 한 잔을 다 마신 그녀는 아직 모자란다는 듯 컵을 다시 내밀었다.

"더?"

그녀는 열심히 고개를 끄덕였다. 아직도 얼얼한 혀는 제 기능을 하지 못하고 있었다.

빨개진 그녀의 얼굴을 한참을 바라보더니 재하가 입을 열었다.

"미련스럽기는……."

반박을 하고 싶었으나 틀린 말도 아니라 연수는 가만히 입을 다물었다.

'이게 어떻게 돌아가는 상황이야?'

단희의 눈이 가늘어졌다. 조금 전부터 오빠의 친절을 보고 있던 단희에게 아무리 봐도 그 친절이 순수한 것과 거리가 있어 보였다. 집 안으로 들어가 우유를 가지고 온 모습을 어떻게 해석해야 하지? 물론 연수 씨가 온몸으로 맵다는 신호를 보내긴 했지만 그걸 쭉 지켜보고 있었단 말이야? 오빠가?

단희는 곧바로 고개를 저으며 자신의 말도 안 되는 상상을 지워 버렸다. 그냥 손님에 대한 일종의 배려 차원일 것이다. 오빠는 남에게 과잉 친절은 베풀지 않지만 예의를 차릴 줄은 아는 사람이었다. 그리고 딱 봐도 연수 씨는 오빠한테 관심의 관 자는커녕 불편해하고 있었다. 그런 여자에게 오빠가 관심을 보일 리 없었다.

연수의 얼굴이 노랗다 못해 창백해졌다. 매운 것을 먹은 후 어느 정도 진정이 되자 그녀는 그가 내민 화해의 증표인 스테이크를 다 먹어야겠다는 의무감에 사로잡혔다. 그가 말을 걸지 않았다면 정말 그녀는 어쩌면 여기서 급체해서 병원에 실려 갔을지도 몰랐다. 그런데 과하게 먹어서인지 아니면 매운 것 때문인지 뱃속이 난리가 난 것이다. 그러나 이 상황에서 그녀는 남의 집 화장실을 사용하고 싶지 않았다. 일어서기만 해도 설사가 나올 것 같은데 회장님 내외분은 벌써 집 안으로 들어가 휴식을 취하고 있었다. 그런데 그런 곳에서 사운드를 울려가며 설사를 하라고? 제발 뱃속이 조금만 더 견뎌주었으면 했다. 그러나 진정될 기미가 보이지 않았다. 이 상황으로는 일 분도 견디기 힘들 것 같았다. 연수는 자신의 배를 바라보았다. 평소에는 튼튼한 장이었잖니. 주인 체면 좀 생각해 이 집 탈출할 때까지만 진정 좀 해주면 안 되겠니?

영업본부장이 그녀 쪽으로 다가오자 그녀는 울상이 되었다. 지금 그쪽까지 신경을 써줄 상황이 아니에요. 다시 한 번 뱃속이 꾸르륵 소리를 내며 그녀의 장을 흔들어놓았다.

'나 일으키기만 해봐!'

"박연수 대리, 잠깐 나 좀 봅시다."

'왜 하필 지금! 나 지금 목에 칼이 들어와도 못 일어나요.'

"일어설 수 있습니까?"

'당신이 보기에 괜찮아 보이냐고! 뱃속에서 요동치는 소리가 안 들리느냐고!'

아니, 평소에는 그렇게 눈치가 백 단이더니 지금은 그 눈치를 회사에 두고 퇴근하셨나. 나 콧등에 식은땀 나는 거 안 보이세요?

설사를 참으면 식은땀이 난다는 사실을 그녀는 처음 몸으로 터득 중이었다. 연수는 배를 움켜쥐고 재하를 올려다보았다. 말할 때도 배에 힘이 들어가기 때문에 연수는 말하기조차 겁이 났다. 잠시 배가 잠잠한 틈을 타서 단희 아줌마에게 혹시 이 층에 화장실이 있는지 물어봐야 했다.

"본부장님, 단희 아줌마 좀 불러주시면 안 돼요?"

후식을 준비하러 갔는지 그녀가 아까부터 보이지 않았다.

고민하던 재하가 연수의 팔을 잡아 일으켜 세우더니 앞장섰다.

"본부장님, 저…… 저기, 잠깐만요."

'내 뱃속이, 내 괄약근이 지금 내 마음대로 안 된단 말이에요!'

재하가 그녀를 데리고 집 안으로 들어가자 연수는 또 다른 의미로 얼굴이 새하얗게 질렸다. 이렇게 되면 체면이고 뭐고 무조건 화장실로 뛰어가는 수밖에 없었다. 그리고 다시는 이 집안 사람과 만나기는커녕 옷깃 한 번 스치지 않으니라. 회사도 사퇴해 버리고 말 것이다.

재하가 그녀의 손목을 움켜잡은 채 이 층으로 올라가자 연수는 더 이상 참을 수 없었다.

"본부장님, 저 배 아파요."

결국 그녀는 실토했다. 정말 울고 싶었다.

"안색이 창백해 보이는데 잠깐 쉬는 게 낫겠군. 손님방이니까 부담 갖지 말고. 약 필요하나?"

연수가 고개를 흔들자 재하가 잠시 그녀를 바라보며 뺨에 달라붙은 그녀의 머리를 넘겨주었다.

"애써 다 먹을 필요는 없었는데……."

"아니에요. 맛있었어요."

그가 피식 웃으며 나가자 연수는 곧바로 손님방에 화장실이 있는지 둘러보았다. 역시 부잣집은 뭐가 달라도 다르구나. 그녀는 지금 걸을 수 있는 최대한 빠른 걸음으로 화장실로 달려갔다.

"오빠, 무슨 일이야? 연수 씨는?"

"몸이 조금 안 좋은 것 같아 손님방에 보냈어."

단희는 갑자기 오빠가 연수 씨를 끌고 이 층으로 올라가자 무슨 일인가 조마조마했다. 궁금하기도 하고 걱정도 된 그녀가 이 층으로 올라가려고 하자 민혁이 말려서 오빠가 내려오기만을 기다리고 있는 중이었다. 남녀 둘이 이 층으로 올라갈 일이 뭐가 있단 말인가? 그것도 손목이 붙잡힌 채 오빠한테 끌려가듯 올라간 연수 씨였다.

"창백해 보이긴 했는데, 체했나?"

걱정된 단희가 이 층으로 올라가려 하자 재하가 가로막았다. 의아함에 그녀가 고개를 들어 재하를 바라보았다.

"잠시 쉬면 괜찮아질 거야."

"그래도 손님인데 약이 필요할지도 모르잖아."

"네가 올라가면 더 못 쉬겠지."

단희가 망설이자 그 틈에 재하는 단희의 팔을 잡고 내려왔다.

재하의 이상 행동에 모두 말은 안 하지만 재하를 의심 가득한 눈빛으로 보고 있었다. 커피를 마시던 재하가 그들의 시선을 견디지 못하고 먼저 입을 열었다.

"그렇게 서로 눈짓 교환하지 마시고 하고 싶은 말 있으면 하세요."

"난 내 오빠가 그렇게 친절한 사람이었는지 새삼 깨닫고 있는 중이었어. 그뿐이야."

단희가 눈을 빛내며 먼저 입을 열었다. 그리고 내친김에 궁금한 것을 다 물어볼 요량으로 눈을 빛냈다.

"보니까 연수 씨, 엄청 당황하는 것 같던데 손목까지 붙잡고 올라갈 필요가 있었나? 아무리 연수 씨가 안 따라온다고 해도 함부로 덥석 잡는 건 아니지."

콕 집어 말하는 단희의 말에 모두 고개를 끄덕였다.

"너, 그 버릇 아주 위험한 행동이다. 특히 박연수 대리는 직원 아니냐."

이 회장도 아들의 행동에 못마땅한 듯 한마디 거들었다.

"주의하겠습니다."

그 말에 민혁은 피식 웃으며 커피 한 모금을 입안으로 넘겼다. 어떠한 상황에도 말이 막히지 않는 처남이 지금 할 말이 없어 입을 다물고 있다. 요즘 바빠 처남과 술 한잔할 시간이 없었는데 언제 한 번 자리를 만들어봐야겠다고 생각하는 민혁이었다.

"안 봐도 뻔하지. 저놈의 성격에 남의 집이라 불편해 안 쉬겠다는 아가씨를 잡아끌어다 이 층에 집어넣은 거지. 아까 그 처자 얼굴 못 봤냐? 얼굴이 새하얗게 질렸더구먼. 저래 가지고 무슨 장가를 가겠다고 대답은 잘하지."

이 회장의 구박에 단희는 킥킥거리며 남편의 어깨에 고개를 묻었다. 홍 여사도 아들을 바라보며 부드럽게 웃었다. 그러나 민혁은 웃으면서도 왠지 오늘따라 처남이 불쌍해 보였다.

화장실을 나온 연수의 얼굴은 편안함 그 자체였다. 그녀는 혹시 영업본부장이 그녀의 상태를 알고 이 층 손님방으로 데려온 것은 아닌지 의심했다. 그런데 왜? 무엇 때문에? 답을 못 찾게 되자 곧바로 그건 아니라고 생각했다. 그저 조금 그녀가 걱정되어 지극히 인간적인 마음을 발휘한 것이겠지. 그랬다면 그녀에 대한 화가 그녀가 생각했던 것보다 심각하지는 않다는 말이겠지?

"음, 앞으로 본부장님에 관한 불평 기도는 안 드릴게요."

속이 편해지자 마음까지 너그러워진 그녀였다. 조금 전 식은땀에 창백한 얼굴을 화장실 거울에 비춰 봤을 때 스스로 봐도 딱 환자의 얼굴이었다. 그가 아니었다면 생각만 해도 끔찍했다. 그녀와의 악연이 아니면 참 좋은 상사라고 칭찬하고 다녔을 텐데 말이야. 누구보다 먼저 그녀가 아픈 것을 알아챈 것도 그이고 그녀의 마음이 불편할까 봐 먼저 말 걸어주는 그의 마음씀씀이도 고마웠다. 연수는 갑자기 그가 조금 전 그녀의 뺨에서 머리카락을 떼어 준 장면이 퍼뜩 생각나자 얼굴이 빨개졌다. 그러고 보니 설핏 웃는 그의 눈동자가 참 매력적이었다. 그러나 곧 그녀는 생각을 털어내듯 고개를 내저었다.

"네가 정말 연애를 너무 쉬었나 보다. 다른 사람도 아니고 본부장님을……."

연수는 피식 웃으며 다시 아래층으로 내려갔다.

연수가 아래층으로 내려오자 모두의 시선이 그녀에게 향했다.

"어떻게 몸은 좀 괜찮아요? 제가 생각이 짧았네요. 아무리 편해도 연수 씨 입장에서는 회장님이고 영업본부장인데 다음엔 우리끼리만 만나서 식사해요."

'그냥 주말 반납하고 야근할래요.'

"약 안 먹어도 괜찮을 것 같아요? 초대했는데 체하니 제가 마음이 안 편하네요."

진심으로 걱정해 주는 단희의 눈빛에 그녀는 사실대로 말하고 싶은 충동까지 느꼈다.

"아니에요. 초대해 주셔서 정말 감사드립니다. 본부장님의 배려 덕분에 잘 쉬어서 이제는 괜찮습니다. 아, 본부장님, 출장 잘 다녀오세요."

그녀는 재하에게 환한 미소를 지으며 꾸벅 인사를 건넸다. 오늘이 사람이 아니었으면 어쨌을까 그녀는 생각만 해도 끔찍했다. 그가 비록 일하는 데 있어서는 엄하고 칼 같고 무시무시한 상관이지만 인간적인 배려와 통 큰(?) 너그러움에 그녀는 진심으로 감사의 인사가 나왔다.

"아, 좋은 꿈 꾸시고요. 그래야 브라질 건 대박나지요."

그녀의 인사에 재하가 고개를 끄덕이자 눈치 빠른 단희가 민혁의 옆구리를 툭 건들며 낮게 속삭였다.

"어떻게 생각해요?"

"뭐를?"

민혁은 모르는 척 아내의 질문을 넘겨 버렸다.

"우리 오빠, 지금 저 흡족해하는 표정 말이에요."

"글쎄, 내가 보기에는 별달라 보이지 않는데?"

"분명 이상한데 당신은 못 느낀단 말이에요?"

미간을 찡그리며 고개를 갸웃거리는 아내의 모습에 민혁은 조용히 웃어 보였다. 확실히 평소보다는 살짝 부드러워 보이는 처남이지만 굳이 그걸 들춰내 당사자들을 어색하게 만들 필요는 없을 것 같았다. 거기다 여자 쪽은 아직 확실하게 마음을 정하지 못한 모양인데 말이다.

'일밖에 모르는 처남이 드디어 여자에게 관심을 보이는 건가?'

민혁은 아직도 의심을 풀지 않는 아내의 어깨를 꼭 안아주며 미소를 지었다.

*

영업본부장이 출장을 간 지 나흘이 되었는데 그녀의 업무는 변함없이 차고 넘쳤다. 그가 출장을 갔으니 그래도 아주 조금은 업무가 줄어 숨통이 트일 줄 알았건만 엉덩이가 빈대떡이 될 만큼 앉아 있는 탓에 몸은 쓰러지기 일보 직전이었다. 지구 반대편에 있으면 무엇 하나, 인터넷으로 업무보고 지시가 떨어지고 확인받는 것을. 며칠 안 보였는데 그의 까칠한 목소리가 듣고 싶은 거 보면 미운 정이 그녀의 옷깃에 살짝 묻었나 보다. 그래서 그랬던 것일까, 그녀는 어제 그에게 메일을 보낼 때 고심의 고심 끝에 '파이팅입니다, 본부장님'이라는 문장을 맨 끝에 집어넣었다. 왜 그랬는지 몰랐다. 보내고도 미쳤다고 그녀는 방 안에서 안절부절못했으니까 말이다. 메일 발신 삭제를 하려고 했으나 그가 더 빨랐다.

거기다 그에게 생각지도 않는 답변까지 받은 것이다. 그답게 건조하게 아무런 사심이 들어 있지 않은, 그러나 계속 들여다보게 되는 단 한 문장.

〈거기도 수고 많겠군, 박연수 대리.〉

주인 칭찬에 목말라 하는 똥개도 아닌데 그녀는 왜 저 말만 들으면 기분이 좋은지 모르겠다. 지우지도 않고 몇 번을 계속 보며 좋아하는 자신도 이해가 되지 않았다. 아무래도 그에게 하도 구박을 당해 생긴 부작용 중 하나가 아닐까 싶다.

"야근으로 머리가 어떻게 된 거지. 아무 말이나 다 주워 먹지 말라고, 박연수. 탈난다고!"

그녀는 픽 웃으며 뻐근한 목과 어깨를 주물렀다. 야근에 대한 부작용은 단연 근육통이었다. 본부장님 들어오면 파스를 붙이고 회의장에 들어가서 한번 시위해 봐? 그가 그녀의 파스 냄새를 맡는 그 순간만이라도 그녀의 노고를 좀 생각해 줬으면 하는 바람이었다.

"아, 오늘도 하루가 이렇게 가다니. 오늘은 나의 심신을 달래주기 위해서라도 와인을 마시며 좋아하는 음악을 들어야지. 과일 치즈 카나페는 일단 냉장고 재료에 따라 추가하고."

생각만으로도 기분이 조금은 좋아지네? 그러나 그럴 시간이 있을지 모르겠다. 와인은커녕 집에 들어가면 곧바로 마음이 바뀌어 침대로 뛰어들지도 몰랐다. 거기다 오늘은 그녀가 대회의실에서 마지막으로 문을 닫고 나가는 사람이 되었다. 여러 팀원과 같이 업무를 진행하다 보니 대회의실에서 모여 일하는 게 일상이 되었다. 그리고 다들 살인적인 스케줄을 소화하느라 자기 할 일만 하면 곧바로 회의실에서 빠져나갔다. 동료를 옆에서 기다려 준다는 건 지금으로선 사치였다. 비록 그녀가 여자일지라도.

복도를 걸으면서 연수는 이제야 생각이 난 듯 낮게 투덜거렸다.

"아니, 왜 항상 아침 아홉 시까지야? 열 시까지만 시간적 여유를 줘도 내일 일찍 와서 마무리하면 될 것을 꼭 아홉 시까지래. 상사가 부지런하면 아랫사람이 고달파."

그나마 그녀는 잠시 프로젝트 할 때만 상사로 모시는 게 얼마나 다행스러운 일인지 모른다.

매주 영업본부장과 회의를 하는 팀장님한테 심심한 위로를 해주고픈 마음이다.

"그나저나 본부장님은 하이언과 미팅을 잘 했으려나? 말 많고 까다로운 그들 비위를 맞추려면 꽤나 고생할 텐데."

중얼거리며 복도를 지나가다 맨 끝 사무실에서 불빛이 새어 나오자 연수는 걸음을 멈췄다.

여름이나 겨울철이면 항상 그랬지만 전기 부족으로 정부에서 실내 온도 제한 단속 공문이 내려오곤 했다. 따라서 현재 복도의 불도 띄엄띄엄 켜져 있어 어둑어둑한 상태였다. 그래서 반대편 끝에 위치한 비서실의 불빛은 더욱 선명한 빛줄기를 드러내고 있었다.

"저기 왜 불이 켜져 있지?"

연수의 오지랖이 스멀스멀 올라오고 있었다.

'안 돼! 너, 네 오지랖으로 아이 부모 찾아주다가 무슨 꼴 났는지 몰라? 지금 너의 야근이 어디에서 비롯되었는지 생각해 보라고! 그리고 함부로 남의 사무실 들어가면 오해받는다고. 경비가 어련히 알아서 감시를 잘 할까!'

그러나 저 비서실은 영업본부장 비서실이다. 영업본부장이 출장 중인데 이렇게 밤늦도록 일할 일이 뭐가 있다고 열한 시가 넘었는데 불빛이 새어 나오느냔 말이지.

연수는 살짝 아랫입술을 깨물었다. 걸음은 자연적으로 천천히 비서실로 향했다. 안에 사람이 있으면 인사만 하고 나오면 되는 거야. 이 찝찝한 상태로 집에 가는 것보다 낫지. 그리고 불 켜놓고 퇴근하면 얼마나 전기세가 아까운데.

연수는 조금 덜 닫힌 비서실 문을 살며시 열어보았다. 그리고 목을 쭉 빼서 비서실을 두리번거렸다. 깔끔하게 책상 정리가 되어 있는 것을 보면 모두 퇴근한 모습이다. 역시 생각대로 비서실에서 깜빡하고 불을 켜놓고 퇴근한 모양이다.

"괜히 가슴 졸였잖아. 뭐가 급하다고 사무실 불도 안 끄고 갔담."

안도의 한숨을 쉰 연수는 불을 끄고 마무리까지 완벽하게 문을 닫으려 했다. 그러나 비서실 불을 끄자 조금 전까지 몰랐던 영업본부장실에서도 불빛이 새어 나왔다. 그녀는 죄를 짓지도 않았는데 갑자기 가슴이 떨려왔다.

하필 본부장님이 출장 가고 자리를 비운 날이라 생각은 위험한

쪽으로 흘렀다. 다른 곳도 아니고 영업본부장실이라면 기밀 서류며 온갖 정보가 들어 있을 것 아닌가. 그렇다고 보안이 잘된 이 회사에서 대놓고 도둑이 멍청하게 불을 켜고 도둑질을 하지는 않을 텐데 말이다. 그런데 진짜 도둑이면 어떡하지? 연수는 비서실 책상에 놓여 있는 아이 팔뚝만 한 서류 펀칭기를 들어 올렸다. 쇠로 되어 있어 묵직하니 때리면 적어도 시간은 좀 벌 수 있을 것이다. 바짝 긴장한 연수는 영업본부장실 문손잡이를 최대한 살며시 돌렸다. 혹시 숨소리라도 날까 그녀는 숨까지 참아야 했다.

순간 연수의 눈이 동그래졌다. 아니, 브라질에 있어야 할 사람이 언제 여기 온 거래? 정말 동에 번쩍, 서에 번쩍하는 사람이다. 그나마 주인이 사무실에 있었으니 망정이지 딴 사람이 있었으면……. 그녀는 생각만 해도 끔찍했다. 긴 한숨을 내쉬며 연수는 들고 있던 펀칭기를 내려놓았다.

괜히 사람 조바심 내게 만들어 기운을 빼놓다니! 그도 그랬다. 출장에서 돌아왔으면 집에 들어가 발 닦고 잠이나 잘 일이지 굳이 회사에 와서 자는 이유가 뭐냐고! 회장님 아들이라면 회사에 잘 보여야 하는 상사가 있는 것도 아닌데 왜 굳이 회사에서 자냔 말이지. 이 정도면 거의 일 중독자로 정신 진단을 받아야 하는 수준이다. 그녀는 잠자고 있는 그를 째려보았다.

'집에 수맥이 흘러 잠을 못 주무시나, 그 좋은 집 놔두고 회사에서 뭐 하는 거래.'

그녀는 그래도 혹시나 그가 잠에서 깰까 봐 까치발을 하고 조용히 나가려고 했다. 정말 그럴 생각이었다. 매일같이 야근을 함에도 깔끔하고 단정한 모습만 보다 오늘 처음으로 초췌하고 구겨진 와이셔츠에 수염도 깎지 못한 그의 모습을 보기 전까지는. 그냥 이유를 굳이 대자면 조금 불쌍해 보였다. 빡빡한 일정에 플랜트 사업을 다시 성공시켜야 하는 부담감에 말은 못하지만 심적으로 많이 부담되었을 것이다.

연수는 충동적으로 주머니에서 낱개 포장된 초콜릿 세 개를 집어 그의 책상 위에 놓았다. 그녀에게 야근을 버티게 만들어준 5할은 초콜릿. 그가 안 좋아할지 모르지만 지금 이 남자에게는 절대적으로 달달한 당분이 필요해 보였다. 순간이나마 이것이 그를 행복하게 한다면 그것으로 족했다.

'어쨌든 고생하셨습니다, 본부장님.'

연수는 정말 이러다 그를 깨울 것 같아 나가려 했다. 그런데 그에게 준 초콜릿이 신경 쓰였다. 그녀야 사심 없이 줬다지만 그가 일어나면 누가 다녀갔는지 기분 나빠할 것 같기도 했다. 또 그의 성격상 미심쩍은 초콜릿은 안 먹을 수도 있었다. 어쩌다 그녀가 준 걸 알게 된다면 이상하게 생각할 수도 있는 일이었다. 본부장실에 몰래 들어온 것도 수상히 여길 테고 말이지. 그 생각까지 미치자 연수는 손을 뻗어 다시 초콜릿을 집어 그녀의 주머니에 넣으려고 했다.

순간 미쳤던 게야. 그러지 않고서 뜬금없이 그에게 초콜릿을 줄 생각을 하다니.

"줬다 다시 뺏어가다니 치사하군, 박연수 대리."

"으악!"

그녀는 정말 비명을 지르며 그 자리에 주저앉았다. 20년 전 돌아가신 할아버지를 다시 봐도 이렇게 놀라지는 않을 것이다. 심장이 미친 듯이 목까지 치고 올라와 팔딱거렸다. 남들은 예쁘게도 '꺄악' 하고 비명이 잘도 나오던데, 그녀는 정말 우렁찬 비명을 쏟아냈다. 팔딱거리는 심장은 아직도 진정하지 못한 채 널을 뛰고 있었다.

눈을 뜬 재하가 의자를 돌려 그녀를 바라보았다. 일어날 생각조차 하지 못한 연수는 그저 그의 얼굴만 멍하니 쳐다봤다. 그러나 곧 그의 모습 하나하나가 눈에 들어왔다. 잠을 자고 있던 눈빛이 아니었다. 물론 목소리도 잠에서 깬 목소리가 아니다. 저 눈빛만 보더라도 출장 가기 전보다 더 날카롭게 갈려 있는 느낌이다. 결론은 그는 그저 눈만 감고 있었던 것이다. 그녀는 속았다는 기분에 울컥했다.

'이 남자가 진짜 돌아오자마자!'

애초부터 안 자고 있었다면 일어나 그녀를 반기든 쫓아내든 해야 할 것 아닌가! 사람이 왜 그리 음흉하냐고!

"초콜릿 나 주려고 한 것 아닌가?"

"저…… 본부장님."

"난 내 것 잘 안 뺏기는 성격인데……."

혹시 그가 오해할지도 모른다는 생각에 연수는 벌떡 일어나 급하게 해명을 하기 시작했다.

"저기…… 오해하지 마시고 들어주세요. 불빛이 새어 나와서 혹시 불을 안 끄고 퇴근했나 싶어 비서실로 왔는데, 본부장님 사무실에서도 빛이 새어 나오더라고요. 물론 함부로 들어오면 안 되는 거 알고 있는데 그래도 혹시나 해서 와봤더니……."

혹시 그가 오해라도 할까 연수는 숨도 쉬지 않은 채 뱉어낸 말 때문에 산소 부족 현상까지 올 뻔했다. 야근을 해도 쓰러지지 않는 체력인데 그에게 변명하다 산소 부족으로 쓰러지면 참 볼 만할 것이다.

그녀의 당황한 모습에 재하는 그저 피식 웃었다. 비서실 문이 열릴 때부터 그녀의 목소리는 들려오고 있었다. 그녀가 비서실을 나가기 전에 잡을까 생각해 보았으나 딱히 이유가 없기도 하고 피곤하기도 해 침묵을 지켰는데 그녀가 그의 사무실까지 들어와 그도 놀랐다. 거기다 초콜릿까지 책상에 놔두리라고는 생각도 못했다. 참을성이라면 뒤지지 않는다고 생각했는데 그는 도중에 눈을 뜨고 싶은 충동을 참느라 깍지를 꼭 끼고 있어야 했다.

"안 줍니까, 초콜릿?"

질기게도 하는 그 초콜릿타령에 일단 연수는 쭈뼛거리며 주머니에서 초콜릿을 꺼내 그에게 건네주었다.

"그럼 가보겠습니다."

꼬리 자르고 도망가는 도마뱀처럼 그녀는 인사와 동시에 후다닥 문을 향해 최대한 빠른 걸음으로 전진했다. 미적거리다가는 또 불운을 만나게 될지도 몰랐다.

"밥 먹으러 갑시다."

연수의 걸음이 뚝 멈췄다. '갑시다?' 뭐야, 같이 가자고?

그녀의 대답을 기다리는 듯 그의 한쪽 눈썹이 살짝 올라갔다.

거절의 말을 준비 중이던 마음과 달리 연수는 걸음을 뚝 멈추곤 어색하게 웃으며 입을 먼저 움직였다.

"……좋은 생각인 것 같아요."

이 무슨 영어 소설 번역판 같은 소리인지! 그녀는 스스로가 답을 하면서도 속으로는 비명을 지르고 있었다. 지금이 몇 신데 밥을 또 먹느냐고! 그에게 있는 사실 그대로 말하는 게 뭐가 어려워서 헛소리가 나간 것일까? 그래, 인심 쓰자. 멀리 출장까지 다녀와서 배는 고플 테고 같이 먹어줄 사람은 없고. 오죽하면 그녀에게 그런 부탁을 할까. 그리고 이렇게 일찍 온 것을 보면 필시 일이 잘 안 된 모양 같았다. 그녀는 그에게 동정 어린 미소를 보이며 앞장섰다.

"뭐가 드시고 싶으세요?"

그녀는 자신이 생각하기에 착해도 너무 착했다.

이 늦은 시각에 밥을 먹을 곳이 마땅히 없어 고민하고 있는데 그가 잘 가는 집이 있다면서 차를 몰고 20분이나 운전해 도착한 곳은 허름하고 좁은 설렁탕 가게였다. 5분만 늦게 도착했어도 가게는 문을 닫고 그녀와 그는 허탕을 칠 뻔했다.

설렁탕 두 그릇이 식탁에 놓이자 그때서야 재하가 뒤늦은 질문을 했다.

"저녁 안 먹었습니까?"

'빨리도 물어본다.'

"먹었어요."

"그럼 억지로 먹지 말고 나한테 줘요."

"싫어요."

목소리의 반항기를 감지한 재하가 한쪽 눈썹을 부드럽게 치켜 올리자 그에 맞서 연수는 턱을 치켜 올렸다.

"저도 제 것 남한테 잘 안 뺏기거든요."

"그 근성 마음에 드는군."

연수는 입을 삐쭉이며 깍두기를 크게 한입 베어 물었다. 그리고 잠시 후 그녀는 저녁을 먹은 게 무색할 정도로 설렁탕 한 그릇을 깨끗이 다 비웠다. 그 또한 별말 없이 그녀는 쳐다보지도 않은 채 먹는 일에만 집중했다. 이럴 거면 왜 그녀와 같이 밥을 먹자고 했는지 알다가도 모를 일이다.

"여기 정말 맛있네요."

그게 그녀가 저녁을 두 끼를 먹은 이유가 될 순 없지만 할 말이 없으니 가장 무난한 대화는 역시 맛 평가였다.

"3대째 설렁탕 만드는 집입니다."

아마 그도 딱히 할 말이 없는 모양이다. 그녀의 말에 덧말을 붙여주는 것을 보니.

"네……."

밥을 먹을 때는 밥을 먹는다는 이유로 말을 안 걸어도 되지만 다 먹고 나니 잠시 까먹었던 불편한 침묵이 다시 살포시 내려앉았다. 그녀가 잠시 정신이 나갔던 게 분명하다. 어떻게 저 모습을 보고 불쌍하다는 생각을 했던 건지. 지금 보니 그다지 구겨지지도 않은 와이셔츠에 수염도 거뭇거뭇하지만 보기 싫을 정도는 아니고 머리 또한 좀 헝클어졌다 뿐이지 단정함을 벗어날 정도는 아니었다.

"내가 무섭고 어렵나?"

저 질문은 저번에도 그녀에게 한 번 했던 질문이다. 잊어먹은 것인가, 아니면 확인 사살인가? 그녀의 기억력 테스트? 잠시 갈등을 한 그녀는 눈을 데굴거리다 마음의 준비라도 한 듯 목을 가다듬고 그를 바라보았다.

"같은 팀 내의 부장님이나 차장님도 어려운데 하물며 본부장님은 말할 것도 없지요. 그리고 본부장님이 생각하기에도 당신이 유머러스하고 봄바람 부는 성격은 아니라고 생각하시잖아요."

똑똑하시니 알아서 씹어 소화시켜 머리에 입력하소서. 국물과 함께 원샷!

"그래도 할 말은 다 하는군."

"칭찬으로 듣겠습니다."

그가 피식 웃다 순간 재채기를 하자 반사적으로 그녀가 몸을 뒤로 젖혔다. 그가 미안하다는 표정을 지으며 곧 휴지로 코를 풀었다. 여름에 개도 안 걸리는 감기를 그 더운 브라질까지 가서 걸려 오셨나. 이걸로 확실해졌다. 바이러스는 인물, 성격 따지지 않고 재수 없으면 걸리는 거라는 걸.

"감기 걸리셨어요?"

그가 고개를 젓자 연수는 의심의 눈초리를 거두지 않았다.

"감기 저한테 옮기시면 병원비 청구하고 하루 휴가 내버릴 거예요."

그녀는 순간 자신 앞에 누가 앉아 있는지 망각한 게 틀림없었다. 아니면 배가 너무 불러 잠시 뇌가 퍼져 있어서 그런 건지도. 그것도 아니라면 미운 정이 너무 들어 이제 그가 어렵지 않은 건지도. 사실 그와 이런 대화를 나누는 날이 왔다는 자체가 신기한 일이다.

"파 때문에 재채기 나와서."

연수는 잠시 생각하더니 고개를 갸웃거렸다. 남에게 약한 모습을 보여주기 싫어하는 성격 때문인가? 만약 평소의 그라면 아닙니다, 이 한마디로 끝냈을 것이다.

"본부장님은 감기 걸리셔도 돼요."

그 말에 재하의 눈이 가늘어졌다. 그의 표정을 보건대 그녀가 말하니까 꼭 악담처럼 들렸나 보다. 그래도 설마 그녀가 그런 의미로 말했을까.

"일하느라 여기저기 출장 다니다가 몸이 아픈 거니까 몸살감기쯤은 앓아도 된다고요."

혹시 브라질 일이 잘못돼서 눈치 보여 앓지도 못할까 걱정이 된 연수는 그에게 정답을 내려주기로 했다.

"……."

그가 침묵을 지키자 연수는 그가 자신의 말을 못 믿는다고 생각했다. 하긴 나라도 그러겠다만. 연수는 최대한 자신이 지을 수 있는 진실한 미소를 입가에 띠며 말을 이었다.

"아부가 아니라 정말 충분히 그럴 자격이 되잖아요. 그러니까 아파도 안 아픈 척, 괜찮은 척하다 픽 쓰러져 더 쪽팔리는 일이 생기기 전에…….”

그러나 그가 반응을 보이지 않자 연수는 말을 흐리다 결심한 듯 그를 진지하게 바라보았다.

“본부장님은 지금 제가 가식적으로 보이죠? 얼마 전까지 본부장님을 조금 멀리 보내고 싶어 한다는 것을 알아버렸으니까 더더욱 그러겠죠?”

재하의 표정이 묘하게 변했지만 연수는 그걸 잡아낼 만큼 예민한 여자가 못 되었다.

이왕 실토한 김에 확실히 다 해버리자. 배가 부르면 사람의 마음이 너그러워진다는데 그걸 믿어보는 수밖에. 그리고 출장 가기 전 그가 스테이크를 한 접시 내밀며 너그럽게 그녀를 용서해 주지 않았던가? 이제는 그녀 차례인 것이다.

“본부장님은 6년 전 제가 한 짓을 용서해 주고 싶지도 않고, 그렇다고 명예훼손으로 신고한다고 해서 소문이 제자리로 돌아가는 것도 아니니 제가 얼마나 원수 같겠어요.”

그녀의 말에 재하는 흐릿하게 웃었다.

“맞은 놈은 발 뻗고 자도 때린 놈은 그렇게 못한다고, 제가 본부장님 보는 심정이 딱 그런 거거든요. 어떻게 되었든 제 잘못이 없다고는 못하니…… 그런 심정에서 좀 안 보고 살았으면 좋겠다는 바람을 가졌을 뿐 다른 뜻은 없었어요. 진실로 맹세코.”

연수는 손을 가슴에 얹히며 힘주어 말을 맺었다. 정말이다. 과중 업무로 구시렁대며 불평을 했을지언정 그가 진정으로 밉고 싫은 적은 없었다. 오히려 업무적으로는 많이 배워 이런 기회가 생긴 걸 고맙게 생각한다.

"그리고 본부장님한테 걸린 후부터 그런 불평 기도는 한 번도 안 했어요."

그녀는 힘차게 고개를 주억거리며 확신을 주었다.

"박연수 대리?"

열심히 자아비판하고 있는데 불안하게 왜 그렇게 낮은 목소리로 부르냔 말이야. 그냥 평소처럼 스타카토로 딱딱 힘주어 끊어 부르라고요. 뒷말이 궁금한 연수는 두 눈을 크게 뜨고 몸을 곧추세웠다.

"더 이상 숙제 안 해도 됩니다."

그녀는 뭔 말인가 싶어 그를 빤히 바라보았다. 갑자기 이러는 본부장이 이해가 가지 않았다. 이러다 무슨 반전 이야기를 꺼내려고? 오히려 불안함만 더욱 커졌다. 한국말, 특히 이재하 본부장의 말은 끝까지 들어야 한다.

"박연수 대리를 괴롭히고 싶어 하는 마음, 없다고 할 수 없습니다. 하지만 박 대리가 고의적으로 저지른 일도 아니고 그럴 만큼 박연수 대리의 심성이 나쁘지 않다는 거 압니다."

연수의 눈이 기쁨으로 반짝거렸다. 입은 저절로 해쭉대며 방긋거리기 일보 직전이다. 드디어 사람의 본심을 알아주니 이렇게 기쁠 수가 없다. 저도 본부장님이 그렇게 나쁜 사람이라고 생각하지 않아요. 진작 그와 설렁탕 한 그릇 같이 먹는 건데 그랬다.

재하는 그런 연수의 표정을 하나도 빠짐없이 지켜보았다.

"좋습니까?"

"네, 본부장님. 복 받으실 거예요."

재하는 잠시 해맑게 웃는 그녀를 보더니 천천히 입을 열었다.

"박연수 씨가 협조해 주면 많이 받을 수 있을지도."

연수는 그의 말은 헤아릴 생각도 않은 채 고개를 주억거리며 협조하겠다는 긍정의 표시를 했다. 그녀는 그의 '숙제'에서 해방된 것만으로 무한한 기쁨을 만끽할 뿐이었다. 역시 그와 밥 먹으러 오길 잘했다. 사람의 일이란 어떻게 풀려갈지 아무도 모르는 것이다. 그녀는 진심으로 환한 미소를 지으며 그를 바라보았다. 그가 박연수 대리에서 박연수 씨라고 부른 것도 모른 채 말이다. 그리고 그가 브라질에서 그녀를 보고 싶어 했다는 것도 까맣게 모른 채 말이다.

*

오랜만에 함께 점심식사를 하자고 하는 어머니의 전화에 재하는 점심시간보다 조금 빠른 시간에 회사를 나섰다. 남에게 피해 주고 싶지 않다는 어머니는 회사 방문을 꺼려서 회사에 오는 경우가 손에 꼽을 정도였다. 그런 어머니 성격상 그의 회사까지 찾아와 점심식사를 하자고 했다면 필히 집에서 할 수 없는 중요한 얘기가 있다는 소리이다.

지배인이 먼저 재하를 알아보고는 자리를 안내했다. 탁 트인 창가 자리를 예약했을 거라는 생각과 달리 룸으로 안내하자 재하의 미간이 살짝 모아졌다. 그러나 그의 궁금증은 룸 안으로 들어가는 순간 단박에 해결되었다.

어머니와 낯익은 여자가 앉아 있었다. 재하가 가볍게 목례를 한 뒤 자리에 앉았다.

"그렇게 얼굴 굳힐 것 없다. 정말 밥만 먹고 갈 생각이니. 이 아가씨는 나랑 오후에 미술관에 가려고 해. 김동우 화백의 전시회가 열린다는구나."

재하는 고개를 끄덕이는 것으로 답을 대신했다. 멋대로 약속을 잡은 어머니에게 화가 나지만 한편으로는 여자를 소개시켜 주기 위해 회사까지 안 하던 발걸음을 하게 만든 자신에게 씁쓸한 맘이었다.

"주혜리라고 해요. 가끔 파티에서 눈인사는 한 사이인데 기억하시려나 모르겠네요."

"죄송합니다. 기억이 안 나는군요. 예약을 하지 않아서 코스 요리는 시간이 걸리니 간단한 점심 추천 메뉴로 하는 게 어떻습니까?"

재하의 대답에 혜리뿐 아니라 홍 여사까지 난감해했다. 거기다 그는 정말 단순히 점심만 먹고 갈 생각인 듯 메뉴까지 간단한 것으로 통일시켜 버렸다.

"그래도 여기까지 온 손님인데……."

"아니에요, 어머님. 사주시는 음식인데 가리면 안 되지요."

혜리는 자신이 재미있는 농담이라도 하는 듯 눈웃음을 치며 재하를 바라보았다. 그러나 그에게 아무런 반응을 끌어내지 못하자 그녀는 홍 여사를 보며 어색한 미소를 살짝 지어 보였다. 도와달라는 무언의 의미이다.

"아무래도 저희가 시간을 잘못 골랐나 봐요. 바쁘게 일하는 사람인데 조금 눈치가 보이긴 하네요."

그녀는 어느 정도 자신 있었다. 홍 여사에게 호감을 사는 것도, 이 남자를 자신의 매력에 빠뜨릴 자신도 있었다. 그리고 그녀는 그의 소문이 어디서 비롯되었는지 무엇보다 잘 알고 있었다. 바로 육 년 전 그녀와의 맞선 자리였으니까. 그 당시 자존심이 상한 그녀는 그날 홧김에 클럽에서 그에 대한 소문을 퍼뜨렸다. 당시만 해도 그 소문이 이렇게 큰 파장을 일으킬 줄은 몰랐다. 더욱이 소문은 굳혀져 지금은 변태 성욕자로 낙인찍혀 있는 그가 아닌가.

소문이 어디까지가 사실이고 거짓인지는 잘 모르겠지만 적어도 그녀는 그 소문이 많이 과장되었다는 것을 알고 있었다. 그렇지 않았다면 딸 가진 부모들이 대부분 마다하는 그와의 선 자리를 그녀가 먼저 요청하는 일은 없었을 것이다.

이런 가치 있는 남자를 헐값에 주워가는 것은 어떻게 보면 그녀의 복이었다. 그런데 이리 반응을 안 보이니 사람을 무시하는 것 같아 짜증이 솟구쳐 올랐다.

"저녁은 우리끼리 근사한 곳으로 가서 먹자꾸나."

홍 여사가 혜리의 손을 한 번 꽉 잡아주었다. 원래 살가운 성격이 아닌 아들 녀석이지만 냉담하기까지 하니 홍 여사는 혜리에게 미안한 마음이 들었다. 어차피 아는 얼굴이니 따로 약속을 잡아 선보는 것보다 이렇게 밥 먹으면서 호감을 나누는 것도 괜찮겠다 싶어 일부러 평일 점심으로 약속을 잡았다. 그러나 아들 녀석이 대놓고 싫어하는 표정을 드러내자 홍 여사는 속으로 깊은 한숨을 내쉬었다.

“이재하 본부장님, 말이 없어도 너무 없으시네요. 식사는 즐겁게 대화를 하면서 먹어야 몸에도 좋다는데.”

그 말에 홍 여사는 살포시 미소 지으며 혜리를 바라보았다. 그래도 혜리가 이런 무뚝뚝한 재하를 싫어하지 않아 보여서 다행이다.

재하는 말없이 두 사람의 행동을 지켜보았다. 아무래도 어머니는 저 아가씨가 마음에 드신 듯하다. 그것도 그의 짝으로.

식사 중에는 역시나 예의상 주고받는 단답형의 대화가 대부분이었다. 그리고 역시 어머니는 일부러 일이 있다면서 잠시 자리를 비웠다. 이럴 분이 아닌데 단단히 이 여자가 마음에 든 모양이다.

재하와 혜리 단둘이 남자 혜리가 먼저 입을 열었다.

“선 자리에서 다시 만나다니 이것도 인연이겠죠?”

“대한민국 땅이 그만큼 좁나보지.”

“싫어하는 티를 팍팍 내시네요. 그러니까 더 관심이 생기는데?”

혜리는 한 손으로 턱을 괴며 재하를 쳐다보았다. 조금 나이 차가 나는 것 빼고는 다 마음에 들었다. 그의 능력, 외모, 재산까지.

“저 이래 봬도 인기 많은데 너무 관심을 안 주니 자존심 상하려고 하네요.”

혜리가 쌩끗 웃었지만 재하는 흥미 없다는 표정이 역력하다.

“동성애자예요?”

그가 물을 마시다 혜리를 노려보는 것으로 대신 답했다.

"아니면 나와 결혼을 전제로 사귀어볼래요? 난 당신에게 관심 많은데, 잘 맞을 것도 같고."

재하가 천천히 물 컵을 내려놓으며 혜리를 날카롭게 응시했다.

"S 쪽이야, M 쪽이야?"

이번에는 혜리가 움찔했다. 물론 그의 배경에 혹했고 서로 사생활을 터치하지 않을 남자로 보여 타깃으로 삼았는데 정말 소문으로 들은 게 사실이었던 거야? 어느 정도는 그의 성적 변태성을 알고 있었지만 이렇게 노골적으로 대놓고 물어보니 당찬 혜리도 당황하지 않을 수 없었다. 아무리 그녀가 성(性)에 개방적이긴 해도 그녀는 맞는 것도 때리는 것도 싫었다.

'뭐, 이런 변태 자식이 다 있어!'

재하는 팔짱을 낀 채 혜리의 대답을 기다렸다. 그에게 대놓고 접근하는 여자는 둘 중 하나였다. 재력을 탐내거나 아니면 성적 취향이 조금 특이하거나. 이 여자라면 후자일 가능성이 높았다. 재양그룹이면 재계 30위에 자금력도 어느 정도 탄탄한 그룹이다. 분명 그의 소문을 들어 알고 있을 텐데 그럼에도 관심이 많다고 대놓고 말하는 여자라? 선 자리에 나온 여자치고 입술이 요염하게 올라가는 것도, 그와 눈이 마주칠 때마다 눈웃음치는 것만 봐도 정상은 아니지.

"내 대답 여하에 따라 달라지나요?"

"그럴 리가."

"그럼 노코멘트라고 해두죠."

혜리는 가식적인 웃음을 보이며 재하의 시선을 맞받아쳤다.

"그런 배짱도 없으면서 나한테 그런 질문을 던졌단 말이지? 내가 만만해 보였나 보군."

재하의 싸늘한 눈빛에 혜리의 표정이 순간 굳어졌다. 조금 냉정하다고 생각은 했으나 그녀가 충분히 다룰 수 있는 남자라고 생각했다. 그런데 단 한마디에 그녀는 바짝 긴장했다.

"하긴, 드러내 놓고 자랑할 취향은 아니니 답은 들은 것으로 하지."

저 남자가 지금 뭐라는 거야? 잠깐, 이 남자 정말 성적 변태였던 거야? 그러면 분명 끼리끼리 정보를 공유할 것이다. 설마 나를 그런 쪽 여자라고 소문내는 건 아니겠지? 그 생각에 미치자 혜리는 핸드백을 들고 자리에서 일어났다.

"뭔가 착각하신 모양이네요. 난 선 자리라 예의를 다했을 뿐이에요. 홍 여사님에게는 일이 있어 먼저 일어났다고 말씀드려 주세요."

어머님에서 홍 여사로 존칭이 바뀌자 재하는 피식 웃었다.

"그러지."

혜리가 나가면서 문이 신경질적으로 쾅 닫히고 순간 침묵이 찾아왔다.

재하는 갑자기 피곤이 몰려오는 것 같았다. 이마를 문지른 그는 다음부터 어머니에게 이런 급작스러운 만남을 주선하지 말아달라고 부탁할 생각이었다. 그가 한두 살 먹은 어린아이도 아닌데 도대체 왜 이러는지 모르겠군.

그러나 정작 재하는 모르고 있었다. 그에 대한 소문의 씨는 오지랖 넓은 연수가 심어놓은 건 맞지만 그가 선을 망쳐 상대자가 악감정으로 소문을 부풀린 것도 한몫했다는 것을 말이다. 또한 그 오해의 말은 다른 소문의 영양분으로 쓰이다 보니 6년간 그를 따라다니는 변태 소문이 잠잠했다 싶으면 다시 들불처럼 일어나는 게 어찌 보면 당연했다.

5장

연수는 왠지 모를 심한 배신감을 느꼈다. 브라질에 가서 성공리에 일을 성사시키고 왔으면 그런 티라도 좀 내던지 아니면 말이라도 한마디 해주면 그녀가 그날 그런 오해를 안 했지. 꼭 흥부가 놀부 집 문 앞에서 엉덩이 걷어차인 얼굴로 밤늦게 사무실에 앉아 있어서 그녀의 동정심을 쥐어짜게 만들어 사람 헷갈리게 해놓다니.

"아니지. 그래도 죄를 사하여 주었는데 내가 불만을 늘어놓으면 안 되지."

그녀는 정말 모처럼 가벼운 마음으로 출근한 이 기분을 날려 보내고 싶지 않았다. 이제는 그놈의 옛날이야기도 해결이 되었고 본부장님한테 사면도 받았으니 더 이상 심장 졸이며 살 일은 없을 것이다. 그래서 그녀는 인생의 새 출발을 위해 고맙기도 하고 미안하기도 한 영업본부장과 윤아를 위해 커피를 사가지고 올라가는 중이었다. 기분으로는 TFT팀 전원에게 커피를 돌리고 싶지만 그러기에는 그녀의 지갑이 너무나 가벼웠다. 솔직히 TFT팀 중 그녀의 월급이 가장 가벼운데 뭐가 예쁘다고 그녀가 모든 팀장에게 커피를 다 사준단 말인가.

본부장님께 '2+1 행사여서 하나 남아 드리는 거예요' 라고 말하고 싶지만 커피숍 로고가 너무나 선명하게 찍혀 있어 그럴 수도 없었다. 그래서 그녀는 사실 그대로 감사의 마음으로 드리는 것이라 말할 생각이었다. 아부로 비칠 것 같아 조금 걱정이긴 하다. 사실 구박하지 말아달라는 소박한 아부가 조금 섞여 있긴 하지만, 그는 결코 그런 것에 흔들릴 사람이 아니므로 신경 쓰지 않기로 했다.

"이것 드시고 조금은 부드러운 본부장님이 되세요."

아무튼 오늘은 요 근래 최고로 즐거운 날이다. 그녀는 콧노래를 부르며 크고도 큰 대회의실로 사뿐히 걸어 들어갔다.

아직 업무 시작하기 전이라 몇몇의 팀장님들이 잡담을 나누고 있었고, 그녀가 기다리던 영업본부장은 아직 올라오지 않은 듯했다. 하긴 영업본부장님이 왔으면 사람들이 저리 탁자에 기대 잡담하고 있을 리가 없다. 그러고 보니 영업본부장님도 기존 업무가 많은 텐데 TFT팀까지 총괄하면서 도대체 잠은 언제 잔담? 그분이 매일 얼굴이 굳어 있는 건 일에 치여 입술을 위로 끌어 올릴 힘조차 없기 때문이 분명했다.

'커피 식는데…….'

"좋은 아침입니다."

이 한마디에 팀장님들의 표정에 긴장감이 감돌았다. 역시 위계 사회는 무서운 법이다. 연수 또한 조용히 그를 향해 목례를 하면서 자신이 사온 커피를 내려다보았다. 사올 때는 몰랐는데 막상 그에게 건네주려니 선생님 앞에서 문제 푸는 학생처럼 긴장되고 두근거렸다. 이럴 줄 알았으면 그냥 팀장님들 것까지 다 사오는 건데 그랬다.

"박 대리님, 그거 본부장님 거라면서요. 안 드려요?"

연수는 주저하며 그에게 커피를 내밀었다. 역시나 안에 있는 모든 팀장의 시선이 그녀와 재하 쪽으로 쏠렸다. 그 또한 그녀가 내민 커피의 의미가 자못 궁금하다는 표정이다.

"주니 잘 먹겠습니다만 이유는 알고 먹읍시다."

재하가 기분 좋게 웃으며 연수를 바라보았다.

'에이, 알면서 왜 물어요. 눈치 백 단 선수께서. 그리고 커피 홀더 안에 있는 초콜릿도 꼭 드세요.'

초콜릿을 좋아하는데 그동안 일하면서 내내 그녀 혼자 먹었으니 속으로 얼마나 그녀를 욕했겠냐고.

"감사의 마음으로 드리는 거니까 부담 갖지 마세요."

재하는 그저 피식 웃으며 자리로 돌아갔다. 커피 하나로 퉁 치려 하다니, 왠지 그가 손해 보는 느낌이다. 그래도 그를 피하거나 눈치 보던 그녀보다 훨씬 마음에 들었다.

"무슨 감산데 그래, 박 대리?"

언제나 호기심 많은 사람은 있었다. 그리고 그녀는 이런 경우를 대비해 변명까지 다 준비해 놓았으므로 질문에 대처하는 그녀의 자세는 여유롭다 못해 당당하기까지 했다.

"제가 택시비가 없었는데 본부장님이 꿔주셨거든요."

"아, 그래? 언제?"

그들은 갸우뚱했다. 저번 주까지 영업본부장님은 해외 출장 중이었고, 어제는 모두 일찍 퇴근했다. 여덟 시가 일찍이라면 일찍이겠지만.

"예전에 회식했을 때요."

"언제 본부장님이 택시비를 줬지? 뭐야? 나 몰래 다들 또 회식이라도 한 거야?"

그다음 말을 준비하지 않은 연수의 눈이 잠시 데굴거렸다. 집요함이 정말 남다른 팀장님이다.

"아니에요. 저희 처음 회식한 날 저를 태워주시면서……."

하지만 그와 동시에 재하가 입을 열었다.

"그때 박연수 대리를 택시에 태워 보내고 보니 택시 번호가 기억나지 않더군요. 그래서 집에 무사히 도착한 것만 확인하고 가려 했는데 박연수 대리가 택시비가 없어 택시에서 못 내리고 있었습니다."

"네, 본부장님이 도와주셨어요."

연수는 팀장들의 따가운 시선을 느끼면서도 최대한 무덤덤하게 고개를 끄덕였다.

설마 오해하시는 분 없죠? 애먼 데 갖다 붙이지 마세요.

"아무튼 잘 먹겠습니다."

재하가 홀더 안에서 커피를 꺼내려 하는데 안에 뭔가 있자 그의 눈빛이 개구지게 빛났다.

"초콜릿도 주는 겁니까?"

그가 상 받은 아이처럼 초콜릿을 들어 모든 팀장에게 보여줬다. 윤아도 연수를 의심의 눈초리로 보고 있었다. 뭔가 이 두 사람만의 묘한 관계가 형성이 되어 있긴 한데 그렇다고 영업본부장한테 대놓고 좀 더 설명해 보라고 물고 늘어지는 간 큰 사람은 없었다.

'난 정말 순수한 마음에 그런 거라고요!'

"네, 좋아하실 것 같아서……."

연수는 이 묘한 상황이 억울하지만 조용히 자리로 돌아가 자료 파일을 열었다. 입장 바꿔서 그녀가 생각해도 일개 대리를 걱정해 집까지 쫓아간 본부장이나 본부장에게 커피와 초콜릿을 주는 대리를 심플한 사이로 보기는 어려울 듯했다. 설마 정말 다들 이상하게 생각하는 건 아니겠지?

"아깝다. 나도 택시 탔는데. 그때 본부장님 먼저 가셔서 모르시겠지만."

애써 매듭지어진 대화의 끝을 윤아가 다시 물고 늘어졌다. 그녀가 작게 말한다고 했지만 윤아의 목소리는 조용한 회의실 맨 상석까지 정확히 전달되었을 것이다.

"역시 본부장님은 매너 짱인 것 같아요."

연수는 슬쩍 재하를 본 뒤 윤아에게 그만하라는 눈짓을 보냈지만 윤아는 그저 그녀를 부러움 가득한 시선으로 볼 뿐이었다. 이 눈치 없는 것! 그러나 곧 연수는 생각을 바꾸었다. 어쩌면 영업본장님의 이미지를 조금 더 좋은 방향으로 보일 수 있는 기회이기도 했다. 그녀가 '칭찬' 숙제를 제대로 할 날이 온 것이다. 아이러니하게도 그 숙제가 사면된 지금에서야 말이다. 사람은 자고로 은혜를 갚아야 하는 법.

"그러고 보면 본부장님, 무심한 듯해도 달달한 커피 마시는 거 보고 이 썩는다고 마시지 말라는 말도 했고, 아, 업무 이해 못하는 거 있으면 서류 위 메모지에다 적어서 친절하게 가르쳐 주기도 했어요."

그녀는 윤아에게 작게 소곤거리면서도 주위 사람에게 들릴 정도의 목소리 톤을 유지하기 위해 애썼다. 다른 팀장들도 귀를 쫑긋 세우고 연수의 말을 쏙쏙 머릿속에 집어넣고 있었다.

그러나 팀장들의 얼굴은 어째 더 그녀와 본부장 사이를 의심하는 눈빛이었다. 그들의 영업본부장이 누구던가? 일 욕심은 둘째 치고 일 처리하는 스타일 또한 철두철미하다 보니 그만큼 직원에게 요구하는 기대감 또한 높은 상사이다. 그런 분에게 업무적 친절을 논하다니 말이 되지 않았다. 분명 본부장님은 '친절'이라는 단어는 동사무소 민원에서나 볼 수 있는 걸로 생각하는 양반이다. 그렇지 않고서야 허구한 날 그들의 능력을 쥐어짜며 피를 말릴 수는 없었다.

"그리고 저번에는 막 혼낸 게 미안한지 커피도 뽑아주셨어요."

재하의 미간이 잠시 모아지더니 연수를 뚫어지게 바라보았다.

연수는 마치 칭찬을 기다리는 어린아이 표정으로 웃었다. 여기서 그가 웃으며 부드럽게 분위기를 바꾸면 좀 더 인간적이고 친숙한 이미지를 어필할 수 있을 거라 생각하는 연수였다. 그런데 예상과는 너무도 다른 딱딱한 그의 목소리에 연수는 갸우뚱할 수밖에 없었다.

"업무 시작합시다. 서 팀장님, 러시아 발티스키 제철소 매각 검토 비용 나왔습니까?"

흩어져 있던 어수선한 분위기를 단번에 집중시켜 버리는 이재하의 한마디가 떨어졌다. 모두들 의자에서 몸을 곧추세우며 모니터와 자료로 시선을 돌려 정신무장에 들어갔다.

'에이, 뭘 그리 부끄러워하시나. 한 번 웃고 넘어가 주면 더 좋았을걸.'

그의 반응에 연수는 속으로 픽 웃으며 모니터에 신경을 집중했다. 그녀의 기분은 최상을 찍고 있었다.

두 시간 뒤 재하는 다른 미팅에 참석하기 위해 부득이하게 회의실을 빠져나가야 했다. 잠시 휴식을 할 수 있겠다는 생각에 팀장들의 얼굴은 벌써 활짝 개고 있었다. 연수 또한 입가가 살짝 올라가며 팔을 앞으로 쭉 뻗었다.

나가려던 재하가 잠시 갈등하며 뒤를 돌아 눈을 비비고 있는 연수를 바라보았다.

"박연수 대리."

"네, 본부장님."

안경을 벗으며 연수가 벌떡 일어났다. 사면이 되니 그녀의 대답은 빠르면서도 자신감에 차 있었다. 살짝 미소를 지어주는 건 오늘만의 특별 옵션이다. 마음이 너그러워지니 그가 잘생겨 보이기까지 했다. 항상 똑같은 목소리로 부르던 그 '박연수 대리' 도 이제는 한결 부드럽게 들렸다. 아, 모든 게 사람의 마음먹기에 따라 세상이 달라 보인다는 말이 괜히 생긴 게 아니었다.

"시간 나면 필히 이비인후과에 가보십시오."

그리고 그는 그녀의 대답도 듣지 않고 회의실을 빠져나가 버렸다. 생뚱맞은 그의 말에 연수는 코끝을 찡긋거렸다.

"윤아 씨, 나보고 본부장님이 병원 가보라고 한 거 맞죠?"

"네, 어디 아프세요?"

"아프고 싶죠. 병가 좀 내고 쉬고 싶을 정도로. 눈 비벼서 그런가? 그건 안관데?"

그러다 그의 의도를 알아챈 연수는 작은 탄성을 내뱉었다. 며칠 전 설렁탕집에서 그가 한 재채기에 감기 옮으면 그녀가 병가를 낸다고 말한 적이 있었다. 혹시 감기 옮았을까 봐 병원 가보라고 한 건가? 그의 성격상 남 피해 주기 싫어서? 그런데 왜 하필 이비인후과야? 그냥 병원이라고 하면 사람들이 오해할까 봐? 그런 세심함이 있다니 사람은 역시 겪어봐야 알 수 있었다. 그녀는 충동적으로 그에게 문자를 보냈다. '칭찬' 숙제로 인해 그에게 문자 보내는 게 어느덧 평소 생활처럼 아무 거부감이 없었던 것이다.

〈본부장님, 저 감기 안 걸렸습니다. 걱정해 주셔서 감사합니다.〉

감사한 마음을 가지고 다시 서류를 훑어보려는 순간 그에게서 답장이 왔다.

〈머리 나쁜 건 어느 병원으로 가야 하지?〉

그녀는 뚫어지게 문자를 바라보았다. 이거 분명 그녀보고 머리 나쁘다고 비웃는 문자다. 그럼 왜 이비인후과에 가보라고 한 거야? 귀, 코, 목에서 설마 귀야? 내가 뭘 잘못 들은 건가? 그가 왜 이런 질문을 했는지 정말 알 수가 없다.

〈머리 나쁜 건 아직 치료제가 개발이 안 됐는데요, 본부장님.〉
〈있으면 박 대리 좀 사다 먹이고 싶군.〉

황당한 그의 문자에 연수는 기가 차 할 말을 잃었다. 지금 나와 농담 따먹기 하자는 건가요? 분명 그녀가 커피를 줄 때만 해도 그는 기분이 좋아 보였는데 말이다. 칭찬도 듬뿍 해줬는데. 혹시 조울증이세요? 아니면 빠른 갱년기? 왜 또 기분이 나쁜데?

연수는 일하다 말고 인터넷으로 갱년기의 나이가 언제부터인지 찾아보았다.

"인체가 성숙기에서 노년기로 접어드는 시기. 대개 마흔 살에서 쉰 살 사이 신체의 작용에 여러 가지 장애가 나타나는데…….
마흔 살에서 쉰 살이란 말이지. 음, 본부장님이 서른일곱이고 죽어라 일만 했으니 생체 나이는 마흔일지도."

연수는 심통스럽게 중얼거렸다. 왜 또 화가 난 어린애처럼 툴툴거리는지 모르겠다. 누가 냉혈한이래? 저리 감정 기복이 심한 사람한테.

"뭘 그리 찾아보세요?"

"갱년기구만, 갱년기."

윤아가 궁금증을 드러내며 연수를 바라봤지만 연수는 자신의 생각에 빠져 있었다.

아무렇지 않은 일에 성질내고 아무런 이유 없이 기분 좋아지는 이유를 설명할 수 있는 과학적 방법이 이것 말고는 없었다. 갱년기 말고는 말이지.

잠시 짓궂은 생각이 들자 연수는 휴대폰을 한 번 쓱 보았다. 그녀의 눈빛이 장난스럽게 빛났다. 입술을 깨물고 그녀는 본부장에게 문자를 보냈다.

〈ㄱㄴㄱ.〉

그리고 그에게 '죄송합니다. 잘못 보냈습니다'라고 추가 문자를 보내는 것도 잊지 않았다. 연수는 휴대폰을 꽉 쥔 채 숨죽여 혼자 킥킥댔다. 이 남자는 절대 이 말의 의미를 모르리라. 아, 그녀는 오늘 간이 배 밖으로 튀어나온 게 틀림없었다.

*

재하는 사무실로 돌아오자마자 연수에게 받은 문자에 눈이 가늘어졌다. 그녀가 실수로 'ㄱㄴㄱ' 문자를 보냈을 리 없다. 그런데 그가 아는 단어를 죄다 끼워 맞추어보아도 딱히 맞는 단어가 없었다. 그는 탁자에 손가락을 리드미컬하게 두드리며 골몰했다.

'잘못 보냈다? 그건 확인해 보면 알게 되겠지.'

그는 쉽게 포기하는 사람이 아니었다. 그리고 도전을 해오니 받아주는 게 예의겠지?

"본부장님, 미팅 10분 전입니다."

"곧 가겠습니다."

재하는 피식 웃으며 사내 게시판으로 들어가 처음으로 글을 쓰기 시작했다. 미팅이 끝나면 답은 곧 알 수 있을 것이다. 재하는 글을 올린 후 확신에 찬 미소를 지었다.

그리고 잠시 뒤 사내 게시판에는 'ㄱㄴㄱ'으로 시작하는 단어 중 재미난 단어를 추천해 주는 세 사람에게 상품권 10만 원짜리 한 장씩 준다는 공지가 떴다. 그리고 그의 예상대로 수많은 댓글이 실시간으로 달리고 있었다. 그중 답이 있으리라 확신한 재하는 이제 느긋하게 기다리기만 하면 되었다.

*

그러나 얼마 뒤 이 소식을 접한 연수는 머리를 탁자에 찧으며 자신의 손가락을 저주했다. 얼굴은 당연히 울상에 곡소리가 나와도 전혀 이상할 게 없는 표정이다.

"대리님, 힘들어서 그래요? 그러면 머리도 식힐 겸 대리님도 'ㄱㄴㄱ'으로 시작하는 단어 중 재미있는 단어가 뭔지 풀어보실래요? 본부장님 의외로 엉뚱한 면이 있으시다. 그런데 이거 소리 나는 대로 답을 써도 되나?"

"내가 미쳤지. 내가 왜 그랬을까?"

윤아는 잠시 연수를 걱정스레 바라보다 이내 본부장이 낸 퀴즈를 풀기 위해 눈을 반짝였다. 팀장 몇몇도 그런 이재하 본부장의 행동이 의아스러운지 갸우뚱하거나 재미있어하는 눈치이다.

"사면받은 지 얼마 되지도 않았는데……."

이따가 그를 어떻게 봐야 하는지 그녀는 정말 울고 싶은 심정이었다.

연수는 여덟 시에 퇴근해 곧장 주희네 집으로 헐레벌떡 달려갔다. 물론 주희에게 지금 가고 있다는 전화 한 통을 남겼지만 쳐들어가는 것이나 다름없었다. 얼마나 다급했으면 그녀는 주희네 집 현관문을 열자마자 인사도 없이 종이 하나를 주희에게 척 내밀며 본론부터 꺼냈다.

"너 국문과지. 이번에는 제발 네 능력 좀 발휘해 봐."

"넌 걸핏하면 나 국문과 나온 이유로 뭐 하라는데 이번에는 또 뭐야?"

"글짓기."

주희는 난데없이 와서 종이를 내미는 연수를 무덤덤하게 바라보았다. 느닷없이 들이닥치는 게 어디 한두 번이어야지. 이제는 연수가 무엇을 가지고 와서 호들갑을 떨어도 놀랍지가 않았다. 그런데 오늘은 친구의 절박함이 꽤 깊어 보였다. 아니야. 저것도 다 엄살일 것이다. 이 오버쟁이 박연수. 어차피 놔두면 혼자 죽이 되든 밥이 되든 알아서 잘하는 친구이니 결국은 속에 끓고 있는 것을 하소연하러 온 것이 분명했다.

재아가 인사를 하며 반갑게 연수를 맞이하자 그때서야 연수는 미안한 웃음을 친구에게 보였다.

"갑자기 쳐들어와서 미안해. 나 이거 내일까지 꼭 해야 해."

주희는 한숨을 푹 쉬면서 두 손을 들고 포기하는 포즈를 취했다. 얼마 전부터 연수가 전화해서 쥐어짜서라도 호랑이 이야기를 만들어내라고 협박 반 애걸 반으로 그녀를 괴롭히더니 아무래도 그것 때문에 집까지 찾아온 모양이다. 아직도 그 호랑이타령이란 말이지? 그 집도 참 이상하네. 그냥 아이한테 옛날이야기는 옛날이야기라고 끝내면 될 것을. 그 집 부모가 이상한 거야, 아니면 애가 이상한 거야?

"나도 생각해 봤는데 호랑이 얘기는 진짜 모르겠어. 그 얘기를 어떻게 끼워 맞추니?"

"아니야. 그거 말고 다른 거야. 이번에는 진짜 간단한 거야."

연수는 숨을 가쁘게 내뱉으며 손을 내저었다.

"일단 들어와서 숨 좀 돌리고 얘기하세요."

아직 현관에서 구두도 벗지 않고 있는 연수를 바라보며 재아가 말했다. 그러면서 그는 자리를 피해주는 센스도 잊지 않았다.

"맥주 주랴? 그런데 넌 회사 들어가서 일은 안 하고 매일 글짓기타령이니?"

주희가 냉장고에서 맥주를 꺼내며 연수에게 내밀자 그녀는 고개를 가로저었다.

"이 정신에 술까지 들어가면 내가 뭔 짓을 할지 몰라."

그녀는 말짱한 정신으로 숙제를 해야 했다. 술이 들어가면 숙제는 나중이고 주희를 붙잡고 신세 한탄을 하며 날을 새울 게 분명했다.

"또 무슨 일인데 그래?"

요즘 연수가 6년 전 일로 상사에게 괴롭힘당하면서 불철주야 개고생한다는 건 주희도 들어 알고 있었다. 불쌍한 것. 그러면서 주희는 아까 연수가 내민 종이를 다시 보았다. '달달한 것은……?' 딱 이 두 단어가 전부이다.

"뭐야? 달달한 것이 뭔지 알아오는 거야? 아니면 문장을 만들라는 소리야?"

"문장 만드는 거야. 답 가지고 오면 똑같이 때릴 기회를 주겠대."

"무슨 말이야, 그게?"

앞뒤 다 잘라먹고 말하는 친구의 말에 주희는 연수를 진정시키며 천천히 얘기해 보라며 그녀를 거실로 데려가 앉혔다. 아무래도 친구의 심각한 표정을 보니 이놈의 계집애가 또 사건을 만들고 다녔나 보다.

"너 혹시 욱해서 그 사람 머리 들이박은 건 아니지?"

"그건 아닌데, 그것보다 더 최악이야."

연수는 어디서부터 말을 해야 할지 몰라 손에 얼굴을 파묻으며 한숨을 내쉬었다. 그녀의 머릿속엔 본부장이 어이없어하며 그녀를 바라보던 그 얼굴이 아직까지 둥둥 떠다니고 있었다.

*

"박연수 대리, 이제부터 '예, 아니오'로만 답합니다."

지은 죄가 있는 연수는 작게 고개를 끄덕이며 대답했다. 그러나 곧 불안한 표정으로 그를 바라보았다. 이 남자, 검사를 해도 잘할 것 같다는 생각이 이 와중에도 불현듯 들었다. 무조건 모른다고 잡아떼는 거야! 실수로 문자를 보냈다는데 그가 알 리가 없지 않은가. 연수는 배에 힘을 주고 두 손을 마주 잡고 그의 앞에 섰다.

그러나 그가 종이 한 장을 그녀에게 내놓자 연수는 순간 앞이 캄캄하다는 말은 이럴 때 쓰는 것이라는 걸 깨달았다.

"여기에 답이 있습니까?"

상품권이 뭐기에 사람들이 'ㄱㄴㄱ'으로 이루어진 낱말을 많이도 올려놓았다. 그중 갱년기가 눈에 보이자 그녀는 움찔했다. 눈치 빠른 그가 알아채기 전에 연수는 눈도 깜빡하지 않기로 했다. 그러나 마음은 불안으로 요동쳐 울렁대는 가슴 그 자체였다. 그가 집요한 줄은 알고 있었지만 이 정도로 집요할 줄은 몰랐다. 사람이 그냥 실수라고 말하면 있는 그대로 믿어줄 줄도 알아야지.

"본부장님, 제가 문자를 잘못……."

"네, 아니오로 답할 것. 여기에 그 단어가 있습니까?"

그녀가 망설이다 '아니오'라고 입을 벌리려 할 때였다.

"거짓말하면 맞을 텐데?"

움찔. 이건 또 무슨 말이래? 그가 일어나 그녀의 코앞까지 다가오자 연수는 본능적으로 한 발자국 뒤로 물러섰다. 그러면서도 마음속으로 이실직고하느냐, 거짓말로 이 순간을 넘겨보느냐로 치열한 각축전을 벌였다. 협박이겠지? 설마 진짜 그가 때리겠다고? 그러나 지금 그의 진지한 얼굴만 보면 때리고도 남을 사람처럼 보였다. 연수는 망설이다 곧 마음의 결정을 내렸다. 저는 본부장님의 성품을 믿습니다!

"아니요."

그와 동시에 그녀의 이마 위로 딱 소리가 나면서 이마에 불똥이 튄 느낌이 든다. 연수는 이마를 손으로 부여잡으며 재하를 노려보았다. 낮은 신음이 절로 나왔다.

"다시 묻지. 여기 답이 있나?"

진짜 이 사람이! 정말 해보자는 건가?

"없습니다!"

이제는 양심이고 뭐고 오기가 생겼다. 때릴 테면 더 때려보라는 심산으로 손까지 내렸다. 그런데 진짜 그가 또 꿀밤을 때리자 연수는 아예 두 손으로 이마를 부여잡고 주저앉았다. 아까보다 강도가 더 세졌다. 당장 신고해 버릴 테다! 그리고 합의금을 왕창 뜯어내서 이 땅을 뜨고 말리라.

"아직까지는 맞을 만한가 보군."

"실수해서 잘못 보낸 것도 죄가 되나요?"

박연수, 흔들리면 안 돼! 여기서 자백하면 '축! 암흑 생활'이 널 기다리고 있단 말이야! 그의 말없는 침묵의 압박에도 그녀는 굳건히 버텼다. 평화협정에 들어간 지 얼마나 되었다고, 그녀의 입으로 단박에 그 행복을 날려 버릴 순 없었다.

"실수였다?"

재하가 씩 웃으며 연수에게 다가가다 발을 밟자 그녀는 나지막하게 비명을 질렀다.

"이런, 실수를…… 많이 아프겠군."

그걸 말이라고! 그러나 연수는 입을 꾹 다문 채 재하를 노려보기만 했다. 둘 다 이게 고의성이 다분하다는 것을 알고 있었다.

재하가 연수 앞에서 무릎을 꿇은 뒤 그녀의 구두를 벗기자 그녀는 당황함과 부끄러움에 발을 빼려 했지만 그의 손아귀 힘에 당할 순 없었다.

"더럽게 뭐 하시는 거예요. 놔주세요!"

그럼에도 그가 묵묵히 그녀의 왼쪽 발을 주물러 주자 연수의 얼굴이 빨갛다 못해 터질 것 같았다.

"본부장님!"

"'고의적' 이라는 단어를 잘 모르는 것 같아서 말이야. 뭐, 지금 얼굴을 보니 충분히 이해한 것 같기도 하니 다시 돌아가서……."

그는 포기를 몰랐다. 아마 그녀가 답을 말할 때까지 이렇게 세워두려고 작정한 것 같았다. 지금 생각해 보니 본부장과 채찍은 잘 어울릴 것 같기도 했다.

재하는 종이를 집어 들며 예상 답을 하나씩 읊기 시작했다.

"가는귀는 아닐 테고, 고내기, 이런 것도 아니고, 문장으로 만든 것도 패스. 기념관…… 갱년기……."

그는 단어를 하나씩 말하면서 연수를 흘낏 바라보는 것도 잊지 않았다. 그리고 갱년기에 미세하게 반응하는 모습에 잠시 그의 눈길이 좀 더 그녀의 얼굴에 머물렀다.

"갱년기?"

다시 한 번 그가 갱년기라는 단어를 입안에 굴리며 발음했다. 정답과 거리가 멀다고 생각했는지 아니면 인정하고 싶지 않은지 그다지 좋은 표정이 아닌 것만은 확실했다.

제발 좀 넘어가자고요!

"아무 단어나 보내지 않았을 테니 그 뜻도 있을 텐데…… 정말 말 안 할 건가?"

"……."

이쯤 되자 재하는 정말 답이 없는 건 아닌지 살짝 의심이 되었다. 그가 봐도 딱히 맞아떨어지는 답이 없어 보였다.

"설마 욕설?"

그녀가 답을 하지 않자 그의 안색이 굳어졌다. 욕설이라고 생각하는 것 같았다.

"나가보지."

돌연 바뀐 재하의 차가운 눈빛에 연수는 당황해 그를 바라보았다. 그가 화를 내는 모습을 많이 봤지만 이렇게 싸늘하게 바뀐 적은 없었다.

"네?"

"됐으니 돌아가서 일 보십시오."

그가 돌아서며 말하자 연수는 불안해졌다. 차라리 혼을 내거나 꿀밤을 맞는 게 백번 마음이 편했다. 그가 그녀를 욕설이나 하는 여자라고 혐오스럽게 바라보는 게 싫었다. 그렇다고 '갱년기' 라고 말하기도 주저되었다.

"뭐 합니까, 박연수 대리? 돌아가라는 말 안 들립니까?"

"욕, 욕설 아니에요!"

젠장! 축! 암흑의 커팅식이 그녀의 눈앞에서 이루어졌다. 그녀는 긴장으로 얼굴이 빨갛게 달아올랐다. 왜 아니 그러겠는가. 바로 몇 분 뒤 그의 얼굴이 어떻게 변할지 점쟁이가 아니어도 알아맞힐 수 있는데. 그래도 그중 고르라면 욕설보다 그래도 갱년기가 좀 더 기분이 덜 나쁠 것 같았다.

"본부장님이 갑자기 화를 내는 이유를 몰라서…… 감정 기복이 좀 심하신 듯 보여…… 순간적으로 손이 제멋대로……."

그녀의 목소리기 살짝 떨려 나왔다. 차마 그녀 입으로 답이 '갱년기' 라고 말할 용기가 없었다. 그녀의 답을 기다리는 그의 눈빛은 예리하다 못해 날이 서 있다는 건 착각이겠지.

"갱년기는 아니겠지?"

침묵은 긍정의 또 다른 이름이라. 연수는 아니라는 부정의 말을 곧바로 내뱉지 못했다.

그리고 그녀는 처음으로 허탈해하면서 매섭게 노려보는 그의 눈빛을 온몸으로 받아야 했다.

*

연수는 완전 죽상을 하며 탁자에 엎어졌다. 내일 회사 출근해서 그의 얼굴 보기가 겁났다. 정말이지, 내일이 오지 않았으면 하는 마음이다.

"그러니까 똑같이 그가 숙제를 준비했다고?"

주희는 구겨진 종이를 펴서 읽어보았다. 그 자리에서 해고 안 된 게 천만다행이었다. 애는 누굴 닮아 그런 대담한 짓을 했는지. 주희는 속으로 혀를 내둘렀다.

"답을 알아가지고 오면 내가 맞은 만큼 꿀밤이든 주먹이든 맞겠대. 아, 그러니까 답을 최대한 많이 써가야 해. 정답 못 가져오면 용서는 바라지도 말래."

주희는 곰곰이 생각하더니 연수를 조용히 바라보았다.

"혹시 그 본부장이라는 사람 말이야, 너 좋아하는 거 아니야?"

연수는 못 들을 걸 들었다는 표정으로 귀를 후벼 팠다. 그의 초인적인 인내심이 아니었으면 그녀는 오늘 그의 사무실에서 곱게 살아남지 못했을 거라는 데 한 표를 건다.

"너 이해력이 달리는 거야, 집중력이 부족한 거야?"

그녀가 이 어이없는 글짓기를 왜 해야 하는지 침을 튀겨가며 얘기했건만 생뚱맞은 친구의 질문, 아니, 헛다리 짚음에 연수는 답답해 결국 앞에 놓인 맥주를 집어 들었다. 지금 이런 상황에서 좋은 감정이 비집고 들어갈 틈이 어디 있다고. 차라리 바위틈을 뚫고 나무가 뿌리 내리기를 바라라고.

"넌 네가 남편하고 사랑하며 사니까 모든 남녀가 만나면 사랑만 하면서 살 것 같지? 사람은 말이야, 인연, 악연, 무연 이 셋이 있는데 그중에서 그 사람과 난 악연에 속해. 좀 잘 지내보려고 하면 사건이 하나씩 툭툭 튀어나와 좋은 감정도 깡그리 죽여 버리는 악연! 그래서 어느 한쪽이 고달픈, 음, 쉽게 말해 잡초와 제초제 같은 관계 그 이상도 이하도 아니야."

연수는 그러면서도 다시 자신이 한 장난에 대한 후회로 머리를 쥐어뜯었다.

"그런 관계인데 내가 왜 덤볐냐고? 나도 좀 알고 싶다고. 그때 내 정신이 아니었던 게야! 아무리 미운 정이 덕지덕지 붙었다지만 본부장님한테……."

연수의 반응을 보자니 정말 그녀가 생각하는 그런 감정은 아닌 모양이다. 하긴 몇 년 전에 얽힌 일로 그 재하라는 사람한테 연수가 괴롭힘당한 것을 생각하면 지나친 억측인 것 같기도 했다. 웬만해서는 약한 소리 하지 않는 연수가 매일같이 야근에 그 남자의 구박에 못살겠다고 전화하는 친구의 하소연은 엄살이 아니었으므로.

"그러니까 끔찍한 상상 그만하고 빨리 문장이나 완성해 봐. 나 집에 가서 빨리 씻고 자고 싶다고. 여기 눈 밑의 다크서클 자리 잡은 거 안 보이니? 그놈의 야근 때문에 피부가 썩는다."

손가락으로 자신의 얼굴을 가리키며 불쌍한 표정을 지은 연수 때문에 하는 수 없이 주희는 한숨을 쉬며 펜을 들었다.

그러나 한 시간이 지나도 좀처럼 번뜩이는 문장이 나오지 않자 결국 연수는 맥주 한 캔을 더 따며 답답함을 달래고 있었다.

"달달한 것은 못 먹는다. 몸에 해롭다. 속이 쓰리다. 내 입맛이 아니다. 살찐다?"

지금까지 쭉 나온 문장을 읽다 중도에 포기한 연수는 종이를 탁 내려놓았다.

"야, 넌 나보다 나아야 하잖아. 나보다 책도 많이 읽고 글짓기해서 상도 탔다며? 그런데 내 머리나 네 머리나 왜 나오는 게 똑같아?"

연수는 도움을 청하러 온 주제에 이제는 주희를 닦달하다 못해 타박까지 했다.

결국 주희는 펜을 탁자 위에 놓으며 연수를 노려보았다.

"아니, 내 말은 잘하고 있다고. 어서 해, 친구야. 여기 아몬드도 좀 씹어가면서. 견과류가 그렇게 머리에 좋다네."

"그런데 정답을 못 맞히면 어떻게 되는 거야?"

"그런 말은 없었는데?"

그러고 보니 답을 맞혀오라고, 못 맞히면 용서하지 않겠다고 했지 구체적으로 어떻게 용서를 안 하겠다고는 말하지 않았다. '칭찬' 숙제 부활인가? 아니면 퇴출? 뭐가 됐든 그녀의 앞날에 먹구름이 빽빽하게 밀려올 거라는 건 분명했다.

"머리 좀 쥐어짜서 문장 좀 만들어내 보란 말이야. 넌 친구가 백수가 되면 좋겠냐?"

"여보, 연수가 나 구박해!"

연수의 구박에 화가 난 주희가 애교 가득한 목소리로 남편을 불렀다.

흥, 남편 없는 사람 서러워 살겠나. 연수는 콧방귀를 뀌며 맥주를 들이켰다. 그리고 다시 그가 한 말이 무엇이었는지 머릿속을 헤집어보았다.

"분명히 나한테 뱉은 말인데, 내가 잘못 들은 말이었단 말이야. 그러니까 주절주절 미사여구 없이 간단한 말이 틀림없어. 왜냐고? 그 사람, 말 길게 하는 걸 본 적이 없거든. 그러니까 좀 더 생각해 봐."

연수가 문장을 추론하는 사이 재아가 방에서 나와 주희 옆에 앉았다.

"연수 씨, 왜 우리 착한 주희 괴롭혀요?"

연수는 입을 삐쭉였다. 그러고 보니 진짜 원흉이 여기 있었다.

'육 년 전 당신한테 퍼부어줄 욕을 그 사람이 대신 배불리 먹어서……. 아, 말을 말자.'

"이거 보고 당신 생각나는 거 있으면 한번 불러봐. 생각나는 게 별로 없네. 내가 보기엔 특별한 의미가 있을 것 같진 않은데 그래도 모르니까. 여자랑 남자 생각은 조금 다르니까 또 누가 알아? 당신이 답을 맞힐지."

주희가 종이를 재아에게 보여주며 도움을 구하자 재아는 웃으며 고개를 내저었다.

"난 이런 건 진짜 자신 없다고. 차라리 수학 문제를 풀라고 해."

"제발 도와줘요. 저 이거 정답 못 맞히면 그 다음날로 백수 될지 몰라요. 진짜라니까요. 그리고 머리 둘보다 셋이 낫잖아요. 그러니 저 살려주는 셈치고 여기 좀 앉아봐요."

연수가 불쌍한 표정을 짓자 재아가 머리를 긁적이며 마지못해 앉았다.

"자신 없다고? 자신이 없어?"

주희의 눈빛이 순간 사건의 실마리를 잡은 형사의 눈초리 같다.

그녀는 확신을 가진 듯 중얼거렸다. 갑자기 그런 주희가 이상해 보이자 연수는 주희를 툭 치며 그녀를 바라보았다.

“왜 그래? 비 맞은 중처럼 중얼중얼.”

“달달한 것은 자신 없다. 말 되지 않아?”

마치 이것이 정답인 것처럼 주희는 확신하고 있었다.

“좀 생뚱맞은데?”

“그 사람, 정말 너 안 좋아하는 거 맞아? 애인한테 쓰는 말이긴 한데, 뭐 생각나는 거 없어? 혹시 사귀자고 했다거나 그런 뉘앙스를 풍겼거나.”

“그런 사이 아니라니까. 그 사람이 미쳤니? 자다가도 나 때문에 화딱지 나서 벌떡 일어날 사람인데.”

주희가 취조 식으로 눈을 빛내며 물어오자 연수는 코웃음을 쳤다.

“정말이야. 손 한 번, 눈빛 한 번 진하게 마주친 적이 없는데 무슨 애인이야. 야근을 같이하긴 해도 얼굴 볼 시간조차 없이 바쁜 사람이거든. 절대 핑크빛이 아니라고. 네버!”

“그래도 일단 써놓는다?”

“그래, 확률을 높여야지. 그런데 이 말은 진짜 아닌 것 같은데.”

연수는 시큰둥하며 주희가 써놓은 답을 바라보았다. 그녀도 시간이 많았다면 상품권을 걸고 사내 게시판에 올려보는 건데 왜 내일 아침 아홉 시까지 가져오라는 건지. 그 사람은 아홉 시를 너무나 사랑했다. 연수의 한숨은 밤이 깊어질수록 늘어만 갔다.

*

재하가 메일을 다 쓰고 자리에서 일어나자 벌써 새벽 두 시가 넘어 있었다. 한 자세로 오래 앉아 있었더니 목이 뻐근했다. 창문을 열자 밤바람의 열기가 고스란히 그의 얼굴을 감싸고 들었다. 일을 손에서 놓자마자 그녀가 머릿속에 차지하고 앉았다.

"숙제는 잘 하고 있는지 모르겠군."

그녀는 반드시 정답을 알아와야 했다. 아니면 맞힐 때까지 괴롭힐 테니까.

그러나 지금도 충분히 그녀는 괴로워하고 있을 것이다. 난해한 수학 문제를 풀 듯 그녀는 머리를 쥐어뜯으며 그를 욕하고 있을지도 몰랐다. 그는 창가에 기대 손으로 턱을 문지르며 옅은 웃음을 보였다. 그는 처음으로 자신이 변태가 맞을지도 모른다는 생각을 했다. 박연수 대리한테 호감이 있는 건 인정하지만 괴롭히는 것 또한 보는 재미가 쏠쏠한 것을 보면 말이다. 한동안 이 재미를 놓고 싶지 않은데 그녀는 어떻게 생각하는지 모르겠군.

그러면 아마 그를 위한 기도를 다시 올릴지도 몰랐다. 충분히 가능성 있는 얘기다.

그는 깜깜한 밤하늘을 올려다보았다. 하느님이 요즘 그녀의 기도 때문에 귀찮아 못 살겠다고 짜증 내고 있을지도 몰랐다. 아마 그녀의 기도가 맹랑하고 기가 차 듣다 보면 그녀의 머리를 한 대 쥐어박고 싶은 적이 참 많았을 것 같기도 하다. 그럼에도 그녀는 하느님 앞에서 억울하다며 입을 삐쭉이며 하소연할 여자였다. 그런데 그 여자는 정말 하느님을 믿는 신자인가 아니면 그녀가 필요 시에만 꺼내는 신 중의 하나인가? 아마도 후자일 것이다.

자신의 생각이 우스운 듯 그의 입가에 작은 미소가 만들어졌다. 갑자기 그는 종교를 가지고 있지 않음에도 불구하고 기도가 하고 싶어졌다. 이것도 그녀의 영향이라면 영향이다.

'하느님, 쓸데없는 그녀의 기도까지 다 들어주시려면 피곤하실 테니 시답잖은 그녀의 기도는 앞으로 제 선에서 알아서 반려시키도록 하겠습니다. 이건 제 전문이니 안심하셔도 됩니다. 깔끔하고 확실하게 제 선에서 차단하겠습니다. 기대하셔도 좋습니다.'

*

영업본부장의 출근 시간은 남들보다 한 시간 빠른 여덟 시. 따라서 비서의 출근 시간은 일곱 시 반까지였다. 가끔 팀장급 전체 회의나 그룹 이사들 회의가 있을 시는 그보다 빠른 일곱 시에 상사가 출근하므로 비서들은 정말 고3의 자세로 회사에 출근해야 했다. 누굴 탓하랴. 부서 잘못 만나고 상사 잘못 만난 탓이다. 그렇다고 퇴근이 이르면 좀 나으련만 모시는 상사가 일을 꾸역꾸역 어디서 잘도 가지고 오니 제시간에 퇴근하는 건 절대 바라지 말아야 할 덕목 중 하나이다. 그래도 그나마 요즘 미팅 참석이나 다른 업체와의 스케줄 약속이 아니면 거의 대회의실에서 살다시피 해 비서실의 분위기는 예전보다 한가하고 말랑말랑해진 편이었다.

정확히 여덟 시에 재하가 들어오자 비서실 직원들이 일제히 일어나 인사를 했다.

"안녕하십니까?"

"좋은 아침입니다."

재하가 인사를 하며 사무실로 들어가자 최 대리는 의아한 표정을 지어 보였다. 그의 느낌인지 몰라도 오늘 본부장님은 조금 즐거워 보이는 듯했다. 그가 자리에 앉으려 할 때 재하의 사무실 문이 다시 열렸다.

"아홉 시에 기획팀의 박연수 대리 올라올 겁니다. 차는 준비하지 않으셔도 됩니다."

"네, 알겠습니다."

오늘 스케줄을 프린트하던 미연이 눈치를 보며 최 대리한테 쪼르르 달려왔다.

"대리님, 오늘 본부장님 기분 좋아 보이시죠?"

"뭐, 그런 날도 있지 않겠습니까?"

"에이, 우리 본부장님이 큰 계약 따냈다고 얼굴에 티내고 다닐 분인가요? 저 정도면 얼마짜리가 터진 거예요?"

"본부장님도 사람인데 기분 좋으면 웃겠죠."

최 대리는 그래도 자신이 모시는 상사의 인간적인 면을 보려고 최대한 노력했다. 가끔 자신의 상관을 보면 일만 하려고 태어난 사람 같았다.

"제가 여기 2년째 비서 업무 보고 있는데 본부장님 껄껄 웃으시는 모습 한 번도 못 봤거든요. 이미지 관리 때문에 그런가?"

"자, 그만 잡담하고 본부장님 스케줄 조정안 가져오세요."

최 대리는 일도 일이지만 자신의 상사가 조금은 인간적으로 숨통을 트고 살았으면 하는 바람을 가지며 하루 업무를 시작했다.

재하의 문 앞에 멈춘 연수는 크게 한숨을 들이쉬며 노크를 했다. 어제 악몽을 꾸면서까지 심혈을 기울여 쓴 글짓기를 두 손에 꽉 쥔 그녀의 표정은 긴장감과 비장함이 함께 감돌았다. 그녀는 앞으로 인생을 누구보다 더 진중하고 진지하게 살기로 다짐했다. 순간의 장난에 혹해서 낭패를 보는 건 더 이상 그녀의 인생에서 없을 것이다. 귀에는 벌써 그녀의 피가 마르는 소리가 들리는 것 같았다. 그녀는 왜 불에 손을 넣어본 뒤에야 뜨겁다고 소리 지르는 바보짓을 한 것일까?

"들어오십시오."

그녀는 그의 목소리를 듣자 제발 지금이라도 빈혈이라도 일어나서 여기서 콱 쓰러졌으면 좋겠다고 생각했다. 지금의 현실을 부정하고 싶었다. 아니, 그와 마주한 뒤의 결과가 무시무시해 상상조차 하고 싶지 않았다.

그녀는 무슨 정신으로 그에게 다가가 종이를 주었는지 기억이 나지 않았다. 그녀의 인지 능력이 정상으로 돌아왔을 때에는 벌써 그의 손에 그녀의 글짓기 숙제가 넘어가 있었고, 그의 매서운 눈빛은 하나하나 꼼꼼히 훑어 내려가고 있었다. 긴장으로 입이 바짝 마른 연수는 마른침을 삼켰다.

그의 사무실에는 벽걸이 시계 초침 소리만 약하게 들리고, 그

나머지 소리는 어딘가에 다 빨려 들어간 것 같았다.

'정답이 없는 거야? 그럼 난 어떻게 되는 거지?'

무심히 훑던 그의 눈이 어느 지점에서 순간 멈췄다. 그리고 죄인의 자세로 고개를 푹 숙이고 있는 그녀를 한 번 바라보았다. 그 많은 예상 답 중 정말 그녀가 정답을 가져올 줄은 예상하지 못했다. 그가 종이를 책상 위에 탁 놓자 연수가 움찔했다.

"어딜 때릴 겁니까?"

"네?"

"정답 가져오면 제가 박연수 대리를 때린 만큼 맞겠다고 한 걸로 아는데?"

세상에! 정말 이 중에 답이 있단 말이야? 일단 정답을 맞힌 그녀는 기쁨보다 안도감이 먼저 찾아왔다. 결국 하늘은 노력하는 자를 배신하지 않는 법이다. 눈을 비벼 졸음을 이겨내며 꾸역꾸역 문장을 만들던 어제의 자신을 생각하니 눈물이 앞을 가렸다.

"제가 어떻게 본부장님을……. 괜찮습니다."

때리란다고 넙죽 때리는 바보가 어디 있단 말인가. 말이 되는 소리여야지. 억울해서라도 그녀가 그를 때린다 치자. 그 후 그가 웃으며 저 사무실 문을 열어줄지 그건 장담할 수 없는 일이 아닌가.

'저, 본부장님 뒤끝 장난 아닌 거 알고 있거든요? 그런데 답이 뭐지?'

"장난한 벌로 퇴근 뒤 두 시간만 시간 좀 냅시다. 야근은 없을 테니 걱정 말고."

용서해 준다니 두 시간쯤이야! 그녀는 무조건 고개를 끄덕였다. 알고 보면 그는 꽤 너그러운 상사였다. 물론 어려운 상사라는 건 변함없지만. 그런데 평소에 안 웃던 사람이 자주 웃으니까 오해하게 되잖아요. 거기다 그녀는 요즘 은근히 그의 행동과 손짓에 시선이 무심코 향하다 화들짝 놀라곤 했다.

"여덟 시에 대진그룹에서 칵테일파티가 있습니다. 파트너 동반이니 잠시 얼굴만 비추고 오면 됩니다."

그 말에 연수의 얼굴이 굳었다.

'그냥 야근할래요, 본부장님. 이런 법이 어디 있어요?'

그녀가 선뜻 '네' 라고 대답을 못하자 재하가 입을 열었다.

"내 소문에 일말의 책임이 있다면 좀 도와줘도 괜찮을 듯싶은데? 가뜩이나 파트너 구하기도 힘든 마당에."

저리 대놓고 사람의 양심을 푹 찌르니 거절의 말도 꺼내지 못하겠다. 진짜 육 년 전 일을 저 본부장은 사골 우려먹듯 징그럽게 우려먹고 있다. 그녀의 이런 마음을 아는지 모르는지 부담 백배가 되는 그런 부탁을 한 당사자는 그녀의 답을 즐겁게 기다리고 있었다.

'어차피 답은 하난데 뜸 들이지 맙시다, 박연수 씨.'

그러나 난감한 그녀는 계속해서 답을 하지 못하고 있었다. 그녀는 정말 가고 싶지 않았다. 가봐야 아는 사람도 없으니 벽 바라기하고 서 있거나 오리새끼처럼 본부장님 뒤만 졸졸 쫓아다녀야 할텐데 그 고문을 견디라고? 연수는 벌써부터 가슴이 답답해지는 것 같았다.

"그룹 파티라면 본부장님 이미지도 있는데 저보다는 좀 더 잘 어울리는 분하고 가는 것이 좋지 않을까요? 제가 화술이 뛰어난 것도 아니고 또 의상도 그렇고……."

야근으로 지친 피부는 온몸에 LED를 깔아도 광채가 안 난다고요, 지금!

연수는 나약한 핑계를 대면서 그의 반응을 슬쩍 보았다. 그러나 씨도 먹히지 않을 얼굴이다.

재하는 연수를 쓱 한 번 보더니 어디론가 전화를 걸었다.

"이재합니다. 오늘 저녁 일곱 시까지 이브닝드레스 화려하지 않은 걸로 준비해 주십시오. 관련 액세서리도. 키는……."

"저기, 본부장님."

"키는?"

재하가 통화를 하면서 연수를 보며 답을 재촉했다. 마지못해 입을 연 그녀는 체념하고 그가 요구하는 대로 자신의 사이즈를 불러 주었다. 그것을 그대로 그가 또다시 수화기 너머의 사람에게 전달했다.

"키 166, 발 사이즈 240, 체격 보통, 아니, 팔은 조금 마른 듯한데……. 몸무게?"

그가 그녀의 체형의 감을 잡지 못하자 그쪽에서 몸무게를 물어본 듯하다. 동시에 그녀의 목소리가 슬쩍 올라갔다.

"보통이오, 보통! 왜 남의 몸무게까지 물어봐요? 거기 가서 입어보면 되는데."

"보통입니다. 혹시 모르니 서너 벌 준비시키세요."

그가 웃음을 참으며 전화를 끊었다. 그녀는 그의 마지막 발언에 더욱 흥분했다. 살쪄서 옷이 안 맞을지 모른다고 지금 대놓고 말하는 거야? 똥배가 조금 나오긴 했지만 이 정도면 대한민국 아가씨 평균 볼록 배였다.

"오해 말아요. 여자 체형은 감 잡기가 힘들어서 말이지. 그럼 옷 문제는 해결됐으니 퇴근하고 여섯 시 반에 지하 2층 주차장에서 봐도 되겠습니까?"

"제가 가서 실수라도 하면 본부장님한테 폐가 될 수도 있으니……."

"파트너가 그렇게 능력 없진 않은데 좀 믿어보지, 박연수 씨?"

이분 집요하다. 하긴 딱 봐도 설렁설렁한 얼굴로는 안 보인다. 이쯤에서 시간 낭비, 힘 낭비하지 말고 어차피 결정 난 일, 받아들이는 수밖에 없었다.

"이런 건 좀 미리 말씀해 주시지."

'그럼 무슨 변명거리를 만들어서라도 안 갔겠지.'

재하는 피식 웃었다. 파티가 일찍 끝나면 단둘이 야외로 바람을 쐬러 갈 시간은 될 것 같았다. 당신과 나는 꽤 많은 대화가 필요할 것 같으니까.

"정말 두 시간이면 되지요?"

결국 고개를 끄덕이며 약속을 받아낸 영업본부장이었다.

완벽한 체념과 함께 연수가 그에게 인사를 하고 돌아서자 재하가 그녀를 불렀다.

"박연수 대리."

"네, 본부장님."

"내 눈에는 충분히 날씬하니까 오늘 점심 굶을 생각은 하지 말아요."

그가 희미한 미소를 보이며 결재서류를 펼치자 그녀는 잠시 멍하니 그 자리에 서 있었다. 대답할 타이밍을 놓친 연수는 작게 고개를 끄덕이며 당황해 사무실을 나왔다.

"미쳤어, 미쳤어. 내가 정녕 미친 게야."

연수는 정신을 차리려는 듯 고개를 흔들었다. 점심 먹으라는 소리에 심장이 격하게 뛰는 걸 보면 정말 이놈의 심장은 채신머리없이 그 남자의 미소만 보면 일단 뛰고 보는 것 같았다. 그런데 매일 인상만 쓰다가 웃는 모습을 보니 눈이 즐겁긴 했다. 그녀는 문득 그가 환하게 웃는 모습이 어떨지 궁금해졌다. 그런 얼굴로 일하면 능률은 배로 오를 텐데 말이다.

"역시 1조 원 공사를 재성사 시키더니 사람이 아주 확 폈네, 폈어."

그의 기분 좋음을 아직은 알 리 없는 연수였다.

숍에서 옷부터 머리 스타일, 하물며 화장까지 간섭하는 그의 행동에 연수는 다시 한 번 누가 될지 본부장의 아내 될 사람이 참 불쌍했다. 머리를 올리는 게 좋겠다는 전문가의 목소리를 묵살하며 목덜미가 너무 훤히 드러나니 내리는 것으로, 화장은 최대한 자연스럽게 하라고 지시한 그였다. 옷도 사연이 깊었다. 길이가 길면 옆 라인이 트였고, 짧은 치마로 가자니 몸매가 그대로 드러났다. 오죽했으면 마담이 슈트 정장으로 하겠냐고 물어봤을까. 결국 타협안은 어깨가 드러난 롱 시폰드레스로 결정 났다. 이것마저 결정이 안 났다면 그녀는 눈을 치켜뜬 채 그에게 한마디 톡 하고 던졌을 것이다.

그녀의 긴장이 그대로 느껴졌는지 재하가 차에서 내리며 미소를 지은 채 그녀에게 손을 내밀었다.

"봐온 모습 중에 가장 예쁘다고 하면 긴장이 좀 풀리려나?"

"저도 놀라는 중이에요. 부모님도 몰라볼 얼굴이라서."

그녀의 인생 통틀어, 미래 결혼사진까지 포함해서 지금이 제일 예쁜 모습일 거라고 백 퍼센트 확신한 그녀는 이따 파티가 끝나면 증거 사진을 꼭 찍어놓아야겠다고 다짐했다. 성형을 약간 하고 나이만 조금 더 어렸다면 연예인을 해봐도 됐을 거라는 가당찮은 생각까지 한 연수였다.

"자, 들어갑시다."

연수는 살짝 긴장된 미소를 지으며 크게 한숨을 내쉬었다. 아무래도 그녀는 전생에 신데렐라는 아니었지 싶다. 변신을 하고 무도회장을 가는 마음이 떡 먹다 체한 기분인 것을 보면 말이다. 그녀는 자신이 입고 있는 드레스와 목걸이의 가격이 얼마인지 물어보기가 겁났다. 비싼 옷에 뭐라도 흘릴까 싶어 음료수나 차려진 간단한 음식조차 먹을 수 없을 것 같다. 그런데 가뜩이나 긴장한 그녀에게 그가 그녀의 허리를 살며시 감고 입장하자 신경이 바짝 곤두섰다. 놀란 연수가 그를 바라보았다. 동그란 눈은 분명히 그리 말하고 있었다.

'왜 이러세요, 본부장님?'

'왜 이럴까, 박연수 씨?'

그가 씩 웃으며 그녀를 파티장 안으로 데리고 가자 그녀는 질문할 타이밍을 놓쳐 버렸다. 물론 이런 곳에 유치원생처럼 손잡고 걸어갈 수는 없는 일이지만 그냥 자기 손은 자기가 잘 간수하고 입장해도 되잖아요? 그리고 슬슬 그녀는 자신의 허리가 그가 생각한 것만큼 날씬하지 않다는 것에 신경 쓰이기 시작했다. 이 무더운 여름만 가면 기필코 운동하리라.

"발 안 아픕니까? 새 구두라 아플 텐데."

"조금 아프긴 한데 예뻐 보이기 위해서는 감수해야죠."

거짓말 조금 보태서 발이 조여서 그런지 화끈거리고 아픈 게 고행하는 기분이었다. 그런데 하이힐을 신어서 그런지 은근히 그와 눈을 자주 마주치게 된다. 그리고 그때마다 그가 부드럽게 미소를 보이자 그녀 또한 반사적으로 미소를 지어주려니 입가의 근육이 아파왔다.

"아, 이재하 본부장, 여기 있었구먼. 오랜만이군. 회장님은 잘 계시지?"

누군가 그를 아는 체하며 다가오자 연수는 얼마나 반가웠는지 모른다. 잠시 해방이다. 지겨운 사업 얘기를 옆에서 마네킹처럼 듣지 않기 위해 연수는 선수를 쳤다.

"자리 비켜 드릴 테니 걱정하지 마시고 천천히 얘기 나누세요."

"잠시 목 좀 축이고 있어요."

그가 고개를 숙여 연수의 귓가에 낮게 속삭이자 그녀는 미소를 지으며 고개를 끄덕였다. 그러나 곧 그가 조금 떨어진 곳으로 손님과 얘기하러 가자 연수는 참았던 숨을 내쉬었다. 그녀의 왼쪽 귀가 아직도 간질거리는 것 같았다. 연수는 결국 왼쪽 귀를 문지르며 애먼 그에게 불평을 했다.

몇 년간 남자친구를 사귀지 않았더니 이놈의 가슴이 남자와 직장 상사를 구분하지 못하고 뛰는구나. 그래, 인정은 한다. 저 정도 외모면 바라보기 좋은 얼굴이라는 걸. 저분은 왜 갑자기 평소에는 안 하던 친절을 마구 뿌리셔서 사람 헷갈리게 만든담. 연수는 손부채로 얼굴을 식히며 잠시 휴식을 취하기 위해 파우더룸으로 향했다.

*

윤희는 립스틱을 다시 바르며 입을 오물거려 보았다. 그녀는 이런 모임까지 온 것에 대한 귀찮음이 얼굴에 역력했지만 떨어지는 콩고물 때문에라도 입을 꾹 다물고 있을 수밖에 없었다. 감정이 그대로 드러난 듯 윤희의 파우더 닫는 소리가 신경질적이다.

"너 얼마 전에 그 이재하 본부장이랑 선봤다며? 어떻게 됐어?"

"생각해 보니 아닌 것 같아서 내가 찼어. 갑자기 그건 왜? 관심 있어?"

헤어숍에서 한 머리가 마음에 들지 않는지 혜리는 계속해서 거울을 보며 머리를 매만지다 싸늘하게 윤희를 노려보았다.

혜리가 너무 정색을 하자 윤희는 무안해져 헛기침을 했다.

"친구로서 걱정돼서 하는 말이야. 내가 너 이재하 본부장과 선 본다고 할 때 뜯어 말렸잖아. 아무리 돈이 좋다지만 사실 네가 그 남자한테 작업 거는 자체가 싫었어. 너는 채찍 맞아가며 살고 싶니?"

혜리의 눈이 치켜 올라갔지만 윤희는 할 말을 다 했다.

"난 가끔 야동에 변태가 나올 때 혹시 이재하 본부장도 이렇게 노나 그런 생각이 들어서 소름 끼치던데?"

"……."

아마 그 남자는 오늘 파티에 참석했을 것이다. 만나면 당장 그의 얼굴을 할퀴고 싶을 정도로 자존심이 상한 그녀였다. 그녀가 망신당한 만큼 그 또한 망신을 당했으면 하지만 그는 건드리기에는 위험한 사람이었다. 그리고 그녀 또한 그런 일로 자기 얼굴에 침 뱉는 바보가 아니었다.

"나도 여기저기 클럽에 다니면서 들었는데 그 사람 동양 여자는 별로 안 좋아한다더라. 생각해 봐. 머리칼은 무조건 벌꿀색이어야 한다는데 너 가발까지 쓰고 그 남자랑 살 수 있겠어? 처음부터 이재하 본부장하고 선을 본 것부터가 미스야."

"그만해! 끝난 얘기라고 했잖아."

혜리가 윤희를 노려보자 윤희가 슬그머니 꼬리를 내리며 입을 삐쭉거렸다.

"말이 그렇다는 거지. 아무튼 넌 이제 그 사람이랑 관계없잖아. 누가 보면 네가 차인 줄 알겠다."

이때 안쪽에서 조용하게 이 여자들의 수다를 듣고 있던 연수가 결국 벌떡 일어났다. 듣자 하니 못하는 말이 없다. 정말 그의 소문을 직접 들으니 미안하기도 하고 화가 치밀어 올랐다. 연수가 주먹을 꽉 쥔 채 윤희한테 도전적으로 다가갔다.

연수가 다가가자 혜리가 고개를 돌려 연수를 흘낏 바라보았다.

"이재하 본부장 알아요?"

"뭐야? 벌써 맛이 간 거야?"

윤희는 연수를 아래위로 훑어보더니 연수 앞에 손가락을 흔들어 보이며 술 취한 여자 취급을 했다. 연수는 차분하게 혜리와 윤희를 번갈아 바라보았다. 본부장님한테 그런 소문이 따라다닌다는 건 알고 있었지만 직접 들으니 속에서 욱하고 뭔가가 치솟아 올랐다. 그는 파티에서 이런 소문을 항상 뒤에 달고 다녔단 말이야? 연수는 턱을 치켜들었다. 일말의 책임이 있는 그녀는 이 말을 정정할 의무가 있었다.

"그 사람이 그러고 돌아다니는 거 봤냐고요?"

그녀의 목소리에 힘이 들어갔다.

"알지도 못하면서 함부로 말하지 마세요. 이재하 본부장님, 그런 사람 아니에요."

"넌 뭐야? 내가 누구를 씹든 말든 네가 무슨 상관이야? 너 그 사람 뭐라도 돼?"

윤희가 낄낄거리며 빈정거렸다.

"내가 한 번도 안 본 당신들이 술집에서 술 팔고 있는 모습을 봤다고 하면 기분 좋겠어요? 싫겠죠? 그러니 함부로 험담하지……."

그러나 연수는 말을 다 끝마치기도 전에 벽 쪽으로 밀쳐졌다. 연수는 자신의 어깨를 움켜쥔 혜리를 노려보았다. 이런 것에 겁먹을 연수가 아니었다. 여기가 파티장만 아니라면, 아니, 그의 파트너로 오지만 않았다면 저 팔목을 똑 부러뜨렸을 것이다.

"힘자랑은 나도 할 줄 아니까 이 손 치워요."

"얘 지금 뭐라니? 어디서 듣보잡이 와서는."

옆에 있던 윤희가 팔짱을 끼며 삐딱하게 웃었다.

"당신 머리숱 많아?"

"뭐?"

"나 손아귀 힘 좋거든. 미리 말해줄게. 머리채 잡히면 한 번 돌려 감아 뭉텅이로 뽑힐 때까지 안 놔줄 거야. 그러니 이 손 치워."

연수의 무덤덤한 충고에 혜리는 어이가 없다 못해 웃기지도 않았다. 혜리는 천천히 연수의 얼굴을 뜯어보았다. 눈빛을 보니 이 아가씨 말이 허세로는 안 보였다.

"너, 내가 모르는 얼굴이면 오늘 어디서 굴러온 자갈돌인 모양인데, 그렇다고 모델도 연예인 쪽도 아닌 얼굴이고. 충고하겠는데, 잘 주워 먹고 조용히 돌아가. 그게 오늘 네가 할 일이니까."

혜리는 나긋하지만 비웃음을 가득 담아 말했다. 같잖은 것에 신경 쓰고 싶지 않은 그녀는 연수의 얼굴을 톡톡 건들며 지나갔다. 연수는 주먹을 쥔 채 혜리의 뒷모습을 노려보았다. 파티장만 아니라면 정말 저 뒤통수를 한 대 냅다 때렸을지도 몰랐다.

혜리가 나가다 멈춰 서서 연수를 돌아보았다.

"너, 이재하 본부장을 알아?"

"당신보다 훨씬 많이 알아, 소문이 아닌 그 사람 자체를."

그 말에 윤희가 망했다는 표정을 지었다. 혹시나 저 여자를 통해 이재하 본부장에게 안 좋은 소리라도 들어가면 좋을 게 없었다.

"그래? 이재하 본부장의 취향이 싸구려인지 미처 몰랐네."

마치 연수를 하찮은 벌레 보듯 바라본 혜리는 어깨를 으쓱이며 뒤돌아 나갔다.

빰을 맞은 것보다 더 큰 충격으로 연수의 얼굴이 화끈거렸다. 뭔가 억울하고 분하고 화딱지가 나 그녀는 한동안 감정을 가라앉히기 위해 애를 써야 했다.

혜리는 나오다 말고 고개를 갸웃거렸다.

"너 혹시 아까 그 여자 본 적 있어?"

"아니, 처음 보는데?"

"낯이 익단 말이야. 분명 어디서 봤는데……."

혜리는 붉은 입술을 깨물며 기억을 더듬어보려고 애를 썼다.

"저 정도면 평범한 얼굴이니 뭐 쇼핑하다 봤겠지."

"하긴 그럴지도."

윤희의 말에 혜리는 고개를 끄덕이며 파티장 속으로 들어갔다.

*

어느 정도 마음을 진정시킨 뒤에야 연수는 파우더룸에서 나왔지만 여전히 얼굴은 상기가 된 표정이었다. 물이라도 빨리 마셔야 했다. 그녀가 얼음물이 어디 있는지 두리번거리고 있자 그녀를 찾아다니기라도 했는지 재하가 성큼성큼 다가왔다.

"찾아도 없기에 몰래 간 줄 알았지."

"죄송해요. 발이 아파서."

"굳이 그거 신겠다고 한 사람이 누구더라?"

연수는 재하를 빤히 바라보았다. 그녀 때문에 그가 소문에 휩싸였다고 했을 때는 그 무게를 가볍게 여겼었다. 그런데 어쩌면 그녀가 생각한 것보다 그가 더 많이 괴로워했을 수 있겠다는 생각에 울컥했다. 그에게 너무나 미안했다.

"박연수 대리?"

그녀가 아무런 말이 없자 그가 조용히 그녀를 바라보았다.

"잠시 나 좀 봅시다."

아무래도 안 되겠는지 재하가 그녀의 손목을 잡은 채 테라스로 나갔다.

그에게 온갖 구박을 받아도 눈물 한 방울 흘리지 않던 여자다. 그런 여자의 눈가가 촉촉해져 있고 얼굴이 붉게 상기되어 있었다. 그가 없는 사이 무슨 일이 있었던 게 분명하다. 그녀에 대한 걱정은 그녀의 손을 꼭 쥔 그의 손에 그대로 실려 있었다.

연수가 고개를 푹 숙이고 있자 재하가 그녀의 턱을 들어 그와 눈을 마주치게 했다. 그러자 연수는 슬그머니 그의 눈을 피했다.

"박연수 대리, 나한테 할 말 없습니까?"

"……."

"난 이러고 한 시간을 있어도 상관없지만."

그가 그녀의 두 팔을 잡으며 그녀를 재촉했다.

"……미안해요. 정말로 미안하게 생각하고 있어요."

재하의 미간이 좁혀졌다. 사고를 치긴 쳤나 보다. 처음부터 미안하다는 말을 하는 것도 모자라 눈가가 촉촉한 것을 보면 말이다. 재하의 표정이 심각해졌다. 그녀가 자진 납세의 자세로 나왔다는 건 정말 큰 사고였다.

"그 미안한 일 좀 들어봤으면 하는데?"

"전 육 년 전의 일이 그저 지나간 일에 불과한 줄 알았거든요. 그런데 아니더라고요. 파우더룸에서 여자들이 본부장님 험담을 하더라고요. 옆에서 듣는 나도 욱하는데 당사자인 본부장님이 이런 일을 당했다고 생각하니 진짜 미안하고 정말 내가 싫겠구나 하는 생각이 드는데……."

정말이다. 그녀가 싫고 밉겠구나 하는 생각이 들자 감정이 왈칵 솟아올랐다. 연수의 눈가가 눈물로 살짝 반짝거리자 그가 손으로 그녀의 눈물을 닦아주었다. 생각보다 심각한 일이 아니자 재하의 입이 느슨하게 올라갔다.

"도대체 그 여자가 뭐라고 했기에 천하의 박연수 대리가 울기까지 하지?"

그녀는 다시 입을 꾹 다물었다. 아무리 강해 보여도 그가 이런 일로 상처받는 건 원치 않았다.

"싸운 건 아니니 오해하지 마시고요. 그냥 속상하고 화가 나서 나왔는데 마침 앞에 본부장님이 떡하니 계시잖아요. 그래서 울컥한 거예요. 운 게 아니라. 저 원래 잘 안 울어요."

그녀의 눈동자는 언제 눈물을 보였냐는 듯 힘 있게 그를 쳐다보았다.

재하는 그런 그녀를 끌어당겨 품에 안았다. 연수는 그런 그가 고마우면서도 미안해 고개를 푹 숙였다. 아무래도 이놈의 감정 호르몬이 오늘은 롤러코스터를 타고 있는 것 같다.

"박연수 대리는 오전에 나한테 낸 정답, 안 궁금하나 보지?"

뜬금없는 그의 질문에 연수가 고개를 들었다. 그러고 보니 정답이 뭐였지? 그때는 긴장하느라 미처 정답이 뭔지 확인할 틈도 없었다. 아니, 그가 답을 가르쳐 줄 시간도 주지 않았다.

"달달한 것은 자신 없다……."

아! 그녀의 입에서 낮은 탄성이 흘러나왔다. 정말 생각지도 않은 답이다. 주희가 박박 우겨 넣은 그 답이 정답이라니. 그런데 저 뜻을 어떻게 해석해야 하는지…….

재하가 그녀를 진지하게 바라보자 연수까지 그 분위기에 물들었다.

연수는 그다음 무슨 말을 꺼내야 할지 주저되었다. 그리고 하필 지금 그가 이 말을 꺼내는 이유가 감이 잡히지 않았다. 분위기 전환용이라면 생뚱맞았다. 설마…… 아닐 것이다.

"박연수 씨, 알다시피 나는 달달한 것은 자신 없습니다."

그가 다시 한 번 낮지만 부드럽게 그녀에게 말했다. 그의 진지한 눈빛이 그녀의 눈을 사로잡고 있었다. 순간 의구심은 서서히 확신으로 변했다.

지금 뭐라는 거지? 가슴은 왜 방정맞게 뛰는 거야. 꼭 고백처럼 들리잖아. 어제 주희가 괜히 이상한 말을 해서 더욱 그런지도 몰랐다. 분위기 자체도 달 밝은 밤 로미오, 줄리엣처럼 예쁜 옷을 입고 서로 바라보고 있으니 말이다. 그럴 리가 없다. 매일 구박하며 협박을 일삼던 그가 그녀를…… 아니겠지.

"아…… 네."

그녀는 정말 이 말 말고는 적당한 말을 찾을 수 없었다. 물론 목언저리까지 '저 좋아하세요?' 라는 말이 튀어나오려고 했으나 그러기에는 그녀가 로또 1등에 당첨되어 돈을 찾으러 가는 길에 벼락을 맞았는데 다시 살아나 돈을 찾을 확률보다 더 낮았다. 왜냐면 그는 그녀를 싫어하고 있으니까.

"하지만 박연수 당신이라면 그 달달함이 궁금할 것도 같은데?"

제대로 들은 것 맞지? 그녀는 자신의 두 귀를 잠시 의심했다.

"그러니까 본부장님 말은……."

"박연수 씨한테 무척 관심 있다는 말이지."

연수가 차마 확신하지 못하는 말을 그가 이어받았다. 그와 동시에 연수의 심장이 팔딱거렸다. 누군가로부터 좋아한다는 말을 듣는 건 기분 좋은 일이다. 그러나 예상 밖의 인물이 불시에 던진 폭탄 같은 발언이라 그녀를 당황하게 만들었다. 얼마 전까지만 해도 그는 그녀를 못 잡아먹어서 안달 난 사람 아니었던가? 언제 그녀에게 관심을 보인 적이 있단 말인가? 언제 그런 힌트를 줬느냔 말이야? 적어도 그녀에게 관심을 보였다면 그녀가 알아차릴 수 있는 수신호라도 보내야 하지 않나? 그가 그녀를 좋아한 증거를 찾느라 연수의 머릿속은 혼란 그 자체였다.

"나랑 연애할 생각 없습니까?"

매일 구박만 하는 상관이 사실은 나에게 관심 있다는 것도 충격적인데 사귀자니. 그의 표정은 어느 때보다 진지해 보여 어물쩍 넘어갈 수도 없을 것 같았다.

그녀가 충격으로 멍하니 그를 바라보고만 있자 그가 피식 웃었다.

"답 언제까지 줄 거지?"

이 사람은 이 와중에도 그녀한테 답을 가져오라고 한다. 언제 한번 허심탄회하게 그에게 물어보고 싶다. 그녀에게 언제 문제집 답안지 맡겨놨는지.

"저기, 조금 의외라서……. 그러니까 제 말은 본부장님이 저를 싫어하는 줄로만 알아서……."

연수는 횡설수설하다 자신이 뭐하는 짓인가 싶어 입을 다물었다.

"내가 싫어하는 사람 대하는 모습을 못 봤나보군."

어째 보고 싶지가 않았다. 연수는 어색하게 웃으며 이 상황을 어떻게 세련되게 마무리해야 서로가 어색하지 않을까 고민되었다. 그녀는 생각할 시간이 필요했다, 진심으로.

재하는 그녀의 반응을 짐작했음에도 실망감이 드는 건 어쩔 수 없었다. 그녀가 스스로 거부감 없이 그에게 마음을 열어줄 때까지 기다려 줄 생각도 있었다. 그러나 그녀를 지금껏 보아온바, 이 상태로는 그를 본부장 그 이상도 이하로도 보는 일은 없을 것 같았다. 기껏해야 좋은 상사 수준일 것이다. 그래서 내친김에 날을 오늘로 잡았다. 일단 그를 남자로 자각해야 진도가 나가든 복습을 하든 할 것이 아닌가.

"내일 아홉 시까지 드릴게요."

그의 눈썹이 부드럽게 올라갔다.

"아홉 시 좋아하시잖아요."

연수는 어색한 분위기를 바꿔보려 농담을 건넸다. 재하는 피식 웃으며 테라스에 기대 하늘을 올려다보았다.

'빠져나갈 생각은 안 하는 게 좋을 겁니다, 박연수 씨.'

혜리는 멀리서 이 모든 광경을 지켜보고 있었다. 이재하 본부장이 예쁜 아가씨를 데려왔다기에 누군가 궁금했다. 그런데 그 여자가 조금 전 파우더룸에서 만난 여자라니. 거기다 더 놀라운 것은 남의 시선을 의식하지 않고 이재하 본부장이 부드럽게 여자를 달래주고 있었다. 그 냉철한 이재하가 말이지? 그녀를 무시하고 냉담했던 남자가?

"어머, 어머, 저 이재하 본부장 옆에 있는 여자, 아까 우리랑 파우더룸에서 부딪쳤던 여자 맞지? 어쩐지 아까 기세등등한 게 다 이유가 있었어."

윤희는 손짓까지 해가며 호들갑을 떨었지만 혜리는 그저 차갑게 웃으며 그들을 바라볼 뿐이었다. 그의 품에 안겨 있는 여자가 누구인지 이제 생각났다. 육 년 전 이재하 앞에서 난리를 피웠던 여자, 그리고 그를 이런 추문에 휩싸이게 만든 시발점이 된 여자. 참 인연이 묘하게 흘러간다.

"나와 있을 때는 그렇게 우거지상이더니 꽤 자존심 상하는걸."

혜리의 입에 묘한 미소가 걸렸다.

6장

연수는 하품을 참으며 출근길 지하철에 올라탔다. 그녀는 영업 본부장 때문에 밤새 잠을 설쳐야 했다. 아니, 그녀는 그를 만나기 시작하면서부터 편안한 숙면을 취해본 적이 없었다. 그러나 어제처럼 심각하게 고민해 가며 잠을 설친 날은 없었다.

그와 사귀면 안 되는 이유 수십 가지가 머릿속에 나열되었다. 일단 환경적으로 너무나 차이가 났다. 그리고 그는 너무나도 잘 알려진 사람이다. 거기다 사내 연애? 그건 잘돼야 본전이요, 헤어지면 손해 보는 짓이었다. 그리고 그와 사귄다면 얼마나 많은 시선이 그녀를 따라다닐 것인가. 아주 잠깐 회사 밖에서 그의 모습이 어떨지 궁금하긴 했지만 어찌 되었든 결론은 정중한 사양이다. 그녀는 편안하고 소소한 재미를 느끼는 연애가 좋았다. 그에 비해 그는 그림의 떡이었다.

다시 하품이 나오려 하자 연수는 졸지 않으려고 눈을 깜빡거렸다. 출근하기도 전에 어디서 잠이나 실컷 잤으면 하는 생각으로 가득했다. 연수는 이 지옥철에서 자리에 앉아 가는 여자를 부러운 시선으로 내려다보았다. 다음 정거장에서라도 앉으면 적어도 15분은 잘 수 있는데 딱 봐도 여자는 일어날 기미가 보이지 않았다. 연수는 여자가 보고 있는 휴대폰을 무심히 바라보다 눈이 커졌다.

'본부장님?'

연수는 재빨리 자신의 휴대폰을 꺼내 기사를 검색했다. 앞의 여자와 똑같은 사진을 그녀는 뚫어지게 바라보았다. 헉 소리가 절로 터져 나왔다. 어제 그가 그녀를 품에 안고 있던 모습이 인터넷 기사에 올라온 것이다.

거기에 떡하니 붙은 제목은 '㈜한동 황태자의 피앙세?' 였다. 야구장에서 관객으로 개미 똥구멍만 하게 찍혀져 나온 적은 있어도 이렇게 인터넷에 자신이 큼직하게 나온 사진은 처음이다. 아니, 어제 일만 아니면 평생 나올 일도 없었다. 정말 어찌 그리 잘 찍어놨는지 당사자인 그녀가 보더라도 사랑이 물씬 풍기는 그림이다. 그나마 그녀의 모습이 평소보다 훨씬 예쁘고 그가 그녀를 안고 있는 옆모습만 나왔다는 게 다행이라면 다행이었다.

조금 전까지만 해도 연수는 회사에 도착하자마자 졸음을 쫓을 겸 커피를 마시고 마음을 차분히 정리한 다음 그의 사무실로 가 그녀의 생각을 전하려고 했다. 그러나 지금 그녀의 계획은 전면 수정되었다. 일단 회사로 들어가자마자 그의 사무실로 뛰어가야 할 것 같았다.

"아이, 진짜!"

연수는 지하철에서 내리자마자 있는 힘껏 회사를 향해 뛰었다. 역시나 인생사 마음대로 되는 게 별로 없었다.

연수의 다급한 마음은 비서실의 문을 여는 소리에도 그대로 나타났다. 아무도 신문에 난 여자가 바로 그녀라는 걸 알아볼 사람이 없건만 제 발 저린 연수는 거친 숨을 최대한 참아가며 최 대리의 눈을 피했다.

"본부장님 출근하셨나요? 조금 급한 일입니다."

"네, 출근은 하셨지만……."

그 말을 듣는 순간 연수는 노크와 동시에 본부장실의 문을 벌컥 열었다.

"본부장님, 신문 보셨어요? 거기에……."

난처한 얼굴로 다급하게 최 대리가 들어왔지만 한발 늦었다. 이 회장이 고개를 돌려 연수를 바라보자 그녀는 그 자리에서 얼음이 되었다.

'회장님?!'

제발 회장님이 여기 앉아 있는 이유가 그녀와 같은 이유가 아니기를. 설혹 그렇다 하더라고 그녀라는 것을 눈치 못 채기를. 그녀는 사진이 너무나 예쁘게 나왔다는 사실 하나에 희망을 걸어보기로 했다.

"됐네. 자넨 그만 나가봐."

이 회장이 손짓으로 최 대리를 내보내자 연수 또한 같이 묻어 나가려 했다. 그녀는 정중히 인사를 하며 뒷걸음질로 조용히 물러났다. 이놈의 대책 없이 급한 성격을 저주했다. 그러니까 한국말은 끝까지 들어봐야 한다.

"박 대리는 남고."

뭐라? 왜? 고개 숙인 그녀의 표정엔 온갖 가능성에 대한 불안이 그대로 드러나 있었다.

"아닙니다, 회장님. 나중에 다시 오겠습니다. 급한 사안이 아니라 괜찮습니다."

그녀는 애써 미소를 지으며 사무실을 벗어나려고 했다. 아직 아무도 그녀의 얼굴을 알아보지 못하니 급한 사안이 아닌 건 맞았다.

"앉아."

이 한마디에 연수는 찍소리 못하고 재하의 맞은편 자리에 조용히 앉았다. 불길한 예감을 애써 마음 한곳에 구겨 넣었다. 그리고는 최대한 이 시간이 빨리 지나가길 희망하며 그녀는 그에게 눈길 한 번 주지 않았다. 아니, 주고 싶은 마음이 없었다.

"혹시 인터넷 기사에 뜬 이놈 사진 이야기하러 온 것 아닌가?"

출근길에 비서가 홍보팀에서 이재하 본부장 관련 기사를 막지 못했다고 보고하자 그때만 해도 이 회장은 심드렁한 반응을 보였다. 그놈이 또 어디서 신랄하게 말한 걸 경제부 기자가 그대로 받아썼나 보다 생각했다. 그러나 곧 비서가 태블릿PC를 이 회장에게 건네주자 그의 짙은 눈썹이 의아함으로 살짝 올라갔다. 그러다 곧 그의 눈이 심각해졌다. 경제 쪽이 아니면 나올 일이 거의 없는 놈이 파티에 여자를 데려간 것도 놀랄 일인데, 여자를 안은 상태에서 사진 찍힌 게 기사로 나온 것이다. 이 회장의 궁금증은 곧바로 아들놈의 사무실로 직행하게 만들었다.

"사무실을 벌컥 열 정도면 박 대리도 꽤 급한 모양인데?"

이 회장은 연수를 뚫어지게 쳐다보았다. 어제 아들놈이 누구와 파티에 갔는지 확인해 보는 데는 단 몇 분이면 충분했다. 그리고 누군지 확인되자마자 호기심은 더욱 커져 버렸다. 이건 모르는 척 해줘야 하는 건지 부채질을 해줘야 하는 건지 갈피를 잡을 수가 없었다.

"박연수 대리는 나가보세요."

어쭈, 이놈 보게? 조금 전까지만 해도 그깟 인터넷 기사로 아침부터 찾아오느냐고 면박 아닌 면박을 준 놈이 박 대리가 나타나자 냉큼 뒤로 숨기겠다?

느긋했던 이 회장의 눈빛이 예리하게 빛났다.

"앉아, 난 들어야겠으니."

회사의 갑은 명실상부 회장님이므로 살짝 들린 그녀의 엉덩이가 다시 의자로 원위치했다. 연수는 그때서야 슬쩍 본부장을 째려보았다.

보라고! 사귀기도 전에 이런 기사가 났다는 이유 하나만으로 이렇게 골치가 아픈데 사귄다면 얼마나 골치 아픈 일들이 줄줄이 대기하고 있겠냐고! 그와 사귄다는 건 역시 불가능했다.

"네놈이 설명할 거냐, 아니면 박 대리가 할 건가?"

기사에 대해 빨리 해명하고 자리에서 일어나고 싶은 욕심에 연수가 입을 열었다.

“부득이하게 본부장님께 파트너가 필요해서 어제 제가 함께 참석했습니다. 회장님이 생각하시는 그런 일은 절대 아닙니다. 그러니 오해 안 하셔도 됩니다.”

이 말과 동시에 재하의 시선이 그녀에게로 향했다. 그런 재하를 날카롭게 바라보는 이 회장이다. 아들의 표정이 그다지 안 좋은 걸 보면 의견 일치가 안 되었다는 말이렷다?

“그럼 기사에 올라온 사진은 합성이다?”

“그건…….”

하나씩 캐내다 보면 그녀의 육 년 전 일까지 나올 판이었다. 거짓말은 하기 싫은데…….

그녀는 요즘 거짓말을 너무나 많이 하고 다니는 것 같았다. 더 이상은 안 돼. 사기꾼이 처음부터 사기를 치고 다녔을까? 다 시초는 거짓말이다. 재떨이가 날아와도 지금부터는 사실만을 말할 생각이었다.

“이놈이 그냥 덥석 안았다?”

이 회장의 언성이 조금 높아졌다. 그의 참을성 없는 성격이 슬슬 비집고 나오고 있었다.

“아닙니다. 이야기가 조금 길지만 제가…….”

“덥석 안든 와락 안든 그게 아버지한테 보고할 일입니까?”

그녀의 말을 가로채며 참다못한 재하가 입을 열었다.

“회의 시간 다 되어갑니다.”

대놓고 이 회장에게 축객령이 떨어졌다. 이 회장은 이렇게 아들이 짜증을 내는 건 처음 봤다. 1조 공사 엎을 때에도 무덤덤한 표정으로 옆집 외양간이 무너진 것처럼 말한 놈이 그깟 기사에 관해 질문했다고 성질을 드러내? 그러고 보니 얼마 전 저녁 식사 때 분명 이놈이 자신을 히쭉히쭉 웃게 만드는 여자가 있다고 말했지. 그게 박연수 대리란 말인가? 이 회장은 날카롭게 연수를 훑어보다 자리에서 일어났다. 신문에 그런 기사가 올라와 한두 마디하고 그냥 올라가려고 했다. 별로 신경 쓸 일이 아니라고 생각했는데, 이게 신경 쓸 일인지 안 쓸 일인지는 좀 더 두고 봐야 할 것 같았다.

"박연수 대리, 하나만 물어보지."

"네, 회장님."

두 손을 꼭 맞잡은 연수는 제발 그녀가 답할 수 있는 질문만 했으면 하는 바람이었다.

"이재하 본부장 어디가 좋은가?"

대략 난감한 질문이다.

"……잘 모르겠습니다."

그런데 이 회장은 뭐가 그리 웃긴지 피식거리며 재하를 쓱 보더니 사무실을 나갔다. 회장님이 나가자 그녀는 안도의 한숨을 낮게 내쉬었다. 다른 말 없이 나간 것을 보면 기사 건에 대해 그다지 신경 쓰지 않는 모양이었다. 아니면 신경 쓸 필요도 없는 일이거나.

"커피? 아니면 차?"

연수는 아직 할 말이 있는 관계상 회장님이 나간 후에도 사무실을 나가지 않았다. 당연히 예상했다는 듯 그가 음료를 권했다.

"커피 주세요."

재하는 사무실 끝 쪽에 비치된 원두커피 기계로 능숙하게 원두를 갈았다. 워낙 커피를 좋아하다 보니 그가 마시고 싶을 때나 잠시 숨 돌릴 때가 필요하면 그때그때 혼자 내려 마시고 있었다. 지금은 그녀에게 잠시 숨 돌릴 시간이 필요한 것 같았다.

그러나 그가 탁자에 커피 잔을 놓자마자 연수가 입을 열었다.

"생각해 봤는데 본부장님은 저한테 과분한 사람인 것 같아요. 죄송합니다. 이 말씀드리려고 왔습니다."

"과분하다? 어떤 면에서?"

"모든 면에서 너무나 잘나서 부담스러워요."

어차피 그녀의 변명은 다 예상하고 있던 재하이다. 그리고 그녀가 순순히 그와 사귀겠다고 대답할 사람이 아니란 것도 알고 있었다. 그런데 오늘 예상하지 못한 기사가 터지자 그녀의 방어벽이 두터워질까 걱정은 되었다.

"잘난 척 안 할 테니 넘어가고."

잘난 척을 안 해도 잘난 티가 난다고요! 꼭 나와 어울리지 않는 옷을 입고 있는 기분일 거라고요, 바로 어제처럼!

"오늘 같은 일만 봐도 본부장님과 같이 있다는 것만으로 기사도 나고……."

그녀의 핑계가 하나둘씩 나오자 그가 그녀를 빤히 바라보았다. 이렇게 빙빙 돌려 대화하다가는 답이 나오지 않을 것 같았다.

"박연수 씨, 하나만 물읍시다. 내가 싫습니까?"

"……싫지는 않지만 부담스러운 건 사실이에요."

그녀는 차마 그를 바라보지 못하고 애꿎은 손톱을 뜯어냈다. 왜 이렇게 미안한 마음이 드는 건지 모르겠다. 하지만 결말이 뻔히 보이는 연애를 하고 싶어 하는 여자는 없었다.

"애매모호한 말이군."

결국 그녀는 솔직해지기로 했다. 그가 싫진 않지만 그렇다고 가벼운 마음으로 누구를 사귀고 싶지는 않았다.

"저는요, 고지식해서 오늘 사랑하는데 내일 쿨하게 헤어지는 성격이 못 돼요. 저는 남자든 여자든 사람을 사귄다면 진지해야 한다고 생각하는 사람이에요."

"잘됐네, 나도 그런데. 그리고 또 나와 사귀면 안 될 이유 있습니까?"

"……."

이 남자는 포기를 모른다. 더 이상 어떻게 설명해야 알아듣고 깔끔하게 물러나 줄까? 거절당하는 게 설마 내가 처음이라서 그러는 건 아닐 테고.

"핑계가 아닌 박연수 씨의 진심을 듣고 싶은데?"

진심? 진심이야 욕심나지. 가만있어도 잘난 사내인데 내 남자가 되어봐. 옆에만 있어도 흐뭇하겠지. 나중엔 그녀가 더 많이 좋아할까 봐 겁난다. 그리고 실연의 아픔에서 빠져나오는데도 그만큼 시간이 걸릴까 봐 겁난다. 연수는 왜 이렇게 자신이 미적거리고 있는지 혼란스러웠다. 분명 오기 전까지는 결심이 섰다고 생각했는데 말이다.

결혼도 아니고 연애인데 사귀어보면 어때서? 괜찮은 사람 만나는 게 죄짓는 건 아니잖아. 마음 깊숙이 숨겨두었던 진심이 슬쩍 고개를 내밀었다. 무심코 스치는 손길에 설레었잖아. 마음에 없었다면 네가 그렇게 고민하는 이유가 뭐냐고?

"싫고 좋고를 떠나 궁금하긴 해요, 이재하 본부장님의 다른 모습이."

"궁금하긴 한데 싫다?"

연수는 아랫입술을 지그시 깨물었다. 결심에 선 듯 그녀가 그를 똑바로 바라보았다.

"사귀고 싶어요. 대신 비밀 연애라도 괜찮다면요."

재하의 미소가 깊게 파였다. 애초에 사귀는 것은 기정사실화된 일이다. 그는 마음먹은 일에 포기란 없었다. 비밀 연애? 물론 처음에는 그렇게 시작하겠지만 고의든 그렇지 않든 금방 들통 나게 될 것이다. 그리고 그녀는 어느 순간 빠져나가지 못할 그의 연인 자리에 서 있을 것이다. 처음부터 그는 그녀를 놔줄 생각이 없었다. 그리고 원한다면 최대한 언론사 및 방송사에 협조해 줄 생각도 있었다.

"본부장님, 죄송하지만 울산 생산팀과 미팅 시간 5분 전입니다."

"알겠습니다. 곧 나갑니다."

최 대리가 들어왔다 나가자 재하가 일어나 미팅 관련 서류를 챙기기 시작했다. 연수 또한 자리에서 일어났다.

"그럼 박연수 씨, 이따 점심시간에 봅시다."

재하가 손가락으로 가볍게 그녀의 이마를 튕기며 나가자 연수는 피식 웃음이 나왔다.

그의 작은 장난이 왠지 싫지 않았다. 비밀 사내 연애라……. 은근히 스릴 있을지도 몰랐다. 그녀는 두 손으로 얼굴을 감쌌다. 갑자기 왜 이렇게 쑥스러운지 모르겠다.

*

홍 여사는 미술관에서 우연히 만난 혜리에게 차 한 잔을 권했다. 재하의 짝으로 욕심을 한번 부려봤는데 아무래도 그때 만남이 잘 안 된 듯해서 마음속으로 조금 불편함이 남아 있었다. 특히 이 아이가 재하에게 호감을 드러내고 있었기에 그녀도 내심 잘 성사될 줄 알았다. 말은 안 하지만 꽤 자존심이 상했으리라.

"그때는 먼저 일이 있어서요."

"그 애가 워낙 여자한테 퉁명스럽지. 내 자식이지만도 너무 차가워."

"꼭 그렇지만도 않던데요?"

혜리가 찻잔을 내려놓으며 씽긋 웃어 보였다. 홍 여사는 혹시 그 뒤로 서로 연락을 하고 지내는가 싶어 작은 기대감이 생겼다.

"신문에 보니까 이재하 본부장님 좋아하는 사람 있던데……. 아니, 그렇게 보였다고요."

홍 여사는 미간을 살짝 모으더니 잠시 후 고개를 끄덕였다. 예전에는 가끔 여자를 대동하고 파티에 갔으나 이런저런 소문 때문에 몇 년간 행사나 파티는 혼자 다닌 재하이다. 그런 그가 갑자기 여자 파트너와 함께 갔다고 해서 그녀도 관심 있게 기사를 보긴 했다. 남편에게 물어보니 뜬금없이 재하 흉을 보며 '모자란 놈'이라는 말만 연신 내뱉기에 또 아들 녀석이 하나의 가십거리로 찍혔구나 하고 넘겼다. 보고를 받아도 이 회장이 먼저 더 정확하게 받았기에 그가 아무런 말이 없으면 그다지 중요한 여자가 아니라는 소리다.

"오해하지 말았으면 해요. 재하 녀석이 오랜만에 여자 파트너를 데리고 나가서 다들 입방아를 찧어댄 모양이니."

"제가 보기에는 좀 다르던데요. 그때 저도 거기에…… 아니에요. 어머님 말씀이 맞겠지요."

혜리가 일부러 주저하다 말을 흐리자 홍 여사는 가만히 그녀를 바라보았다.

"혜리 씨가 내 딸 같아서 해주는 말이니 마음 상해하지 말고 들어요. 마음에 단속할 말과 꺼낼 말은 구분해 놓고 쓰세요. 특히 말을 흘리지 말아요. 그런 말치고 좋은 말이 나올 리가 없으니까. 그리고 말을 자주 흐리면 사람 보기에도 안 좋아요."

홍 여사는 차분하면서도 조곤조곤하게 혜리에게 충고했다.

"어차피 나에게 하고 싶은 말이 있나본데 그냥 해요."

"저도 그날 이재하 본부장님이 참석한 파티에 갔었어요."

홍 여사는 무언의 눈짓으로 재촉했다.

"그 사진 말이죠, 그때 저도 그 자리에 함께 있어서 알아요. 물론 조금 떨어진 곳에서요. 그래서 본의 아니게 그들의 얘기가 들렸고요. 놀랍게도 그 여자가 이재하 본부장님에 대한 추문을 퍼뜨리고 다닌 것을 사죄하고 있더라고요. 이재하 본부장님은 너그럽게 용서해 주는 분위기였고요. 그때 기자들이 찰칵 찍은 거예요."

"그 말 사실이에요?"

"네, 추문을 퍼뜨리는 것도 용서해 줄 만큼 좋아하는 여자와 저는 게임이 안 되니 일찌감치 마음을 접었죠."

홍 여사의 굳은 표정과 달리 혜리는 미소 지으며 차를 마셨다. 그러니 여자의 자존심은 함부로 건드리는 것이 아니었다.

*

하이언이 ㈜한동의 제안을 받아들이자 일은 급물살을 타기 시작했다. 얼마나 중대했으면 회장님이 직접 보고를 받겠다며 러시아 제철소 인수 PT회의에 참석한 것이다. 이런 큰 프로젝트에 정신이 바짝 서 있어도 모자랄 판국에 연수는 오랜만에 입은 고급 투피스 정장 때문에 신경의 반은 목덜미에 가 있었다. 고이 옷장에 모셔두다 간만에 입은 블라우스의 상표 부분이 피부를 자극해서 여간 신경 쓰이는 게 아니었다.

'절대 그에게 잘 보이고 싶어서 이런 옷을 입은 게 아니라고. 음, 그래, 반반이다.'

하지만 그녀가 이런 옷을 입고 온 데에는 다 이유가 있었다. 지난주 주말 갑작스러운 그의 기습 방문에 그녀는 동네에서 그를 보자마자 도망을 쳐야 했다. 그 더운 여름날 그와 그녀는 아침부터 달리기를 한 것이다. 물론 1분도 되지 않아 그에게 잡혔지만 말이다.

그녀도 웬만하면 무덤덤하게 그를 반겼을 것이다. 그녀의 성격상 인간다운 모습만 갖췄다면 그렇게 기함하며 도망치지는 않았을 것이다. 매일 야근이라 장 볼 시간도 없고 냉장고에 있던 두부며 각종 채소가 썩어 나가 그녀는 부득이하게 주말 아침부터 슈퍼를 가야 했다. 아무 생각 없이 그녀는 빨리 허기진 배를 채워야겠다는 일념으로, 자고 일어난 그 모습 그대로 박스티에 반바지 차림, 그것도 세수도 안 하고 슈퍼를 가다 동네를 배회하는 그를 만난 것이다. 그러니 그녀가 기겁을 안 하게 생겼냐고! 본능적으로 그녀가 손으로 얼굴을 가렸지만 그는 단숨에 손을 그녀의 얼굴에서 떼어냈다.

'진짜 이 남자가 왜 아침부터 우리 동네에 있느냐고!'

"아침부터 나 잡아봐라 놀이를 하고 싶은 것도 아니면서 왜 뛰나?"

"왜 말도 없이 와요?"

경기로 치면 반칙이고 전쟁으로 치면 기습 공격이다. 연수는 억울함과 원망이 가득한 눈빛으로 재하를 노려보았다. 그러나 곧 고개를 옆으로 틀었다. 혹시 눈에 붙은 눈곱이라도 있는지 열심히 손으로 눈을 문질러 얼굴에서 떨어냈다. 정말 세수 안 한 모습은 결혼 5년차에나 서로 얼굴 마주 보며 할 수 있는 일을 그녀는 사귀자마자 그에게 보여준 것이다.

"전화 안 받던데? 그리고 평소와 별반 다르지도 않은데 그만 고개 숙이지?"

이게 칭찬인지 욕인지 모르겠다. 아니, 분명 욕이다. 화장을 해도 그 얼굴이라는 소리 아닌가. 연수는 그날 민낯과 화장한 모습이 별반 다르지 않다는 그의 말에 왠지 모를 승부욕이 일어났다. 그래서 그녀는 오늘 발표도 있고 그에게 민낯과 화장의 차이를 정확히 인지시키기 위해 겸사겸사 최대한 옷과 화장에 신경을 쓴 것이다. 평소보다 두 시간 일찍 일어나 꽃단장한 노력으로 일단 주위의 반응은 성공적이었다. 출근하자마자 동료들에게 선보냐, 어디 중요한 약속 있느냐는 질문을 수차례 받은 것으로 봐서는 아침부터 공들인 보람이 있었다.

그러나 이놈의 안 입던 옷을 입어서 그런지 팀장들의 발표를 듣고 있으면서도 연수의 손은 슬쩍슬쩍 목덜미를 긁어야 했다. 용한 것은 그때마다 재하의 시선이 그녀와 마주쳐 난감해 그 뒤로 연수는 목덜미가 가려워도 꾹 참고 시선은 스크린에 고정시켰다.

회의가 끝나고 회의실 불이 켜지자 누구보다 기쁘게 일어난 연수였다. 그에게 잘 보이는 건 나중이고 당장 이 투피스를 벗어버리고 가게에서 티셔츠 하나를 사 입던지 해야 했다. 아니면 오늘 온통 이 옷 때문에 제대로 일도 못하게 생겼다. 진짜 왜 이런 불편한 옷을 입고 왔는지.

'이놈의 연애가 무엇이라고! 다시는 이 옷을 입나 봐라!'

회장님과 각 팀장님들이 우르르 빠져나가자 연수는 마지막으로 그 뒤를 따라 나갔다.

"박연수 대리, 발티스키 재무 분석 데이터와 Capa 증대 최고치 분석 자료 지금 내 방으로 가져오십시오."

연수는 순간 말똥말똥하게 재하를 바라보았다. 그가 피식 웃자 그때서야 그녀는 고개를 끄덕이며 대답했다. 가끔 그가 그녀와 마주 지나치면서 씩 웃고 지나가는 모습을 볼 때면 그녀는 가슴이 덜컹 내려앉았다. 지금도 개인적으로 좀 보자는 무언의 말을 들은 연수의 심장이 또 한 번 짐수레 바퀴가 돌에 걸린 듯 덜컹거렸다. 설마 얼굴이 달아오르진 않았겠지? 그녀는 작게 한숨을 내쉬었다. 아무래도 그녀는 사내 비밀 연애 체질은 아닌 것 같았다.

연수는 비서실을 올 때마다 설마 본부장과의 관계를 의심하진 않겠지라는 소심한 생각이 들었다. 가뜩이나 주변 눈치가 보이는데 일개 대리를 본부장실을 왔다 갔다 하다가는 언젠가는 꼬리가 밟힐 것 같았다.

"들어가셔도 됩니다."

"감사합니다."

연수는 인사를 건넨 후 본부장실 문을 똑똑 두드렸다. 저번처럼 문을 벌컥 열었다가 회장님이나 손님이 계시면 난감한 일이 아닌가. 그녀는 그때 이후로 무조건 노크를 한 후 마음속으로 셋을 센 후 문을 열었다. 그러고 보니 회장님은 그 사건 후로 아무런 언급이 없었다. 누군가 그녀를 알아보지 않을까 하는 우려도 괜한 걱정이었다. 기사 속의 그녀를 그녀라고 생각해 주는 주변 사람들이 없다는 게 오히려 신기할 정도였다. 혹시 몰라 지방에 계시는 부모님한테 연락해 보았는데도 눈치를 못 채셨다. 주위 사람들이 알아채지 못하고 조용하게 지나가니 이건 이것대로 기분이 나빴다. 사람 심리라는 게 참 묘했다.

"여기 요청하신 자료입니다, 본부장님."

재하는 창가 턱에 앉아 그녀가 들어오는 모습을 가만히 지켜보았다. 오늘 그녀는 뾰로통하게 내민 입술까지도 참 예뻤다. 그리고 한편으로는 저 꾸밈이 누구를 위한 것인지 궁금했다. 재하가 연수를 부드럽게 끌어당겨 두 손을 잡았다. 아직은 그의 이런 접촉이 어색한지 그녀의 눈동자가 한 바퀴 데굴거렸다.

"오늘 약속이 있는 것 같은데?"

"아마도요?"

재하의 미간이 살짝 모아졌다. 마음 한쪽에 그를 위해 그녀가 이렇게 입은 거였으면 하는 바람이 여지없이 깨진 것이다.

"무슨 약속인데 이렇게 공들여 화장까지 하셨나? 거기다 향수까지?"

재하는 일어나 그녀의 목덜미로 고개를 숙였다. 그녀는 평소 향수를 즐기지 않는 것으로 알고 있는데 거기에 구색에 맞춰 팔찌며 귀고리까지?

"맞혀보세요."

"약속이라……."

조금 전 그의 목소리가 편안하고 나른했다면 지금 그의 목소리엔 부드럽지만 뭔가를 캐낼 준비를 마친 감사원 표정으로 변해 있었다. 연수는 어깨를 장난스럽게 으쓱하며 그의 이런 반응도 나쁘지 않다고 생각했다. 그러나 조금만 더 끌면 그의 질문 자체가 취조성이 짙은 목소리로 변할 것 같은 불길한 예감이 들었다. 마치 그녀의 예상이 맞기라도 하듯 그는 그녀에게 답을 요구하듯 잡은 그녀의 두 손을 지그시 눌렀다.

"그냥 불지?"

은근한 협박이 들어왔다. 사귀면 좀 말랑말랑해질 줄 알았는데 그 성격 일관성도 뛰어나다. 더 이상 그를 놀려먹을 자신도 없고 그녀가 실토할 때까지 이 방에서 안 내보낼 것을 알기에 그녀는 그의 의견을 적극 수렴하여 사실 그대로 털어놓기로 했다. 연수는 한쪽 얼굴을 그에게 좀 더 들이밀어 보였다.

"민낯보다 훨씬 예쁘지 않아요? 이게 어떻게 민낯하고 별 차이가 없는 얼굴이에요?"

다시 들어도 마음이 확 상하는 말이다. 그러고 보니 이 남자, 그녀의 어디에 반한 거지? 그녀의 과거를 알고 있으니 차마 성격이 좋아 사귄다는 것은 말도 안 되는 것 같고, 얼굴? 감탄사가 나오는 외모도 몸매도 아닌데 어디에 반한 걸까? 설마 가슴? 이거 뽕인데…….

연수는 그가 그녀의 어디에 반해 사귀기로 결심했는지 궁금하면서도 걱정이 되었다.

"그걸 증명하기 위해 예쁘게 입었다?"

"겸사겸사요."

대놓고 그랬다가는 가뜩이나 치솟아 있는 자존심인데 한 숟가락 더 퍼부어줄 수는 없는 일이었다.

"그럼 약속은?"

아이구야, 뉘 집 아들인지 집요도 하셔라. 아무튼 그냥 넘어가는 법이 없다.

"지금부터 잡아야죠. 흠흠, 본부장님, 오늘은 야근을 몇 시까지 해야 하나요? 제 남자친구랑 데이트 약속 시간을 몇 시로 잡아야 할지 몰라서 말이죠."

'남자친구'라는 말을 최대한 덤덤하게 말하려 해도 그녀의 얼굴이 살짝 붉어졌다. 18세 꽃순이도 아니고 요즘 그녀의 얼굴은 혈액순환이 너무나 잘되고 있었다. 사실 생각에도 없던 말이었다. 무심결에 약속 있느냐는 질문에 대답하다 보니 여기까지 흘러온 것이다.

"음……."

그는 처음으로 업무를 미뤄두고 그녀와 데이트를 해야 할지 고민했다. 사실 사귄다고 해도 대부분 만나는 곳이 회사 안이라 제대로 데이트다운 데이트도 하지 못한 그들이다. 그래서 그 부분에 대해서는 미안한 감이 없지 않아 있었다. 하필 프로젝트 건과 맞물리는 시점이라.

"아무리 빨라도 아홉 시일 것 같은데……."

"아홉 시에만 끝내도 황송하죠. 끝나고 제가 시원한 맥주 사드릴게요. 콜?"

재하가 피식 웃으며 고개를 끄덕였다.

"그런데 그 정장에 맥주 마시러 가기에는 아까울 것 같은데?"

아마도 그녀는 공연 관람이나 좀 더 분위기 있는 곳을 생각하고 왔을 거라는 생각에 재하의 마음이 좋지 못했다.

"걱정하지 마세요. 이따 옷 갈아입을 거니까요. 불편해서 이 옷 입고 일도 못해요."

다시 목뒤가 간질거리자 연수는 목덜미 쪽을 긁으려 했다. 정말 이놈의 옷! 다시는 안 입는다. 그러나 재하가 연수의 손목을 잡으며 연수의 목덜미를 내려다보았다. 얼마나 긁었는지 목뒤 주위가 벌겋게 번져 있다.

"심각해 보이는데?"

"괜찮아요. 이따 옷 갈아입을 거예요."

"딱 봐도 안 괜찮아 보이는데. 이리 와봐."

"상표에 긁혀서 그래요."

"아무튼 고집 하고는……."

재하가 그녀의 손목을 잡아당겨 그녀를 품 안에 안았다. 그와 그녀의 눈이 순간 부딪쳤다. 사랑보다는 기 싸움에 가까운 눈빛이다. 이봐요. 진짜 누가 고집이 세다는 거예요? 그녀는 부드러운 여자였다. 까마득한 예전 남자친구는 그녀를 보고 천생 여자라고 했다.

"화장 묻어요. 어쩌려고요."

"당신이 묻힌 거니 그럼 당신이 빨아오던지."

연수는 구시렁거리며 최대한 그에게 화장품이 묻지 않도록 애를 썼다. 그건 그렇고, 그가 그녀의 목덜미를 보는 자세가 되다 보니 그의 품에 쏙 들어간 형태가 되어버렸다. 연수는 숨을 죽이며 그 자세로 꿈쩍도 하지 않았다. 그런데 그의 두 손이 그녀의 목덜미 안으로 들어오자 연수는 헉 하고 숨을 들이켰다. 아니, 이 남자가 벌건 대낮에! 사귀는 데 단계는 따로 없다지만 그렇다고 키스도 하기 전에 등짝에 손을 넣는 건 좀 아니잖아요. 혹시 등짝에 집착하는 남자였나? 간혹 여성의 쇄골이나 날개 뼈를 좋아하는 남자가 있단 말은 듣긴 했는데…….

"저, 저기요, 상처는 안 났어요. 워낙 피부가 약해서……."

그녀가 그의 행동을 멈추려고 입을 여는 순간 재하가 그녀의 손에 조그마한 종이를 쥐어주었다. 연수는 뭔가 싶어 손을 펼쳐 보니 세탁소에서 써놓은 이름표였다.

"신경 둔한 건 일찍이 알았지만 확인까지 하니 암담하군. 진짜야. 1조 원 공사 엎을 때도 이렇게 암담하지는 않았는데 말이야."

이 남자, 지금 뭐라는 거야. 애인으로 등급이 바뀌면 저런 구박은 안 들을 줄 알았는데 오히려 대놓고 구박하고 있다. 그때는 그래도 꼬박꼬박 존대해 가며 깔끔하게 한두 마디로 끝냈는데! 이거 왠지 애인이 더 손해 보는 느낌이다.

"눈치 백 단도 가끔은 남한테 민폐거든요?"

그녀는 중얼거리며 입을 삐쭉거렸다. 이게 오전 내내 그녀를 괴롭힌 주범이라니. 연수가 부끄러운 마음에 그의 시선을 슬쩍 피하자 재하가 그녀의 턱을 살짝 치켜 올렸다.

"내 시선 피하지 말 것."

재하가 진지하게 말하자 연수는 고개를 끄덕였다.

"구박하지 않으면요."

연수가 조건부를 달았다. 그러나 이해가 되지 않는지 재하의 미간이 살짝 찡그려졌다.

"내가 무슨 구박을 했다는 거지?"

우와, 이 사람 보소. 능청이야, 오리발이야? 지금까지 그녀가 당한 구박에 얼마나 그의 눈치를 봤는데. 그녀가 마음이 타이어처럼 질기고 튼튼하기에 망정이지 다른 여자 같았으면 벌써 그의 말투에 매일 눈물바람을 뿌리며 십 리 밖으로 도망갔을 것이다. 이참에 한번 속 시원히 우리 얘기 좀 해볼까요? 사람은 자고로 자르고 끊고 매듭을 잘 지어야 관계가 평탄한 법이다.

"저 TFT팀으로 차출한 거 고의였죠? 팀장님이 작성해야 하는 기획안 기초 작업 저 시킬 때도 제가 그거 할 능력 안 되는 거 뻔히 알고 시켰죠? 구박할 건수 찾느라고? 솔직히 말해봐요. 저 마음 넓거든요. 넓은 아량으로 이해할 수 있어요. 전 누구와 달리 과거에 너그럽거든요."

재하가 눈을 가늘게 떠 연수를 보자 연수는 히쭉 웃었다.

"노코멘트."

"우와! 찔러봤는데 진짜였나 보네."

재하가 그저 미소만 짓자 연수는 뭔가 꿍꿍이가 있는 눈빛으로 그에게 한 발자국 다가갔다. 그리고는 두 손으로 그의 귀를 막았다.

"우리 본부장님 말이죠, 엄청 못됐어요."

그의 눈썹이 살짝 꿈틀거렸다. 그녀가 귀를 막는다고 해서 안 들릴 리 없다. 그걸 잘 알고 있는 그녀가 실실 웃으며 말하는 걸 보면 뭔가 꿍꿍이가 있었다.

“일 못하면 가차 없이 구박하고 또 구박하고, 칭찬은 쥐똥만큼 해주고.”

대놓고 내 욕을 하시겠다? 재하의 입가가 느슨해졌다. 맺힌 게 꽤 되나 보다.

“일찍 출근하지, 늦게 퇴근하지. 퇴근이 허구한 날 늦으니 밑에 팀장은 일 있어도 눈치 보여 갈 수도 없게 만들어놓고 알아서 퇴근하래요. 원래 상사는 칼퇴근할수록 부하 직원에게 예쁨 받는 법인데.”

마치 재하가 안 듣고 있다는 듯 연수는 능청을 떨었다.

“그렇다고 성격이 좋냐? 내가 보니까 그분 은근히 뒤끝 있으시더라고요. 저도 처음에는 쿨하고 깔끔한 성격인 줄 알았거든요. 웬걸. 그거 다 이미지 메이킹이더라고요. 그리고 마지막으로 심장에도 안 좋아요.”

재하가 의아한 표정으로 연수를 보았지만 그녀는 하고픈 말을 마저 했다.

“차라리 잘못하면 큰 소리를 내시지. 싸늘한 눈빛 한 번에 심정이 덜컹 내려앉는데 심약한 사람은 우리 본부장님이랑 일 못할걸요? 좋은 상사의 바른 자세 뭐, 이런 강연 없나? 사비 털어서라도 좀 보내주고 싶네.”

“다 했습니까, 박연수 대리?”

이분 삐치셨다. 빨리 뒤끝이 꿈틀대기 전에 달래줘야 했다. 연수는 의미심장한 미소를 지었다.

"아직요. 그런데 가끔, 아주 가끔은 말이죠, 미소 지을 때도 덜컹 내려앉아요. 심장이 지조가 없어요. 한쪽에만 반응을 해야 하는데."

재하가 웃으며 그녀의 두 손을 잡아 끌어당겼다. 갈수록 이 박연수라는 여자가 갖고 싶다. 그것도 가능한 빠른 시일 내에 공식적으로. 그가 고개를 숙여 그녀의 입술 근처에서 멈칫하다 미끄러지듯 그녀의 목덜미에 살짝 입술을 찍었다.

이 남자가 지금 사무실에서! 연수는 그의 급습 키스에 놀란 심정을 진정시키려 애썼다. 이 남자, 갈수록 대범해지고 있다. 회사가 아버지 거라서 그런지 눈치도 보지 않는다.

"이대로 안고 있었으면 하지만 조금 뒤 눈치 없는 최 대리가 들어올 테니 여기까지 해야겠지?"

"여기 사무실인 거 저도 알거든요?"

연수는 이 남자의 표현력에 당황해 목소리를 가다듬었다. 그녀가 알던 그는 정말 표현과 말은 딱 의사 수단으로서 필요한 만큼만 구사하는 사람이었다. 어디서 연애 강습이라도 받고 오셨나. 사람이 갑자기 달라지면 아시죠? 죽어요, 죽어.

"이따 회의실에서 봅시다."

그가 말하자 연수는 마침 뭔가 생각난 듯 씩 웃었다.

"아, 만나는 장소 말인데요, 제가 사내에서 만날 수 있는 장소를 물색해 봤거든요."

연수는 마치 이 정보를 누가 듣기라도 하는 듯 목소리가 한껏 낮아져 있었다.

재하는 그녀의 머리카락을 매만지며 계속해 보라는 듯 고개를 끄덕였다.

“5층, 6층 PD 지원팀이 저번 달에 분사돼서 지금 그 층 회의실은 아무도 사용 안 하거든요. 거기서 만나는 거예요.”

사실 매일 같이 있으면서도 같이 있지 못하는 신세였고, 잠시 시간이 되면 그의 사무실에서 보는 게 전부였다. 그리고 일개 대리가 영업본부장실을 들락날락거리는 것도 의심을 살 수 있었다. 그리고 그녀가 불편했다.

재하는 연수의 머리를 넘겨주며 씩 웃었다. 이 순진한 여자는 정말 비밀 연애가 지속될 거라고 생각하는 모양이다. 사내 비밀 연애를 하는 사람들은 곳곳에 있었다. 그리고 그들 또한 몰래 만날 장소를 찾는 달인이 되어 있을 것이다. 어차피 연애하는 사람들의 루트는 뻔했다.

“어때요? 거기면 편하게 만날 수 있을 것 같지 않아요? 옥상과 층계는 왔다 갔다 하는 사람이 너무 많아요.”

“PD팀 회의실이라……. 그거 좋은 생각이군.”

그가 머리 굴리지 않아도 그녀가 알아서 사내에 소문을 퍼뜨려 주겠다고 하니 그야 고마운 일이었다. 적극 권장하고 싶은 마음이다.

“그럼 우리 앞으로 거기서 봐요.”

연수는 자신의 아이디어에 만족해하며 활짝 웃었다. 그녀는 비서가 또 들어오기 전에 그의 사무실에서 나가려 했다. 오래 있다

보면 의심을 살 확률이 컸다. 연수가 나가려는 순간 그의 목소리가 뒤에서 들려왔다.

"박연수 씨?"

그가 책상에 기대어 빙그레 그녀를 바라보았다.

"네?"

"키스하기에는 립스틱 색이 좀 진한 건 알고 있나?"

어우, 저 남자는 어떻게 얼굴색 하나 안 변하고 저런 말을 할 수 있냐고! 그렇다고 저런 말에 기죽을 박연수가 아니지. 가만 보면 은근히 그녀를 골려먹는 걸 즐기는 사람 같단 말이야. 연수는 마치 희극 배우처럼 도도하게 턱을 치켜들어 그를 바라보았다.

"립스틱 색깔을 운운하는 거 보니 아직 제 매력에 푹 빠지지는 않은 것 같네요. 일단 푹 빠져 보세요. 립스틱 색깔이 문제겠어요? 입에 된장을 발라도 키스하고 싶을 텐데?"

재하가 쿡쿡거리며 웃자 연수는 흥 하며 문을 닫고 나갔다. 문을 닫고 나온 연수의 얼굴은 빨갛게 물들어 있었다.

*

항상 조용하던 그녀의 주말이 아침부터 시끌벅적 요란스러웠다. 곧바로 욕실 문이 탕 하고 닫히자 곧바로 부산스러운 소리가 들려왔다.

"아우, 누가 남매 아니랄까 봐 왜 황금 같은 주말에 기습적으로 쳐들어오느냐고!"

그녀는 샤워를 하면서 동시에 머리에 샴푸를 묻히고 입에 칫솔을 물었다. 어제 퇴근하면서 그녀는 간곡히 본부장에게 부탁했다. 미안하지만 피곤하니 내일 늦잠 자게 해달라고. 내가 준비가 다 되면 전화할 테니 저번처럼 미리 그녀의 동네를 방황하며 돌아다니지 말아달라고.

그가 마지못해 고개를 끄덕이자 그녀는 정말 집에 와서 쓰러지듯 잠이 들어 아침 여덟 시까지 잠에서 허우적대고 있었다. 아침에 휴대폰이 울리자 연수는 당연히 그의 전화인 줄 알았다. 그 말고는 주말 아침에 그녀에게 전화할 사람은 아무도 없었기 때문에. 그리고 그에게 아침 여덟 시면 충분한 숙면을 취하고 일어날 시간이다. 그녀는 잘 떠지지 않는 눈을 힘겹게 들어 올리고 번호를 확인했다. 그런데 모르는 번호라 순간 콧등에 주름이 잡혔다. 잘못 걸려온 전화기만 해봐라!

"여보세요?"

막 깨어난 목소리는 낮고 허스키했다. 그리고 그녀의 눈은 감긴 채였고 정신은 아직 한 발자국 잠의 나라에서 빠져나오지 못한 상태였다. 이렇게 햇빛이 들어와 더워진 방의 공기도 느끼지 못할 만큼 그녀는 정신없이 잠을 잔 것이다. 전화를 받으면서도 그녀의 의식은 조금씩 잠의 세계로 인도되고 있었다.

〈어머, 연수 씨. 아직도 자는 거예요?〉

이 목소리는! 연수의 눈이 번쩍 떠졌다. 급히 목소리를 가다듬었지만 잠긴 목은 쉽게 회복되지 않았다.

"아, 안녕하세요. 그런데 아침 일찍 무슨 일이세요?"

〈아침 일찍이라뇨, 벌써 여덟 시가 넘었는데. 지금 집이죠?〉

벌써 여덟 시가 아니라 여덟 시밖에 안 됐다고요! 주말은 해가 중천에 떠 있을 때까지 늦잠을 자도 되는 특권이 있단 말입니다, 아줌마! 진작 이 아줌마의 전화번호를 등록해 두는 건데. 연수는 다시 한 번 목소리를 가다듬었다. 얼마 전까지만 해도 다시는 만날 일이 없을 사람이라 여겼는데…….

"네, 그런데 무슨 일로?"

〈지나가는 길에 들렀다고 하면 안 믿겠죠? 나 연수 씨 집에 거의 다 와 가는데 지금 일어난 거 보니까 밥도 안 먹었을 테고. 나랑 브런치 해요.〉

그리고 그 아줌마는 그녀의 말은 들어보지도 않고 통화를 일방적으로 끝냈다. 원래 자기주장을 끝까지 관철시키는 아줌마였지만 이건 너무 심하잖아? 이건 그녀의 의견을 물으려 전화한 게 아니라 정확히 말하면 통보였다.

그런데 왜 아침부터 그녀를 보러 온다는 거지? 달콤한 잠을 털고 일어날 생각을 하니 연수는 단희라는 아줌마가 살짝 미워지려 했다. 그러다 퍼뜩 뭔가 생각난 듯 그녀는 침대에서 벌떡 일어났다.

"설마 신문에 난 사진 때문에? 아니야. 그러기에는 시간이 너무 많이 지났잖아? 회장님도 그냥 아무 말씀도 없으셨고."

일어난 지 얼마 되지 않아 머리가 안 돌아가서 그런지 연수는 그녀의 방문 목적이 무엇인지 전혀 감을 잡지 못했다.

"잠깐, 지금 출발한다는 게 아니라 거의 다 왔다고 하지 않았나? 이런, 젠장!"

그녀는 욕실로 뛰어가면서 곧바로 그에게 문자를 넣었다. 만에 하나 이 남매가 그녀의 동네에서 만나는 불상사는 피해야 했다. 아직 그들이 사귀는 건 아무도 모르니 일단은 단희 씨가 모르는 게 나았다. 비밀 연애도 아무나 하는 게 아니었다. 이런 것까지 신경 써야 하니 말이다.

〈저 급히 약속이 생겨서 끝나는 대로 전화 줄게요. 이따 봐요. 미안해요.〉

그녀가 주말 아침부터 우당탕거리며 전광석화 같은 속도로 샤워를 하는 이유가 여기에 있었다.

연수는 머리 말릴 시간도 없이 창문을 열어 환기시키고 청소기로 모든 방을 5분 만에 돌리는 기록적인 능력을 발휘했다. 설마 화장실은 안 들어가겠지? 샤워를 했지만 아침부터 방과 거실을 뛰어다니며 청소하느라 이마에 땀이 맺혔다. 최단시간으로 최고의 결과를 만들어낸 자신의 능력을 만족스럽게 둘러보았다. 그리고 초인종이 울렸다. 기막힌 타이밍이다.

"죄송해요. 어제 전화를 할까 생각했는데 깜박해서요. 그리고 휴일이니까 집에 있겠다 싶어서요. 제가 실례를 한 건 아니죠?"

저런 걸 바로 선수를 치는 거라고 하는 것이다. 다른 답은 일절 고를 수 없게 만드는 질문. 바로 지금과 같이.

"괜찮아요."

괜찮지 않으면 돌아갈 것도 아니면서 말이다.

그래도 집에 온 손님이니 연수는 단희를 편하게 거실에 앉으라고 권한 뒤 손님 대접을 위해 커피 물을 올렸다. 쾌적한 환경을 위해 에어컨도 틀었다. 다만 그녀는 혼자 살기에 거실에 소파 대신 큰 쿠션 두 개와 돗자리만 깔아놓아 바닥에 앉아 있는 게 불편할 것이다. 그래도 할 수 없다. 그녀는 집에서 휴식을 취하는 참맛은 바닥을 데굴거리는 데 있다고 보는 사람이니까.

"앉는 자리가 불편하면 여기 식탁에 앉으셔도 되고요. 인스턴트커피도 괜찮죠? 아니면 차로 드릴까요?"

"나가서 맛있는 거 먹으며 얘기할래요?"

"여기서 얘기하셔도 돼요. 나가려면 왔다 갔다 시간도 걸리고 한데."

여기 올 때는 대차게 오시더니 이 아줌마 갑자기 뜸을 들이고 있다. 그리고는 틈틈이 휴대폰 쪽으로 눈길을 주고 있다. 기다리는 전화라도 있는 건지 아니면 남의 집에 온 것이 어색한지 그녀의 행동은 아까와 달라 보였다.

"그럼 커피로 부탁해요."

"시럽 없이요?"

단희는 고개를 끄덕이며 천천히 거실을 둘러보더니 식탁으로 와 앉아 그녀가 물을 끓이는 모습을 지켜보았다. 차가 끓는 동안 연수도 딱히 할 말이 없었다.

"저희 오빠 어떻게 생각하세요?"

무슨 말을 하려고 왔는지 대충 짐작이 가자 연수는 잠시 고민해야 했다.

“이재하 본부장님이요? 엄하지만 좋은 상사라고 생각해요.”

연수는 스푼으로 커피를 저으며 최대한 무덤덤하게 말했다. 막연한 질문은 막연한 대답으로 답하는 게 최선이다. 역시 사진 문제인가?

“그렇죠? 사실 저희 오빠가 다가가기 좀 어려워서 그렇지 잘 보면 마음도 넓고, 이해심도 깊고, 잘생겼고, 또 성격도 다정한 편이에요.”

“……혹시 이재하 본부장님 형제 있으세요?”

연수는 자리에 앉으며 단희에게 커피를 내밀었다. 그녀는 농담이 아니라 진심이었다. 아무리 팔은 안으로 굽는다지만 저 정도면 단어의 뜻을 잘 모르거나 그녀에게 거짓말을 하고 있거나 둘 중 하나이다.

단희는 풋 하고 웃으며 손으로 입을 가렸다.

생각보다 분위기가 무겁지 않자 연수는 일단 안심했다. 나이에 비해 참 귀엽게 웃는 단희의 모습을 보며 어찌 성격하고 이리 다를 수가 있는지 연수는 작게 고개를 내저었다. 다음에 그녀도 한번 시도를 해봐? 그런데 그의 반응이 어찌 나올지 감이 잡히지 않는다.

“제가 너무 포장을 많이 했나요?”

“네.”

‘화장품도 그렇게 과대 포장은 안 해요. 난 누굴 말하나 했네.’

연수는 커피를 한 모금 마셨다. 이제야 정신이 번쩍 나는 기분이었다.

"제가 여기 왜 왔는지 궁금하시죠? 신문 기사 봤어요. 연수 씨 맞지요?"

일단 연수는 조용히 머그컵을 내려놓았다. 그녀의 예상치 못한 질문으로 당황해 이 뜨거운 커피를 쏟거나 없는 일은 차단시켜야 했다.

"눈썰미 좋은데요. 제 부모님과 친구도 못 알아보던데."

"사실은 못 알아볼 뻔했어요."

오빠가 파트너를 바라보는 시선이 바비큐 파티 때 연수 씨를 바라보던 시선과 사뭇 비슷해서 그녀는 솔직히 신문에 난 사진을 봤을 때 여자보다는 오빠의 표정을 관심 있게 보고 또 보았다.

"우리 오빠가 파트너를 동반하고 파티에 참석한 게 오랜만이라 알아내는 게 좀 쉬웠어요."

혹시 회장님이 말했나? 저 집은 워낙 커뮤니케이션이 잘되는 집안이라.

'이재하 씨, 뭐? 꼭 파트너가 있어야 하는 파티? 내 양심 콕콕 쑤셔가며 데려간 파티가 고의적이었단 말이지?'

"제가 이러는 게 주제넘은 참견이라는 건 알지만 우리 오빠랑 사귀세요?"

대답을 하기 전 연수는 잠시 고민해야 했다. 사내 비밀 연애가 누구에게까지 비밀로 해야 하는지 알쏭달쏭했기 때문이다. 비밀이라고 했으니 모두에게 비밀로 붙이는 것이 맞겠지? 사실 그녀도 아직 주희에게 이재하 본부장과 사귄다는 걸 말하지 못했다. 왜냐면 주희 남편도 어느 정도 사는 집 자식이라 주희가 분명 남편에게 말할 것이고, 그 남편이 또 어디서 우연히 이재하 본부장을 만나 악수라도 한다면 '연수랑 사귄다고 들었습니다'라는 멘트를 날릴지도 모르기 때문이다. 이 바닥이 의외로 좁고 만나는 장소도 한정되어 있었다. 그리고 대한민국 자체도 좁지 않은가. 그녀는 초등학교 때 세계지도를 보고 대한민국의 크기에 실망해 얼마나 울었는지 모른다.

"아니요, 안 사귀는데요."

심장이 조금 따끔하긴 했지만 무시했다. 어쩔 수 없었다.

"아, 그렇구나."

그러면서도 단희는 의심을 놓지 않았다.

"사진이 좀 그렇게 나왔지요?"

분명 그녀가 원해서 거짓말을 한 건데 기분이 묘했다. 마치 왜 자신이 숨어서 연애를 해야 하는지 알 수 없는 기분이랄까? 이런 이중적인 마음에 연수의 기분이 잠시 내려앉았다. 사내 연애는 이래서 싫었다.

"그런데 그건 왜 물으시죠? 전화로 물어도 됐을 텐데."

단희의 미소가 진해졌다. 그러나 눈은 어느 때보다 진지했다.

"목소리만으로는 진실을 알 수 없잖아요. 전 오빠가 누구보다 행복했으면 좋겠거든요. 저렇게 지지리 궁상맞게 일만 하다 늙어 죽는 꼴은 보기 싫다고요. 그렇다고 연수 씨보고 봉사하는 마음에 우리 오빠랑 사귀라는 말은 아니고요. 저번 바비큐 파티 때 우리 오빠가 연수 씨를 잘 챙겨주더라고요. 그럴 사람이 아닌데 말이죠. 분명 우리 오빠는 연수 씨한테 마음이 있는 것 같은데…… 신문에 난 사진도 그래 보였고요. 그래서 연수 씨만 마음이 있다면 둘이 사귀면 정말 좋겠다고 생각했죠. 그리고 우리 오빠에 대해 PR도 할 겸 그래서 찾아왔어요, 실례되는지 알면서도."

"그런데 굳이 아침에 온 이유가?"

"아버지가 6개월 안으로 우리 오빠 처분한다고 했거든요. 우리 아버지는 뱉은 말은 무조건 지키는 분이에요. 그걸 어제저녁에 엄마랑 통화하면서 알았다니까요. 마음 같아서는 어젯밤이라도 오고 싶어서 밤에 잠도 잘 못 잤어요. 그래서 해 뜨자마자 여기 온 거예요."

아, 이분 누구 닮았는지 조금 감이 잡힌다. 이 회장님의 급한 성격은 이 아줌마에게 고스란히 유전된 게 분명했다. 그리고 한 번 결심하면 눈에 뵈는 것 없이 밀어붙이는 것도. 설마 이재하 본부장도 그러는 건 아니겠지? 지금까지 보면 그는 회장님보다는 사모님 쪽을 닮은 모양이었다.

그때 단희의 휴대폰에서 문자 알림 소리가 울리자 마치 기다리기라도 한 듯 그녀는 문자를 확인했다. 그리고 곧 활짝 웃으며 연수를 바라보았다. 연수는 어색하게나마 같이 미소를 지어 보였다.

"우리 아버지, 회사에서 유명하죠? 한다면 하시는 분이거든요. 우리 오빠도 고집이 세지만 우리 아버지는 상식이 안 통하는 고집이에요. 오빠 몰래 유부남 만들어 버릴지도 몰라요. 어느 정도인지 아시겠죠?"

"……."

그와 결혼까지는 아직 생각해 보지 않았지만 막상 그가 다른 사람이랑 결혼할 수도 있다는 말을 듣는 것만으로 가슴이 철렁 내려앉았다. 아무래도 그녀가 생각하는 것보다 그를 많이 좋아하고 있는 것 같았다.

"그리고 우리 오빠, 변태 아니에요. 그건 제가 보증해요."

'알아요. 그 소문의 발단은 저거든요.'

"물론 예전 오빠와 사귀던 아가씨 핸드백에서 채찍이 나왔지만 그건 어디까지나 그 아가씨가 오버해서 준비한 거라니까요!"

단희는 그녀가 궁금해하지 않는 내용도 보따리장수처럼 모두 풀어낼 모양이었다.

"정말 억울한 게, 우리 오빠 그 정도 외모에 실력과 배경이면 어느 것 하나 빠지지 않는 남편감인데 도매급도 아니고 떨이 취급받는 게 억울해요. 그 악의적으로 오빠를 못살게 군 여자를 찾으면 당장에라도!"

연수는 움찔했다. 정말 할 말이 없다.

"제가 너무 흥분했지요? 죄송해요. 전 그래도 어느 정도 기대감을 가지고 왔거든요. 제 아들 찾아준 것도, 우리 오빠를 만난 것도 다 인연인 것 같아서 더 그랬나 봐요. 전 인연이 반드시 존재한다고 믿거든요. 그런데 연수 씨 표정을 보니 정말 우리 오빠랑 아무 사이도 아닌 것 같네요."

단희가 시무룩해져 고개를 떨어뜨리자 연수의 마음이 살짝 약해졌다. 그렇다고 딱히 위로의 말을 건넬 처지도 아니다.

"이만 갈게요. 아침부터 연수 씨를 너무 괴롭혔네요. 그리고 우리 같이 야외로 놀러 가기로 한 거 언제로 잡을까요? 아니다. 그건 다음에 기분 좋을 때 다시 전화 드릴게요."

입을 꾹 다문 모습을 보니 많이 실망한 모습이다.

연수는 풀 죽은 그녀를 배웅하러 나갔다. 그리고 최대한 빨리 꽃단장을 끝내고 그를 만나야겠다고 생각했다. 그의 여동생을 만났다는 얘기도 해야 할 것 같았다. 다 큰 성인이 좋아서 만난다는데 왜 그게 궁금한지 모를 일이다. 결혼한다면 이해라도 하지만 이 남자, 연애도 집에서 허락받고 하나? 그럼 정말 콱 차버릴 테다!

"너, 여긴 어쩐 일이야?"

연수와 단희가 소리 나는 쪽으로 고개를 돌리자 그렇게 이 동네에서 배회하지 말라던 그녀의 충고를 무시하고 그가 나타났다.

"오빠야말로 여기 어쩐 일이야?"

"내가 먼저 물은 것으로 아는데?"

남매의 서늘한 대화에 연수의 얼굴이 난감 그 자체로 변했다. 남의 동네에서 두 분 왜 이러시나. 그는 왜 말을 안 들어서 또 남의 동네 배회하다 그녀를 난처하게 만드냐고!

"단희 씨가 저랑 야외로 놀러 가고 싶다고 해서요. 단희 씨 성격이 워낙 급해서……."

재하가 연수를 빤히 바라보자 연수가 어색하게 웃으며 무언의 말을 보냈다.

'이따 얘기하고 그렇게 심통 맞게 굴지 말아요.'

그러나 그는 그녀의 말을 들어줄 생각이 없나 보다. 도대체 뭐 때문에 골이 났는지 재하는 단희에게 시선을 고정시키고 있었다. 연수가 무심코 재하의 팔을 잡으며 말리자 단희의 입이 살짝 올라갔다.

아, 이러고도 아무 관계도 아니다? 저리 스스럼없이 접촉하면서? 이거 내가 괜히 나선 건 아닌지 모르겠네. 단희는 눈을 반짝이며 오빠와 연수를 번갈아 쳐다보았다.

"연수 씨, 그럼 내가 말한 거 잘 생각해 봐요. 정말 괜찮은 사람이에요."

"넌 집에 가 있어, 나중에 전화할 테니."

재하의 경고가 단희에게 꽂혔다.

'거기다 하나밖에 없는 여동생을 구박하고 말이야.'

"본부장님 왜 그러는지 모르겠는데 아무 일도 아니에요."

설마 본부장님 혼자 드라마 찍는 거 아니죠? 아, 왜 봉투 내밀며 떨어져 나가! 하는 뭐, 그런 장면 상상하는 거 말이에요. 표정을 보니 딱 그거 같은데. 언제 또 그런 상상력은 키우셔 가지고는.

"본부장님, 저랑 잠깐 얘기 좀 해요."

"잠깐이 아니라 꽤 해야 할 것 같은데?"

재하의 심기 불편함이 말투에 그대로 반영되었다. 평상시에도 본부장이라고 불렸으면서도 오늘 유독 그녀가 부르는 저 호칭이 거슬렸다.

"연수 씨, 오늘은 우리 오빠 기분이 별로인 것 같은데 다음에 봐요. 우리 오빠가 왜 주말 아침부터 연수 씨 집에 왔는지도 궁금하지만 다음에 만날 때까지 꾹 참고 기다릴게요."

단희는 귀엽게 웃으며 손까지 흔들며 사라졌다. 오빠 집에서 여기까지 오려면 적어도 30분은 걸릴 텐데 꽤 급하셨나 봐요, 오라버니? 하긴 서른일곱이면 급할 만하지.

오빠의 상태를 보면 올해 안에 결혼하는 게 가능성 없는 얘기 같진 않았다. 이게 다 동생 잘 둔 덕분인지 아시라고.

단희는 차에 올라타자마자 이 상황을 가장 듣고 싶어 하는 사람을 위해 급히 휴대폰을 꺼냈다.

단희가 눈앞에서 안 보이게 되자 연수가 몸을 틀어 재하를 바라보았다.

"따라 들어오시죠, 죽어라 말 안 듣는 이재하 씨?"

연수는 그가 오든 말든 먼저 집 안으로 향했다.

*

사실 단희는 오늘 연수를 방문하기 전 아침 일찍 아버지께 전화를 걸었다. 그녀가 아무리 성격이 급해도 막무가내로 아침부터 남의 집에 쳐들어가는 예의 없는 사람은 아니었다. 이건 모두 그녀의 치밀한 계산하에 이루어진 것이었다. 시간 계산까지 정확히 맞추기 위해서는 아버지와 남편의 협력이 절대적으로 필요했다.

〈아버지, 저 단희예요.〉

주말임에도 여섯 시면 일어나는 이 회장이지만 아침 일곱 시부터 전화를 하는 딸아이의 전화를 받자 걱정이 앞섰다.

〈아침 일찍부터 죄송해요. 아버지, 오빠 6개월 안에 결혼시킨다면서요? 사실이에요?〉

"그 말 하려고 아침 일찍부터 전화했냐?"

〈아직 아빠는 잘 모르시는 것 같은데 오빠 좋아하는 사람 있어요. 아직 진도를 못 빼서 그렇지.〉

"누구? 혹시 그 박연수 대리 말하는 거냐?"

이 회장의 눈썹이 찡그러졌다. 그건 그도 잠시 의심해 봤지만 여자 쪽은 전혀 아니라는 반응이었다. 감정을 감추거나 내숭을 떠는 표정의 여자 얼굴이 아니었다. 진심으로 아들놈에게 무덤덤한 것 같았다.

〈어, 아빠도 아시네? 오빠가 아무 이유 없이 파티에 여자를 데려갈 사람이에요? 없으면 혼자 가지. 오빠 성격에 그런 파티에 데려갔다는 건 분명 고의적이라니까요. 제가 보기엔 멋모르고 연수 씨가 덫에 걸린 거죠. 그리고 실수든 아니든 여자를 병아리새끼 품듯 안는 모습만 봐도 오빠는 관심이 있는 게 틀림없어요.〉

"그래서 할 말이 뭐냐?"

이 바보 같은 놈이 성욕 변태며 정력의 왕이라는 소문은 잘도 가지고 집에 들어오면서 정작 제가 좋아하는 여자는 손가락만 빨고 지켜보았단 말이야? 박연수 대리에게 그때 자기 아들을 어떻게 생각하느냐고 물었을 적에 모르겠다고 답변했었다. 여자 하나를 어떻게 못 꼬드겨서 보리 궤짝 취급을 받는 건지. 에잇!

〈아버지 도움이 필요해요.〉

"박연수 대리가 관심 없으면 소용없는 거 아니냐."

〈그러니까 먼저 오빠 마음이 연수 씨에게 있는지 확인하는 게 중요하다니까요. 그리고 우리 오빠 성격에 연애든 일이든 쉽게 포기할 성격도 아니니 그건 오빠에게 맡기고요.〉

이 회장은 턱을 긁적거리며 생각을 정리해 보았다.

"뭘 해주면 되느냐?"

〈오늘 아침 식사 때 제가 연수 씨 집으로 간다고 그대로 얘기해 주시면 돼요.〉

"그거면 되는 거냐? 다른 건?"

〈그거면 충분할걸요? 아니면 진짜 관심이 없는 거겠지요.〉

"그래, 알았다. 이따 집에 들를 테냐?"

〈당연하죠. 결과 보고는 업무의 마무리인데요.〉

이 회장은 껄껄 웃으면서 전화를 끊었다. 아들의 반응을 지켜볼 생각을 하니 이 회장은 은근히 즐겁기까지 했다.

아침 식사 자리라 이 회장의 식탁은 더욱 조용했다. 간간이 홍 여사가 한두 마디 건넸지만 짧은 답변으로 대화를 다 끊어먹는 아들과 남편을 붙잡고 무슨 얘기를 더 한단 말인가.

그런데 갑자기 이 회장이 뜬금없이 입을 열었다.

"오늘 단희 못 온다는군."

홍 여사는 고개를 갸우뚱했다. 오늘 온다고 연락받은 게 없으니 당연히 안 오는 게 맞았다. 이 무뚝뚝한 양반이 그래도 딸은 보고 싶은 모양이다.

"손자 녀석이 보고 싶어 좀 오라고 했더니 일이 있다는 거야. 손자만 보내면 될 일이지."

이 회장은 아무리 봐도 자신은 배우의 기질이 다분한 것 같았다.

"한 달에 한 번 오는 것도 피곤할 텐데 걔들도 좀 쉬게 내버려 둬요."

"나도 걔들이 자기들끼리 놀러 가면 이런 말 안 해. 누굴 눈치 없는 노인네로 아나."

이 회장은 묵묵히 밥을 먹고 있는 재하를 보더니 시치미를 뚝 떼고 입을 열었다.

"박연수 대리 있지? 저번에 한 번 봤잖아, 단희네 집에서."

"네, 알아요. 그런데 그 얘기는 왜?"

그때서야 재하가 고개를 들어 이 회장을 바라보았다.

이놈아, 이제야 궁금한 얘기가 나오니까 솔깃하냐? 이 회장은 목소리를 내리깔며 투덜거리기 시작했다.

"바비큐 파티 때 사진 몇 장 찍었나 보더라고. 우연찮게 누가 보고 소개시켜 달라고 단희한테 전화를 한 모양이야. 그래서 지금 자연스럽게 만나게 해주겠다며 오늘은 무조건 안 된다는 거야. 그게 뭐 대수라고."

이 회장은 정말 심통이라도 난 듯 소리까지 높였다. 홍 여사는 이런 남편의 모습에 어이가 없어 피식 웃었다. 나이가 들면 아들보다 손자 녀석이 눈에 밟힌다더니 딱 이 회장을 보고 하는 소리였다.

마침 기가 막힌 타이밍에 재하의 휴대폰 문자 알림이 울렸다.

〈저 급히 약속이 생겨서 끝나는 대로 전화 줄게요. 이따 봐요. 미안해요.〉

재하의 눈이 가늘어졌다.

그리고 곧바로 울리는 전화 벨소리에 재하는 전화를 받았다.

"네, 매부, 말씀하셔도 됩니다. 라운딩요?"

〈아내도 없고 아들은 아버지가 데려가시고 간만에 집에 혼자 있어서 말이야. 어때, 갈 생각 있나?〉

"죄송합니다. 약속이 있습니다."

〈하긴 요즘 처남이 바쁘다는 말은 듣고 있지만 쉬엄쉬엄 하라고. 아쉽지만 그럼 다음을 기약해야지. 잘 쉬게.〉

재하가 통화를 끊자 이 회장이 호기심을 드러냈다. 아무래도 야무진 딸이 남편까지 동원한 모양이다.

"무슨 약속? 오늘 하루 좀 쉬지. 네가 무슨 피 끓는 이십댄 줄 알아?"

"먼저 일어나겠습니다."

재하는 외출 준비를 위해 이 층으로 올라갔다. 이 회장은 히쭉 웃으며 잘 보내지도 않는 문자를 꾹꾹 눌러가며 단희에게 보냈다. 그런 남편이 생소해 홍 여사는 빤히 남편을 바라보았다.

"밥 먹다가 뭐 하시는 거예요?"

"그런 게 있어. 그리고 재하 선 말이야."

"알아보고 있어요. 마음에 드는 자리가 딱히 없어 조금 그러네요."

몇은 직업 때문에 해외 공연이 많아서 탐탁지 않았고, 또 어떤 혼처는 이혼했다 돌아온 지 얼마 되지도 않아 급히 자리를 알아보는 게 마음에 걸렸다. 그리고 어떤 혼처는 대놓고 사업적 혼사를 추진해 보자고 제의하는 곳도 있어 홍 여사는 이래저래 마음에 들지 않았다. 워낙 아들이 무뚝뚝하고 잔정이 없다 보니 그런 우리 아들 녀석 마음을 잘 살펴서 그래도 좀 따뜻하고 아들 챙겨줄 줄 아는 밝은 여자였으면 했다. 그게 다 아들 가진 어머니의 마음이다.

"그 리스트 좀 나한테 가져와 봐."

"왜요. 직접 고르시게요?"

한 번도 간섭을 하지 않던 그가 적극적으로 관심을 보이자 홍 여사는 좋기도 하고 걱정이 되기도 했다. 그의 성격에 사진을 재하에게 들이밀며 무조건 이 중 하나와 결혼하라고 할 사람이었다.

"아이, 진짜 문자 보내기 참……. 왜 이렇게 오타가 나는 거야. 손가락 굵은 사람 어디 휴대폰 쓰겠나."

"뭔데 아까부터 계속 휴대폰을 가지고 그래요?"

밥상 앞에선 밥만 먹어야 된다는 이 회장이 철칙을 깨면서까지 휴대폰을 만지작거리며 투덜거리자 홍 여사는 자못 궁금했다.

"다 됐어. 나 누룽지 좀 줘."

홍 여사는 저 무뚝뚝한 남편과 사십 년을 산 자신이 대단해 보였다. 이렇게 무뚝뚝하고 불뚝 성질인 남편인 줄 알았으면 결혼하지 않았을 것이다. 그녀는 한숨을 쉬며 천안댁을 부르려다 누룽지를 가지러 자리에서 일어났다.

마침내 문자를 제대로 보내고 나자 이 회장은 뿌듯한 미소를 보였다. 그의 문자는 참 간단하고 짧았다.

〈재하, 외출한다. 도착하면 전화해라.〉

*

집 안으로 들어온 연수와 재하는 둘 다 나름대로 얼굴이 굳어 있었다. 현관문이 닫히자 연수는 팔을 허리에 올린 채 그를 노려보았다. 그러나 그런 그녀가 오히려 기가 차 말이 안 나오는 재하였다. 지금 누가 화를 내야 하는지 아직 분간을 못하는 모양이다. 그를 속이고 정말 단희가 소개해 주는 소개팅 자리에 나간다고 한 건 아니겠지?

"내 동생이 온 이유가 뭐지?"

"이재하 씨."

그녀의 목소리에 힘이 들어가 있자 그의 눈이 가늘어졌다.

그리고 그에 맞서 연수는 턱을 치켜들었다. 여긴 회사도 아니고 평일도 아니니 지금 그는 그녀의 상사가 아니다. 그런데 왜 그의 취조를 받아야 하지? 오늘은 꼭 이 문제를 짚고 넘어갈 것이다.

"도대체 왜 화를 내는 거예요? 그리고 제가 분명 우리 동네 배회하지 말라고 했잖아요. 문자 못 받으셨어요?"

'가뜩이나 당신 여동생이 우리 사이를 의심해 여기까지 왔는데 거기에 당신이 나타나면 눈도 안 깜짝이고 안 사귄다고 거짓말한

난 뭐가 되냐고요. 다음에 만날 때 뭐라고 말하냐고요!'

이제 단희 씨가 알았으니 그 집 식구들이 아는 건 시간문제였다. 얼마나 소통이 잘되는 집안인지 호랑이 사건으로 익히 알고 있지 않은가. 모든 것을 알고 있다는 눈빛을 한 채 돌아서던 그 눈빛이 아직도 잊히지가 않는다.

그러고 보니 또 그에게 민낯을 보여주고 말았다. 그나마 단희 씨가 온다고 목욕하고 나름 단정한 옷을 입고 있던 게 다행이라면 다행이다. 이 남자는 말을 안 들어도 너무나 안 듣는다.

"내 동생이 여기 온 이유와 당신이 나와의 약속을 미루자고 한 문자가 관계가 있는 건가?"

"관계라고 말하니 이상하지만 갑작스럽게 단희 씨가 온다고 해서 문자 보낸 건 맞아요."

"그리고?"

재하는 그녀가 여동생을 만났다는 것보다 무슨 목적으로 만났는지가 중요했다. 그런데 그녀는 순순히 말할 생각이 없어 보인다. 왜?

"내 동생이 아침부터 온 이유가 있었을 텐데?"

"그게 그렇게 화낼 일이에요? 그리고 그 눈에 힘 좀 풀지 그래요?"

"내 동생이 무슨 말을 하고 갔는데?"

그녀가 지적을 하든 째려보든 그는 하고 싶은 대로 할 모양이었다.

"당신하고 사귀냐고 물었어요."

"그래서?"

그녀는 답을 하기 전 잠시 주춤했다. 비밀 연애하자고 했으니 답은 '아니요' 라고 나가도 그에게 전혀 꺼릴 게 없었다. 그리고 순순히 대답해 주는 자신에게도 불만이다. 그의 말투는 여전히 취조하는 말투 그대로였다. 그리고 짧았다. 그녀도 슬슬 머리에서 부글부글 주전자 뚜껑이 들썩거리고 있었다.

"당연히 '아니요' 라고 했죠. 이제 믿어주지 않을 테지만."

"왜 그게 당연히 '아니요' 지?"

"지금 저와 말장난해요? 비밀 연애잖아요! 그리고 나 당신 부하 직원 아니라고 했죠? 왜 일본 순사가 독립군 괴롭히는 말투냐고요! 내가 죄졌어요? 아니면 아침부터 누구한테 얻어맞고 와서 만만한 저한테 화풀이하는 거예요?"

"……동생이 소개팅시켜 준다고 했을 텐데?"

무슨 뚱딴지같은 소리야? 연수는 이상한 사람 쳐다보듯 재하를 바라보았다. 그러다 작게 감탄사를 흘리며 고개를 주억거렸다. 그런 그녀의 표정을 하나도 놓치지 않을 듯이 재하의 시선은 날카로웠다.

"아, 소개팅. 당신도 알고 있었어요? 진작 얘기해 주지. 단희 씨가 얼마나 과대 포장을 많이 하던지. 모르는 사람이었으면 홀라당 넘어갈 뻔했어요."

이 여자가 지금 애인을 앞에 놔두고 소개팅 나갈 뻔했다고 말하고 있는 건가?

"그런데 이제 어떡해요? 우리 사귀는 거 집에서 알면 골치 아플 것 같은데."

그녀가 정말 그와 사귀는 게 발각되는 걸 원치 않는 사람처럼 미간을 찡그리자 그의 기분은 더욱 수직 낙하했다. 그가 꼭 숨겨야 되는 내연남 취급을 당하는 기분이었다.

"뭔가를 착각한 모양인데, 당신 불편할까 봐 사내에서 비밀 연애하자는 거지 박연수 씨 잇속 차리라고 비밀 연애하자고 한 적 없는데?"

연수의 새까만 눈동자가 치켜 올라갔다. 이 남자, 말이 심하다. 잇속이라니? 내가 저한테 뭘 그리 주워 먹었다고 잇속 운운한단 말인가? 그리고 무슨 의도로 저런 말을 하는 거야?

"지금 말 다 했어요? 잇속이라니요! 말이 심하잖아요!"

"그럼 애인 놔두고, 옆에서 소개팅시켜 준다고 넙죽 나갈 뻔했다고 하는 건 잘한 짓이고?"

갑자기 똑똑한 사람이 뭘 주워 먹었기에 한순간에 이리 멍청한 사람이 되었단 말인가? 그녀가 이해를 못하는 건지 그가 코끼리 다리를 더듬고 있는 건지 알 수가 없었다. 아니면 당신 머리는 일 머리만 가동되고 나머지는 안 쓰고 창고에 처박아놓고 있나요?

그가 노려보든 말든 연수는 이성의 끝을 잡고 충분한 설명을 해 주려 노력했다.

"단희 씨, 소개팅 해주려고 온 거 맞아요. 일만 하는 자기 오빠가 너무 안쓰럽다고, 괜찮은 남자니까 한번 만나보래요. 그러면서 우리 둘이 사귀는지 슬쩍 떠보대요."

"……!"

"이해심이 많고 다정한 남자? 과대 포장이 아니라 이 정도면 사기지, 사기. 아무리 자기 오빠라지만."

재하는 정말 할 말이 없었다. 그는 정말 그녀가 소개팅을 남몰래 받아들였으면 어쩌나 하는 마음밖에 없었다. 단희가 소개해 줬을 정도면 분명 어디 내놔도 빠지지 않는 사람으로 소개해 줄 게 분명했으므로. 조금 더 생각을 정리해 보면 그녀가 아무 생각 없이 소개팅을 나갈 사람이 아니라는 걸 알면서도 그는 조급했고 다급했다. 왜냐면 아직 그녀에 대한 확신이 없었기에. 이 여자가 온전히 나만의 것이라는 확신이 없다. 사귀는 것도 그가 밀어붙여서 겨우 진척된 일이 아닌가. 그래서 불안했다.

"저한테 할 말 없어요?"

그의 미안한 표정을 본 연수는 말로 그에게 사과를 받아낼 생각이었다. 이렇게 어물쩍 넘어가다니 안 될 말이었다. 거기다 그녀는 정말 그의 말에 상처를 받았다.

"……미안해."

"그게 다예요?"

어물쩍 그 한마디로 끝내시겠다고요? 그렇게는 안 되겠는데요, 이재하 씨.

"당신이 소개팅한다는 말을 듣고 왔는데, 당신이 나를 안 반기는 게 화도 나고 다른 이유가 있나 싶기도 해서……."

재하는 자신의 변명이 초라해 중간에 입을 꾹 다물었다. 그가 거칠게 머리를 쓸어 넘겼다. 평소의 그라면 인내심을 가지고 상황 설명을 들었을 것이다.

"당연히 반갑지 않죠!"

그 말에 재하의 입가가 살짝 굳어졌다.

"저 여자로 안 보이세요? 저하고 하도 야근을 많이 하다 보니 여자가 아닌 전우애가 콸콸 샘솟아요?"

그녀가 생각만큼 많이 화가 나지 않아서 다행이다. 그러나 반갑지 않은 것과 여자로 안 보이는 것이 무슨 상관이란 말인가. 그의 미간이 살짝 좁아졌다. 그가 이해를 못하는 표정이자 연수가 한숨을 길게 내쉬었다.

"예쁘게 보이고 싶잖아요. 그래도 애인인데 아직은 내숭도 떨고 싶고. 항상 당신은 완벽한 모습으로 있는데 나는 자다 일어난 모습이나 보이면 좋겠냐고요."

"나는 어느 모습이든지 다 마음에 드는데……."

"거짓말."

그녀는 코웃음을 치며 불신의 눈빛을 보냈다.

"내가 언제 당신에게 거짓말한 적 있었나?"

"한 번도 없다고요?"

"뭐, 한 번 정도는……."

그가 말을 흐리자 그녀의 눈빛이 수사관의 그것으로 돌변했다. 오호, 천하의 이재하가 그녀에게 거짓말을 했다고? 딱 걸렸어. 거짓말 수위를 봐서 그가 그랬던 것처럼 그녀도 사골이 부스러질 때까지 우려먹으리라.

"말해봐요. 전 마음이 넓다고 얘기했죠?"

연수의 달콤한 미소에 재하는 잠시 갈등하더니 입을 열었다.

"TFT팀 2차에 당신을 뽑았을 때."

"그럴 줄 알았어! 그때 당신, 정말 나 못 부려먹어서 안달 난 사람 아닌가 생각했는데!"

그녀의 격한 반응에 재하가 조용히 웃었다.

"물론 능력도 훌륭하지만 당신이 나한테 집중하는 모습이 꽤 예뻤거든."

그녀가 얼마나 고생했는데 알고 보니 그의 사심을 채우기 위해 이용당했단 말이야? 그래도 그녀가 예뻐 보였다는 말에 연수의 표정이 조금은 누그러졌다.

"그때부터였어요, 저 좋아한 게?"

"글쎄, 정확히 기억나지는 않는데……."

똑 부러지게 얘기 안 하는 걸 보면 그전부터였다는 말인데, 언제? 세상에, 숨기는 것도 재주다. 누가 사랑과 재채기는 숨길 수 없다고 말했나? 그는 정말 그녀가 알지 못하게 꼭꼭 숨겼다. 첫눈에 반했나? 그럼 정말 대박인데!

"설마 처음 문짝 뜯은 날은 아니겠죠?"

연수가 기대감이 살짝 어린 목소리로 물었다.

"꿈도 야무지시군."

"그렇죠? 아무리 첫눈에 반하는 사람이 많아도 우리는 좀 무리죠?"

긴장이 한순간에 빠져나가자 연수는 바닥에 털썩 주저앉았다. 아침부터 청소하느라 힘 빼고, 손님 와서 힘 빼고, 그와 싸워서 힘 빼고, 이제는 서 있을 힘도 없을 만큼 배가 고팠다.

연수는 그를 올려다보며 음흉하게 씩 웃어 보였다.

"저 배고파요."

"나가지. 근처에서 밥 먹고 야외로 나가자고."

모처럼 낸 휴일인데 집 안에서 시간을 보낼 순 없었다. 거기다 그녀와 사귀고 처음으로 밖에서 여유롭게 햇빛 날 때 데이트하는 날인데 말이다. 지난주 주말은 유럽 쪽에서 인명사고가 나는 바람에 그녀와 데이트를 하다 급히 회사로 돌아가야 했다. 그래서 오늘은 마음먹고 주말은 그녀와 아침부터 밤까지 데이트를 할 생각으로 나온 것이다.

"밖으로 나갈 힘도 없어요. 식탁 위에 식빵 있고요. 냉장고에 계란하고 우유도 있어요. 아, 팬케이크 가루도 있으니까 편한 것으로 만들어 와요, 빨리."

"내가?"

당연하다는 듯 연수는 고개를 끄덕였다.

"움직여요. 애인 배고파 죽을 지경이에요."

재하는 잠시 그녀를 바라보다 말없이 주방으로 향했다. 그의 성격답게 주방을 한 번 쭉 훑어보더니 그녀에게 주방 용기가 어디 있는지 묻는 것을 빼고는 알아서 묵묵히 그녀를 위해 아침 식사를 만들기에 열중했다. 아마도 미안한 마음에 더욱 군말 없이 하는 것이리라. 그녀는 그의 요리하는 뒷모습을 만족스럽게 보며 미소 지었다.

"나 아무래도 꼭 승진해야겠어요."

"왜?"

재하가 달걀을 깨 스크램블을 하며 물었다.

"일단 시키는 맛이 남다르네요. 이 맛에 팀장 하나 봐요. 사람은 역시 오래 살고 봐야 해. 매일 나 부려먹던 본부장이 나를 위해 프라이팬을 들었으니 말이야. 난 꼭 장수할 거야."

그녀가 개구쟁이처럼 두 손으로 입을 가리며 웃자 재하가 뒤돌아 그녀를 보며 피식 웃었다. 집이라 그런지 그녀는 어느 때보다 느긋해 보이고 여유 있어 보였다.

잠시 후 연수는 그가 만들어준 토스트와 스크램블을 먹고 시골에서 어머니가 보내주신 포도 한 송이를 후식으로 먹고 있는 중이었다. 그녀는 포만감과 만족감에 얼굴이 방긋 미소로 도배되어 있었다. 더도 덜도 말고 오늘만 같아라.

"맛있나 보지?"

어떻게 자기 입으로만 들어가고 그에게 하나 넣어줄 생각은 안 하는지. 자신이 생각해도 치사하지만 그런 생각이 드는 건 어쩔 수 없었다.

"저는 과일 중에서 포도가 가장 좋아요."

그의 마음속 불평을 들었는지 그녀가 그에게 포도 한 알을 입에 넣어줬다.

"자자, 제철 과일이 몸에 좋다고 하니 좀 먹어봐요. 그렇게 인상 쓰며 앉아 있지 말고."

단둘이 거실에 앉아 포도 한 송이를 나눠 먹는 게 연수로서는 어쩌면 이 남자를 그녀가 생각하는 것 이상으로 좋아하고 있는지 모른다고 생각했다. 그녀는 쉽게 누군가를 그녀의 공간에 들여놓지 않는다. 폐쇄적이지는 않으나 지극히 개인적인 공간은 나만의 공간이라는 선이 분명히 존재했기 때문이다. 그런데 그가 그녀와 여기에 앉아 있고 그것을 즐거이 받아들이는 자신이 낯설면서도 기분이 좋았다.

'나 이 사람 많이 좋아하는구나.'

순간적인 깨달음은 번쩍 그녀의 정신을 흔들어놓았다. 연수는 그를 처음 본 사람처럼 자세히, 그리고 찬찬히 바라보았다. 그녀가 바라볼 때마다 부드럽게 미소로 답해주는 그가 좋다. 무심한 듯 보이지만 세심한 배려를 하는 그의 손길도 좋다. 그리고 이 완벽해 보이는 사람이 그녀 앞에서 무장해제되며 툴툴거리는 모습도 좋다. 마음에 깔린 그에 대한 감정이 자각되자 그녀의 심장은 미친 듯이 뛰었다. 이렇게 둔할 수가. 그녀야말로 언제부터 그를 좋아했는지 알 수 없었다.

"포도가 그렇게 좋나 보지?"

연수는 퍼뜩 정신이 돌아온 사람처럼 어색하게 웃어 보였다. 갑자기 그의 얼굴 보기가 화끈거렸다. 다정한 말 한마디를 제대로 해준 적 없는 이 남자가 뭐가 좋다고 퐁당 빠졌는지. 사실 포도 먹는 건 자동적으로 입으로 넣을 뿐이었고, 머릿속은 그의 어떤 매력에 그녀가 넘어갔는지 심층 분석하느라 정신이 없었다.

'아, 모르겠다. 마냥 좋은 것 같다.'

연수는 다시 한 번 그를 찬찬히 바라보았다. 바라보기만 해도 기분이 좋다는 건 이럴 때 쓰는 말이겠지?

"저희 집 과수원 하거든요. 그런데 배불리 먹어도 포도는 질리지 않았어요. 물론 상품 가치가 좋은 것은 다 내다 팔지만."

이 여자, 또 신경 안테나를 꺼놓고 대답하고 있다.

"초등학교 2학년 땐가? 하루는 하나씩 포도를 먹는 게 너무 귀찮은 거예요. 한 번에 이 많은 것을 다 들이켜고 싶었거든요. 포도 알맹이를 음료수처럼요. 그래서 컵에 포도 한 송이를 하나하나 즙까지 쥐어짜서 담았어요. 아마 한 시간 걸렸지?"

연수가 진지하게 그를 바라보며 얘기했다.

"그런데 어떻게 된 줄 아세요?"

"목에 걸렸나 보지."

그녀라면 그러고도 남았다. 그는 성의 없이 대답했다. 이 볕 좋은 날 포도 얘기나 듣자고 그가 그녀를 만난 건 아니지 않은가. 어떻게 낸 시간인데!

"아니요, 포도가 시큼하게 변해 맛이 없어서 못 먹고 다 버렸어요. 그 아까운 것을. 그래서 그때 깨달았죠. 아, 사람은 욕심을 내면 안 되는구나 하고요. 저 기특하죠?"

"……."

연수는 앞으로 몸을 숙여 그를 올려다보았다. 그는 여전히 말이 없다.

"그런데 말이죠, 커서 다시 생각해 보니까 말이죠, 욕심을 내는 건 다른 말로 좋아하는 거잖아요."

연수의 눈빛이 어느 때보다 진지하게 반짝거렸다.

"그래서 저는 요즘에 이재하 씨가 욕심나요."

그녀의 고백에 꽤 충격을 받은 모양이다. 그는 잠시 멍하니 그녀를 바라보다 이제야 그녀의 말이 뇌에 접수되었는지 입가가 느슨하게 벌어졌다.

"아! 괜히 말했어. 다정하지도 않은 남자한테."

연수는 곧바로 후회하며 두 손으로 얼굴을 가리며 벌러덩 뒤로 누워버렸다.

미쳤지. 포도에 술을 탄 것도 아니고 뜬금없이 자신의 감정을 주체 못해 고백하다니.

뒤늦은 부끄러움이 몰려와 얼굴을 물들였다. 그녀가 뭔 정신으로 그에게 그런 말을 했는지 정말 이 어색함이 싫었다. 다시 생각해도 낯부끄러워 그를 쳐다보지도 못할 것 같았다.

재하가 그녀의 두 손을 떼어 그녀를 바라보았다.

"다시 한 번 말해봐."

"전 리바이벌은 안 해요."

수줍지만 반항기가 있는 그녀의 눈빛에 재하의 입매가 부드러워졌다.

"나는 욕심도 나고 갖고도 싶은데?"

그녀가 바르작거리지 못하게 그녀의 두 손목을 움켜쥐는 자세가 되자 연수는 무척 그가 신경 쓰였다. 그와 그녀의 거리는 거의 코끝이 닿을 정도였다. 갑자기 분위기가 왜 이리 묘하게 바뀐 거야. 그의 짙은 눈빛을 계속 바라보고 있자니 난감하기도 하고 두근거리기도 한 연수였다.

"왜 이래요?"

"왜 이러는 것 같아?"

"키스하려고?"

설마 그녀와 레슬링을 하려고 이 자세를 취했을까? 연수가 너무도 당당하게 말하자 재하는 피식 웃었다. 역시 이 순간에도 그녀다웠다. 사랑스럽다는 말이 무슨 말인지 그는 어렴풋이 알 것도 같았다.

"알면 협조 좀 해주시죠, 아가씨?"

재하가 고개를 숙이자 그녀의 눈이 자동적으로 감겼다. 그의 입술이 그녀의 아랫입술을 간질이며 가벼운 입맞춤을 해나갔다. 살짝살짝 간질거리는 입맞춤이다. 그런데 그 상태에서 진척이 나가지 않고 있다. 키스의 묘미는 설왕설래이건만 이 남자 지금 나 간보나? 그래요?

눈을 감으면 다른 감각이 월등히 예민해진다. 연수는 그의 숨소리, 움직임을 그 어느 때보다 예민하게 잡아내고 있었다. 그런데 지금 그가 그녀의 품에서 멀어지고 있다고 말하고 있었다.

'에계? 설마 이게 다?'

실망감에 연수가 한쪽 눈을 살짝 떠서 보자 그의 목울대가 웃음으로 울리는 게 보였다. 그녀는 눈을 떠 그를 바라보았다. 순간 그녀는 이상한 여자가 된 기분이었다.

키스라며? 뽀뽀가 아니라? 뭐라 불평할 수 없는 애매한 상황이지만 그는 그녀의 김빠진 콜라 같은 기분을 즐거워하고 있는 것 같았다.

좋아, 웃음이 나온다 이거지? 어디 그녀가 이 말을 해도 웃음이 나오나 보자. 이 소문만 정력 대마왕 뻥쟁이!

"반려합니다! 사유, 성의 부족!"

재하가 이제는 대놓고 그녀 앞으로 고개를 숙이며 웃음을 터뜨렸다.

얼마나 웃는지 그의 웃음에 그녀의 목덜미가 간질간질하기까지 했다. 연수가 일어날 자세를 취하자 그가 다시 그녀의 두 손목을 잡았다. 연수의 눈썹이 살짝 올라가자 그가 그녀의 입술을 적시듯 점령해 나갔다. 좀 전과 다르게 그의 혀가 주저 없이 그녀의 입술을 가르고 들어와 부드럽지만 빠르게 얽혔다. 그리고 곧 가볍게 깨무는 입술과 자잘한 입맞춤이 다시 이어졌다.

그가 그녀의 치열을 훑고 그녀의 혀를 낚아챘다. 조금 더 깊게 다가왔다가 물러서는 키스가 반복되자 연수는 안달이 났다. 낮지만 거친 그의 숨결과 작지만 가파른 그녀의 호흡이 엉켰다. 그의 입술이 다시 그녀의 아랫입술을 베어 물었다.

그의 손도 뜨겁고 그녀의 머리도 뜨거웠다. 모든 신경이 잔뜩 긴장을 향해 달려가는 것처럼 팽팽하게 당겨져 있는 느낌이다. 그녀의 신음 소리가 약하게 흘러나왔다. 이 남자, 확실히 아까 간을 본 게 맞았다. 나쁜 남자 같으니라고!

그녀는 어느새 그의 목에 팔을 둘렀다. 이 남자, 갈수록 욕심이 난다. 품 안에서 보호받고 있는 느낌이 너무나 좋았다. 그녀는 키스를 하면서도 입가에 부드러운 호를 그리고 있었다. 갈증으로 짙어진 재하의 눈은 어느 때보다 그녀를 사랑스럽게 바라보고 있었다.

이 여자, 절대 놓칠 수 없다. 그의 눈은 그렇게 말하고 있었다.

점심 늦게 집에서 나온 연수와 재하의 데이트 장소는 인근 야외가 아닌 바다로 급선회되었다. 갑자기 바다가 보고 싶다는 무심코 뱉은 그녀의 말에 재하가 동해로 핸들을 틀어버린 것이다. 그녀의 말 한마디에 그가 움직이자 어깨가 으쓱하긴 한데 그들이 잊고 있는 것이 있었으니, 바로 지금은 여름이고 또한 휴가철이며 주말이라는 3종 세트가 맞물려 고속도로가 평일 아침 출근길 교통 상황과 다름없다는 것이었다.

지금도 바로 눈앞에서 파도 소리가 들려오고 목만 조금만 더 빼면 바다가 보이건만 그녀와 그는 휴게소를 들른 시간까지 다 합쳐 거의 다섯 시간을 차 안에서 보내고 있었다. 미친 듯이 야근만 해서 휴가 기간이라는 것도 잊어먹은 그들의 어리석음이었다. 그래도 잃은 것이 있으면 얻는 것도 있다고, 차 안에서 그녀는 그가 무엇을 좋아하는지, 그가 무엇을 싫어하는지, 그의 나쁜 습관이 무엇인지 알았다. 그리고 그녀가 물었던 것을 그가 다시 그녀에게 묻고 있었다.

"전 따로 좋아하는 음악은 없어요. 그때그때 좋다 하면 그 곡만 계속 들어요. 그것이 유행가이든 흘러간 트로트든. 아! 저 무서워하는 동요는 있어요. 어릴 때 그 노래를 불러주면 제가 엄청 울었대요."

"동요를?"

"섬집 아기 알죠? 엄마가 섬 그늘에 굴 따러 가면……."

그녀가 노래를 흥얼거리자 재하가 고개를 끄덕였다.

“대부분 할머니나 엄마가 자장가로 자주 불러주잖아요. 그런데 어느 날 눈 감으며 가사를 음미하고 있는데 너무 무섭더라고요.”

“어떤 점이?”

“아기가 혼자 남아 집을 보는데 팔 베고 스르르 잠이 든다잖아요. 혼잔데 누구 팔을 베고 자요? 필시 귀신이지. 그래서 전 지금도 누가 그 노래 부르면 왠지 등골이 오싹해요.”

그때는 아이가 자신의 팔을 베고 잔다는 생각을 못했다. 팔베개는 항상 누군가 해주는 것으로 생각했으므로.

재하는 못 말리겠다는 듯 고개를 절레절레 저었다. 이 엉뚱함을 어떻게 꼭꼭 누르고 회사를 다녔는지 모를 일이다.

연수가 창문을 내리며 목을 밖으로 쭉 내밀었다.

“드디어 왔다. 바다다!”

주차하기 무섭게 연수가 문을 박차고 나갔다. 모래밭에 한 발자국 내딛는 순간 감탄을 연발하며 연수가 환호성을 질렀다. 중간에 되돌아가자는 말까지 나왔지만 결국은 돌아가는 시간이나 동해로 가는 시간이나 비슷하다는 결론에 동해까지 온 건 정말 잘한 일이었다. 그러나 늦게 출발했고 시간도 지체되어 해는 바다에 코를 빠뜨리기 일보 직전이었다. 그나마 사람들에게 덜 알려진 바닷가 쪽으로 왔음에도 군데군데 사람들이 많이 몰려 있었다. 역시 대한민국은 좁았다.

“그래도 오길 잘했구나. 뭐 해요? 어서 와요.”

재하가 다가와 자연스레 연수의 손을 잡으며 바닷가 쪽으로 향했다.

연수는 데이트다운 데이트를 처음 한다는 생각에 저도 모르게 웃음이 났다. 처음 사람 사귀어보는 것도 아니고 처음 마주한 얼굴도 아닌데 갑자기 이 어색함이 왜 생기는지 모르겠다.

"여기 온 지도 한 십 년은 넘은 것 같은데 별로 안 달라졌군."

"누구랑요?"

곧바로 그녀가 호기심 반, 의심스러움 반이 섞인 눈빛으로 질문을 던졌다.

"배낭여행하면서."

"배낭여행……. 뭐 신용사회이니 믿어드리지요. 하긴 저도 몇 년 전에 와봤는데 별로 달라진 게 없어 보이네요."

그녀가 파란 바다를 둘러보며 고개를 끄덕였다.

그의 눈이 가늘어졌다. 이 여자가?

"누구랑?"

"배낭여행은 아니었어요."

연수의 장난스러운 미소는 그의 삐딱한 상상에 날개를 달아주었다. 물론 그녀 또한 그를 만나기 전 누군가를 사귀고 사랑도 하고 이별도 했을 것이다. 그러나 알고 있다는 것과 옆에서 직접 콕 집어 말해주는 건 확실히 달랐다. 아니, 썩 좋지 않았다. 그가 알지 못하는 그녀의 모습을 다른 남자들이 알고 있다는 생각만으로도 치졸한 감정이 든다.

그의 기분을 살짝 살핀 연수의 입가에 의뭉스러운 미소가 번졌다. 그녀도 어쩔 수 없는 여자인가 보다. 그가 질투를 해주길 바라는 것을 보면 말이다. 여기 와서 한 일이라고는 친구끼리 치킨과 수박을 배불리 먹고 장염에 걸렸다는 것밖에 기억나지 않는다. 그러나 결코 그 사실을 그에게 말해줄 수는 없다.

'약간의 질투는 혈액순환에도 좋답니다, 이재하 씨.'

"그러고 보니 나도 배낭여행은 아니었던 것 같군."

이제는 그녀의 눈이 가늘어졌다. 그녀가 째려보자 그가 씩 웃는다.

"나이가 드니 기억력이 떨어져서 말이지."

이 남자가! 지금 복수하는 건가? 그녀를 고의적으로 야근시켜 부려먹는 것도 그렇고 어째 치사한 면도 많은 것 같았다.

꾹 찌르면 파르르 반응하는 그녀를 재미있어하며 재하는 말싸움으로 번지기 전에 그녀의 손을 깍지 낀 채 바닷가를 향해 걸었다. 얼마만의 여유인지 모른다. 그녀가 아니라면 아마 친구와 술 한잔하든지 아니면 일에 파묻혀 똑같은 하루를 보내고 있었을 것이다. 바닷바람에 머리가 흩날리며 누군가와 걷는 이 기분이 이토록 사람을 설레게 하는 것인지 모르고 살았을 것이다.

시원한 파도 소리에 연수는 잠시 갈등했다. 여기까지 온 마당에 발은 담가봐야 하지 않겠는가. 그러나 여벌의 옷이 없으니 그녀의 반바지 길이를 감안하면 무릎 위까지 들어가는 게 최선이다. 아니, 허벅지까지 젖어도 상관없다.

"그래도 다섯 시간을 참으며 바다 보러 왔으면 물에 들어갔다 올라가야지."

연수는 결심이 선 듯 스트레칭을 하기 위해 두 팔을 쭉 위로 올렸다. 샌들까지 벗었다. 그래, 오늘은 맛보기로만 살짝 들어갔다 나오고 이 프로젝트만 끝나면 눈치 볼 것 없이 실컷 휴가를 만끽할 것이다.

"바다에 안 들어갈래요?"

그가 씩 웃으며 신발을 벗었다. 아마도 그는 그녀가 발만 살짝 적실 것으로 생각한 모양이다. 기껏 발목 위까지만 바지를 걷어 올리고 들어갈 준비를 끝마친 것을 보면 말이다.

그녀가 그의 손을 놓고 첨벙첨벙 들어가자 그의 눈썹이 살짝 올라갔다.

"저는 여기까지 올 수 있거든요."

그녀의 허벅지 높이에서 물이 찰랑거렸다. 연수는 손으로 물을 튕기며 아쉬운 마음을 달랬다. 여기서 그와 물장난을 한번 해봐? 아주 잠깐 그런 무모한 생각을 해봤지만 그 뒷수습이 엄두가 나지 않아 그만두기로 했다. 순간의 즐거움을 위해 그 배의 고통을 감내하고 싶은 마음은 추호도 없었다.

재하는 짓궂은 표정으로 좋아하는 그녀의 얼굴을 가만히 바라보았다. 보기만 해도 기분이 좋아지는 사람이 있다면 아마 이런 사람일 것이다. 그는 옷이 물에 젖는 것도 신경 쓰지 않은 채 그녀에게 다가갔다.

예상치 못한 그의 행동에 연수의 눈이 동그래졌다.

"옷 다 젖는데 괜찮아요?"

옷이야 사 입으면 된다지만 그가 여기까지 걸어 들어오자 정말 의외였다.

"당신만 괜찮다면."

저렇게 나오니 다시 장난치고 싶은 마음이 스르르 올라오고 있었다. 다섯 시간씩 허리 아파도 참고 온 바다를 미술 감상하듯 고개만 끄덕이다 돌아가는 건 바다에 대한 예의가 아니라고 본다. 암, 아니고말고. 연수의 눈빛이 개구지게 반짝였다.

이 남자, 흐트러진 모습 좀 보자. 연애를 하려면 연애답게 조금 말랑해져야죠. 안 그래요, 이재하 씨? 그리고 자연스럽게 그에게 스킨십할 거리도 만들고. 일석이조 아닌가. 옷 젖는 건 나중에 생각하자.

"분명 괜찮다고 했죠?"

연수는 재차 그에게 다짐을 받았다.

재하는 왜 웃음이 먼저 나오는지 알 수가 없었다. 아마도 저 짓궂은 눈동자에 기대감을 걸어놓아서이리라.

그가 고개를 끄덕이자마자 연수가 재하에게 달려들었다. 정확히는 그를 밀치려 럭비 선수처럼 있는 힘껏 그에게 돌진했다. 그녀의 예상치 못한 행동에 재하가 중심을 잡기도 전에 여지없이 뒤로 넘어졌다.

허우적거리다 일어나는 그를 보며 연수는 깔깔거리면서 승리의 눈빛을 보냈다. 그는 완벽하게 머리끝까지 푹 빠진 모습이다.

"이렇게 하체가 부실해서 되겠어요, 이재하 씨?"

연수는 검지를 흔들면서 그를 마음껏 놀려먹었다. 좀처럼 볼 수 없는 그의 황당해하는 모습을 사진으로 찍어놓고 싶었다.

재하는 얼굴에 흘러내린 물을 손으로 훔치며 연수를 바라보았다. 고작 장난을 쳐야 손으로 물장난이나 치겠거니 생각했다. 정말 몸으로 밀어버릴지는 생각지도 못했다. 흘러내린 머리를 쓸어올리며 그가 쿡쿡거렸다. 예상치 못한 그녀의 모습은 언제나 그를 즐겁게 만들었다.

"도전은 받아줘야 예의겠지?"

재하는 천천히 그녀에게 다가갔다. 그리고 그만큼 연수는 뒷걸음질을 쳤다. 저 의욕에 불타 반짝이면서도 진지해져 가는 그의 눈빛이 어째 기대가 되면서도 불안했다. 일단은 도망치고 봐야 했다. 긴장되면서도 웃음이 난 그녀는 뒤돌아 달아나기 시작했다.

그러나 다섯 걸음도 못 가 그에게 허리가 붙들렸다. 그녀가 발버둥 치든 비명을 지르든 그는 어떠한 망설임도 없이 그대로 바다에 메다꽂았다.

코에까지 물이 들어가자 연수는 콜록거리며 그를 째려보았다. 그녀는 머리카락을 손으로 쥐어짜며 의지를 다졌다.

'웃자고 한 일을 죽자고 덤비는 이 남자, 어떻게 물을 먹이지?'

"치사하게 힘으로 하겠다고요?"

연수는 다시 그에게 달려들었지만 조금 전과 달리 그는 꿈쩍도 하지 않았다. 오히려 두 손이 그의 손에 붙들려 꼼짝도 할 수 없는 상황이 되고 말았다.

"정말 힘으로 할 거예요?"

"방어는 해야 하잖아?"

그렇단 말이지? 그럼 그녀는 머리를 쓰는 수밖에.

그녀는 눈을 굴리다 비틀거리며 작게 비명을 질렀다. 혹시 그녀의 표정 연기에 그가 속아 넘어가지 않는 것을 대비해 고개도 푹 숙였다.

“왜 그래? 다쳤어?”

그녀가 입술을 깨물며 디테일 연기까지 선보이자 재하는 그녀의 손목을 곧바로 놔주었다.

발바닥을 날카로운 것에 베였는가 싶어 재하가 걱정스레 그녀를 보았다.

“못 걷겠어요.”

그 한마디에 재하가 그녀를 안으려 했다. 그녀가 저렇게까지 말하는 것을 보면 정말 많이 아픈 것이다. 그러나 고집을 부리며 연수가 안기길 거부하며 고개를 저었다.

“상처 확인부터.”

“업힐래요.”

재하가 무방비 상태로 넙죽 등을 내어주자 연수는 옳다구나 하면서 그에게 업혔다. 씩 웃는 그녀의 얼굴은 악동 그 자체였다. 그가 그녀를 업자마자 그의 목을 꽉 감은 연수는 바다의 짠물을 그에게 맛보여 주겠다는 의지를 불태워 체중으로 그를 꾹꾹 눌러댔다.

“이재하 씨가 이렇게 순진했다니.”

그녀는 몸을 이리저리 흔들며 그의 중심을 흩어놓았다.

“박연수 이 여우!”

그가 휘청거릴수록 연수의 웃음은 더욱 커졌다.

“왜 이래요. 엄연한 병법이구만. 미인계!”

그러나 아무리 그녀가 뒤에서 바동거려도 그는 꿈쩍도 하지 않았다. 눈치껏 좀 빠져 줘야 재미도 있는데 이 남자는 정말 그녀를 이겨먹으려 하다니. 그녀는 팔로 그의 목을 꽉 끌어안으며 웃음기 가득한 목소리로 속삭였다.

"항복하시죠?"

"후회할 텐데?"

재하는 팔을 뻗어 앞으로 그녀를 넘길까 생각하다 순간 멈칫했다. 물에 젖어 옷은 피부에 딱 달라붙어 있고, 그의 등 뒤로 그녀의 피부 촉감이 그대로 전달되어져 왔다. 그의 목에 감겨진 팔 또한 그의 신경을 자극하고 있다. 그녀가 더욱 그에게 몸을 밀착시키자 그는 속으로 낮게 신음을 삼켰다. 그녀는 진짜 여우인지 몰랐다. 그는 결국 정말 힘으로 그녀를 떼어내야 했다. 그것도 그녀를 앞으로 넘겨 고꾸라뜨리면서 말이다.

그가 곧바로 그녀를 일으켜 세워줬지만 코로 물이 들어간 그녀는 콜록거리느라 정신이 없었다. 손쉽게 당하자 왠지 지금껏 그에게 속은 것 같은 배신감에 연수는 두 주먹을 꽉 움켜쥐었다.

"좀 져주면 어때서!"

그녀가 다시 다가서려 하자 재하가 그녀의 어깨를 잡았다. 아마도 그는 그녀만큼 재미가 없는 모양이다.

"그래요. 그만해요."

"당신만큼 내가 순수하지 못해서 말이지."

"……?"

연수는 미간을 찡그리다 무슨 말인지 알아채곤 얼굴이 빨개졌다. 그녀가 매력적이라는 건 흐뭇한 일이지만 여기서 무슨 상상을 했기에? 설마 목 조르는 것에 흥분한 건 아니죠? 제가 아무리 마음이 넓어도 그건 안 되는 거 알고 있죠?

“정말로 좋아하는 거 맞구나.”

그녀의 장난기에 재하가 그녀를 코를 살짝 잡아당겼다. 이 여자가 지금 누구 때문에 이러고 있는데! 피 끓는 이십대도 아닌데 그녀와 몸이 밀착된 것만으로 흥분한다는 자체가 정말 어처구니없었다.

연수는 그의 난처함이 살짝 묻어나는 솔직한 모습이 귀여웠다. 그리고 이 모습은 아무에게나 보여주지 않는다는 것을 알기에 더욱 그가 좋았다. 어쩌면 매일같이 보는 이 진지한 얼굴과 이 무뚝뚝함은 변함없는데 오늘따라 그녀 혼자서 부드럽게 파스텔톤을 칠해서 그를 보고 있는지도 모른다. 어찌 되었든 오늘따라 그가 왜 이리 멋있게 보이는지 굳이 이유를 달자면 아마도 촉촉하게 젖은 몸과 부드러운 저녁 노을빛의 후광 때문이리라.

연수가 한 발자국 다가가 그를 바라보며 씩 웃었다. 요즘은 그를 보는 것만으로도 입술이 느슨해지고 웃음이 나온다. 연수는 충동적으로 그의 얼굴을 끌어당겨 가볍게 입을 맞췄다. 재하가 눈을 가늘게 떠 그녀를 보자 연수가 한 번 더 그의 입술에 닿았다 떨어졌다.

“찬물에 몸 좀 식히고 나오세요, 이재하 씨. 파이팅!”

“누구 맘대로.”

재하가 나가려는 연수를 끌어안아 그녀의 입술을 훔쳤다. 그녀의 입을 벌려 곧바로 들어온 그의 혀는 뜨겁고 농밀했다. 기교나 느긋함은 없었다. 그저 본능대로 휘젓고 그녀의 혀를 물며 빨 뿐이다. 거친 숨결을 나눠 가지고 타액이 오고 갔다. 허리를 쓰다듬는 그의 손길과 입맞춤에 그녀의 몸이 뜨거워졌다. 숨을 고르기 위해 연수가 뒤로 빼자 재하의 입술이 그녀의 턱과 목덜미를 따라 깨물며 흡입했다.

연수는 다시는 그에게 장난치지 않기로 다짐하며 빠르게 말을 뱉었다.

"재하 씨, 여기 공공장소……."

그러다 다음 말은 그의 입안으로 삼켜지고 말았다. 그녀는 눈을 감으며 그의 목에 팔을 감았다. 좀 더 깊숙이 그녀의 입안을 헤집기 위해 재하가 그녀를 안아 올리자 연수가 그의 허리에 다리를 감은 자세가 되었다. 맞닿은 곳이 많을수록 흥분은 온몸을 달구었다.

재하가 그녀의 뒷목을 붙잡자 그녀는 그의 키스를 그대로 받아들여야 했다. 입안을 헤집는 그의 호흡을 따라가기가 힘들었다. 연수는 신음을 삼키며 그에게 매달렸다. 그의 흥분을 고스란히 느끼며 키스하는 그녀의 온몸이 떨려왔다.

그가 그녀를 놓아주자 연수는 그때서야 주위에서 휘파람을 부는 소리가 들려오고 있는 걸 깨달았다. 연수는 창피해서 손에 얼굴을 묻었다.

"아, 이성적인 이재하 본부장님은 어디 가고……."

"그 사람은 회사에 출근했겠지."

그녀가 살짝 노려보자 재하가 피식 웃었다.

"설마 우리 찍히는 거 아니겠죠? 제가 연예인병이 있어서 그런 게 아니라요……."

그러다 그녀는 뭔가 깨달은 듯 놀라 그를 바라보았다.

"재하 씨, 설마 휴대폰 가지고 들어온 건 아니죠?"

그녀야 애초부터 바다에 들어올 생각을 하고 왔기에 차에다 지갑이며 휴대폰을 다 두고 왔지만 그는 아니었다.

그런데 그가 조용했다.

'에이, 아니겠지. 빈틈없는 그가 나처럼 아둔한 실수를 하진 않겠지?'

그런데 그가 낮게 신음을 내뱉자 그녀는 울상이 되었다. 그녀의 불길한 예감은 어찌 그리도 잘 맞는지 그가 급히 주머니를 뒤지기 시작했다.

"휴대폰 가지고 들어왔어요?"

"어디다 떨어뜨린 모양인데 찾는 건 포기해야겠지?"

무덤덤한 그와 달리 그녀는 울상을 지으며 주위를 두리번거렸다. 허리 깊이에서 물장난을 쳤지만 지중해가 아닌 다음에야 바닥이 보일 리 없었다. 혹시 이 근처 어디에 떨어졌을지 몰라 발을 더듬어 찾아보려 하자 그가 말렸다.

"지갑은요? 설마 지갑도 잃어버렸어요?"

그는 웃으며 주머니에서 흠뻑 젖은 지갑을 꺼냈다. 그 격한 몸부림에 어디로 안 떠내려간 것만 해도 감사한 일이다.

"미안해요. 저 때문에……."

장난에 정신이 팔려 그 생각까지는 못했다.

“휴대폰을 잃어버린 줄도 모를 만큼 내가 정신없이 놀았는데 그게 왜 미안할 일이지?”

그래도 미안한 건 미안한 것이다. 그녀가 기습적으로 그를 넘어뜨렸으니까 말이다.

“난 오늘만큼 이렇게 많이 웃어본 적이 없는 것 같은데……. 슬슬 배고픈데 나가지. 옷 갈아입고 맛있는 거 먹자.”

재하가 미안해하는 그녀의 손을 잡으며 바다에서 빠져나왔다. 그는 정말 오랜만에 모든 것을 잊을 만큼 그녀와 있는 게 좋았다. 한 번 단맛을 각인한 욕심 많은 뇌는 끊임없이 요구할 것이다. 오랜만에 그는 갈증을 느꼈다. 연수는 젖은 옷을 대충 짠 다음 그를 바라보았다.

“그렇게 서서 뭐 하세요? 물 짜야죠. 여름이지만 추워요. 근처에 옷가게가 있어야 할 텐데…….”

미안함에 그녀의 목소리는 아까보다 조심스럽게 가라앉아 있었다.

재하가 속옷까지 다 비치는 그녀의 옷을 보고 티셔츠를 벗어 그녀에게 입혔다.

“찝찝해도 주차장까지 그러고 가.”

연수는 민망해하면서도 고마움에 미소를 지어 보였다. 그러나 곧 눈 둘 곳을 못 찾아 그를 바라보기가 애매했다. 매일 일만 하는 사람이 운동은 언제 했대? 혹시 근육 주사라도 맞고 다니나? 아무튼 그녀는 괜찮으니 그가 다시 옷을 입어줬으면 하는 바람이었다.

"보수적이라고 해도 할 수 없어."

"네."

순순히 대답하자 재하가 그녀의 손에 깍지를 끼며 힘을 주었다.

그는 바람을 맞으며 걸어가는 연수의 옆모습을 바라보았다. 그가 이재하 본부장이라는 것을 잊게 만드는 여자이다. 아무런 꾸밈없이도 시선을 사로잡고 감정에 솔직한 여자.

그의 시선을 느꼈는지 그녀가 고개를 돌려 씩 웃어주었다.

이 여자, 확실히 갈증이 난다.

7장

단희는 전화를 끊자마자 뒤로 넘어가면서 깔깔거리기 시작했다. 그 모습을 지켜보던 민혁의 궁금증은 더욱 커져갔다. 원체 입이 무거워 남의 일에 잘 관여하지도 호기심도 없지만 이번은 그의 호기심을 자극하기에 충분했다. 그것도 처남 이야기로 자신의 아내가 깔깔 웃는 일은 아주 극히 드물었다.

"무슨 일인데 눈물까지 흘려가며 웃어?"

"우리 오빠가 말이죠, 지금 집에 들어왔대요."

다 큰 성인이 집에 언제 들어오는지 그게 뭐가 대단하다고 이런 호들갑을 떤단 말인가? 민혁은 아내의 웃음 포인트를 잡아내지 못해 살짝 미간을 찡그렸다.

"처남 애 아니거든? 그게 그렇게 웃긴가?"

"토요일 아침에 집을 나간 사람이 전화도 불통이었죠. 누구에게 전화 올지도 모르는데 휴대폰을 꺼놓고 있었다는 것은 우리 오빠한테 있을 수 없는 일이라고요. 거기다 지금 왔는데 나갈 때 입었던 옷이랑 지금 입고 들어온 옷이랑 완전 다르대요. 그 말은 무엇이냐. 우리 오라버니가 급했다는 거지."

민혁은 다시 생각해도 처남이 불쌍했다. 결혼으로 쪼임당하는 것도 모자라 이제는 사생활 감시까지 당하고 있으니 말이다.

"우리 아버지 하시는 말씀이, 요즘 들어 제일 잘한 일이래요."

그 말을 하며 또다시 단희가 웃음을 터뜨렸다.

'아주 신이 나셨군.'

민혁은 고개를 절레절레 흔들었다.

"처남이 어련히 알아서 결혼할까. 오빠라 하더라도 엄연히 사생활 침해야. 기분 나쁠 수 있으니 처남 그만 괴롭히고 당신도 신경 꺼."

단희의 눈이 곧바로 반항기 가득한 눈빛으로 일렁였다.

그러나 익숙하게 봐온 민혁은 심드렁하게 검지로 단희의 이마를 쭉 밀었다.

"그렇게 째려봐도 안 무서우니까 힘 빼지? 내 말 들어."

"난 사기 결혼 했어. 결혼 전에는 그렇게 부드러웠던 사람이 조상 중에 칼갈이가 있었나. 어떻게 매사 그렇게 관계를 칼같이 끊어가며 무신경할 수 있어요? 남도 아니고 처남 일인데."

"그때는 당신과 결혼하려면 죽는시늉이라도 해야 했으니까. 그리고 처남은 내버려 둬도 알아서 잘 하는 스타일 아니야? 너무 잘나서 문제지."

정직하다 못해 뻔뻔한 남편의 말에 단희는 어떻게 저 남자가 부드럽고 친절하고 세상에 둘도 없는 달콤한 남자라고 생각했는지 아직도 이해 불가능했다. 분명 저 남자가 그녀와의 연애 기간 동안 세뇌를 시켰던지 최면을 걸었던지 둘 중 하나는 했을 것이다.

"당신이 뭐라고 하던 난 오빠가 행복하다면 무슨 수를 쓰더라도 골인시킬 거예요. 저 알죠? 한다면 해요."

"어련하실까. 대신, 사고 치면 혼납니다, 마나님."

민혁은 피식 웃으며 언제나 그렇듯 아내의 당당한 포부에 두 손을 들었다.

꼬리가 길면 밟힌다고 했던가? 결국 한동그룹 내에 이재하 본부장이 연애를 한다는 소문이 돌기 시작했다. 원래 소문이라는 게 당사자들 귀에 가장 늦게 들어오는 법이니 연수는 아직도 비밀 연애를 하느라 정신이 없었다. 하지만 남 말 좋아하고 제비가 박씨 물어다 주듯 소문을 물어와 퍼뜨리는 동료 석준 때문에 그녀는 결국 아침부터 눈이 동그래지고 말았다. 그녀는 회의실로 올라갈 서류를 정리하다 다시 내려놓았다.

"뭐라고?"

"못 들었어? 이재하 본부장 연애한다고."

하는 것 같다도 아니고 한다고? 어떻게 알았지? 들켰나?

"넌 옆에서 같이 일했으니 뭔가 그런 낌새라도 눈치챘을 거 아니야. 목소리가 낭랑하다고 하던데 혹시 누군지 알아?"

"내, 내가 어떻게 알아!"

뭐 뀐 놈이 성낸다고 연수가 반사적으로 버럭 화를 냈다.

"다들 쉬쉬하긴 하는데 생각해 봐라. 하고많은 여자 중에 왜 하필 사내 여직원을 건들이냐고. 어차피 놀다가 빠이빠이 할 텐데 다른 데서 알아보지. 그 여자도 멍청하지. 이재하 본부장이 뭐가 좋다고. 결혼할 것도 아닌데."

아무리 모르고 말하는 거지만 연수는 석준의 머리통을 한 대 후려쳤으면 했다. 이놈 혹시 소문의 당사자가 그녀인 걸 알고 일부러 더 이렇게 말하는 거 아니야? 연수는 의심스러운 눈빛을 가득 담은 채 석준을 은근히 노려보았다.

"막말로 결혼은 끼리끼리 할 것 아냐. 그러면 그 여직원은 뭐가 되는 거야? 역시 아니 땐 굴뚝에 연기 나겠어. 그렇게 소문이 안 좋더니만 결국은 여직원까지. 쯧쯧쯧."

"시끄러! 알지도 못하면서!"

연수가 버럭 소리 지르자 석준이 깜짝 놀라 바라보았다.

"아씨, 깜짝이야. 네가 왜 성질이야? 너 혹시 이재하 본부장 좋아하냐?"

"나 여기서 한가하게 농담 따먹기 할 시간 없거든. 저리 가!"

연수는 결재판으로 그의 어깨를 때리며 그녀의 자리에서 쫓아냈다. 그러나 곧 그녀는 의자에 털썩 주저앉으며 머리를 움켜쥐었다. 역시 세상엔 비밀이란 없었다. 그렇지만 그의 소문이 또 이상하게 나자 그녀는 울고 싶은 마음뿐이었다. 왜! 그의 소문에는 항상 그녀가 주범인 것일까. 이번에는 정말 그녀가 저지르지도 않은 일임에도 불구하고 말이다.

대책 회의를 해야 했다. 이제는 회사 안에서 가급적 만남을 자제하는 게 좋겠다. 결심이 선 김에 연수는 곧바로 그에게 알려야겠다는 생각에 자리에서 벌떡 일어났다.

연수는 어느 때처럼 결재서류를 손에 쥔 채 본부장 비서실을 방문했다. 사적인 방문이 절대 아니라는 것을 모두에게 알리듯 업무적 이야기를 한두 마디 최 대리에게 건네는 것도 잊지 않았다.

"본부장님 아직 회의실로 안 오셔서요. 제가 다른 미팅에 참석해야 하는데 이걸 전해 드려야 할 것 같아서요."

사람이 거짓말을 하면 변명이 길어지고 안간힘을 쓰게 된다. 그리고 굳이 하지 않아도 될 이유를 설명하기에 급급하다.

"본부장님 지금 회장님 호출 받으시고 곧바로 회장실로 올라가셨습니다. 돌아오시면 연락드리도록 하겠습니다."

연수가 꾸벅 인사하고 돌아서는데 휴대폰이 울렸다.

"네, 박연수입니다."

〈박연수 대리지요? 여기 회장님 비서실입니다. 지금 회장님이 찾으십니다.〉

쿵! 정말 심장이 소리를 내며 떨어진 것 같았다.

설마 그래서 본부장님도 불려 올라간 건가? 회장님도 그 소문을 들었단 말이야? 연수는 눈을 감고 천천히 떴다.

〈여보세요? 듣고 계시나요?〉

"네, 지금 올라가겠습니다."

한동안 연애하느라고 하느님을 찾지 않았는데 다시 찾아야 할 듯싶다.

하느님, 제가 요즘 하느님 안 찾았다고 삐쳐서 일 벌려주신 건 아니죠? 마음속엔 항상 하느님이 있다니까요. 이번엔 정말로 제 잘못이 아니라는 거 하느님이 더 잘 아시죠? 그런데 왜 또 저에게 이런 시련을 주시나요. 하느님, 저와 사돈의 팔촌도 아닌데 제가 잘되는 게 그리도 배가 아프신가요? 그러면 안 되잖아요. 믿음, 소망, 사랑 중 그중에 제일은 사랑이라는데 좀 도와주시면 안 될까요? 어린 양, 믿습니다!

연수는 엘리베이터를 타면서 머리를 콩 하고 앞으로 찧었다.

"설마 나 또 거짓말해야 하는 건 아니겠지? 아, 그건 정말 싫은데."

아마 그녀가 피노키오였다면 대한민국 일 년 치 겨울 땔감용 나무는 그녀의 코에서 거뜬히 뽑아냈을 것이다.

회장실 문을 열고 들어가면서 연수는 그 순간에 분위기를 잽싸게 읽었다. 그런데, 아, 읽지 못하겠다. 이재하 본부장도 그녀를 보고 놀란 듯 보이는 것으로 봐서는 그도 그녀가 올라올 것이라 예상을 못한 모양이다.

'그럼 아직 아무 얘기도 안 한 건가?'

재하의 시선이 다시 이 회장에게 향했다. 묻고 싶은 것이 많지만 아버지 말을 들어보는 것이 먼저였다.

"갑자기 불러서 놀랐나 본데, 거기 앉아."

연수는 조용히 재하 옆에 앉았다.

이 회장이 몸을 앞으로 숙이며 둘을 날카롭게 바라보았다. 성격이 누구보다 급한 그는 정말 아침만 오기를 기다렸다. 다 큰 아들 연애에 감 놔라 대추 놔라 하고 싶지는 않다. 그 정도 상식은 그도 있었다. 그러나 감나무의 감도 제때 안 따주면 까치밥이 되거나 썩어 뭉그러지기밖에 더하겠는가. 가만히 지켜보다가는 죽도 밥도 안 되게 생겼다. 거기다 뭐? 비밀 연애? 기가 차 말도 나오지 않았다.

"내가 너희들을 부른 이유는 말이지, 아, 박연수 대리 오해하지 말고 들어요. 그냥 솔직하게 대답만 해주면 되니까 말이야."

그 '솔직히'가 유난히 크게 들리는 이유는 뭘까? 연수에게는 지극히 개인적인 일로 그녀를 불렀다는 말로밖에 들리지 않았다.

"둘이 사귀나?"

직구였다. 연수는 대답 대신 슬그머니 재하를 바라보았다.

"그것 때문에 아침부터 부르셨습니까?"

"네, 사귑니다, 회장님."

재하와 연수가 동시에 대답했다. 어차피 단희 씨가 다녀갔으니 거짓말해 봐야 소용없었다. 거기다 이재하 본부장이 사내 연애한다고 소문이 파다하게 났는데 숨길 수도 없었다. 그녀는 무릎 위에 놓여 있는 두 주먹을 꽉 움켜쥐었다.

"그래? 그럼 질문을 달리 하지. 이재하 본부장."

이제는 질문이 그에게 넘어가자 연수는 잔뜩 긴장했다. 그에 비해 재하의 표정은 무덤덤했다.

"박연수 대리 말고 사내에서 다른 여자도 사귀나?"

재하의 눈에 불쾌감이 살짝 어렸다 사라졌다.

연수도 무슨 말인지 몰라 이 회장과 그를 번갈아 바라보아야 했다. 그가 그럴 리 없겠지만 회장님이 저리 말씀하시니 그녀의 표정이 잠시 흔들렸다.

"무슨 말씀입니까?"

"네놈 귀는 장식용이야, 아니면 귓구멍이 막힌 게야. 다른 사람들이 다 아는 걸 네놈만 몰라?"

결국 이 회장이 욱하며 소리를 질렀다.

"가뜩이나 네놈 소문도 안 좋은데 그것도 모자라 사내 여자까지 꼬드겨 다닌다고 회사에 소문이 파다하게 났다. 넌 도대체 자기관리를 어떻게 하는 놈이야!"

아! 회장님도 그 소문을 들으셨나 보다. 연수는 속으로 장탄식을 내뱉었다.

그런데 왜 저 말이 그녀에게 하는 말로 들리는지 모르겠다. 자기 아들 이미지에 안 좋으니 알아서 떨어져 나가라는 말인가? 아니면 공개적으로 밝혀서 이 소문을 잠재우라는 말인가? 그녀는 어느 쪽으로 해석해야 할지 갈피를 잡지 못하고 있었다.

"회장님, 남들 눈이 불편해 본부장님과 비밀 연애로 사귀고 있습니다. 아마도 그 소문의 주인공은 저인 것 같습니다."

"그래서?"

그래서라니? 내 스스로 자수했으면 그것으로 끝난 것이지 뭘 더 바라는 거지? 그녀가 살짝 당황하자 이 회장이 다시 입을 열었다.

"소문 어쩔 거야? 네놈은 어떻게 다른 건 다 철저하면서 어디서 그런 소문은 엿처럼 철썩 잘도 붙이고 다녀? 둘이 결혼 전제로 사귀는 건가?"

그녀는 순간 말문이 막혔다.

"아버지!"

"대답해!"

이 회장의 밀어붙이기에 연수가 조심스럽게 입을 열었다.

"아직 생각해 보지 않았습니다. 그리고 소문에 관해서는 이재하 본부장님과 잘 상의해서 매듭짓도록 하겠습니다."

이 회장은 연수의 말에 아들을 힘껏 노려보았다. 도대체 뭐가 모자라 아들놈과 사귀면서 아직까지 결혼에 대해 생각을 안 해봤다는 거야. 이건 분명 아들의 능력 부족이었다. 화가 끓어오르지만 이 회장은 연수를 향해 최대한 부드러운 미소를 지은 채 이해한다는 듯 고개를 끄덕였다.

"하긴 결혼은 인륜지대사이니 쉽게 결정할 일은 아니지. 그러니까 그 소문의 여자가 박연수 대리가 맞는다는 거지? 확인했으니까 이제 박연수 대리는 나가봐도 좋아요."

연수는 묵직한 마음을 안고 인사를 한 후 회장실을 나왔다.

더 이상 참을 수 없던 재하가 벌떡 일어났다.

"다시는 이런 일로 부르지 마십시오."

이 회장도 일어나 콧방귀를 뀌며 재하를 바라보았다.

"네놈이 잘했어 봐. 내가 이러나."

언젠가는 비밀 연애가 들통 날 것이다. 자연스럽게 어쩔 수 없이 그녀가 그밖에 바라볼 수 없게 만드는 가장 빠르고 확실한 수단이었다. 그러나 언제나 복병은 존재하는 법. 그걸 미끼로 아버지가 그녀를 불러들일 줄은 몰랐다. 지금 그녀는 많이 당황하고 있을 것이다.

"너, 박연수 대리, 결혼 전제로 만나는 거 아니었냐?"

"제가 알아서 합니다. 그러니 다시는……."

그러나 이 회장의 구두가 재하의 정강이를 힘껏 차는 바람에 그는 말을 다 끝내지 못했다. 재하가 끙 소리를 내며 미간을 찡그렸다. 젠장! 한동안 잠잠하다 했더니만.

"알아서 해? 알아서 하는 놈이 제 여자가 결혼 생각이 있는지 없는지도 몰라? 네놈 그 시원찮은 불알 떼서 개나 줘버려라."

"아버지!"

"뭐 해? 꼴 보기 싫으니까 나가!"

이 회장은 자리로 돌아가 앉아 결재판을 열었다. 화가 나 서류가 눈에 들어오지 않았지만 아들 쫓아내는 데는 제격이다. 외손자가 보고 싶어 한 달에 한 번 그의 집에 데려오는 것도 사돈 눈치가 보여 짜증 나 죽겠구먼, 이놈은 손자 안겨줄 생각은커녕 결혼도 할까 말까 할 판이니 답답하지 않을 수가 있나! 들어온 인연이라면 속전속결로 내 사람으로 만드는 것이 최고의 방법이건만 이놈은 강태공이 세월 낚듯 느긋이 여유만만이다.

재하가 화를 꾹 참으며 나가자 그때서야 이 회장은 닫힌 문 쪽을 쳐다보았다. 그가 이렇게까지 눈치를 줬는데 제가 좋아하는 여자 못 잡으면 정말 모자란 놈이다.

*

옥상으로 올라온 연수는 조금 전 회장님이 말씀한 문제를 심각하게 생각해 보았다. 그에게 피해를 주기는 싫다. 그러나 비밀 연애가 밝혀질 경우 업무를 하는 데 많은 지장을 받을 수 있을 것이다. 둘 중 어느 것이 더 많이 피해를 보는지 그녀는 계속 저울질하고 있었다.

"결혼이라……."

그렇게 깊게 생각해 보지 않았다. 아니, 의식적으로라도 생각하지 않으려 애썼다. 사귄 지 얼마 되지도 않았으며 그에게 그런 말을 꺼내기에는 그녀도 자신의 감정을 최근에야 확실히 깨달았기 때문에 깊이 생각해 볼 여유도 없었다. 만약 한다면 그와 가능할까?

그녀의 한숨이 또 터져 나왔다. 이래서 너무 잘난 남자를 만나도 골치 아픈 법이다. '이 결혼 반댈세' 하는 말이 회장님에게서든 사모님에게서든 튀어나와도 전혀 이상한 일이 아니었다. 끼리끼리라는 말이 괜히 생긴 말이 아니다.

그녀가 골똘히 생각하는 사이 어느샌가 그가 뒤에 다가와 있었다.

그녀가 무슨 걱정을 하고 있는지 잘 알고 있는 재하는 그녀를 가볍게 끌어안았다.

"바쁜데 보자고 해서 미안해요."

그러면서 그녀는 주위를 살폈다. 이 남자가! 아무리 지금 아홉 시 땡 근무 시작한 지 얼마 지나지 않은 시각이라지만 그래도 누구라도 보면 어쩌려고.

"아버지 말은 신경 쓰지 마. 워낙 성격이 거침없고 욱하시는 분이니까. 다시는 따로 당신 불러내는 일 없을 거야."

따로 부르진 않겠지만 예의 주시는 하시겠지요. 연수는 입술을 꾹 다물며 결심이 선 듯 그를 바라보았다.

"생각을 많이 해봤거든요. 물론 지금 이 순간에도 갈등이 돼요.

그래도 이번만큼은 내 마음이 시키는 대로 할래요. 나 비밀 연애 안 할래요."

"무슨 말이지?"

재하의 표정이 굳어졌다. 여기서 겁이 나 뒷걸음치겠다는 건가? 아니, 그렇게 내버려 두지 않을 것이다.

"떳떳이 사귈래요. 다른 사람이 알아도 제가 예민한 성격은 아니라서 많이 스트레스받거나 걱정할 일 없을 거예요. 아니면 계속 만날 때마다 수군거릴 거예요. 그리고 꼬리가 길면 언젠가는 밟힐 거고요."

재하가 놀란 표정을 짓자 연수가 의지를 다지듯 고개를 끄덕거렸다.

"나 때문에 본부장님이 더 이상 이상한 소문에 휩싸이는 건 싫어요."

"많이 불편할 텐데?"

"내 마음이 괴로운 것보다 불편한 게 나아요. 저 엄청 착하죠?"

애써 아무렇지 않게 말하는 연수를 재하는 가만히 바라보았다. 이런 착한 아가씨에게 은근히 협박을 하려니 조금 양심이 찔릴 것 같다.

"그럼 약혼식은 언제로 잡지?"

뭐라? 너무나 당연하다는 듯 말하는 재하의 질문에 연수가 당황했다. 이야기가 왜 그렇게 전개되나요? 이분 아무래도 머리 좋은 것은 다 거짓말인 것 같았다. 비밀 연애 안 하는 것과 약혼식이 무슨 상관이 있다고.

"갑자기 약혼식이라니요. 무슨 말씀이세요?"

그가 비록 오해로 인해 뱉은 말이라고는 하나 그럼에도 불구하고 '약혼'이라는 말에 설레기는 했다.

"공개 연애한다며? 아, 약혼식 없이 곧바로 결혼식으로 가자는 말인가? 나야 상관없지만. 오히려 더 좋지, 결혼 날짜를 앞당길 수 있으니."

이 구렁이 담 넘듯 해치우려는 그의 속셈은 뭐란 말인가? 그리고 기회를 잡았다고 확신에 찬 이 표정은 또 뭐란 말인가?

"제 말을 못 알아듣는 척하는 거예요, 아니면 저와 말장난하는 거예요?"

"둘 다 아니야. 오히려 박연수 씨가 잘 생각해 보고 결정할 일이라고 말해주는 거지. 만약 공개적으로 사귄다면 끝은 결혼이야. 왜냐고? 사귀다가 헤어지면 난 씹다 뱉은 껌 신세가 되겠지만 다른 사람들은 내가 당신을 가지고 놀다 뻥 차버렸다고 생각하겠지. 원래 안 좋은 소문에 구정물 한 바가지 붓는다고 달라지진 않지만, 한동안 술안주 대용으로는 씹히겠지. 괜찮아. 그럭저럭 견뎌낼 거야."

이 남자 지금 뭐라는 거야?

"아, 지금처럼 비공개로 쭉 사귀어도 상관없어. 지금 있는 소문에 여직원 하나 가지고 논다는 소문 하나 더 붙는다고 일찌이 선 자리에서 기피 대상이 된 내가 다시 선 자리에 나갈 일도 없을뿐더러, 내가 성격이 그리 좋지 못해 앞에서 속닥거리는 사람은 없을 테니까. 설마 회장 아들인데 면전에 대놓고 씹을까."

보자 보자 하니까 지금 이걸 말이라고 하는 건가? 그는 괜찮다고 말하지만 한 꺼풀 살짝 걷어내 보면 결혼 말고는 이러나저러나 소문에 똥칠하고 다니니 알아서 선택하라는 말이다. 어떻게 보면 청혼인데, 청혼을 반 협박으로 받으니 입이 떨어지지 않았다. 정확히 말하면 받고도 기분이 상하고 화가 나기도 하고 뭔가 딱히 반박의 말이 떠오르지 않아 답답한 상태였다.

"당신의 의견을 존중해 주겠어."

'당분간은 말이지.'

생략된 말을 알 리 없는 연수는 그가 저런 말을 하니 더욱 마음 잡기가 힘들었다. 여기서 예스를 하면 곧 결혼을 의미한다. 오늘 아침까지도 전혀 예상도 하지 못한 쪽으로 일이 흘러가자 연수는 난감했다. 그녀는 그저 오늘 그와 점심을 같이 먹고 저녁 식사 후 집에 가서 손발 오그라들게 그와 연애를 즐기려는 생각뿐이었다. 그런데!

지금 이 남자, 어디서 짱돌을 굴리는 거야? 예스를 하면 결혼이요, 노를 하면 그녀는 파렴치한이 되는 것이다. 가뜩이나 소문에 일조한 그녀인데.

"……이재하 씨가 좋아요. 많이 좋아해요. 그런데……."

좋지 않다, 저 접속 부사. 그는 그녀의 말에 끼어들지 않기 위해 꾹 참았다. 결혼 이야기는 아직 시기상조인 것을 잘 안다. 그러나 떡 본 김에 제사 지낸다고, 소문 터진 김에 확실히 밀어붙여 내 여자로 만들어놓는 것도 나쁘지 않을 것 같았다.

"결혼에 대해서는 깊게 생각해 보지 않았어요."

한 번도 안 해봤다면 거짓말일 것이다. 남녀가 사귀면서 으레 날 많이 위해주면 조금씩 그와 함께하는 미래를 꿈꾸게 마련이다.

하지만 여기서 예스를 한다면 정말 일이 커진다. 그녀는 회장님과 사모님의 반응이 제일 걱정스러웠다.

"그럼 오늘부터 한번 생각해 봐요. 이재하가 얼마나 결혼에 잘 어울리는지, 박연수라는 여자한테 얼마나 잘 어울리는 사람인지."

연수의 얼굴이 그의 말이 마치 고백처럼 들렸다. 오늘 이 사람, 신 내림 받고 말 트인 사람처럼 청산유수로 말을 쏟아내고 있었다.

재하가 연수를 끌어안아 턱으로 연수의 머리에 괴었다.

"다른 건 다 고민되고 확신이 안 서도 돼. 단 하나, 내가 당신을 많이 사랑한다는 것만 알아둬."

이 남자, 내 불안을 읽었나? 연수는 고마우면서도 미안한 마음에 팔을 둘러 그를 꼭 껴안았다. 어쩌지? 이 남자, 정말 욕심난다.

연수는 오랜만에 엄마에게 전화를 걸기로 결심했다. 혼자서는 아무래도 결론이 나올 것 같지 않아서였다. 몇 번의 망설임 끝에 그녀가 수화기를 들자 통화음이 한 번을 다 울리기도 전에 전화를 받아 내심 당황스러웠다. 성격 급한 것은 알아줘야 했다.

〈니 이 밤에 뭔 일이고?〉

"엄마, 아직 주무시는 거 아니죠?"

〈그러니까 전화 받지. 니 참말로 뭔 일 있나? 휴가도 없이 바쁘다 하드만 밥은 챙겨 먹나?〉

"응. 안부 전화한 지도 오래됐고 남자친구 생겼다는 소식도 알릴 겸……."

〈이 가시나, 그런 게 있으면 퍼뜩퍼뜩 애기를 안 하고. 그래, 누

군데? 몇 살이고?〉

대견한 내 딸. 봉순의 목소리에 은근한 기대감이 걸려 있다. 딸 나이 스물아홉이다 보니 슬슬 딸 결혼이 걱정되긴 했다. 대기업 떡하니 붙어서 주위에서 하나 물어 시집 잘 가라고 귀에 딱지가 앉도록 얘기할 때는 콧방귀도 안 뀌더니, 먼저 전화해서 애인 있다고 말하는 거 보니 꽤 진중하게 만나고 있는 모양이다. 아홉수는 찝찝하니 내년 초라도 당장 날을 잡아야겠다고 생각한 봉순이다.

〈퍼떡 생년월일이랑 이름 말해봐라.〉

"엄마!"

저렇게 나오는 거 보니 궁합 보려는 모양이다. 괜히 전화 걸었다는 후회가 벌써부터 밀려오고 있었다.

〈가시나, 성질은. 그래도 그게 무시 못하는 기라. 알았으니, 나이는 몇이고? 뭐 하는 사람이고? 그거 먼저 말해봐라.〉

아무래도 그의 신상 털기가 먼저 선행되지 않고는 얘기가 진행되지 않을 듯싶었다. 주희에게 전화를 걸 것을……. 때 늦은 후회였다.

"나이는 서른일곱이고……."

〈서른일곱? 혹시 그놈아 요즘 말하는 돌싱 이런 거 아니지? 난 내 딸 재취 자리에 절대 안 보낸다. 알았나?〉

"그런 거 아니야. 일 열심히 하다 보니 그렇게 됐어. 그런데 그 남자가 좀 많이 부자야. 우리랑 차이가 많이 나. 그래서 말인데, 엄마 결혼했을 때 외가 쪽이 땅 부자였고 아버지는 땡전 한 푼도 없었잖아? 아버지는 그런 점이 고민 안 됐대? 이건 조금 다른 케이스인가?"

이 말에 지금까지 흥분해 들떴던 봉순이 조용해졌다. 딸이 무슨 고민을 하는지 대충 짐작이 갔다. 아무래도 한쪽이 너무 기울면 보기도 안 좋을뿐더러 알게 모르게 시집가서 눈치 볼 것 같기 때문이다. 과수원 꾸리면서 넉넉하게 잘살지는 않았지만 못 입히고 못 먹이고 살진 않았다. 그래도 그런 게 은연중 티가 나 무시를 받을까 걱정이었다. 그녀의 머릿속은 벌써 딸을 결혼시키는 것으로 확정되어 있는 상황이었다.

〈빌딩 몇 개 있는 집안이가?〉

"대기업 회장 아들이야."

아까보다 더욱 긴 침묵이 감돌았다. 그리고는 곧바로 쨍쨍한 봉순의 목소리가 수화기를 타고 들려왔다.

〈이기 지 혼자 똑똑한 척하더니만. 아이고, 저 가시나, 대기업 다니면 뭐 하노. 헛똑똑이 가시나. 뭐? 대기업 회장 아들? 그놈아가 그러더나? 지가 대기업 회장 아들이라고? 미친놈. 대기업 아들이 눈이 삐었다고 니를 만나고 다니겠나? 어? 솔직히 내 딸이지만 니가 인물이 빼어나나 아니면 돈이 많나? 그렇다고 지고지순한 성격이가. 니가 뭐 이뻐서 대기업 회장 아들이 침을 질질 흘리나. 그놈 사기꾼 아니가?〉

자기 딸을 저렇게 객관적으로 말할 수 있는 어머니는 대한민국에 몇 안 될 것이다. 역시 엄마한테 전화하는 게 아니었다. 엄마가 한 번 흥분하면 남의 말을 전혀 듣지 않는다는 것을 깜빡했다.

"아니야, 정말 아니야. 그 사람 우리 회사에서……."

〈잔말 말고, 니 혹시 통장 그 머슴애한테 홀라당 다 준 거 아니지?〉

"내 말 좀 들어봐! 그 사람 우리 회사 다녀! 영업본부장이라고!"

그러나 봉순은 벌써 목소리에 핏대를 세워가며 딸이 사기꾼에 속아 넘어갔을까 봐 안절부절못했다.

'저 가시나 성격만 저렇지 나 닮아서 한 번 마음 주면 팔푼이처럼 다 퍼주는 성격인데! 내 저 가시나 때문에 못 산다. 나이가 몇인데 그런 말에 홀라당 넘어가서는!'

〈그 남자가 니 돈 벌어준다면서 돈이나 땅 내놓으라 하면 절대 내놓으면 안 된다. 알겠나? 아이다. 내 주말에 올라갈 테니까 꼼짝 말고 있으래. 니 이모 둘째 딸 이번 주 서울에서 결혼식 있는데 내 바빠서 못 간다 했는데 겸사겸사 올라갈 기니까.〉

"엄마! 엄마!"

애타게 부르는 소리를 뒤로하고 전화가 끊겼다. 연수가 정작 하고픈 말은 하나도 못한 채 말이다. 처음부터 엄마에게 상담하고자 한 그녀의 잘못이었다.

"진짜 대기업 회장 아들이라고, 눈이 삔."

그녀는 길게 한숨을 쉬며 통화가 끊긴 전화기에 대고 중얼거렸다. 정말 그녀의 애인이 대기업 회장 아들이라는 것을 알면 엄마가 어떤 반응을 보이실지 참 기대가 된다. 보자마자 사기꾼이라고 멱살 안 잡으면 다행이다. 내일 전화 드려 절대 주말에 올라오지 말라고 해야겠다. 지금은 그녀 문제만으로도 머리가 복잡하고 정신없다.

진짜 연애하기 뭐가 이리 어려워! 연수는 침대에 풀썩 쓰러지듯 눕더니 눈을 감았다.

"공개 연애의 끝은 결혼이라고? 망할 남자, 청혼을 그따위로밖에 못해?"

연수는 이불을 신경질적으로 머리끝까지 뒤집어쓰며 투덜거리다 다시 벌떡 일어났다.

"잠깐, 그가 답을 가지고 오라고 말했나?"

연수가 고개를 갸웃거렸다. 아무래도 확신이 안 서자 그녀는 기억을 되살리기 위해 있는 힘껏 눈에 힘을 주어 집중력을 발휘했다. 허구한 날 뭐만 시키면 아침 아홉 시까지 답 가지고 오라던 남자다. 그러나 이번에는 그가 그런 말을 한 것 같지 않았다. 아니, 확실히 그런 말을 하지 않았다. 그런데도 답을 빨리 제출해야 할 것 같은 이 기분은 왜인지 모르겠다. 소문은 그녀를 기다려 주지 않는다. 내일이 되면 그에 대해 또 어떤 말로 쑥덕일지 모를 일이다. 소문의 소문은 부풀려져 괴상망측한 이야기가 튀어나올지도 몰랐다. 그렇다고 그를 안 만날 수도 없는 일이다.

그럼 답은 정해져 있는 건가? 나 또 내일 아홉 시까지 답안지 들고 그의 사무실을 방문해야 하는 거야? 박연수, 너 정말 그 남자 감당할 수 있어? 이건 그냥 하하, 호호 하는 거랑 완전히 다른 문제라고!

연수는 끙 소리를 내며 침대에서 몸부림 쳤다. 몸을 데굴데굴 구르며 고뇌의 몸짓을 한껏 표현한 다음 그녀는 잠자리에 들 수 있었다. 이 남자는 사랑할 때나 안 할 때나 그녀의 숙면을 방해하는 골칫거리였다!

귀신에 홀린 기분이다. 지금도 그녀는 제정신이 아닌 것 같았다. 그녀의 입에서 공개 연애하자는 말이 떨어지자마자 이 본부장이 대놓고 그녀의 손을 조몰락거리며 다니니 궁금해 마지않던 몇몇 팀장이 그와 그녀의 관계를 물어왔고, 그는 마치 숨긴 사실을 들킨 것처럼 그렇게 티가 났냐며 얼굴에 능청스러운 웃음을 달고 연애를 한다고 광고를 해대기 시작했다.

문제는 그다음이었다. 부러움 반, 시기 반의 눈길이 그녀의 등 뒤를 따라붙는 것까지는 좋았는데, 그게 하루가 가고 이틀이 가니 그녀는 숫제 사고 친 연예인 취급을 당하는 기분이었다. 지나가면서 쑥덕거리는 건 기본이요, 손가락질하며 그녀를 가리키는 건 옵션이었다. 그녀는 이 문제를 너무 가볍게 생각했는지도 몰랐다. 아무리 그녀가 자타 공인 무신경하다지만 지금 한 사람만 더 그녀를 힐끔거리며 뭐라 하기만 하면 소리를 버럭 지르고 싶은 심정이었다. 바로 공개 연애를 한다고 발표한 지 사흘도 안 돼서 벌어진 일이다. 그러나 이건 약과였다. 회장님이 웃으며 밥 먹자고 전화했다. 전화를 끊자마자 연수는 이재하 본부장을 당장 만나야 했다. 만약 그녀가 공개 연애는 아닌 것 같다고 말하면 그가 너그럽게 이해해 줄까?

'연애에 왜 가족이 끼어드냐고! 정말!'

연수는 그의 비서실을 지나가며 어색하게나마 인사를 건넸다. 언제나 당당하게 들어갔던 본부장실을 이제는 눈치를 보며 들어가게 생겼다.

"본부장님 계시죠?"

최대한 자연스럽게 웃으며 최 대리에게 말을 걸자 '말하지 않아도 알아요' 라는 광고처럼 그는 따뜻한 눈빛으로 손으로 문까지 친절히 가리키며 어서 들어가 보라는 몸짓까지 해 보였다. 아, 하느님. 저 회사 생활 잘할 수 있을까요? 이러다 제 발로 회사 나가는 건 아니죠? 저 아직 집 대출금도 많이 남았단 말입니다!

그녀가 아침부터 그의 사무실로 들어오자 재하의 표정이 한껏 부드러워졌다. 그러나 그녀가 먹구름 잔뜩 낀 얼굴로 그를 노려보자 그의 미간이 살짝 모아졌다.

"오늘 회장님이 저녁 식사 하재요."

"아버지가?"

"그것도 집에서요. 어떻게 생각하세요?"

"당신이 무척 마음에 드셨나 보지."

재하가 피식 웃으며 말하자 연수의 눈이 삐쭉 올라갔다. 이 남자는 지금 상황의 심각성을 너무나 모르는 것 같다. 다른 것도 아니고 집으로 초대한다는 것은 아들의 여자가 마음에 차는지 안 차는지 한번 보겠다는 심산 아니고 뭐겠는가.

"저 오늘 테스트받는 날이에요? 그래요? 미리 알고 있었으면 마음의 준비라도 할 수 있게 아침에 전화라도 한 통 넣어주지."

"나도 당신한테 지금 들은 거라서."

그녀가 울상을 지으며 걱정하자 재하가 연수의 두 손을 꽉 잡아 그를 바라보게 만들었다.

"우리 부모님, 상식에 벗어나는 사람들 아니니 너무 겁먹지 마. 욕심 많은 분도 아니라 당신이 오는 것 자체만으로 고마워할 분들이니. 거기다 당신은 내 조카까지 찾아준 사람이니 당신을 좋아하지 않을 수 없잖아?"

"그럴까요?"

"내가 옆에 있을 거야. 뭐가 걱정이지?"

재하는 나직이 웃으며 연수를 끌어안으며 그녀의 불안을 잠재웠다.

그가 저렇게 말하니 안심이 되는 것 같기도 하다. 연수는 최대한 마음을 편안히 먹으려 애를 썼다. 그러고 보니 마음에 드니까 집에 초대하는 거겠지? 실수만 안 하면 좋게 넘어갈 수 있을 것이다. 그러나 이 두 남녀가 모르고 있는 게 있었으니 모든 부모, 특히 아들 가진 어머니들은 어떤 며느리를 데리고 와도 백 퍼센트 성에 차지 않는다는 사실이었다.

*

지원군 한 명인 그를 믿고 초대에 응한 그녀는 저녁을 먹으면서도 바짝 긴장해서 그런지 아무런 맛도 느낄 수가 없었다. 도대체 이 집 식구는 저녁 한 번 먹으면 우르르 다 모이는 게 가풍이라도 되는지 저번처럼 단희 씨 가족까지 다 모여 식사하는 모습이 다시 연출되었다. 이 말은 심사위원 수가 늘었다는 말이다.

이럴 줄 알았으면 청심환이라도 먹고 오는 건데. 적어도 소화제라도 먹어야 뒤탈이 없을 것 같은데 그런 생각조차 못할 만큼 그녀는 긴장이 됐다. 그녀는 허리를 꼿꼿이 펴고 앉아 식사하느라 허리가 아파 죽을 지경이었다. 다리는 어떻고? 누가 식탁 아래를 기어들어 가보지도 않건만 다리를 딱 붙이며 가지런히 앉아 있는 자세에 허벅지 근육이 아프다고 비명을 질러왔다.

대학 입시원서 쓰는 것도 아닌데 눈치작전이 시작되었다. 얼마나 그녀가 환영받는 존재인지, 초대한 입장에서는 그녀가 얼마나 아들에게 어울리는 자격을 갖추었는지 서로 드러내진 않지만 조목조목 살피고 있었다.

회장님과 사모님은 격하게 환영해 주는 분위기는 아니지만 그렇다고 싫어하는 기색도 아니었다. 하긴 그녀가 현관에 올라서는 순간부터 그녀가 신발을 벗는 모습, 음식물을 씹는 모습, 하물며 젓가락 집는 모습까지 그들의 눈에는 하나하나 며느리 자격 심사 조건에 들어가는 것이니 말이다.

저녁 식탁에서 가볍게 오가던 질문에 그녀에 대한 질문은 거의 들어 있지 않았다. 그래서 그녀는 정말 숟가락을 입에 넣는 운동 말고는 딱히 입 운동할 기회가 없어 밥을 단물이 나도록 씹기도 했다.

'다음부터는 회장님 할아버지가 와서 밥 먹자고 해도 사양할 테다.'

재하가 그녀의 밥 위에 코다리 찜 한 점을 올려주자 연수는 속으로 비명을 질렀다.

'이런 짓 하지 말아요! 왜 이목을 집중시킬 구실을 주냐고요! 가뜩이나 그녀를 빤히 바라보고 있는 당신 어머님과 회장님인데!'

"버섯은 싫어한다고 하지 않았나?"

그리고는 그는 그녀 앞에 있는 버섯구이와 단희 씨 앞에 놓인 더덕구이를 바꿔주었다. 어이없어하는 단희 씨 얼굴을 볼 수 없어 연수는 고개를 숙여 조용히 먹는 일에만 집중하기로 했다.

"오빠, 나도 더덕구이 좋아하거든?"

"손님인데 네 앞에 있는 반찬 먹기가 좀 불편하지 않겠어?"

그는 대놓고 이 여자 건드리지 말라고 지금 식구들에게 광고하고 있었다. 그러나 그럴수록 난처해지는 것은 그녀였다. 이 남자, 이대로 놔두었다가는 밥을 씹어 그녀의 입에 넣어줄 기세다. 그녀는 최대한 밥을 빨리 먹어 이 식사를 끝내고 싶었다.

"아줌마, 후식과 차는 거실로 가져와 주세요."

연수는 물 한 컵을 다 들이마시며 마음의 준비를 했다. 이 말은 이제부터 너에 대해 집중탐구해 볼 시간이라 알리는 말이나 다름없었다. 그녀가 재하 옆에 앉자 그가 조용히 그녀의 손을 잡아주었다. 이걸 놓치지 않고 단희가 콧방귀를 뀌었다.

"오빠, 너무 티내는 거 아냐? 늦바람이 무섭긴 무섭네."

"저, 저 오빠한테 하는 말버릇 하고는. 내가 갑자기 집으로 초대해서 당황스러웠지? 그래도 거절하지 않고 와줘서 고맙군."

그걸 지금 말이라고 하세요, 회장님? 우리 회사에서 회장님 말을 거역할 사람이 몇이나 되겠어요? 거기다 그녀는 그의 애인 입장으로 온 건데.

"둘이 언제부터 사귀었나요? 우리 아들이 전혀 내색을 안 해서 몰랐네요."

홍 여사가 차분히 연수를 바라보았다.

"사귄 지는 얼마 되지 않았습니다."

"사귄 지 얼마 되지 않았는데 재하 녀석이 많이 좋아하는 모양이에요. 단 한 번도 여자친구를 집으로 데려온 적이 없어서 말이에요. 내 남편이 초대했다고는 하지만 아들 녀석이 무언의 긍정을 표시했다는 말이겠죠?"

맞아요. 대놓고 말은 못하지만 댁의 아드님은 좀 음흉한 구석이 있는 것 같긴 해요.

"자, 편하게 과일 먹어."

"네, 감사합니다."

이 회장이 손수 포크로 파인애플 한 조각을 찍어 연수에게 건네자 그 모습에 홍 여사는 기가 차지도 않았다. 신혼 때 이후로 마누라한테는 땅콩 하나 까서 손에 쥐어준 적이 없는데, 지금은 아주 자상한 시아버지 노릇에 푹 빠진 것 같았다. 하긴 아들놈도 마찬가지였다. 식사할 때는 제 밥그릇만 쳐다보기 바쁜 아들이 제 여자한테는 아이 밥그릇에 반찬 올려주듯 하는 행동을 보고는 정말 내 아들이 맞는지 의심이 들었다.

"언제 처음 만났나요?"

언제나 갈등되는 대답이다. 뭐라고 답해야 하나? 그러나 그사이 단희가 끼어들어 대답을 가로챘다.

"에이, 엄마도 잘 알잖아요. 우리 지호 잃어버린 날 연수 씨가 찾아줬잖아요. 그날 오빠가 연수 씨 집에 쳐들어가고. 그러고 보면 인연은 인연이다. 같은 회사까지 다니는 것 보면요."

"너에게 안 물었다. 넌 좀 가만히 있어."

엄마의 꾸지람에 단희는 남편의 팔짱을 끼며 입을 삐죽였다. 민혁은 고개를 끄덕이며 장모님 말에 동의했다. 이 자리에서는 침묵을 지키고 있는 편이 좋았다. 항상 너그럽고 조용하신 장모님이 오늘은 예비 시어머니 성격을 드러내시는 날 아닌가.

"연수 씨, 우리 재하 언제 만났죠?"

홍 여사의 눈은 진지하지만 날카롭게 연수를 보고 있었다.

"이 자리가 많이 불편할 거예요. 알아요, 그 맘. 나도 시어머니는 항상 어렵고 불편했으니. 그렇다고 나에게 잘 보이기 위해 꾸미거나 거짓말은 하지 말아요. 거짓은 어차피 더 큰 거짓말로 채워야 하고, 그러다 보면 남는 것은 추함이니까."

"이 사람, 밥 한 끼 먹으러 온 사람에게 왜 겁을 주고 그래?"

이 회장은 가뜩이나 긴장하고 있는 연수에게 딱딱한 질문을 던지는 아내가 마음에 들지 않았다. 오늘 자리도 마련한 이유가 좀 더 가깝게 지내라는 의미로 어른들이 서두르다 보면 재들이 속력을 내겠지 하는 약간의 채찍성 짙은 자리였다. 그런데 아내는 아주 며느리 심사를 할 모양인지 작정을 하고 질문을 해대고 있었다.

연수는 지그시 입술을 깨물었다. 뭔가를 알고 계시는 눈치다. 아니면 도둑이 제 발 저린다고 지레 찔려 그렇게 느낄 수도 있었다. 그렇다. 그녀는 계속 거짓말을 했다. 그의 변태적 소문이 들릴 때마다 모른 척, 아무렇지 않은 듯 그들을 마주해야 하나? 그럼 그럴 때마다 그녀는 평생 양심에 찔리며 살 것이다.

그녀가 주저하자 재하가 그녀의 손을 꽉 움켜잡았다.

"조카 찾으러 갈 때 만났습니다."

재하가 대신 답하자 홍 여사는 연수를 보며 재차 질문을 던졌다.

"어디서 만났지요?"

연수는 마른침을 삼켰다. 알고 계신다. 어떻게 알았는지는 모르겠지만 다시 그녀에게 질문하는 것은 그녀에게 들을 말이 있다는 것이었다.

연수는 입에 침을 바르며 고개를 들어 홍 여사를 바라보았다.

"육 년 전에 만났습니다."

그 말과 동시에 재하의 긴 한숨 소리가 들려왔다.

"어머, 육 년 전에요? 인연이긴 정말 인연이었나 보네."

단희는 놀라면서도 좋아라 하는 그녀의 기분과 달리 주위의 분위기가 무겁자 조용히 남편의 팔짱을 꼈다.

"제가 사람을 착각하고 선을 보고 있는 재하 씨를 찾아가 온갖 욕설을 퍼붓고 나왔습니다. 그래서 그 뒤 그가 변태 소문에 휩싸인 것입니다. 다시 찾아가 사죄를 하려 했지만 그는 벌써 자리에 없었고, 전 단순한 사고라고 넘기며 살았습니다. 그가 이런 추문에 휩싸여 살고 있는지 정말 몰랐습니다."

순간 정적이 흘렀다. 불편한 신음 소리도 들렸다.

연수는 목이 따끔거렸다. 앉아 있는 것이 가시방석이고 고문이었다.

"물론 박연수 씨가 고의적으로 그랬다고는 보지 않아요. 적어도 아이를 찾아주고 어른 어려워할 줄 아는 사람의 성품을 믿으니까. 하지만 박연수 씨의 실수로 내 아들이 그동안 받은 피해를 생각하면 연수 씨가 그리 곱게 보이지는 않는군요."

아들의 변태적 소문 때문에 얼마나 속을 끓였는지 모른다. 정말 아들이 성적 취향으로 문제가 있나 싶어 밤잠 뒤척인 적이 몇 번이던가. 이러다 결혼도 제대로 못하고 혼자 사는 건 아닌가 싶어 몰래 한숨 쉰 날도 많았다. 그런데 그게 한순간의 실수로 벌어진 일 때문이라니.

"죄송합니다. 정말 죄송합니다."

그녀는 꾸벅 고개를 숙이며 용서를 구했다.

"전적으로 이 사람 탓만은 아닙니다. 제가 귀찮아서 방치하다, 잔꾀 부리다 이렇게 온 겁니다. 적어도 한동안은 선 자리나 결혼하라는 말은 안 할까 싶어서였습니다. 그게 꼬이고 꼬여 이렇게 된 것이니 그 일 때문에 이 여자 더 이상 괴롭히지 말아주십시오."

단희의 입이 쩍 벌어졌다. 세상에, 저기 앉아 있는 사람이 우리 오빠가 맞는 거야? 여기서 한마디라도 연수 씨 구박했다가는 아주 자리를 박찰 기세네.

"그럼 우리 오빠 사귀는 건 동정심이나 죄책감인가?"

단희는 슬쩍 연수의 마음을 건드려 보았다. 이왕 터뜨린 것, 여기저기 다 터뜨려 확인하고 넘어가는 게 좋았다.

"아니요. 전 그렇게 착한 사람이 못 됩니다."

연수는 최대한 떨리지 않는 목소리를 내려 애썼다.

지금까지 묵묵히 듣고만 있던 이 회장이 긴 한숨을 내쉬었다.

"너 일어나 박연수 씨 집에 데려다 주고 오너라. 여기 더 앉아 있다가는 애 울리겠구나."

"만약 아무도 그 사실을 몰랐다면 끝까지 숨길 작정이었나요?"

죽을죄를 지은 표정으로 그녀가 고개를 푹 숙이고 있자 속상한 재하가 연수를 일으켜 세웠다. 그는 처음으로 어머니에게 화를 터뜨리고 싶은 마음이 들었다.

"먼저 일어나겠습니다."

연수가 어쩔 줄을 몰라 하며 앉아 있자 결국 그녀는 재하 손에 반 강제로 끌려 나가야 했다.

두 주인공이 나가자 이 회장이 버럭 소리를 질렀다.

"그런 사실을 알고 있었으면 나에게 먼저 얘기를 했어야 할 것 아니야! 갑자기 뻥 터뜨리면 어쩌자는 거야? 그래서 지금이라도 좋은 혼처 연결해 주려고 그 애 면박 줘 쫓아낸 건가? 그래?"

이 회장은 은근히 박연수 대리를 재하 짝으로 마음에 들어 하고 있었다. 그는 좋은 집안이나 정계 쪽엔 관심이 없었다. 사람 도리 알면서 살아가는 사람이면 충분했다. 요즘 아들놈 웃고 다니는 것 보면 이제야 사람답게 사는 것처럼 보여 마음 한편에 짐 덜어놓은 것처럼 편했는데, 이 마누라가 자식 얼굴 갠 건 안 보고 소문 하나로 파르르 떨다니. 물론 처음 들었을 때 조금 욱하긴 했지만 재하 말대로 자기관리 못한 건 그놈 탓이다.

"괜찮은 아이 같네요."

"뭐?"

면박 줘서 쫓아낼 때는 언제고, 이 마누라가!

"자기 잘못을 인정하기 쉽지 않는데, 그것도 이런 자리에서 잘못을 말하고 용서를 구하는 것을 보면 잘 자란 아이 같아 보이네요."

사실 홍 여사는 소문도 소문이지만 사귄 지 두 달도 안 되어서 집에 데려온다기에 탐탁지 않았다. 그 아이가 거짓을 말했다면 앞으로 홍 여사의 마음을 얻기는 더욱 힘들었을 것이다. 아들이 사랑하는 사람이라고 해서 더욱 우려스러웠다. 사랑하기에는 짧은 시간이라 사랑보다 차라리 욕정이었으면 좋겠다고 생각했다. 한

쪽 말만 듣고 그 아이를 몰아세우고 싶지 않았다. 그래서 그 아이를 직접 보고 판단해 보고 싶었다. 그런데 걱정하지 않아도 될 듯싶었다.

"가뜩이나 부담스러워 비밀 연애를 하던 애들이구먼."

"이런 일도 못 견뎌내면 딱 그만큼의 심지만 가지고 있는 거겠죠. 앞으로 재하에게 힘든 일이 생기면 누구보다 더 굳건히 그의 옆을 지켜줘야 하는 게 안사람의 역할이에요. 이런 일로 도망가고 재하 뒤에 숨는다면 일치감치 여기서 접는 게 나아요."

"뭐야, 그 말은? 일부러 재하 녀석에게 떼어내려고 그런 말을 했단 말이야?"

"재하에게 어울리려면 그만한 각오쯤은 있어야 된다는 거예요."

"그래서 아군이야, 적군이야?"

홍 여사의 말이 영 마뜩치 않은 이 회장의 불뚝 성질이 다시 튀어나왔다. 왜 안 그렇겠는가. 오늘만 지나면 일사천리로 아들놈을 결혼시킬 수 있다고 생각했는데 말이다.

"지금 전쟁놀이해요?"

홍 여사는 이 회장의 유치 발언에 한숨을 쉬며 차를 마셨다.

"아니면 예비 시어머니로서 횡포야?"

"말을 맙시다. 당신이야말로 당신 좋다는 이유만으로 불뚝불뚝 사람 불러 체한 밥 먹이지 말아요."

"그런데 그 소문이 박연수 대리와 관련된 것을 당신은 어떻게 알았어?"

그도 아들이 박연수 대리와 사귄다는 걸 얼마 전에야 알았는데 아내는 박연수 대리의 과거까지 알고 있다니 신기한 일이었다.

"조사한 거야?"

"설마요. 남 잘되면 배 아픈 사람은 어디든 있게 마련이랍니다."

홍 여사는 남편의 잔소리를 피하기 위해 먼저 일어나 방으로 들어갔다. 사실 아들이 잽싸게 연수 편을 드는 것도, 화를 꾹 참으며 그 애를 데리고 나간 것도 다 마음에 들지 않았다. 아들놈 키워봐야 소용없다는 말이 이래서 나온 모양이다.

그녀는 며느리가 들어온다면 정말 너그러운 시어머니가 될 생각이었다. 딸을 시집보냈으니 더욱 그런 마음을 가지며 잘 대해줘야겠다고 생각했다. 그런데 아들 녀석의 행동을 보아하니 그런 마음이 들다가도 싹 가실 것 같았다. 제 여자 다칠까 봐 전전긍긍하는 모습이라니! 지금 모습을 보아하니 며느리 구박했다가는 분가한다고 난리 치고도 남을 것 같아 보였다. 그녀는 박연수보다 아들에게 심한 배신감을 느끼고 있었다.

'뭐? 먼저 일어나겠습니다? 나쁜 녀석 같으니라고!'

다음날 아침 식탁엔 홍 여사의 기분을 대변하듯 재하가 싫어하는 음식만 잔뜩 올라왔다.

*

연수는 재하네 집에서 나오자마자 나오는 눈물에 입술을 꽉 깨물었다. 왠지 미움받는 것 같아 서러웠다. 입장 바꿔 그녀가 재하씨 어머니였다면 이렇게 조용히 넘어가지 않았을 것이다. 문 앞에 소금 뿌리고 당장 내쫓았을 것이다. 충분히 이해가 됨에도, 미움 받아 마땅했고 당연한 말씀을 한 것임에도 불구하고 마음 한구석에는 재하 씨 부모님이 그녀를 마음에 들어 했으면 하는 바람이 깔려 있었나 보다. 왜 안 그렇겠는가. 그녀가 여기까지 왔다는 것은 그녀 또한 그를 진지하게 생각하고 있다는 뜻인데. 아직 표정이 수습되지 않은 그녀는, 아니, 그의 얼굴을 보면 눈물이 왈칵 쏟아질 것 같은 그녀는 연신 고개를 떨어뜨리고 있어야 했다. 그에게 이런 모습을 보여주기 싫었다.

재하가 그런 연수를 꼭 안아주었다.

"박연수, 뭐 잘한 일이라고 거기서 고백을 해."

그러나 그의 목소리는 질책 어린 목소리보다 잘했다는 부드러움이 한껏 깔려 있었다. 그가 사랑하는 여자는 용감하기까지 했다.

"그럼 평생 속여야 하는데 어떡해요. 가뜩이나 당신 변태라서 부모님이 걱정하는 거 다 알고 있는데. 거기다 전 분명 봤다고요. 어머니가 난 네가 한 짓을 다 알고 있다는 눈빛으로 절 뚫어지게 보고 있었단 말이에요."

눈물을 참으려 하니 목이 멨다. 더 참다가는 목소리에서 쥐어짜는 소리가 나올 것 같았다. 시어머니가 될 분에게 찍힌 거나 다름없었다. 앞으로 회장님 얼굴도 어떻게 볼지 걱정이다. 연수는 눈물을 흘리지 않기 위해 연신 눈을 깜빡여 보았다.

"고개 좀 들어봐."

"싫어요."

"연인이 되더니 날로 반항기만 충만해지지? 그런데 우리 어머니, 단단히 화가 나신 것 같긴 하던데?"

그때서야 연수가 고개를 들어 재하를 바라보았다. 옆에서 확인 사살까지 해주니 이제는 정말 울기 직전이었다.

"배신감이 많이 드셨을 테지. 딴엔 가정교육 잘 시켰다고 자부하고 계시는 분인데 아들놈이 부모 앞에서 자기 좋아하는 여자 낚아채 박차고 나왔으니."

이 말을 풀이하면 아들 변태 만들어놓은 것도 화가 나는데 아들까지 빼앗은 나쁜 여자가 되는 건가? 그녀는 아직 결혼도 안 했는데 왜 '사랑과 전쟁' 드라마가 머릿속으로 휙휙 지나가는지 모르겠다. 아, 나 이 남자와 결혼할 수는 있는 것일까? 지금은 무슨 말을 들어도 다 부정적으로밖에 접수가 되지 않았다.

재하는 연수의 손을 잡더니 네 번째 손가락에 심플한 백금 반지 하나를 끼워주었다.

놀란 그녀가 손가락을 오므리며 주저했지만 그의 힘으로 반지는 그녀의 손에 자리 잡았다.

"화기애애한 식사가 끝나면 주려고 가지고 있었는데 그건 물 건너간 것 같고, 그래도 오늘 당신 손에 끼워주려고 내내 가슴 졸이며 가지고 있었던 거니까 주인은 찾아가야겠지? 굳이 의미를 붙이자면 박연수 도망 못 가게 하는 족쇄 정도?"

연수는 자신의 손가락에 끼워진 반지를 한참을 바라보았다. 반지를 끼니 정말 이 사람이랑 사귀는 게 실감이 났다. 비밀 연애할 때는 눈치가 보여서이기도 하지만 사귄 지 얼마 되지 않아 그런 것은 생각하지 못하고 있었다.

"가슴을 졸였다고요? 당신이?"

"난 사람 아닌가?"

재하는 반지를 낀 그녀의 손을 만지작거리며 만족스러운 미소를 지었다. 어찌 되었든 서울로만 가면 되는 것이니 일단 손에 반지가 끼워진 이상 그녀는 확실히 임자 있는 몸이 된 것이다.

"고마워요. 이 말이 이럴 때 사용해도 되는 건지 모르겠지만……. 그러니까…… 제 말은 기쁘긴 한데……."

참 고백 타이밍을 이렇게 못 맞추는 남자는 어디에도 없을 것이다. 정말 일 쪽으로만 머리가 좋지 다른 쪽은 현격히 떨어지는 게 맞았다. 이런 상황에서 어느 여자가 반지를 받으며 감동하는 감정을 잡을 수 있겠는가. 순수하게 고백을 받는 것은 기쁜 일인 것은 맞다. 하지만 뭐든지 때와 장소가 있는 법이다. 거기다 어쩌면 시댁이 될지도 모르는 분들에게 찍힌 상태라면 더더욱 감동을 이끌어내는 건 무리가 있다. 그러니까 그녀가 마음 놓고 그의 고백을 즐기지 못하는 건 다 그의 탓이었다. 가슴만 졸이지 말고 분위기 좀 보고 반지를 주지.

"내가 많이 급한 건 알고 있어."

충분히 알고 있거든요, 당신 나이 서른일곱이라는 거. 그 나이면 급한 마음 이해해요. 지금 결혼해도 환갑잔치해야 아들이 성인되는 거. 나도 다 집에서 곰곰이 생각해 봤다고요. 그래도 그렇지, 저렇게 대놓고 얘기하다니.

"내 감정이 너무 빠르니까, 당신에게 좀 더 시간을 주고 싶지만 그게 잘 안 돼. 그사이 당신의 시선이 다른 곳으로 향할까 봐. 그건 내가 못 견딜 테니까."

쉽게 포기하지 못하는 그의 성격상 그녀가 누군가를 좋아했다면 분명 현실을 인정 못하고 어떻게든 그녀의 시선을 억지로 그에게 고정시키게 만들어 버렸을 것이다. 여자를 혹하게 하는 게 무엇이고 여자들이 무엇을 바라는지 잘 알고 있으니까. 그래서 더욱 불안했다. 그의 조급증이 드러날까 봐. 그런 그에게 실망할까 봐. 그라고 그녀에게 조용한 곳에서 예의를 갖춰 반지를 끼워주고 싶은 마음이 없겠는가. 그러나 오늘 분위기에서 그녀가 겁을 먹고 한 발자국 뒤로 빼기 전에 그녀를 묶어둬야 했다.

재하가 진지하지만 따뜻하게 연수를 바라보았다.

"내가 당신 많이 좋아한다는 말 한 적 있나?"

"한 적 있죠, 딱 한 번."

바닷가에서 말이죠.

"그러면 많이 욕심내고 있다는 것도?"

재하가 그녀의 목을 부드럽게 쓰다듬으며 사랑스럽게 보고 있었다.

그러고 보니 이 남자, 말을 격하게 아꼈다. 관심 있다고, 사귀자고 옆구리 먼저 찌른 사람치고 참 표현에 인색했다. 뭐, 행동은 인색하진 않았지만 그래도 새삼 다시 생각해 보니 그에게 들은 말은 고백보다 구박이 더 많았던 것 같았다.

"그렇게 은근슬쩍 넘어가려 하지 말아요. 저 준비됐으니까 반지 주면서 준비해 뒀을 고백 있을 거 아니에요? 귀에 쏙쏙 넣어줄 테니까 빨리 하세요. 그러고 보니 반지를 받아서 안 기쁜 게 아니라 고백이 빠져서 애매했던 거죠. 친구끼리도 우정반지 하거든요? 이 반지의 용도 설명 안 해줄 건가요?"

조금 전까지도 마음이 묵직했던 연수는 그의 고백에 마음이 살랑살랑해지고 있었다. 미래의 시어미니한테 구박 좀 받으면 어떤가? 다 그녀의 잘못인데. 보란 듯이 과거 청산하고 새 출발하라는 하느님의 깊은 뜻으로 받아들이면 되는 것이다. 그리고 그녀가 사랑한 사람은 누가 뭐래도 그이니 일단 그가 그녀를 많이 좋아한다는데 그보다 더 든든한 지원병이 어디 있단 말인가.

옛말에 멍석 깔아주면 못한다더니만 이 남자 입을 꾹 다물고 있다. 지금껏 다른 여자 만나면서 고백을 받아만 잡수셨나, 아니면 지금 머릿속에서 서론, 본론, 결론을 나눠 고백할 내용을 점검 중이신 건가. 그녀는 무언의 압박을 주며 그를 말똥말똥 쳐다보았다.

"……결혼반지야."

놀란 그녀는 눈이 동그랗다 못해 입까지 벌어졌다. 물론 대부분 반지가 청혼을 위한 수단이 되기도 하지만 저리 대놓고 결혼반지라고 콕 찍어주는 남자는 세상천지에 없다.

"내 진심을 담을 수 있는 유일한 방법. 당신만을 바라보며, 한평생 당신이 내 여자가 되어주었으면 하는…… 그런 내 마음을 담은 게 그 반지의 용도야."

그의 거침없는 고백에 연수는 그를 바라보는 것 말고는 아무것도 할 수 없었다.

재하가 조금은 멋쩍은 듯 웃으며 그녀의 머리를 넘겨주었다.

"나는 이렇게 하루가 재미있게 지나가는지 알았다면 육 년 전 당신을 어떻게든지 찾아내서 내 옆에 앉혔을 거야. 어떤 수단과 방법도 가리지 않고."

그가 저렇게까지 말하는 것을 보면 진심이다. 씩 웃는 재하의 말에 그녀는 마음이 설레면서도 등골이 서늘해지는 고백에 미소로 답하는 수밖에 없었다.

연수가 팔을 그의 허리에 둘러 그를 올려다보았다.

"아무래도 나 선견지명이 있나 봐요. 잘난 애인님, 누가 채가기 전에 연막작전으로 모든 여자의 접근을 막고 결국은 내가 차지하는."

재하가 연수에게 살짝 입 맞추면서 낮게 웃었다.

"연막작전 그만하고 이제 나 데려가지? 앞으로 집에서 눈칫밥 먹을 것 같은데."

"그게…… 오늘은 안 되는데……."

키스를 하려던 재하는 순간 멈칫했다. 그의 의도는 결혼을 빨리 하자는 말이었는데 그녀는 아마도 집 초대를 의미하는 것 같았다. 아무렴 어떠한가. 이래도 좋고 저래도 좋은 것을. 그녀의 마음을 알기 위해 그는 일부러 그녀를 빤히 바라보았다.

그의 키스가 멈추자 연수는 곤란함과 미안함을 한껏 담은 미소를 보였다.

"이렇게 나왔는데 집에 안 들어가면 저 재하 씨 어머니한테 더 찍히거든요. 그리고 내일 출근도 해야 하잖아요. 그리고 집도 엉망이고."

혹시 그가 기분 나빠할까 봐 그녀는 변명까지 늘어놓았다. 안 되겠다. 오늘 당장 집에 가서 대청소도 하고 목욕탕 가서 때도 밀어 피부를 반질반질 윤나게 만들어야겠다. 또 면 속옷 대신 비싼 레이스 속옷도 사야 하고 고급 와인도 한 병 사다 놔야겠다. 이 모든 것이 완벽히 해결되었을 때 그녀는 결전의 날을 치르기로 다짐했다.

연수는 그의 실망감을 조금은 채워주고 싶은 마음에 설레는 마음 가득 담은 키스를 그에게 듬뿍 되돌려 주었다. 그런 연수의 키스에 희미하지만 각오 서린 의지가 엿보였다.

조금만 기다려요, 이재하 씨! 금요일까지 최선을 다해볼 테니까.

*

그녀는 머리털 나고 처음 거금을 들여 속옷을 사고 조금은 오버까지 해가며 전신 마사지까지 받았다. 몸매에 자신이 없으니 광이라도 내야겠다는 그런 마음이었다. 이럴 줄 알았으면 운동이라도 해서 탄력적인 피부라도 만들어 놨으면 좋았을 텐데 후회막급이었다.

거기다 일 끝나고 집에 와서 청소하랴 침대시트 바꾸랴 그녀의 몸과 정신 모두 고단 그 자체였다. 이러다 돌아오는 금요일, 애인과 뜨거운 밤이 아닌 코 골며 혼자 단잠에 빠질 가능성이 더 커보였다.

워낙 그의 스케줄이 빡빡하고 변경이 잦은 걸 고려해 D day 사흘 전에는 그녀는 그에게 알려주기로 했다. 그녀는 최대한 무덤덤하게 얘기하기 위해 같이 모니터를 보며 툭 던지기로 했다.

"이번 주 금요일 시간되세요?"

왜 요즘은 금요일이라는 말만 하면 얼굴이 화끈거리는지 모르겠다.

재하가 다가와 그녀의 책상 옆에 걸터앉았다. 현재 회의실은 그와 그녀 단둘이었다. 그가 유럽 지사와 화상채팅이 빨리 끝나자 TFT팀 회의시간이 30분이나 남았음에도 그녀에게 먼저 올라오라고 한 것이다. 자기가 심심하다는 이유로.

"뭐 좋아하세요? 참고로 어려운 요리는 못해요."

재하가 풋 하고 웃자 연수는 은근히 화가 났다.

"싫어요?"

"그럴 리가, 정식 초청인데……. 오늘이 화요일인가?"

그녀가 고개를 끄떡이자 재하가 그녀의 턱을 들어 가볍게 그녀의 입술에 입 맞추었다.

늦바람이 무섭다지만 그렇다고 회사 회의실 장소에서 누가 들어올지도 모르는데, 그는 상관이 없다는 얼굴이었다.

"뭐 먹고 싶냐고요. 그냥 제 수준은 스파게티나 카레가 최선이고 최고예요."

"걱정 말라고. 다 먹어 치울 테니까."

연수는 어색하게 웃었다. 설마 저건 그저 순수한 식욕의 대한 답이겠지? 그녀가 너무 야한 생각을 한 건 아닐 거야. 그러나 그의 기대에 차 반짝이는 눈빛이 왜 불안한지 알 수 없었다.

*

미리 통지를 주는 게 아니었다. 그사이 그는 분명 이 날을 위해 사흘 동안 정력에 관한 음식을 내리 섭취했거나 의약의 도움에 힘

입어 주체할 수 없는 힘이 생겼는지 진실은 저 너머에 있겠지만 그는 말 그대로 작심하고 그녀를 놔두지 않았다. 선잠을 재우기는 했지만 그사이에도 그의 손은 그녀의 몸 여기저기를 쓸어내리며 잠을 방해했다. 물론 그녀의 체력이 저질 체력인 것은 인정하지만 사랑을 나누면서 목말라 보기는 처음이었다. 결국 녹초가 된 그녀의 상태를 확인한 후에야 그의 품 안에서 잠이 들 수 있었던 그녀는 정말 내일의 근육통을 걱정하지 않을 수 없었다.

새벽이 되어서 그의 손이 그녀의 등을 쓰다듬자 그녀가 그의 어깨를 살짝 때렸다.

"좀 자요."

"일곱 시가 넘었다고."

그래서 어쩌자고요! 국민체조라도 하자고? 그러고 보니 이 남자, 벌써 샤워를 끝냈는지 그녀의 바디샴푸 향기를 풍기고 있다. 잠귀가 어두운 편이 아닌데도 그가 일어나 샤워하는 소리를 못 듣고 잠에 빠져 있었나 보다.

그사이 재하의 젖은 머리가 그녀의 가슴 쪽으로 내려오더니 결국 그녀의 위로 올라왔다. 아, 이 변태 성욕 대마왕! 아침부터 도대체 몇 알을 주워 먹은 거야!

"그럼 거실에서 뉴스 보고 있어요. 난 더 잘래요."

웅얼거리듯 대답한 그녀는 그를 밀치고 이불 속으로 파고들어 갔다. 그녀의 행동에 심술이 난 재하는 그녀의 목덜미를 세게 물었다. 그러나 그녀 또한 조금이라도 잠을 더 자기 위해 눈을 꼭 감았다. 결국 그녀를 포박하다시피 안은 그의 손이 그녀의 배에서 아래로 내려가기 시작했다.

"이래도 계속 잠을 자겠다고?"

연수는 끙 소리를 내며 그를 제지하려 했지만 그가 더 빨랐다.

그의 두 손가락이 미끄럽게 그녀 안으로 들어갔다. 살짝 부어 있지만 걱정할 수준은 아닌 것 같았다. 어제 충분히 흥분해 있던 그녀의 내부는 조금만 자극을 받아도 애액을 토해내고 있었다. 순간 그녀가 조여오자 그가 낮은 신음을 흘렸다.

그의 손이 충분히 길을 만들어놓자 연수가 본능적으로 허리를 비틀었다. 그의 손이 깊숙이, 그러나 천천히 들어가며 그녀의 안을 휘젓자 그녀는 발끝 신경까지 곤두서는 느낌이었다.

그가 그녀의 가슴을 물며 웅얼거렸다.

"손님 초대해 놓고 혼자 놀라니, 예의가 꽝이야."

"알았어요, 일어났어요. 그러니까 씻을 수 있게 좀 비켜주세요."

"나갈 것도 아닌데 왜?"

그가 그녀의 목덜미를 간질이며 물었다.

왜긴 왜야? 항상 당신만 말짱한 모습이고 나는 씻지 않거나 화장하지 않은 모습이잖아. 왜 그래야 하는데? 한 시간을 자든 열 시간을 자든 자고 나면 눈곱이 생기고 입은 텁텁하단 말이에요. 그리고 오늘은 발가벗었단 말이에요! 밤엔 감춰질 것은 감춰지고 예뻐 보이는 건 더 예뻐 보이지만, 훤한 낮은 있는 그대로보다 더 어쩌면 우울하게 보여줄 수 있는 게 현실이다. 거기다 지금은 이성까지 돌아온 상황이 아닌가.

"씻고 배도 고프니까 일어나야죠."

그러나 그는 그녀가 침대에서 탈출하지 못하도록 최선을 다할 예정인 것 같았다.

그가 그녀의 몸 위로 포개자 그녀의 눈이 동그래졌다. 이 남자, 알몸이다.

"어차피 벗을 건데 뭐 하러 주워 입나? 시간낭비지."

그가 이런 뻔뻔한 말을 날리는 사람이었다니.

재하가 그녀의 다리를 그의 허리에 감으며 그녀를 끌어안으려는 순간이었다.

방문이 발칵 열리며 쨍쨍한 목소리가 들려왔다.

"이 가시나! 니 그 머슴애 자식이랑! 에구머니나!"

봉순은 순간 문을 닫고 거실로 나왔다. 그러나 볼 것은 다 본 상황이었다. 사내 등짝이며 토실한 엉덩이까지. 봉순은 손부채질을 하며 밤기차를 타며 오길 참말 잘했다는 생각이 들었다. 현관에 사내의 구두가 있기에 이놈이 그 사기꾼인가 싶어 기선 제압을 위해 문을 벌컥 열었다. 하지만 그녀가 생각하는 건 그저 잠자는 모습이었지 저렇게 홀딱 벗고 붙어 있는 모습이 아니었다. 아무리 다 큰 딸내미라도 속에서 천불이 올라오는 건 어쩔 수 없었다.

"뭐 하노! 퍼뜩 안 나오고!"

봉순은 봉순대로 속에서 천불이 났지만 갑작스럽게 당한 연수와 재하 또한 당황하기는 마찬가지였다. 웬만한 일에도 당황하지 않던 그가 옷을 다 입고도 방에서 나갈 생각을 못하고 있었다. 왜 안 그렇겠는가. 초등학교 졸업 후 어머니에게도 보이지 않은 알몸을 예비 장모님에게 뒤판을 다 보여 드렸는데.

"죄송해요. 우리 엄마 성격이 급해서……. 제가 재하 씨랑 사귄다고 했거든요. 그러니까…… 부잣집 남자와 사귄다니까 사기꾼에게 속은 줄 알고 주말에 올라오시겠다고 한 걸 말렸는데 결국 올라오셔서…… 정말 죄송해요."

"이 가시나, 일 분 내로 안 나오면 내가 들어갈 기다!"

"일단 나가지. 어차피 벌어진 일이고."

연수는 울상을 지은 채 재하와 거실로 나갔다. 그는 엄마한테 사기꾼이 아니라는 것을 증명하기 위해 모든 증거물을 제시해야 할지도 몰랐다.

죄지은 사람처럼 연수와 재하가 무릎을 꿇고 앉았다. 그녀는 처음으로 소파를 사지 않는 일이 후회가 되었다.

"내 딸아이와 사귑니까?"

봉순은 벌써 딸아이의 손에 반지가 껴져 있자 속으로 가슴을 여러 번 쳤다. 저놈이 사기꾼이면 저 바보 같은 게 또 얼마나 상처받고 훌쩍댈지 생각하면 환장할 노릇이었다.

"네, 결혼을 전제로 진지하게 사귀고 있습니다. 저희 부모님께는 인사를 드렸습니다."

이 말에 봉순은 갸웃했다. 설마 믿음을 주기 위해 부모까지 가짜 행세를 만들지는 않았을 것 같은데. 물론 요즘은 돈만 주면 뭐든 해주는 세상이라지만.

"엄마, 이 사람 우리 회사 영업본부장님이야. 그리고 우리 회사 회장님 아들이고. 그러니까 엄마가 걱정하는 사기꾼 남자는 절대 아니야."

딸까지 신뢰를 못하는지 봉순은 의심의 눈초리를 거두지 않았다. 결국 연수는 휴대폰으로 저번처럼 '이재하' 인물을 검색해서 엄마에게 보여주었다.

"여기 나오는 사람이 바로 이 사람이야."

봉순은 잘 안 보이는 글씨를 읽다 재하를 보고 다시 휴대폰 안의 사진을 반복해서 보았다. 그러더니 말없이 연수에게 휴대폰을 돌려주었다.

"참말로 아버지가 그 대기업 한동 회장님입니까?"

"네, 맞습니다."

"얼굴은 비슷해 보이기는 하는데……."

"엄마, 같은 회사 사람이라고. 내 직장 상사분."

답답한 연수가 다시 한 번 그의 신분을 밝혔다. 그러나 역시 봉순은 오로지 그녀가 듣고 싶은 말, 하고 싶은 말만 할 모양이다.

"둘, 언제부터 사귀었는데 벌써 결혼 이야기가 오가나? 그것도 부모 모르게?"

"만난 건 얼마 안 됐습니다."

"그러니까 몇 개월?"

봉순의 집요함에 연수는 엄마를 못마땅하게 노려보았다. 결국 그녀는 빽 하고 소리를 질렀다. 지금 사람 불러다 놓고 뭐 하는 건지. 그녀가 다 창피할 지경이었다.

"엄마!"

"닌 빠지라. 어차피 이 사람 가면 나하고 할 말 많을 기다."

"두 달 정도 됩니다."

봉순은 어이가 없어 절로 콧김이 나왔다. 그녀는 앞에 놓인 물을 한 번에 쭉 들이켰다. 두 달 사이에 결혼을 결정할 만큼 급한 일은 하나밖에 없었다. 봉순의 눈이 곧바로 연수에게 꽂혔다. 이 가시나!

"니 아 들어섰나?"

"아니야!"

"똑바로 못 말하나, 이 가시나야! 어차피 병원 가면 다 밝혀질 거 뭐 하러 거짓말하노!"

"그런 거 아닙니다, 어머니."

물론 오늘 아침 그녀와 침대에 있는 모습을 본 상황이라 믿기 어려운 건 알지만 그는 최대한 믿음이 가게 설명하려 했다. 그러나 봉순은 재하에게 그런 기회조차 주지 않았다.

"내 촌에서 과수원만 한다고 머리까지 구식은 아니다. 눈 맞아서 사귀면 잘 수도 있고 뽀뽀할 수도 있는 거지. 니 외할아버지가 결혼 승낙 안 해줘서 내가 니 아빠 술 먹여서 확 덮쳤으니까. 그때도 그랬는데 뭐 지금은 더 안 그렇겠나?"

엄마, 그런 말씀까지는 안 해도 돼요. 그냥 본론이 뭐예요? 그러니까 우리 사귀는 거 허락한다는 거예요? 연수는 부끄러워 두 손으로 얼굴을 묻었다.

"거기 이름이…… 이재하라 그랬죠?"

"네, 말씀 놓으십시오."

"생판 모르는 남인데 말을 놓을 수는 없는 거지. 아무튼 우리 딸 좋아해 주는 거 고마운데…… 딴사람 알아보이소."

연수와 재하의 고개가 번쩍 들렸다. 그냥 고집을 부리는 말이 아니었다. 봉순은 차분하면서도 정중하게 재하에게 말을 건네고 있었다. 재하가 말을 하려 하자 봉순이 먼저 입을 열었다.

"내 말 먼저 들어보이소. 보니 배울 만큼 배웠고 돈 있을 만큼 있는 양반이 와 우리 딸이랑 결혼하려고 하는지 난 모르겠네. 내 딸 깔봐서가 아니라 웬만큼 맞아야지. 니도 그것 때문에 걱정돼 전화했던 거 아이가?"

봉순은 연수를 한 번 바라보았다.

"저, 어머님, 걱정하신 부분이 뭔지 잘 알고 있습니다."

"됐고, 한 가지만 물읍시다. 아까 부모님께 인사드렸다고 했는데 부모님이 뭐라 캅니까? 내 딸 좋다 합니까?"

"다 잘해주셨어요."

6년 전 일을 이 정도로 끝내주신 것을 보면 잘해주시는 편이었다. 그녀가 시어머니 입장이었다면 아들의 애인이고 뭐고 다시는 안 봤을 것이다.

"니는 나랑 이따가 얘기하자고 했지? 빠지라 했다."

봉순은 마음을 단단히 먹기로 결심했다. 두 달이면 가장 불붙을 때니 눈에 뵈는 게 없을 것이다. 그러나 그녀는 딸이 눈치 보면서 한평생 결혼 생활하는 모습을 지켜보고 싶지 않았다. 혹 운이 좋아 시부모가 좋은 분이라 결혼을 했다 치자. 결혼은 집안과 집안이 하는 것이다. 그것도 대기업 며느리면 얼마나 많은 자리에 나가야 하며, 할 일도 많고, 수없이 남의 눈치를 봐야 하는 자리인데. 그녀는 딸아이가 그런 자리에서 무시받으며 눈물바람으로 결혼 생활하는 걸 원치 않았다.

"나는 우리 딸 그런 집안에 못 보내니 그리 아이소. 뭐 합니까. 얘기 끝난 것 같은데 가보이소."

재하도 일단 오늘은 물러나는 게 나을 것 같았다. 여기서 아무리 그가 이런저런 얘기를 해도 들어줄 것 같지 않았다. 그는 인사를 하고 그녀의 집을 나오면서 깊이 한숨을 내쉬었다. 숨은 복병은 따로 있었다. 이래저래 결혼하기 힘든 대한민국이었다.

현관문이 닫히자마자 봉순의 손바닥이 사정없이 연수의 등짝을 내려쳤다. 그녀 인생에 이번만큼 인내심을 발휘한 적이 없었다. 정말 아까 현관에 남자의 신발이 있는 것을 보고 어느 정도의 각오를 하고 방문을 열었음에도 눈이 휙 돌 뻔했다.

"이기 미쳤지. 어디 닭이 쳐 울기도 전에 둘이 빨가벗고."

"나 열아홉 살 아니거든? 그리고 사귀는 남자잖아. 뭐가 문제야. 아파!"

등짝을 맞으면서 연수 또한 화가 나 소리를 꽥 질러 버렸다. 엄마의 손은 예나 지금이나 너무 매웠다.

"그럼 아프라고 때리지 잘했다고 때리겠나. 이게 뭘 잘했다고! 니가 열아홉 살이었다면 벌써 머리카락 다 잘라 내뿌리고 3박 4일로 내한테 맞았을 기다. 내가 정말 남세스러워서."

봉순은 말할 때마다 박자에 맞춰 힘껏 연수의 등을 때렸다. 아무리 남자 몸이 침 흘리게 잘빠졌어도 그렇지 나이가 몇인데 그런 것으로 홀딱 넘어간 건지.

봉순은 때리다 지쳤는지 숨을 몰아시며 철퍼덕 자리에 주저앉았다.

"물 한 잔 떠오고 거기 앉아봐라."

연수는 엄마에게 냉수 한 잔을 내밀며 조용히 봉순 앞에 무릎을 꿇었다. 정신없이 맞을 때는 몰랐는데 등짝 여기저기가 화끈거리는 것으로 봐서는 인장이 더덕더덕 붙어 있을 게 뻔했다. 그래도 이 정도로 화가 풀렸으면 다행이지만 아까 그를 내쫓던 마음은 진심인 것 같아 그녀는 불안했다. 왜 하필 밤기차를 타고 와서 첫 만남을 이리 만들어 버리는지. 대한민국에 예비 사위 홀라당 벗은 몸을 본 장모는 봉순 여사가 유일할 것이다.

"니 그 남자가 돈도 많고 얼굴도 그만하면 잘생기고 나 좋아해 주니 옳다구나, 결혼하자 뭐 이런 기가? 하긴 선물공세하면 혹하긴 하지. 그래서 홀라당 넘어가 뿐 기가?"

이 대사는 대부분 예비 시어머니가 하는 대사 아닌가? 내 아들에게서 떨어지라는 대사와 함께 말이다. 연수는 자기 엄마지만 이건 뭐 남의 딸 험담하듯 얘기하니 친딸 맞나 확인을 해보고 싶은 마음이 순간 들기도 했다.

"나, 그 사람 처음부터 좋아한 거 아니야. 물론 사귀면서 애인이 돈이 많으니까 조금, 아주 조금 더 잘생겨 보이는 착시 효과가 생겼는지는 모르겠지만 그 남자 자체로 좋은 사람이고 내가 사랑하는 사람이야."

사랑 고백을 어머니에게 먼저 할 줄이야. 이 사실을 알면 이재하 씨, 얼마나 배 아파할까.

"두 달밖에 안 됐다는 것들이 무슨 사랑타령. 사귄 지 두 달 됐다고? 좋아 죽겠지? 몇 달만 지나봐라. 옆에 다가와도 시들시들할 끼다."

힘들게 인정한 그녀 자신의 감정을 봉순이 한마디로 욕정이라 일축하자 연수의 기분은 상할 대로 상했다.

"엄마, 딸을 그렇게 몰라? 내가 돈에 눈멀어 결혼할 것처럼 보여? 아니면 밤일 잘하는 남자 못 만나 환장한 여자 같아?"

"저 가시나, 엄마 앞에서 못하는 말이 없네."

"엄마가 먼저 말 꺼냈다 아이가. 그럼 와 말리는 건데? 내가 그 남자랑 결혼하면 구박받을까 그러나? 어?"

흥분하니 고향 말이 절로 튀어나왔다. 다른 엄마들은 이 경우 남자 잡아서 당장 결혼식장에 끌고 가려고 협박을 하는데 무슨 마음으로 저런 말을 하는지 엄마 딸인데도 엄마를 이해하지 못하는 연수였다.

봉순이 잠시 조용해졌다. 그리고는 진지하게 연수에게 물었다.

"니 저 남자랑 결혼하면 집 안에서 방귀 뿡뿡 끼며 돌아다닐 수 있을 것 같나? 아니면 집에서 이런 티 쪼가리 입고 뒹굴면서 편히 쉴 수 있을 것 같나? 니 별모양 같은 성격을 네모나게 구겨서 맞춰 살 자신 있나 말이다. 대답해 봐라."

미용실에서 머리 볶다 보면 시집가 구박받고 마음 고생하는 처자 얘기 여럿 들은 봉순이다. 하물며 대기업이라니. 그럴 바엔 안 보낸다.

"……."

"말 못하겠지?"

솔직히 자신이 없긴 하다. 그리고 그녀 또한 걱정하던 문제이기도 하다.

"내는 내 딸이 조금 벌어도 마음 편하게 살고, 깔깔 웃으면서 사는 게 보고 싶지 눈치 봐야 하는 집하고는 결혼시키고 싶지 않다. 자식이 떵떵거리고 살면 좋지 왜 안 좋겠노. 하루 종일 일 안 하고 몸 편하게 산다는데. 그런데 마음 불편하게 살면 산해진미 매일같이 먹어도 살 안 찌는 법인 기다. 내는 니가 좋다고 해도 그런 결혼 시키고 싶은 마음이 없다."

연수는 엄마가 하는 말에 어떠한 반박의 말도 내놓지 못했다. 들어보면 구구절절 다 맞는 말이다. 나봉순 여사가 화도 잘 내고 가끔 고집불통이기는 하지만 이렇게 진지하게 나오면 정말 단단히 결심했다는 소리다. 연수는 엄마에게 미안한 웃음을 지으며 침묵을 택했다.

"두 달밖에 안 됐다면서? 그럼 헤어지기도 쉽겠네."

이 말로 봉순 여사는 상황 정리를 끝냈다.

'나는 그냥 자식 이기는 부모 없다는 선조들의 지혜가 담긴 속담을 믿을래요. 엄마, 미안.'

서로가 싫어서 헤어지면 모를까, 옆에서 뜯어말린다고 말 들을 그녀가 아니었다.

"저기 니 좋아하는 소고기장조림하고 열무김치 좀 가지고 왔다. 배고픈데 상 차리라. 아침 먹어야지."

연수는 조용히 일어나 주방으로 갔다. 보자기를 푸는 연수의 마음은 착잡 그 자체였다. 이렇게 꽉 동여매 놓은 보자기처럼 이 사태가 심각해지지 않기를 바랄 뿐이다.

이렇게 엄마가 반대하는데 연수는 제발 재하의 어머니까지 '이 결혼 반댈세' 라는 말만 안 해주었으면 했다. 그렇다면 사태는 정말 심각해질지도 모른다. 특히 그 말이 봉순 여사 귀에 들어간다면, 지금도 탐탁지 않은 판국에 그 소리까지 듣는다면 우리 딸 달라고 해도 안 주겠다고 찾아가 소리치고 오실 분이었다. 충분히 가능성 있는 얘기다. 나봉순은 그런 엄마였다. 무조건 이 일을 신속 정확하게 그와 상의해 해결해야 했다.

8장

평생 누구의 눈치도 보지 않고 살아온 이 회장이 처음으로 아내의 눈치를 보며 슬쩍 그녀에게 다가갔다. 이 아내가 아들 결혼에 계속 중립국을 선언하자 성질 급한 이 회장이 직접 아내를 구슬리기로 결심한 것이다. 사실 어제 그의 사무실에서 대놓고 이 결혼을 어떻게 추진할 것인지 아들의 생각을 물어보았다. 다시 생각해도 아들에게 물어본 게 백번 잘한 일이었다. 만약 손 놓고 아들에게 맡겨놨다면 올해 안으로 상견례하는 것은 물 건너갔을지도 모를 일이었다.

*

업무보고를 끝낸 재하가 회장실을 나가려 하자 이 회장이 다시 그를 불렀다. 저놈은 먼저 입을 열 놈이 아니니 족쳐서 입을 열게 해야 했다. 왜 진행 상황을 보고 안 하는 거야?

"너, 박연수 대리랑 어떻게 된 거냐?"

"무슨 말입니까?"

"거기 앉아봐."

아들놈 연애사가 아니라 이건 결혼이고 결혼은 집안 문제이기도 하니 무조건 오늘 중간보고를 들어야겠다. 이 회장은 일부러 심각한 표정을 지으며 아들을 압박했다. 가끔 회의실에서 이사들 압박용으로 써먹는 표정이었다.

"그렇게 박연수 대리와 집을 나가고 난 뒤 가타부타 얘기가 없어서 하는 소리야. 결혼 안 할 생각이냐?"

"합니다, 결혼."

"그러니까 진행 상황을 얘기해 보라고. 네놈 계획 짜는 거 좋아하잖아. 보고해 봐."

"결혼 날짜를 묻는 거라면 아직 안 잡았습니다."

"너 내 말 못 알아듣는 척하는 거냐, 아니면 못 알아먹는 거냐? 네 엄마 말이야! 네 편 안 만들 거야? 저렇게 놔두면 언제 상견례하고 언제 결혼하느냐고."

재하는 잠시 침묵을 지키다 이 회장을 똑바로 바라보며 입을 열었다.

"반대하셔도 합니다."

"뭐?"

"어머니가 반대하셔도 이 결혼 합니다. 물론 다시 찾아가 말씀을 드리겠지만 어머니 마음이 돌아서지 않는다 해도 제 마음은 안 변합니다."

이 회장은 앞의 재떨이를 집어 들지 않기 위해 눈을 감았다 천천히 떴다. 결국 아들놈의 말은 스케줄이고 뭐고 그냥 마이웨이로 쭉쭉 밀고 나가겠다는 소리였다. 가뜩이나 홍 여사가 아들 헛키웠다, 섭섭하다며 그에게 푸념을 해대고 있는데 아들놈은 거기다 휘발유통을 들고 제 어미 가슴에 들이붓겠다고 한다.

"너 빠져."

"네?"

"네 엄마 일에서 손 떼라고. 네 엄마는 내가 아군으로 만들 테니 넌 그사이 확실히 상견례할 수 있도록 모든 준비 다 해놔. 박연수 대리 부모님 찾아가 무조건 날짜 잡는 쪽으로 확인 도장 받아놓으라고."

며칠 전에 본 예비 장모님 성격으로는 그게 쉽지만은 않을 것 같았다. 재하는 낮게 한숨을 쉬었다. 아직 어떻게 장모님을 설득해야 하는지 그 방법을 찾지 못하고 있었다. 차라리 중동 공사를 하나 더 따오는 게 훨씬 쉬운 일이었다.

"대답 안 해?"

"알겠습니다. 그런데 아버지……."

한 번도 말끝을 흐린 적 없고 회사에서 아버지라는 소리도 한 적이 없는 아들이 아버지라 부르자 이 회장은 의아해 재하를 바라보았다.

"박연수 대리, 마음에 드십니까?"

"마음에 들다마다. 내 아들놈하고 결혼해 준다는 처자인데. 일만 하다 과로사로 나보다 더 빨리 죽을까 걱정했는데 요즘은 눈치 보면서 가끔 일찍 퇴근도 하고 말이야. 연애가 좋긴 좋지?"

이 회장이 대놓고 놀리자 재하가 조용히 웃었다.

"뭐 해? 움직여. 올해 가기 전까지 너 결혼 못하면 엉덩이 걷어 차일 줄 알아."

재하가 인사를 하고 나가자 이 회장은 턱을 괴며 고민에 빠졌다. 일단 아내는 그가 맡기로 했으니 뭘로 아내의 마음을 돌려놓아야 하는지 생각해 봐야 했다.

*

이 회장은 괜히 헛기침을 하며 나물 간을 보고 있는 홍 여사의 주의를 끌었다. 그러거나 말거나 홍 여사는 나물을 접시에 담으라 천안댁에게 말하고는 손을 닦았다. 집에 오자마자 주인 따라다니는 강아지처럼 아까부터 자신의 주위를 뱅뱅 도는 남편이 아무리 봐도 수상했다. 아들 결혼 문제로 분명 뭔가 할 말이 있는 듯해 보이지만 그녀 또한 할 말이 많았다.

요즘 그녀의 심기 불편함을 읽었는지 아들 녀석이 평소에는 손도 안 대는 반찬을 묵묵히 비워내고 있었다. 그런데 그럴수록 마음이 풀리는 게 아니라 더욱 괘씸한 생각이 들었다. 그래서 그녀는 오늘도 아들이 싫어하는 반찬 하나를 올리고 있는 중이었다.

"왜 그래요? 뭐 필요하세요?"

이 회장이 천안댁에게 자리를 피해달라는 눈짓을 하자 천안댁은 끄덕이며 거실로 나갔다.

"우리 아이 하나 만들까?"

시금치 간을 보다 사레들린 홍 여사는 콜록거리며 가슴을 쳤다. 그러나 이 회장은 능청스럽게 홍 여사의 등을 두드려 주며 걱정을 했다.

"물 줄까?"

"지금 뭐라고 하셨어요?"

"아이 하나 만들자고."

홍 여사는 자신이 잘못 들었나 싶었다. 기가 차서 말이 나오지 않았다. 지금 저 말을 어떻게 받아들여야 한단 말인가. 좀 있으면 칠십을 바라보는 그녀에게 무슨 뚱딴지같은 소리란 말인가.

"입양하고 싶은 거예요?"

"딸도 시집가고 하나밖에 없는 아들놈은 결혼 생각이 있는지 없는지 지지부진이고, 거기다 당신이 반대한다면 나도 결혼 안 시킬 생각이거든. 그러니 어느 천년에 손자 안아보겠냐고. 그럴 바에는 내가 하나 낳지."

"여보!"

"요즘 의학 많이 좋아졌다며? 나 아직 쓸 만한데……."

정말 보자 보자 하니까 못하는 말이 없다. 장난인 줄 알면서도 괜스레 얼굴이 붉어지는 홍 여사였다.

이 회장은 홍 여사의 손을 덥석 잡아 과장스럽게 품에 안았다.

"홍 여사, 어때? 아들놈은 키워봤자 소용없으니까 딸로. 당신도 딸이 낫지?"

"저리 안 가요?"

이 회장은 그럴수록 홍 여사를 더 꼭 끌어안았다. 그러나 그의 눈은 짓궂으면서도 진지했다.

"홍 여사, 당신한테는 내가 있잖아. 무뚝뚝한 아들놈이 나보다 우선순위란 말이야? 당신 생일 선물도 내가 더 비싼 거 해주고 내가 더 남자답게 잘생겼잖아."

홍 여사는 입을 꾹 다물었다.

"딸 보낼 때 서운하고 아들 보낼 때 섭섭하겠지. 정말 반대할 생각 아니면 재하 결혼 기분 좋게 허락해 줘. 애, 시금치 그만 먹이고. 그놈 그게 벌이라고 생각하고 아마 주는 족족 다 먹을 거야."

"나쁜 녀석."

지금껏 참았던 홍 여사의 입에서 원망의 소리가 낮게 터져 나왔다.

"그놈이 원래 그래. 회사에서도 재떨이 던지면 다른 이사들은 족족 피하는데 그놈은 아주 대놓고 '때려라. 나는 맞겠다' 이렇게 나오니 화가 안 나? 그 심정 잘 알지."

홍 여사는 그에게 폭 안겨 있다 곧바로 떨어졌다.

"당신, 지금 뭐라고 했어요? 재하한테 뭘 던져요?"

홍 여사의 언성이 높아졌다. 이 회장은 순간 자신의 말실수에 난감한 표정이 되었다. 아들이 1조 공사 엎겠다고 보고 아닌 보고를 해오자 그만 욱해서 재떨이를 던졌는데 하필 아들 이마에 맞아 찢어졌다. 홍 여사는 단순한 상처로만 알고 있었다.

"당신, 똑바로 말해요. 그러니까 얼마 전에 재하가 이마 꿰맨 게 당신이 재떨이 던져서 그랬다고요?"

"그게…… 그러니까 맞으라고 던진 게 아니라……."

이 회장은 미안한 표정으로 최대한 아내의 마음을 돌려보려 애썼지만 턱도 없었다.

그런데 이마 찢어진 아들놈은 가만있는데 왜 사과받는 사람은 아내가 되는지 그는 잠시 헷갈렸다.

"다녀왔습니다."

재하가 들어오자 홍 여사는 곧바로 재하에게 다가가 이마를 살폈다.

"어머니?"

"흉은 안 진 것 같구나."

재하는 이 회장을 슬쩍 보더니 대충 상황을 이해했다. 어머니의 설득은 당신에게 맡기라며 큰소리친 아버지가 어찌 미더워 보이지 않았다.

"혹시 네 아버지, 회사에서 종종 이러시니?"

"실수로 맞은 것뿐입니다."

"아무리 욱해도 그렇지, 어떻게 다 큰 자식을……. 아니, 시대가 어느 땐데 회사에서 재떨이를 던져. 너는 왜 거짓말하고. 혹시 네 아버지가 시켰니? 나에게 말하지 말라고?"

그러면서 홍 여사는 이 회장을 노려보았다. 이 회장은 슬그머니 딴 곳을 바라보았다. 이때야말로 유구무언이다.

"크게 안 다쳤습니다."

홍 여사는 아들을 바라보다 길게 한숨을 내쉬었다. 원래 속이 깊은 아들 녀석이긴 했다. 그리고 고집불통인 아들이기도 하고.

아들의 결혼을 딱히 반대하고 싶은 마음은 없었다. 아들이 좋다면, 심성만 올곧다면 다른 건 차차 배워 나가면 될 것이라 생각했다. 남편 말대로 이왕 시킬 결혼, 기분 좋게 시키는 게 좋은 일이었다.

"박연수 씨 언제 시간 봐서 날 다시 잡아 데려오너라."

"어머니……."

"왜, 싫으냐? 그 아가씨가 이런 시어머니가 있는 시댁에는 시집오고 싶지 않다더냐?"

"무슨 말씀을……. 내일이라도 당장 데려오겠습니다."

허락은 했다만 홍 여사도 사람인지라 너무 좋아하는 아들을 보니 다시 기분이 나빠지는 것 같았다.

"손 씻고 앉아라, 저녁 다 되었으니."

"홍 여사, 내가 이래서 홍 여사를 좋아한다니까."

이 회장이 웃으며 자리에 앉자 홍 여사의 눈이 다시 올라갔다.

"그 시금치 오늘 당신이 다 먹어요."

"뭐?"

이 회장 또한 재하와 식성이 비슷해 나물 중에 시금치를 가장 싫어했다.

"불만 있어요?"

"뭐, 마나님이 먹으라는데 먹어줘야지."

이 회장은 어린아이처럼 온갖 인상을 찡그리며 시금치 한 점을 입에 넣고 삼켰다.

재하는 피식 웃으며 조갯국을 떠먹었다. 아버지에게는 안된 일이지만 앞으로 시금치 먹을 일이 없어 그로서는 다행이었다.

그리고 반대 없이 결혼을 허락해 준 어머니에게 감사했다. 사실 그는 오늘 어머니에게 무릎을 꿇어서라도 결혼 허락을 받아내려 일찍 퇴근한 것이다. 이제 정말 문제는 예비 장모님을 설득하는 일인데, 그녀 말로는 한동그룹이 망하기 전까지는 쉽지 않을 것 같다고 했다.

할 수 없다. 지금 이 상태에서 결혼 승낙을 얻어낼 수 있는 방법은 무조건 예비 장모님의 조건을 다 받아들이는 수밖에 없었다.

*

결국 아침 팀장급 회의를 하다 재하의 코에서 코피가 주르르 흘러내렸다. 옆에 있던 팀장이 재빨리 휴지를 건네줬지만 그는 끙 소리가 절로 나왔다. 무리한 몸이 결국은 비명을 지르는 것이었다.

"괜찮으니 보고 계속하십시오."

그들이 어찌 생각할지 알기에 아무렇지 않게 얘기했지만 재하는 내심 당황하고 있었다. 역시 헛기침하며 눈을 피하는 팀장이 있는가 하며 고개 숙여 히쭉 웃는 팀장까지 있었다.

김 팀장은 본부장의 정력이 부러웠다. 아니, 왜 세상은 공평하지 않는 건지. 재력이면 재력, 외모면 외모, 힘이면 힘, 정말 부익부빈익빈이란 말인가? 저 코피가 지금 진행하는 프로젝트 때문이라고 말해도 믿어주는 사람은 아마 아무도 없을 것이다. 주구장창 매일 야근하면서도 철인28호의 체력을 자랑하던 이재하 본부장이 갑작스레 코피가 났다는 건 그만큼 요즘 피곤한 일이 많다는 소리다. 그것도 밤에 말이지. 이런 건 사랑에 푹 빠져 장가가는 남자에게서나 볼 수 있는 일인데 우리 본부장님, 낮에는 일하랴 밤에는 연애하랴 부럽기도 하고 배 아프기도 했다.

팀장들은 회의를 하면서도 도대체 밤에 얼마나 사랑을 불태웠으면 이재하 본부장이 쓰러지기 일보 직전이 됐는지 궁금함이 머릿속에 뱅뱅 맴돌았다. 물론 어느 누구도 감히 영업본부장에게 그걸 물어볼 용기를 가진 자는 없었다.

그가 코피를 흘렸다는 소식을 들은 연수가 그를 만나러 왔다. 재하는 그녀가 물어온 소문을 듣기가 겁나 한 손으로 눈가를 가렸다. 어떻게 반나절도 되지 않아 그녀까지 알게 되었는지, 정말 생각하고 싶지도 않았다.

"코피 났다면서요?"

"늙었나 봐."

"그러게 어제 왜 그렇게 번쩍번쩍 들어서는. 허리 안 아파요?"

"어이, 아가씨. 남들 들으면 오해해. 가뜩이나 정력왕이라고 소문이 자자한데."

연수는 속상한 얼굴로 그에게 다가갔다. 삼 주 동안 매 주말마다 영천으로 내려간 그의 체력은 이제 바닥을 보이고 있었다. 연수가 두 손으로 그의 얼굴을 감쌌다.

"주중에는 야근하고 주말에는 영천까지 내려가서 포도 수확하는 거 돕더니……. 이제 가지 마요. 이 정도 했으면 사람이 성의라도 보여야지. 엄마는 남의 귀한 자식 실컷 부려먹으면서 찬밥 대우만 하고."

연수는 그에게 미안해 죽을 지경이었다. 생각만큼 나봉순 여사가 쉽게 마음을 열어주지 않고 있었다. 무작정 내려가 결혼 허락을 받으려 했으나, 일 방해할 거면 올라가라는 말에 그는 묵묵히 모자와 장갑을 챙겨 포도밭으로 나갔다. 일하면서도 밥을 먹으면서도 한 번도 그에게 말을 걸어주지 않는 나봉순 여사는 연수까지 무시했다. 옆에서 지켜보던 연수가 없는 애교 쥐어짜며 봉순의 팔을 붙잡고 콧소리로 마음을 녹여보려 했지만 어림도 없었다.

"더 이상은 못 참아. 내가 애 딸린 유부남하고 결혼하겠다는 것도 아니고 늙다리 할아버지한테 시집가겠다는 것도 아닌데 도대체 왜 반대하냔 말이야."

이건 정말 결혼 전에 사위 길들이기 하자는 것도 아니고 말이야. 이 사실이 예비 시어머니 귀에 들어가는 날에는 조금 풀린 마음이 다시 장마전선으로 바뀌는 건 시간문제였다.

"아무래도 장모님에게 이번 주 안에 확답을 받아야 할 것 같은데……."

그가 천천히 눈을 떠 연수를 바라보았다. 아, 언제 보아도 참 잘생긴 낭군님일세.

연수는 그의 머리를 넘겨주며 살짝 웃어주었다. 무슨 복이 있어 이런 남자가 그녀에게 데굴데굴 굴러왔는지 다시 생각해도 하느님께 감사할 일이었다. 그녀는 그가 사귀자고 할 때 왜 그렇게 고민하고 그를 멀리하려고 했는지 모르겠다. 그때는 필시 자신의 머리가 고장이 났던 게 틀림없었다.

"아버지가 상견례 날짜 잡으라 하시는군."

"에?"

연수의 눈이 동그래졌다. 아직 엄마 마음을 돌리지 못했는데 어떻게 말이야? 빠져나갈 핑계도 없다.

"무조건."

조금 전 회장실에 다녀온 재하가 아버지로부터 들은 첫말은 이번 달 안으로 상견례 날짜를 잡으라는 얘기였다. 얼마나 소식통이 빠른지 아니면 임원 누가 아버지에게 그가 코피 터진 것을 짓궂은 농담처럼 건넸는지 너무 무리하지 말라는 충고까지 들어야 했다. 아무튼 사생활 보호가 되지 않는 회사였다.

"어떡해요? 이번 달이라 봤자 이번 주와 다음 주밖에 없는데. 농사 일이 바쁘다고 좀 미뤄달라고 하면 안 될까요? 우리 엄마 아직 완강하신데……."

"석고대죄하는 일이 있더라도 승낙 받아내야지."

"나 임신했다고 할까요? 그 방법이 제일 잘 먹힐 것 같은데. 어쩔 거야. 우리 엄마 남부끄러워서라도 후딱 결혼 날짜 잡으려 할 걸요."

말하고 보니 솔깃한 방법이다.

"일주일 전에 얘기해 보지 그랬어? 그랬다면 코피가 나는 한이 있더라도 열심히 노력했을 텐데. 어젠 정말 손끝 하나 들 힘도 없어 곯아떨어졌는데 억울한 소문만 퍼지고."

연수가 당황해하며 그의 어깨를 살짝 때렸다.

"결혼, 빨리 하자. 이러다 정말 회의 시간에 쓰러지는 건 시간문제일 것 같아."

재하가 연수의 목덜미를 끌어당겨 입술을 깨물었다. 맞닿은 입술 사이에 친숙한 미소가 그려져 있다. 그와 연수의 호흡이 얽히면서 그가 깊숙이 그녀의 입안을 침범했다. 아무리 빼앗아 삼키고 삼켜도 또 삼키고 싶어지는, 안달 나면서도 충족되지 못하는 키스가 성에 차지 않는다. 그리고 가끔 그녀와 키스할 때 그는 왜 지금껏 일만 하고 살았는지 통탄할 지경이었다. 이 좋은 것을 말이다. 올해 안으로 이 결혼, 반드시 하고 만다!

*

봉순은 포도 출하를 하면서도 고개는 자꾸 과수원 입구 쪽을 바라보고 있었다. 매주 내려오던 딸과 재하가 오후 해가 다 가도록 모습을 보이지 않아 걱정이 되기도 하고 자신이 너무 심했나 싶은 생각에 마음도 편치 않았다. 바보가 아닌 다음에야 그 부잣집 아들이 자기 딸 위하는 마음이 끔찍하다는 것을 왜 모르겠는가. 그렇지 않다면 주말에 내려와 손에 흙 묻혀가며 일을 도와주지도 않았을 것이며, 모진 소리에도 묵묵히 찾아와 주지도 않았을 것이다. 결혼을 하면 많이 힘들지도 모르는데 적어도 확실한 딸 편은 있어야 마음이 놓일 것이 아닌가. 사랑하는 남자 하나 믿고 시집가는 건데 그 남자가 자기 여자를 지켜주지 못할 놈이면 결혼은 안 하는 게 나았다. 그녀는 그걸 확인하고 싶었다. 그러나 한편으로 두 사람이 전화도 없고 내려오지도 않자 봉순은 답답한 한숨을 내쉬었다.

"걱정할 거면 뭐 하러 그렇게 야박하게 굴었노? 대놓고 무시하고 쫓아내더니. 어지간히 해라, 애들 마음 상하는 거 안 보이나?"

"내가 뭐 지 잘못되라고 했나?"

틀린 말 없는 남편 말에 봉순은 괜히 부루퉁했다.

"개구리 올챙이 적 생각 못한다고, 당신 장인어른 반대했을 때 뭐라 했지? 나 아니면 콱 죽으삔다고 장인어른한테 말했다가 머리 다 깎인 거는 기억 안 나나 보지?"

"이게 그거랑 같습니까?"

"뭐가 다른데? 힘 빠지게 하지 마라. 사람 보니 묵직해서 든든해 보이더구만. 사흘 동안 연수한테 전화 안 오면 당신이 먼저 전화해라."

한가득 포도를 다 실은 트럭이 출발하자 철구는 허리를 두드렸다. 이제 이 트럭이 마지막으로 올해 포도 수확은 마무리되었다. 언제나 그렇지만 이럴 때는 시원섭섭한 마음이 꼭 자식 출가시키는 듯 허한 마음이 든다.

"뭐라고요?"

"귀 먹은 체하지 말고 따라온나. 올해 포도 농사도 잘됐고 제값 받고 넘겼으니까 오늘 고기 먹자."

이때 익숙한 차 한 대가 들어오자 봉순은 순간 얼굴이 환해지다 곧바로 수습했다. 그 모습에 철구가 혀를 찼다.

'저 가시나, 늦으면 늦는다고 연락을 해야지!'

"손님 오는데 인삼주도 꺼내라."

"여보!"

철구는 아내와 달리 딸이 재하를 데려온 날부터 사위 자리를 내주었다. 다 괜한 걱정이다. 자기들이 좋아 결혼하면 행복이건 불행이건 알아서 찾아 먹게 내버려 두는 게 순리였다.

봉순은 남편까지 자신의 마음을 몰라주자 속이 상했다.

"애들 온다."

오는 차가 멈추자 무뚝뚝한 철구가 봉순에게 한마디 던졌다. 이 말에는 많은 것이 함축되어 있었다. 오니 반갑게 맞이하라, 그만 당신이 양보해라, 애들 힘들게 하지 마라 등이다. 척 하고 딱 알아들은 봉순은 남편이 오늘처럼 미울 수가 없었다.

재하와 연수가 내렸다. 언제나 먼저 반갑게 다가가 장모님에게 인사를 하던 그가 굳은 결심을 한 것처럼 얼굴이 평소보다 무거워 보였다. 그런 그를 연수가 걱정스레 바라보았다. 요즘 항상 다정하고 부드러운 그의 모습을 보다 예전 본부장의 모습을 보는 것 같아 더욱 그러했다. 그녀는 잠시 잊고 있었다. 이 남자가 얼마나 일에 미쳐 있고 일 처리를 얼마나 빈틈없이 해왔는지. 그리고 결심이 섰을 때에는 일말의 망설임 없이 일을 추진한다는 것을 말이다. 설마 어머니가 허락해 주지 않는다면 그의 일 처리 방법으로 밀고 나가려는 건 아닌지 불길함이 불현듯 밀려왔다.

재하는 봉순과 철구에게 다가가 정중히 인사를 하고 그 앞에 무릎을 꿇었다.

그의 행동에 모두가 놀라 두 눈이 동그래졌다.

"자네, 왜 이러는가. 일어서시게. 운전하고 피곤했을 텐데 들어가서 나랑 약주 한잔하게."

철구가 그의 등을 두드리며 일어나라 재촉했지만 재하의 시선은 봉순에게 고정되어 있었다.

"장인어른, 장모님, 연수와의 결혼 허락해 주십시오."

"이 흙바닥에서 뭐 하는 짓이고. 옷 버리겠다. 후딱 일어나게."

연수 또한 오늘 무조건 어머니의 승낙을 받아낼 생각이었다. 거기다 상견례 날짜까지 받아야 힘겨루기 아닌 힘겨루기가 끝이 나고 마음이 편해질 수 있었다. 연수가 그의 옆으로 다가가 함께 무릎을 꿇었다.

"허락해 줘요, 엄마. 잘살게요."

봉순은 입을 꾹 다문 채 재하와 연수를 번갈아 보았다. 그녀가 남편하고 결혼 안 시켜준다고 반항했을 때 부모님 마음이 딱 이랬을 것이다.

"결혼 승낙만 해주시면 최대한 지킬 수 있는 범위 안에서 장모님과의 약속을 모두 지키겠습니다."

"내가 무슨 조건을 말할 줄 알고? 일없다. 그러니까 보는 사람 부담스러우니까 일어나소. 삼겹살 먹을라요, 두루치기 할까요? 술안주로는 두루치기가 낫겠죠?"

봉순은 철호에게 물어놓고는 대답도 듣지 않은 채 집 안으로 들어가려고 했다. 지금껏 반대한 이미지가 있어 대놓고 허락한다는 말이 입에서 떨어지지 않았다. 하지만 저리 무릎을 꿇는데, 둘이 좋아 못 살겠다는데 결혼해 잘살기를 바랄 수밖에 없을 것 같았다. 자식 이기는 부모 없다지만 결혼해서 내 딸 눈물바람만 해봐라, 내가 가만 놔두나. 당장 사위고 뭐고 두들겨 팰 것이다.

'술상 잘 차려 내오면 결혼 허락이라고 알아듣겠지.'

그러나 봉순의 마음을 알 길 없는 재하는 입을 굳게 다물었다. 오늘도 장모님의 마음은 요지부동이다. 그러나 그에게는 시간이 없었다. 여기서 더 길게 끌었다가는 축복받는 결혼은 잠시 미뤄둬야 할지도 모른다. 불같은 성격의 아버지와 그에 못지않은 장모님이 만나 언쟁이라도 벌일 생각만 해도 아찔했다.

잠시 갈등하던 재하의 눈빛이 결연해졌다.

"만약 이 결혼 승낙 안 하시면 전 평생 혼자 늙어 죽을 겁니다."

연수는 이 정도로 자신을 사랑해 주는 그의 고백에 감동받았다. 그는 표현도 인색해 저런 달달한 말은 아마 10년 안에 다시 들어보기 힘들 것이다. 연수는 그의 손을 꼭 잡아주었다.

돌아가던 봉순이 뒤돌아 재하를 바라보았다.

"일단 일어나 들어오소. 남 보기 창피하게."

"어차피 나중에 알게 되실 테니 오늘 모두 말하겠습니다. 제가 어린 여자를 좋아한다는 둥, 변태라는 둥, 여자 단물만 빼먹고 버렸다는 둥, 혼인빙자간음죄로 여자를 꼬여냈다는 둥, 기타 무수한 소문을 가지고 있습니다."

연수는 헉 소리를 내며 재하를 바라보았다.

봉순 또한 이게 뭔 말인가 싶어 눈을 깜빡거렸다. 남편이 아까 말했듯이 그녀 또한 예비 사위가 묵직하고 성실해 보이는 게 자기 사람 위할 줄 아는 사람으로 여겼는데 딸의 사색이 된 얼굴을 보아하니 사실인 것 같았다. 아니 땐 굴뚝에 연기 날까. 나이가 있는 만큼 여자도 사귀어봤을 테지만 저런 소문까지 있다는 것은 그 사람 자체의 성품도 의심해 봐야 하는 것이다. 봉순은 그렇게 생각했다.

"이런 남자에게 어느 부모가 딸을 주겠습니까?"

이 말에 봉순의 화가 순간 치솟았다.

"그러니까 그 뭐꼬, 그래서 내 딸이랑 결혼하는 기다, 뭐 그런 기가?"

역시 뭐 하나 부족함 없는 집안에서 왜 자기 딸을 받아들이는지 이제야 납득이 되었다. 봉순은 순간 숨이 턱 하니 막힌 기분이었다.

"재하 씨!"

연수는 그의 의도를 몰라 조마조마했다. 아니, 적어도 연합군이면 서로 전략이 무엇인지는 공유해야지 그녀가 지원 사격을 하든 총알받이가 되든 할 것 아닌가.

"저 이렇게 만들어놓은 여자, 이 사람입니다, 장모님. 그러니 이 여자가 저 책임 안 져주면 전 혼자 늙어 죽습니다."

연수의 머리에서 징이 울렸다. 아무리 결혼 승낙이 급하다고 하나, 다른 방법이 생각이 안 났다고 하나 이건 아니잖아요, 이.재.하. 씨!

연수가 고개를 획 돌려 재하를 노려보았지만 그의 시선은 봉순에게 고정되어 있었다.

그리고 봉순의 번뜩이는 눈빛은 곧바로 연수에게 꽂혔다.

“이 무슨 말이고? 퍼뜩 안 말하나? 내가 무식해서 그런지 무슨 말인지 모르겠으니 니가 말해봐라.”

연수가 주저하며 재하를 슬쩍 보자 참지 못한 봉순이 버럭 소리를 질렀다.

“짱돌 굴리지 말고!”

“내가 이 사람 선보는 데 가서 깽판 놨어. 거기서 심한 악담을 조금 퍼부었는데…….”

봉순은 믿을 수 없다는 표정이 역력했다.

“그럼 참말로 니가 이 사람한테 어린 여자 좋아한다고, 변태라고 그랬다고?”

“그보다 더 심한 말도 했어.”

연수의 답변과 동시에 봉순의 손바닥이 연수의 등짝을 사정없이 내려쳤다. 그녀의 등짝은 요즘 주인 잘못 만나 수난 시대를 겪고 있었다. 재하가 연수를 안으며 보호해 주고 있었지만 지금은 하나도 고맙지 않았다. 그녀는 때리는 시어머니보다 말리는 시누이가 더 미워 보인다는 말이 무슨 말인지 이제야 알 것 같았다.

“이 가시나! 어디서 그런 못된 짓은 배워서! 내가 니를 그렇게 가르쳤나?”

“전 그때 연수 씨가 제 인생에 걸어와 주어서 감사하게 생각합니다. 아니면 전 평생 일에 파묻혀 소소한 일상의 즐거움도 모른 채 대충 조건 맞는 여자와 결혼했을 겁니다.”

지금 폭탄 터뜨리고 멋지게 포장한다고 내가 넘어갈 것 같아? 당신, 이따 나랑 진중하게 대화 좀 해야 하는 거 알고 있지? 간만에 그가 그녀의 화를 돋웠다. 하지만 이렇게라도 결혼 승낙을 받아낼 수만 있다면야 이 한 몸 희생해 준다.

"그럼에도 불구하고 나 좋다잖아. 그게 사랑이래, 엄마. 그러니까 승낙해 줘. 나 이 사람 평생 책임져야 해. 회사에서 나 이 사람 약혼자라고 소문 다 나서 어디 다른 데로 시집도 못 가."

"뭘 잘했다고 지금 입을 놀리노!"

"내가 불륜을 저질렀어? 아님 아이 딸린 재혼남한테 시집간다고 했어?"

"이 가시나, 뭐라?"

또다시 봉순이 연수를 때리려고 하자 철구가 말렸다.

재하 또한 연수를 끌어안았다. 그녀의 솔직함에 반하긴 했지만 지금 그는 그녀의 말이 기쁘면서도 조금은 당황스러운 이 묘한 감정을 정확히 설명할 수가 없었다.

"엄마도 외할아버지가 결혼 반대해서 힘들었다면서? 왜 이 사람 싫어하는데?"

"그래, 해라, 해. 결혼해서 니랑 똑같은 딸 낳아서 한번 속 썩어 봐라!"

그 말에 연수가 벌떡 일어났다.

"그 말, 결혼 허락하는 거지?"

말의 요지는 그게 아니지만 일단 결혼하라는 말이 떨어진 것이다.

철구는 아내와 딸의 자그락대는 싸움을 보더니 피식 웃고 말았다. 어찌 장모님이 하신 말씀을 그대로 딸에게 하고 있는지 코미디가 따로 없었다. 예비 사위 보기가 민망할 정도이다. 철구가 재하를 일으켜 세웠다.

"마음고생이라면 고생이겠지만 걱정 앞선 부모 마음이라 생각해 자네가 이해해 주고. 들어가서 목축이게끔 술 한잔하지."

철구와 재하가 먼저 집으로 들어가자 봉순은 연수를 노려보며 딸의 귀를 잡아당기며 집으로 들어갔다.

"아무리 남자가 좋아도 그렇지, 니 맞을 짓만 골라 해라?"

"엄마 아파. 이거 놓고 가."

"앞으로 이 서방 얼굴을 어떻게 보노. 아무리 이 서방이 좋아도 그렇지, 선 자리 가서 깽판까지 놨다고? 남세스러워서. 니 설마 드라마처럼 뱃속에 바가지 숨기고 가서 흑흑거리며 '이 애 아버지가 이 사람이에요' 이랬나?"

"아니야! 엄마는 딸을 뭐로 보고. 그때는 내가 재하 씨를…… 아니야."

아무래도 봉순 여사는 단단히 오해를 하고 있는 모양이다. 그녀가 그를 좋아해서 선 자리를 깽판 친 것으로 말이다. 오해를 정정해 주고 싶지 않았다. 간신히 허락받은 결혼 승낙을 엎어치기하지 말라는 법은 없으니 말이다.

"오늘 처음으로 사위 대접하는데 상다리 부러지게 차려줘. 지금까지 땅바닥에서 찬밥에 고추, 나물만 줬잖아. 그렇게 부려먹고."

그녀는 정말 여기까지 내려와 푸대접받은 그에게 면목이 없었다. 묵묵히 고추 하나에 밥 먹는 것을 보고 마음이 아파 밥 먹을 때마다 엄마를 얼마나 노려보았던가.

연수를 잡아끌듯이 가다 봉순이 걸음을 뚝 멈췄다.

"그러고 보니 니 음식 할 줄 아는 거 있나? 오늘 옆에서 고기 재우는 방법이랑 찌개 끓이는 거 보고 배워라. 알겠나!"

시집보낼 거라고 생각하자 봉순은 마음이 바빠졌다. 아무리 도우미 아주머니들이 있다지만 찌개 하나 못 끓이고 김치 하나 못 담그는 실력으로 애를 보내고 싶지는 않았다. 적어도 손맛 좋은 며느리는 시어머니도 예뻐한다고 했다.

"나 다 할 줄 알아. 요즘 세상이 얼마나 좋은데. 슈퍼 가면 양념장도 다 있고 찌개도 된장만 맛있으면 돼. 인터넷에 맛있게 요리하는 레시피도 많고."

"아주 시어머니가 싫어할 소리를 꼬박꼬박 잘도 하네? 솔직히 니가 애교를 잘 떠나, 그렇다고 시어머니와 얘기가 잘 통하겠나, 어른들 말에 유순하게 굴 줄을 아나, 하나라도 잘해야 할 거 아니가."

역시 우리 나봉순 여사는 딸을 너무 객관적으로 바라봐서 탈이다. 아무튼 이때 술기운이 무르익으면 상견례 날짜까지 확정하고 발뺌 못하게 녹음까지 해서 서울로 돌아가야 했다.

"이걸 언제 가르쳐서 보내노, 진짜! 니 주말마다 내려와서 장 담그는 법이랑 김치 담그는 법은 꼭 배워서 가라. 알겠나?"

연수는 이것저것 잔소리를 하는 봉순 여사를 가만히 바라보았다. 결혼 반대할 때는 언제고 봉순은 못 미더운 딸 시집보낼 걱정에 한숨을 푹 내쉬었다. 그리고는 좋은 고기를 사려면 읍내까지 가야 한다면서 투덜거리며 집 안으로 들어갔다.

연수는 그런 엄마의 억센 잔소리가 오늘따라 정감 어리게 들렸다.

결국 술이 많이 취한 재하와 연수는 올라가지 못하고 장인어른 집에서 하루 묵고 올라가기로 결정했다. 상견례 날짜는 포도 수확이 다 끝나 다음 주라도 상관없다는 아버지의 말에 연수는 난생처음 아버지의 목을 껴안고 뽀뽀를 했다. 물론 술기운의 영향이다. 딸의 애교에 무뚝뚝한 철구의 입이 귀에 걸리자 봉순은 괜히 코에 바람에 들어갔다.

힘든 출하를 마치고 마신 술이라 그런지 철구는 평상시보다 빨리 취했다. 재하를 앞에 두고 고개가 앞으로 꾸벅꾸벅 떨어지려고 하자 봉순은 그를 일으켜 세웠다. 이런 날 장남이라도 있다면 저 예비 사위를 한 번에 쓰러뜨릴 수 있으련만 조금은 아쉬웠다. 독일 가서 연구한다고 짐 가방 하나 가지고 가더니 몇 년째 안 들어오는 아들 생각이 났다.

"다른 날도 아니고 지 동생 결혼한다는데 들어오겠지."

봉순은 잠자리 배정에 잠시 고심해야 했다. 방이 모자라서가 아니라 서로 결혼할 애들이니 한방을 줘야 하는지 아니면 각기 방을 줘야 하는지 애매했기 때문이다. 그러다 봉순은 재하의 얼굴을 빤히 바라보았다. 남편이 주는 술을 넙죽넙죽 받아 마신 이 서방의 얼굴이 알근하게 취해 있었다. 술도 많이 취했는데 설마 여기서 또 널따란 사위 등판 볼 일은 없을 것 같다는 판단하에 한방에 둘을 넣어주기로 큰 결심을 했다. 그러나 단둘이 되기를 벼르고 있던 사람이 있었으니 바로 연수였다.

방에 들어오자마자 연수는 얼굴을 외로 틀어 재하를 노려보았다. 그러나 기분이 좋은 재하는 그런 그녀의 기분을 알지 못한 채 그녀를 와락 안았다.

"음, 장인어른 진국이셔. 역시 장모님이 보쌈할 만하네."

"이재하 씨, 술 안 취한 거 알고 있거든요? 내가 당신 주량을 모를까?"

인삼주 한 병과 소주 두 병이었으니 반씩 나눠 마셨다고 해도 그의 주량에 턱없이 부족한 양이었다. 독한 위스키를 스트레이트로 마시고도 끄떡없던 사람이 아닌가.

'어물쩍 넘어가시겠다? 아직까지 내 등은 손도장으로 화끈거려 잠도 안 오는데?'

"음, 당신과 한방을 주시다니. 장모님 센스도 있으시고."

재하는 술 취한 척을 해야 했다. 아니면 그는 결혼하기도 전에 그녀에게 반 죽은 목숨이 될 듯했다. 그 또한 치사한 방법을 쓸 생각은 없었지만 딱히 다른 수가 생각나지 않았다. 사실 거짓말한 것도 아니지 않은가.

"나 오늘 왼쪽 귀 떨어져 나갈 뻔했거든요. 등은 어떻고."

참고로 봉순 여사는 흥분하면 힘 조절을 할 수 없기에 평소 과수원에서 갈고닦은 힘을 그녀에게 마음껏 발휘하셨다.

"죽을죄 졌어. 멍들었나?"

재하가 피식 웃으며 그녀의 등을 쓸어내리며 아까의 미안함을 전했다.

"미리 얘기라도 해줬으면 마음의 준비라도 하고 있지, 우리 엄마 손맛이 얼마나 매운데……."

그녀 얼굴이 감정 판독기 수준인 걸 감안하면 미리 언질을 준다 한들 크게 도움이 되지 않았을 것이다. 오히려 장모님한테 반감만 사서 상황만 더 악화되었겠지. 그리고 그도 다급한 나머지 순간적으로 튀어나온 말이었다.

"나는 뭔가를 안달 내본 적도 조급해 본 적도 없는 사람인데 당신 나한테 뭔 짓을 한 거야?"

"무슨 짓을 하긴, 홀딱 홀려놓은 거지."

재하는 뻔뻔한 그녀의 말에 웃으며 그녀를 꼭 껴안았다. 그의 손이 그녀의 허리춤으로 파고들어 와 등줄기를 더듬어 올라갔다.

"이재하 씨, 중간에 멈출 자신 있어요? 우리 집 방음도 잘 안 되는데?"

"몰라. 그딴 거 알 게 뭐야."

재하는 웅얼거리며 그녀의 목덜미에 머리를 묻었다. 연수는 아이 같은 그의 말에 쿡쿡거리며 그의 허리를 끌어안았다.

봉순은 술을 많이 마셔 혹시 자다 목이 마를까 자리끼를 가지고 연수의 방문을 노크하려다 안에서 흘러나오는 둘의 달달한 대화에 눈을 흘겼다. 아주 좋아 죽네, 죽어. 한방 안 줬으면 어쩔 뻔했어. 아무튼 자식 키워봐야 소용없었다. 미우나 고우나 그래도 옆에 있는 남편이 최고였다. 봉순은 발소리를 죽이며 안방으로 발걸음을 돌렸다. 목욕도 했겠다, 마음도 싱숭생숭하겠다, 그녀는 아무래도 자는 남편을 깨워야겠다고 생각했다.

*

드디어 상견례 날짜가 돌아왔다. 재하는 하루 종일 마음이 들떠 있었다. 오죽했으면 이 회장으로부터 다시 시금치 먹고 싶지 않으면 표정 관리하라는 충고까지 들었다. 그러나 그게 사람 마음대로 되는 일이던가. 뇌에 정말 이상한 바이러스라도 들어갔는지 어릴 적 유치원 소풍 가는 전날 밤처럼 설레었다.

한식 레스토랑에 마주 앉은 두 집안은 어색하기 그지없었다. 더욱이 그 말 많고 시끄럽던 봉순 여사도 사돈을 만나는 어려운 자리라서 그런지 가장 많은 대화를 주고받고 할 당사자가 최대한 말을 아끼고 있었다.

연수는 양가 부모님의 표정을 살피며 조심스럽게 숨을 내쉬었다. 누구라도 이 분위기를 업 시켜줄 수 있다면 좋으련만 그 유일한 사람 단희 씨가 며칠 전 갑작스럽게 시어머니 허리 수술로 인해 참석을 못할 것 같다고 전화가 왔던 것이다. 상견례 때문에 독일에서 날아온 연수의 오빠 또한 서글서글한 성격이 아니고 딱히 감 놔라, 대추 놔라 할 입장이 아닌지라 그저 열심히 먹고 고개만 끄덕이고 있었다.

"그러면 결혼 날짜는 언제로 하는 게 좋겠습니까?"

"얘가 스물아홉입니다. 미신이라고 해도 아홉수는 좀 그렇습니다. 올해도 몇 달 안 남았는데 내년 봄 어떻습니까?"

재하가 고개를 번쩍 들었다. 장모님, 지금 무슨 청천벽력 같은 말씀을!

"생각이 그러시다면 내년 봄으로 맞춰 진행하면 될 것 같네요. 충분히 시간도 있으니 서두를 필요도 없고, 애들도 힘들어할 것 같지 않고요."

어머니! 재하가 고개를 돌려 다시 홍 여사를 바라보았다. 아들 장가 못 보내 머리띠 둘러매고 자리에 누우셨던 분이 내년 봄이라니!

이 회장은 그런 아들을 보며 피식 웃었다. 내년에도 안 된다고 하면 저놈 버럭 성질이라도 낼 기세다. 그러나 모른 체했다. 이런 일은 대부분 안사람들이 결정하는 사항이라 양쪽 남편들은 그저 묵묵히 듣고만 있었다.

연수 또한 예비 시어머니에게 잘 보이기 위해 최대한 다소곳이 앉아 묻는 말에만 대답할 뿐 입을 열지 않았다.

"연수 생각은 어떠니? 내년 3월 정도면 괜찮겠지?"

홍 여사가 연수의 의견을 묻자 재하는 연수를 보며 작게 고개를 흔들어 강력히 반대 의사를 전했다. 그러나 그녀는 예비 시어머니의 말을 거스르고 싶지 않았다. 지금은 무조건 잘 보여야 할 때였다. 지은 죄가 있기에 어쩔 수 없었다. 미안해요, 재하 씨.

"네, 어머니. 딱 좋은 것 같아요. 지금은 회사 일도 바쁘고요. 재하 씨도 시간이 없을 거예요."

재하가 연수를 불만 가득한 표정으로 보자 연수는 슬쩍 시선을 피했다.

"그럼 내년 3월 중 길일을 택해서 보내주면 그 날짜에 맞춰 저희 쪽도 준비하도록 하겠습니다."

'뭐라? 내년 3월? 정말 내년 3월이라고?'

이 자리에서 올해 안으로 그녀와 결혼하겠다고 그 스스로가 말하기에는 참 거시기했다. 그러나 아무리 생각해도 내년 3월은 너무 심했다. 재하는 젓가락을 내려놓고 주위를 한 번 쭉 둘러보았다. 그리고는 깊이 숨을 들이쉬었다.

"저는 올해 안으로 해야겠습니다."

그의 낮지만 힘 있는 목소리에 국물을 넘기다 콜록거린 이 회장은 급히 냅킨으로 입을 닦았다. 아들의 발언에 낯부끄러워 어쩔 줄 몰라 하며 홍 여사는 아들을 살짝 노려보았다. 그러나 남자끼리 충분히 공감할 수 있는 미소를 보낸 연수의 오빠는 그저 묵묵히 백김치를 씹어 먹었다.

"음력 설 지나 딱 3월이 제격인데……."

그래도 내년에 했으면 싶은 봉순은 말끝을 흐리며 아쉬워했다.

연수는 좋으면서도 웃음이 터져 나오려는 것을 꾹 참았다. 그의 말이 그녀에게는 왜 그렇게 절실하게 들리는지 모르겠다.

"죄송합니다. 결혼, 올해 안으로 하겠습니다."

완벽한 통보였다. 이 회장의 눈썹이 꿈틀거렸다. 그야 좋지만 그렇다고 대놓고 아들 녀석이 저러니 보기 좋지 않았다.

'넌 오늘부터 다시 시금치다, 이놈아!'

"그래도 인륜지대사인데 좋은 날 하는 게 좋지 않겠냐?"

홍 여사의 미움을 다시 받기 전에 이 회장이 넌지시 아들에게 경고했다.

그러나 재하의 의지는 확고했다. 결혼 준비? 간소화하면 된다.

업무 지장? 지금도 잘하고 있는데 더 달라질 것도 없다. 아홉수? 그런 거 알고 싶지도 않다. 그러니 딱 한 달 뒤 결혼식을 올려도 시간은 충분하다. 그러나 그도 양심이 있기에 다음 달에 날을 잡자고는 말하지 못했다.

"어른들이 정한 일을 양해도 없이 네 마음대로 하겠다니."

홍 여사가 조용하지만 엄하게 재하를 나무랐다.

봉순은 괜히 자신 때문에 예비 사위가 혼나는 것 같아 난처했다. 아홉수가 뭐 대수라고.

"사부인이 너그럽게 봐주세요. 날은 내년 3월로 하는 것으로 하지요."

"제 딸도 그러고 보니 한 살이라도 어릴 때 결혼시키는 것이 좋을 것 같네요. 굳이 3월까지 기다릴 필요 없이 올해 시키죠."

마음 약해진 봉순이 곧 예비 사위 편을 들었다. 그러나,

"아닙니다. 제 아들 녀석 말에 신경 안 쓰셔도 됩니다. 음식 식습니다. 어서 식사하세요."

재하는 다시 입을 열려다 홍 여사의 눈 째림에 다시 입을 닫았다. 내년 3월까지 어떻게 기다린단 말인가!

연수도 밥을 즙을 내서 곱씹으며 꿀꺽 삼켰다. 그녀도 내년이라면 조금 아쉽긴 했다.

취나물을 조심스럽게 먹으려 할 때였다. 연수가 헛구역질을 했다. 모두의 시선이 그녀에게로 모아졌다. 한 번한 헛구역질은 연거푸 올라왔다. 봉순이 취나물 그릇을 들어 냄새를 맡아보았지만 상하지 않았다.

"와 그러나? 뭐 잘못 먹었나?"

연수는 급히 물을 마셨지만 한 번 비위가 상한 냄새는 코끝에 붙어 있는 것처럼 역했다. 결국 그녀는 화장실로 급히 뛰어나가야 했다. 재하가 곧바로 따라 나가자 방 분위기가 묘해졌다. 오로지 한 사람, 이 회장만 벌어지는 입을 감추느라 계속 헛기침을 했다.

"가시나가 긴장하더만 체했나."

빈약한 변명이지만 봉순은 무슨 말이라도 해야 할 것 같았다. 아무리 요즘 혼수에 아기도 포함된다고 하지만 하필 이런 날에 그럴 게 뭐고! 확실한 건 아니지만 딱 봐도 입덧이다.

홍 여사는 조용히 있다 입을 열었다.

"올해 안으로 하는 게 좋겠지요?"

이를 말이라고?

"빨리 시킵시다."

입덧이면 최소 삼 개월이다. 배 불러오는 건 시간문제였다.

"아무래도 서둘러야겠네요."

배 불러오기 전에! 봉순과 홍 여사는 서로 어색하게 웃으며 뒷말을 입안으로 삼켰다.

이 회장은 그저 빙그레 미소만 지었다. 며느리가 하는 짓이 갈수록 귀여웠다.

*

연수가 기진맥진해 화장실에서 나오자 재하가 걱정 가득한 눈빛으로 그녀를 바라보았다.

얼굴이 창백해서 나간 그녀의 모습에 그는 가슴이 덜컹했다. 그녀를 보면 그저 좋았고, 두근거렸고, 내 사람이라 가슴 뻐근했는데 그녀 때문에 심장이 덜컥 내려앉을 수도 있다는 건 생각하지 못했다. 뒤통수 맞은 기분이었다.

"얼굴까지 창백한데…… 임신?"

재하가 조심스럽게 뒷말을 붙였다.

힘없이 연수가 그의 품에 기대 눈을 감았다. 갑자기 속을 다 게워내 힘도 없을뿐더러 아직도 속이 울렁거렸다.

"임신은 아닐 거예요. 정말 뭐 잘못 먹었나?"

임신은 아니다. 분명 저번 달에 생리가 있었다. 물론 스트레스 때문인지 극히 양이 적었다. 그런데 왜 증상이 임신처럼 어지럽고 매스껍지?

그녀는 눈을 감은 채 힘없이 웃었다.

"지금 방에서 난리 났겠다. 우리 엄마, 당장 내일이라도 결혼식 해야 한다고 흥분 안 했는지 모르겠네."

재하가 연수의 머리를 쓰다듬으며 피식거렸다.

"그럼 난 좋지. 이따 병원 가보자."

"재하 씨 걱정하는 목소리 듣기 좋네."

재하가 힘주어 그녀를 꼭 안았다.

"나는 이기적이라서 나밖에 몰라. 내가 너를 사랑하는 게 아니라 내가 행복하기 위해 네가 있어야 하는 거야. 그러니까 나 아프게 하지도 말고 내 가슴 철렁하게도 하지 마."

그다웠다. 그러나 그는 한없이 부드럽고 걱정스런 눈빛으로 그녀를 보고 있었다.

"나도 많이많이 사랑해요."

연수가 수줍지만 당당하게 그의 눈을 보고 말했다.

"그 말 못 듣고 결혼하는 줄 알았는데."

재하가 피식 웃으며 가볍게 그녀를 안았다. 그녀를 보는 순간 정말 내년 3월까지 기다리라는 건 그에게 가혹한 형벌이라 생각되었다. 부모님이 완강해도 그는 그가 원하는 대로 밀어붙일 것이었다.

"가자. 당신이 임신이든 아니든 빨리 결혼하라는 하느님이 주신 기회인데 놓치면 안 되지."

"벌써 넘겨짚으신 어른들이 날짜 다 정했을 것 같은데……."

연수는 그의 손을 잡고 걸어가며 짓궂게 웃었다. 그는 정말 결혼이 빨리 하고 싶은 모양이다.

"다음 달에 '우리 결혼하게 해주세요' 라고 하느님께 내가 빌어볼까요? 나 하느님과 친한데?"

"몰랐나 보군. 내가 당신 기도, 중간에 다 반려시킨다고 하느님에게 미리 얘기했는데?"

연수가 쿡쿡 웃다가 그가 한 말이 무슨 말인지 머리에 입력되자 걸음을 멈췄다.

이 남자, 지금 뭐라고 한 거야?

"무슨 말이에요?"

"무슨 말이긴, 이기적인 박연수 씨 기도를 과연 하느님이 들어

주실까 하는 의문이 생겨서 말이지.”

지금까지 그 조마조마했던 모든 순간이 사실은 그의 백 단 눈치가 아니라 알면서 시치미 떼고 있었단 말이야? 연수는 기가 막혀 입이 벌어졌다.

“당신 다 알고 있었어요? 언제요? 언제부터?”

창피하고 그에게 왠지 속았다는 기분에 연수의 얼굴이 빨갛게 달아올랐다.

“당신과 이렇게 만나서 사랑하게 된 걸 보면 박연수 씨가 하느님하고 친한 것 같기도 한데. 아니면 나같이 잘생기고 성격 좋은 남자를 어디서 만나겠어?”

“뭐라고요?”

“그러니까 부탁 좀 해봐. 다음 달에 난 박연수와 꼭 결혼해야겠으니. 하늘과 가장 가까운 곳에서 해야 기도가 먹히나? 당신 보면 옥상에서 주로 하던데?”

그녀의 얼굴이 갈수록 빨개지자 재하가 쿡쿡거리며 그녀의 입술에 가볍게 입을 맞췄다.

그녀의 샐쭉이는 모습조차 누구에게도 보여주고 싶지 않다. 이 설레는 심장은 오직 그녀만을 위한 것이라는 것을 안다. 그에게 다가온 그녀를 평생 붙잡을 준비는 끝이 났다. 그녀는 이제 나만의 것이다. 이 말이 그를 얼마나 가슴 떨리게 하는지 그녀는 아마 모를 것이다.

에필로그

결혼 8년차. 어느 부부처럼 때론 다투고 화해하고 사랑하는 시간으로 정신없이 흘러갔다. 마음이 충만하다는 것을 그는 결혼을 하고 나서야 그 말을 이해할 수 있었다. 그래서 언제나 집으로 돌아오는 길이 설레고 충만한 그였지만, 오늘만큼은 바짝 긴장을 하며 집안 문턱을 들어서야 했다. 재하는 크게 한숨을 들이쉬며 화단에 물을 주고 있는 어머니에게 인사를 건넸다. 3년 전부터 시댁에 들어와 살기로 결심해 준 연수에게 재하는 많이 고마워하고 있었다. 아무리 잘해줘도 불편하고 어려운 것이 시댁인 걸 그가 모를 리 없다.

"현수 애미는 2층에 있다. 잘 달래줘라."

"네, 어머니."

"손에 아무것도 없니?"

들어가려던 재하를 보더니 홍 여사가 미간을 찡그렸다.

“꽃이라도 사와야 사람을 달래든 웃기든 할 것이 아니냐. 아무튼 이 집 남정네들은 하나같이……. 어서 올라가보기나 해.”

사실, 집으로 오는 내내 재하는 어떻게 연수를 달래야 하는지 골몰해 봤지만 정말 아무런 방법도 생각나지 않았다. 그저 빌고 비는 수밖에.

오늘과 같은 일이 일어날 거라고 어느 정도 각오한 일 아닌가.

매도 먼저 맞는 게 나았다. 그는 곧바로 이층으로 올라갔다.

그녀는 침대에 앉아 감정이 격해진 채 시누이 단희를 바라보았다.

“그이 얘기는 꺼내지도 말아요. 꼴도 보기 싫다고요! 감언이설로 꼬여서는!”

“나쁜 생각 하다 보면 끝이 없어 몸에 해롭다니까요. 좋은 생각만 해요. 그래도 우리 오빠가 올케를 얼마나 끔찍이 위하는데?”

그 말에 연수가 콧방귀로 응수했다.

“난 우리 남편 처음 만났을 때 정말 뒤에서 광채가 보여서 아, 천생연분이 여기 있었구나, 이 남자 잡아야겠구나 생각했다니깐요. 그런데 결혼하니까 싹 바뀌어서 무뚝뚝하고 애정 표정도 짜고…….”

자신의 오빠를 좀 더 좋은 사람으로 만들어보기 위해 단희가 애를 쓰고 있었지만 연수의 귀에 들어올 리 없었다. 광채? 물론 그녀도 재하를 처음 본 순간 광이 나긴 했다. 그 광이 빛날 광(光)이 아니라 미친 광(狂) 자긴 했지만. 남의 집 문짝을 뜯어냈을 땐 정말 그가 미친놈처럼 보였으니 말이다. 그때 그냥 피의자와 피해자로

서 서로 주고받을 것 끝내고 깔끔히 빠이빠이 했어야 했다.

문이 열리자 단희와 연수의 시선이 소리 나는 쪽으로 향했다.

"어머, 오빠 왔네. 그럼 나는 그만 가볼게."

"그래, 수고했다."

단희는 나가면서 오빠에게 낮게 '파이팅!' 까지 외쳤지만 과연 효력이 있을지 모르겠다. 아무리 핏줄이라지만 이번만큼은 그녀도 오빠 편을 들어줄 수 있는 입장이 아니었다.

재하가 마른기침을 하며 그녀에게 다가가자 곧바로 베개 하나가 날아왔다.

재하가 손쉽게 베개를 잡자채자 연수는 그를 노려보았다.

"우리 사모님께서 갈수록 폭력적이 되어가네. 맞고 사는 거 별론데?"

그가 그녀 옆에 다가가 앉으며 그녀의 머리카락을 넘겨주었다.

그러자 연수는 베개를 다시 집어 이리저리 그에게 휘둘렀다.

"거짓말쟁이! 나쁜 놈! 뭐? 꿈에서 예쁜 조약돌을 주워?"

그녀가 울먹이며 재하를 보자 재하가 피식 웃으며 그녀를 끌어안았다.

"아들이래."

연수가 좌절감을 삼킨 채 말했다.

"어머니에게 들었어. 아쉽지만 잘 키워야지."

"쌍둥이잖아!"

재하를 밀어낸 연수의 눈이 다시 치켜 올라갔다.

그와 동시에 문이 열리고 아이 셋이 쪼르르 그녀의 방으로 들어왔다.

"아빠, 다녀오셨어요?"

남자 아이 셋이 합창하듯 인사했다.

"아빠, 엄마가 많이 아픈가 봐? 아까부터 침대에 누워 있어."

둘째 태현이 엄마를 끌어안으며 걱정스레 연수를 바라보았다. 아들 셋 중에서 가장 애교가 넘치는 아이였다. 그러니까 그녀가 이렇게 화가 나고 열이 나는 것은 작년부터 남편이 딸을 가지자고 노래노래를 불러 그의 감언이설에 넘어가 덜컥 임신을 하고 말았다. 문제는 쌍둥이라 기쁨보다는 충격이 먼저 다가왔다는 것. 그래도 실낱같은 희망을 품고 제발 딸이길 빌었다. 사내아이가 셋이다 보니 하루라도 사고를 안 치고 넘어가는 날이 없었다. 그런데 또 아들이면 아무리 사랑스런 아이라지만 그녀는 감당할 능력이 안 될 것 같았다. 거기다 쌍둥이 아닌가! 그런데 역시 우려는 현실이 되고 말았다.

요즘 누가 아들을 다섯씩이나 낳냐고! 그녀는 다시 한 번 그를 노려보았다.

"아, 엄마 화났다. 어떡하지?"

재하가 아이들에게 도움을 구하자 아이 셋은 고개를 끄덕이며 엄마에게 안기거나 쪽 소리 나게 뽀뽀를 해댔다. 아이들이 사고 치고 많이 혼날 것 같다고 생각되면 그들은 나름의 생존 전략으로 엄마에게 애교를 보여주곤 했다. 지금과 마찬가지로 아이의 냄새와 간질거리는 머리카락에 그녀는 풋 하고 웃으며 아이를 끌어안았다.

"나도 끼워주면 안 될까?"

약간의 소외감을 느낀 재하가 말을 건네자 다시 연수의 눈이 가늘어졌다. 그러나 곧 팔을 벌리자 재하가 아이와 연수를 모두 끌어안으며 그녀에게 입맞춤했다.

"다녀왔어."

"아빠는 왜 만날 엄마한테만 뽀뽀해! 할아버지, 할머니한테 해!"

유독 엄마를 독차지하고 싶은 마음이 큰 태현은 언제나 아빠가 엄마에게 뽀뽀하는 게 불만이었다.

"부러우면 너도 여자친구한테 하렴."

지금 여섯 살 난 애한테 무슨 말을 하는 건지. 거기다 슬슬 아들 녀석들의 장난이 발동 걸렸는지 재하의 목에 올라타고 침대에 뒹굴고 난리도 아니었다. 여기에 두 녀석이 올 겨울에 태어나 합세를 한다는 거지? 그녀는 앞으로 다가올 난리 통을 생각하니 머리가 아프면서도 웃음이 났다. 뭐, 여기서 조금 더 벅적거린다고 집이 무너지진 않겠지.

아이와 놀면서도 그녀의 시선을 느꼈는지 그가 고개를 들어 그녀를 바라보았다.

언제나 그녀의 시선에 민감히 돌아보는 남자, 그리고 한결같은 눈빛으로 그녀를 두근거리게 하는 남자. 이재하, 전생의 원수, 그녀의 남편이었다.

The End

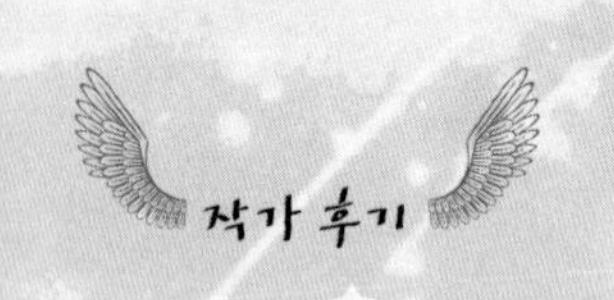

대부분 글을 쓸 때 줄거리 먼저 다 써놓은 다음 마지막에 제목을 짓는데 이건 반대였습니다. '원수를 사랑하라' 이 한마디에 줄거리가 그 자리에서 윤곽이 떠올랐으니 운이 좋았지요. 이런 운이 매번 일어난다면 얼마나 좋겠습니까.

코믹 이야기를 쓸 때는 되도록이면 '나쁜 여조' 나 '남조' 를 넣지 말자는 게 제 생각입니다. 그리되면 밝은 이야기가 왠지 반감되는 것 같아서 말입니다. '원수를 사랑하라!' 에서도 그 생각은 변함없이 적용되었습니다. 6년 전 잘못된 그녀의 오지랖으로 시간이 흘러 만난 두 남녀(연수와 재하)의 소소한 자그락거림이 결국은 사랑이 되고 행복하게 잘사는 이야기로 말입니다. 워커홀릭인 재하와 오지랖쟁이 연수의 사랑이 잘 표현되었는지 모르겠습니다.

마지막으로 이 책을 읽어주신 분과 그리고 이 책을 내주시기까지 수고한 청어람 관계자분께 감사의 말씀을 드립니다.